Peter Heim, geboren 1924, begann seine schriftstellerische Tätigkeit als Journalist. Auf langen Reisen durch die USA, durch Südamerika, Afrika und Asien erwarb er sich Erfahrungen, die in Bestsellern wie »Der Konzern«, »Gringo« oder »Ein Mann will leben« ihren Niederschlag fanden. Neben Politik und Geschichte galt Heims besonderes Interesse schon immer der Medizin. In seinen Erfolgsromanen beweist er eine einfühlsame medizinische und psychologische Kenntnis dieser besonderen Welt. Der Autor lebt heute im Tessin.

Von Peter Heim sind bisher als
Knaur-Taschenbücher erschienen:

»Die Schwarzwaldklinik« (Band 1485)
»Die Hochzeit in der Schwarzwaldklinik« (Band 1486)
»Frauenklinik Lenzhalde« (Band 1500)

Vollständige Taschenbuchausgabe 1987
Droemersche Verlagsanstalt Th. Knaur Nachf., München
Lizenzausgabe mit freundlicher Genehmigung
des Hestia Verlages, Bayreuth

Umschlagabbildung aus der Fernsehserie »Die Schwarzwaldklinik«
Druck und Bindung Ebner Ulm
Printed in Germany 5 4 3 2 1
ISBN 3-426-01487-1

Peter Heim:

Menschen und Schicksale in der Schwarzwaldklinik

Roman nach der ZDF-Fernsehserie
von Herbert Lichtenfeld

Knaur®

Nie hätte Käte Marek zugelassen, daß man sie mit einer Königin verglich. Doch als Brinkmann sie sah, im Sessel neben dem Kachelofen, hatte sie etwas ungemein Königliches. Aufrecht saß Käte, wie zu einer Elfenbeinfigur erstarrt. Sie war von einer Unnahbarkeit, die ihn vergeblich nach Worten suchen ließ.

Was gab's auch zu sagen? Nichts. Gut. Schwiegen sie.

Käte, die Arme über der Brust verschränkt, eine Schachdame, der das Brett abhanden kam, war keinem Einwand, keinem Argument zugänglich.

Stille im Haus.

Nur der Wind rührte sich. Zweige streiften das Dach. Sie ließen die Regenrinne klappern, und oben am Hang war ein Fauchen, das die Stämme bog, an den Blättern riß, um die Mauern brandete und gegen die Fenster im ersten Stock drückte.

Auch das schien Käte nicht wahrzunehmen.

»Komm schon, Käti! Laß uns wenigstens was trinken.« Da öffnete sie die Augen zu einem Blick, der weh tat. Eine Antwort erhielt er nicht.

Brinkmann ging zum Schrank, holte den alten Portwein heraus, den Schäfer bei seinem letzten

Besuch angeschleppt hatte, und nahm sich viel Zeit, herumzukramen, um das richtige Glas zu finden.

Udo? – und auch noch Käte! Flüchtlinge? Nein, Gestrandete. Oder beides. Jedenfalls zwei Opfer, die an einem Abend hereinschneiten, um den Bankrott ihrer jeweiligen Beziehung zu erklären. Wie nannte man nun so was: »Schwarzer Sonntag«? Oder Familientreffen?

»Geteiltes Leid, dreifacher Trost!« Seine Sprüche konnte Udo nicht lassen. »Mein altes Zimmer krieg' ich nicht? Ja nun, dann nehm' ich halt die Garage. Mir ist alles recht. Käte wohl auch – nicht wahr, mein Schatz? Der Schmelz ist weg, die Flügel sind beschnitten, Käte! Auch daran gewöhnt man sich. Es gibt bestimmt Schlimmeres.«

Die Alkoholfahne, das Udo-Grinsen – na gut...

Trotzdem, es war schlimm. Während er den Wein eingoß, versuchte Brinkmann sich vorzustellen, was zwischen Käte und ihrem Altersheim-Kavalier, dem ritterlichen Herrn Taubricht, wohl vorgefallen war. Die Antworten, die sie bisher gehört hatten, ergaben keine vernünftige Erklärung. Was immer es gewesen sein mochte, die Enttäuschung schien vernichtend. Da hatte Udo wohl recht: Die Flügel waren beschnitten.

Er reichte ihr das Glas: »Komm schon, Kätilein. Das ist was Schönes, Rundes aus Portugal. Und sicher bei Großmanns seit Jahren eingelagert. So, wie du's magst.«

»Danke. Ich trink' jetzt nicht.«

Eine Käte, die selbst auf ihren Lieblingswein verzichtete?

Er stellte das Glas ab, kauerte sich neben sie und ergriff ihre beiden Handgelenke: »Käti! Du sprichst nichts. Du trinkst nichts. Ich kann noch nicht einmal feststellen, ob du überhaupt atmest oder noch auf der Welt bist. Wie soll das denn jetzt weitergehen?«

Sie zog die Luft durch die Nase. Dann reckte sie das Kinn hoch, öffnete endlich den Mund und sagte: »Hab' ich mir doch gleich gedacht!«

»Was hast du dir gedacht?«

»Daß ich bei dir nur Spott ernte. Daß ihr mich auslacht.«

Er versuchte es zu verdauen, da kam schon der nächste Schlag: »Du kannst ja wirklich sehr stolz sein, Klaus.«

»Ich? Auf was denn?«

»Auf deine psychologischen Kenntnisse vermutlich. Das bist du doch?«

»Ich kapier' kein Wort.«

»Na, deine Prophezeiung. Du hast recht gehabt.«

O Gott!, dachte er. Nun trank er den Portwein selbst. Er war zu süß und ziemlich klebrig.

»Gib mir auch ein Glas. Das Zeug verträgt sich doch mit Cognac, oder?«

»Wieso?«

»Wieso? Weil ich mir vorhin ein paar Cognacs genehmigt habe. Zusammen mit Udo.«

»Du hast getrunken?«

»Sicher. Warum nicht? Hast du was dagegen?«

»Nein. Natürlich nicht.« Brinkmann wirkte ziemlich verstört. »Warum sollte ich.«

»Eben. Und dieses Portwein-Zeug scheint mir zu bekommen.«

»Na, prost!«

Irgendwo draußen, hinter den Mauern, steigerte sich der Wind zu einem dunklen, zitternden Orgelton. Fahlblau wischte es über die Scheiben. Auch die Natur schien ihre Spannung zu entladen. Doch Käte, die sonst so viel auf ihre Wetterfühligkeit gehalten hatte, zuckte mit keiner Wimper. Sie schien es nicht einmal zu bemerken.

Brinkmanns Verwirrung verwandelte sich in Verblüffung. Mühsam versuchte er den Faden wiederaufzunehmen und erwischte prompt das falsche Ende.

»Käte! Ich hab' dir vorhin schon gesagt, wie froh wir sind, dich wieder bei uns zu haben. Nur, welchen Umständen dies zuzuschreiben ist, weiß ich ja nicht. Was das auch sein mag, es scheint mir doch deine Vorstellung von Lebensglück oder sagen wir mal dem Lebenskonzept...«

»O Gott, Konzept? Und auch noch Glück!«

Sie stand auf. Überraschend, wie schnell sie das schaffte. Die Elfenbeinkönigin hatte sich in Käte Marek zurückverwandelt. Die sagte: »Gib mir noch vom Port.«

»Auf dein Wohl!« Er nahm die Flasche.

»Bitte, red' keinen Blödsinn, ja?«

»Ich verstehe nicht...«

»Natürlich verstehst du nicht. Du warst ja nicht dabei.« Sie sah zu, wie er eingoß.

»Du zitterst ja?«

»Und das wundert dich?«

Doch das hörte sie nicht. »Einen Pieps hat der Mann! Und keinen kleinen. – Prost!«

»Prost«, wollte Brinkmann sagen, doch sein Glas war leer. Er hätte es auch so nicht geschafft, ihr zuzuprosten. Wie auch, wenn Käte Marek, die zerstörte, nach Hause zurückgeflüchtete, auf den Trümmern ihrer Träume stehende Käte Marek plötzlich zu lachen begann?

»Brotkrümel«, lachte sie, »Brotkrümel soll ich nicht zum Fenster hinausschütten! Na ja, und bestimmte Leute nicht grüßen, die geblümte Kaffeekanne nur sonntags benutzen und seine Alte, die selige Gunhilde, die wollte er mir übers Bett brummen! Statt des Försters…«

»Dein Förster?«

»Genau: statt meines Försters! Also, ich bin schon schwierig – aber er, der Taubricht, der hält den Weltrekord. Soll ich mich unterdrücken lassen? Von so einem?«

Jetzt hatte auch Brinkmann seine Fassung wieder: »Nein, niemals! Von so einem schon gar nicht.«

»Eben.«

»Wenn schon unterdrückt, Käte, dann nur von netten Leuten wie mir.«

Sofort wurde sie wachsam. Brinkmann registrierte es mit Erleichterung. Das blitzartige Mareksche Reaktionsvermögen schien wieder voll hergestellt. »Ich weiß nicht genau, worauf du hinaus willst, Klaus? Aber natürlich bleibe ich nicht hier. Ich falle doch niemandem zur Last.«

Er ging zum Fenster und zog die Vorhänge zu.

»Darum geht's doch gar nicht, Käti. Wir brauchen dich!«

»Was ihr braucht, ist eine Haushälterin, und die habt ihr euch ja nun besorgt. Die Frau Michaelis kriegt ja gleich noch ein ganzes Appartement; Udos Wohnung. Mit allem Drum und Dran.«

Er holte tief Atem. Was gab's darauf schon zu sagen? Trotz ihrer steinernen Erstarrung, sie hatte es also mitbekommen. Wie auch nicht?

»Sag mal, Käte: Ich meine, Wohnraum findet sich wohl bei uns immer. Und darauf kommt es ja auch gar nicht an.«

»Auf was?«

»Daß du der gute Geist des Hauses bleibst.«

Es klang etwas kitschig, doch er meinte es so, meinte es von Herzen. Schließlich war sie es, seit er denken konnte. Sie würde es wieder sein, verdammt noch mal!

Und nun wurde ihm ihr Kichern unheimlich, selbst diese jähe Lebendigkeit, der Blick, mit dem sie ihn ansah. Brinkmann hatte die Zone der Abwehr nicht durchbrochen, die sie um sich gezogen hatte.

Sie stellte das Glas ab und hustete. Ihre Schultern zitterten. Sie war wirklich alt geworden in den wenigen Tagen, in denen sie sich nicht mehr gesehen hatten. Schlimmes erlebt? Zu vieles hinter sich gebracht? Nur – was?

»Der gute Geist, der Porzellan zerschlägt«, sagte sie. »Und dann noch jede Rechnungseinzahlung vergißt, was?«

Er ging zu ihr und suchte ihre Hand. »Warum

bist du so streng zu dir, Käti? Mir verzeihst du doch auch alles. Und Frau Michaelis? – Nun, du wirst dich an sie gewöhnen. Sie ist für die Arbeit da. Du kannst dich endlich ausruhen.«

»Ah, ausruhen? Ich dreh' Däumchen und kucke zu? Nein, nein!«

»Was: nein, nein?«

»Ich finde schon was.«

»Herrgott noch mal!« Er spürte, wie der Ärger in ihm wuchs. »Tu, was dir Spaß macht. Endlich mal und für alle Zukunft. Molli ausführen. Im Garten buddeln. Blumen pflanzen. Na ja, und dein Zimmer kriegst du selbstverständlich auch. Die Frau Michaelis hat ja...«

»... Udos Wohnung«, sagte sie.

»Na und? Was ändert das? Deshalb bleibst du doch unsere – hm – sagen wir Oma. Oder Ehrengast auf Lebenszeit.«

»Oma?« Ihr altes, ironisches Lächeln. »Ich muß mir das alles noch mal überlegen, Klaus. Ist ja sehr nett, was du da sagst. Aber Ehrengast? Ich weiß nicht. Soll ich mich dann auch von der Neuen bedienen lassen? Also wirklich, lieb gemeint, Klaus, aber das will überlegt sein. Das siehst du doch ein?«

Brinkmann nickte. Endlich schien Käte einzulenken. Am Himmel flammten zuckende Blitze.

*

Im Schuppen hatte sich Molli unter das alte schwarze Ledersofa verkrochen. Gewitter erfüllten sie mit namenloser Panik. Gewitter waren ihr

Kreuz, dabei war noch immer außer dem gelegentlichen fahlen Aufscheinen des Wetterleuchtens nichts geschehen. Nur der Sturm orgelte, und die Luft schien geladen mit Elektrizität. Die Welt war bedrohlich geworden – zumindest für Molli, die stumm und ergeben vor sich hinzitterte, aus purer Angst selbst die Härchen auf der Nase starr emporgerichtet.

»Ist ja ganz schön was los heute nacht!« Im ersten Stock drückte Udo das Badezimmerfenster zu, um es dann sorgfältig zu verriegeln. Denn nun prasselte der Regen gegen die Scheiben, und die tiefhängenden Zweige an der Rückseite des Hauses spielten auf dem Dach Gespenstertrommeln.

»Kann man wohl sagen.« Christas Antwort kam mit Überzeugung. »Na, wenigstens bist du im Trockenen.«

Udo nickte. Er blickte in den Spiegel. Er wartete darauf, daß die Kopfschmerzen abklangen. Das taten sie nicht. Und auch das Gesicht, das ihm entgegensah, machte wenig Freude: Schatten unter den Augen; schlaff; grau. Zum Erbarmen.

Wenigstens im Trockenen? Wie ein Fisch an Land gespült, nicht nur seines Elementes, auch der Fähigkeit zu denken beraubt. Vierunddreißig Jahre alt, vollkommen verbiestert und ohne eine Idee, wie es nun weitergehen soll. »Krise« nennt man so was. Oder Zusammenbruch? Auch das stimmte. Etwas war zerbrochen, etwas Wichtiges: Das Vertrauen in Katharina und der Glaube daran, daß du mit ihr noch glücklich, daß deine Ehe ein Erfolg werden kann.

Er hatte versucht, die Emotionen zu verscheuchen, und sich ganz klar einer Analyse zu stellen. Nun erschrak er. Das Ende? Ist das dein Ernst? Schlimmer noch: Gibt es wirklich keinen Weg zurück?

»Ich hab' dir dein Bett gemacht«, hörte er hinter sich.

Er blickte in Christas ruhige, klare Augen, die stets beobachteten, alles aufzunehmen schienen und dennoch die Distanz behielten, die es möglich machte, die Dinge gegeneinander abzuwägen. Nicht die Doktorin, die Krankenschwester.

Und er war froh um Christa, froh, sie hierzuhaben.

Er spülte sich den Mund aus, um den bitteren Tablettengeschmack fortzuwaschen. Dann warf er sich Wasser gegen das Gesicht, trocknete sich ab, und die ganze Zeit blieb Christas Blick auf ihn gerichtet.

»Das ist lieb, Christa. Ich fürchte, ich werde eure Leinentücher brauchen können. Und nicht nur heute.«

Sie lächelte.

»Willst du denn nicht wissen ...?«

»Du wirst es mir schon sagen, denke ich.«

»Ja.«

»Krach?«

»Krach ist gar kein Ausdruck.«

Sie nickte. »Und die Käte? Habt ihr euch verabredet in eurem Elend?«

»Reiner Zufall. Ich sah sie im Omnibus. Und da haben wir uns zuerst mal einen genehmigt. Dann habe ich sie hierher gefahren. Mit ihrem Taubricht ist es auch zu Ende. Ausgerechnet heute. Ist das nicht ein Witz?«

»Ach, weißt du, es gibt so Witze, bei denen man nicht weiß, ob man darüber lachen soll.«

Er ging auf sie zu und legte die Hand auf ihre Schulter. »Alte Christa!« Seine Stimme klang gepreßt, und er registrierte, wie ein flüchtiges Rot ihr Gesicht färbte. Sie lächelte noch immer: »Du mußt im kleinen Gästezimmer schlafen. Ich hab' es dir ja schon gesagt. Verstehst du, wir haben diese Frau Michaelis. Die hat jetzt dein altes Zimmer.«

»Soll sie's behalten. Mir ist alles recht.«

»Hoffentlich.«

Er ging zur Tür. Dort erreichten ihn ihre Stimme und die Frage: »Hoffentlich ist Katharina mir nun nicht auch noch böse? Was meinst du?«

Gut, besser er brachte es hinter sich: »Da brauchst du nichts zu befürchten. Katharina ist froh, wenn sie mich nicht mehr sieht.«

»Meinst du das im Ernst?«

Er nickte. »Ich mache alles falsch, verstehst du? Alles! Nie hätte ich geglaubt, daß ein einzelner Mensch soviel falsch machen kann.« Sein Lächeln war ihm selbst fremd, so, als hätte es ein anderes Gesicht auf das seine gestülpt: eine Maske aus Karton. Er lächelte tapfer weiter: »Alles hat seine Vorteile. Ich mach' mal Pause. Meine Ehe ist eine einzige Katastrophe und ...«

Der Donner unterbrach ihn. Er hob weich an, mit einem fernen Vibrieren; doch dann steigerte sich diese himmlische Kesselpauke zu dröhnenden

Schlägen. »Ich finde, es ist Zeit, daß ich mich dieser Einsicht stelle und nicht länger davor davonlaufe.« Udo hatte es sagen wollen. Christas Gesicht war abzulesen, daß es sich erübrigte. Sie wußte es längst.

»Das Kind? Angie?«

Das war die Frage.

Er hatte sich selbst verboten, auch nur an den Namen zu denken. Jeder entwickelt seine Überlebensstrategie. Was nützte es, sich das Pflaster von der Wunde zu reißen? Morgen vielleicht, dachte er in der Hoffnung, klarer zu sehen. Bei dem Problem kann dir auch eine Christa nicht weiterhelfen. Aber es ist gut, daß es sie gibt – sie, den Alten, das Haus...

Diesmal kam der Donner wie ein Schlag. Und als er verebbte, hörten sie ein Poltern auf der Treppe.

Die Tür flog auf. Brinkmann.

»Klaus! Was ist denn?«

Ja, was war? Die Krawatte hing ihm schief, die Haare waren naß in die Stirn geklebt, und die Augen starrten voll Sorgen. »Die Käte...«

»Was ist mit der Käte?«

»Weg ist sie. Sie ist weg...«

Sie sahen sich an. Draußen herrschte Weltuntergang, Blitz, Donner und Sintflut!

»Es ist so: Ich bin gerade rausgelaufen. Ich habe geschrien, Käti, habe ich gerufen. Aber bei diesem Krach...«

Käte dort draußen? Unvorstellbar.

»Unvorstellbar!« sagte Christa.

»Natürlich. Aber was ist das schon? Ein psychotisches Verhalten vielleicht? Ging ihr zu sehr an die Substanz, was da alles passierte. Sie hat durchgedreht. Sie war den ganzen Abend schon so sonderbar, findet ihr nicht?«

»Sie wirkte eigentlich ganz vernünftig.«

»Vernünftig oder nicht – jedenfalls ist sie weg!«

Udo lief zur Treppe und nahm die Jagdlampe von der Garderobe.

»Wo willst du denn hin?«

»Bleib drin. Ich lauf' mal durch den Garten.«

Er war draußen. Das Wasser schüttete wie aus Eimern gegen sein Gesicht. In Sekundenschnelle war er bis auf die Haut durchnäßt. Herrgott! Was war in Käte gefahren? War sie völlig übergeschnappt? Bei diesem Wetter holte sie sich doch den Tod!

Der starke Handscheinwerfer war keine Hilfe. Der grausilberne Vorhang erstickte das Licht nach wenigen Schritten. Hin und her wehende Formen. Zweige. Und wieder der fahle, bläuliche Schein einer ganzen Salve von Blitzen. Die Welt ertrank in ohrenbetäubendem Donner. Dennoch: Er hatte den Schuppen gesehen. Den steilen Schatten des Dachs. Dort mußte sie sein.

Eine Käte unter einem Busch oder Baum bei diesem Wetter – das gab's doch nicht!

Er rannte. Und dann war er im Trockenen. Um ihn der dumpfe Geruch von Kunstdünger und Holz. Hier die Türe. Er stieß sie auf.

»Käti!«

Der Regen hämmerte aufs Dach.

»Käti! Herrgott, Käti, bist du hier?!«

Dann hörte er es: »Mach doch nicht so einen dämlichen Krach! Was brüllst du denn so rum? Und dieses saudumme Licht, das tut mir ja weh. Das blendet richtig.«

Das saudumme Licht? Sollte es sie blenden! Er hatte sie gesehen, zwischen einem Holzklotz und einer alten Nähmaschine kauerte sie am Boden. Klatschnaß. In den Armen eine gleichfalls klatschnasse Molli. Zu ihren Füßen aber eine dunkle Wasserlache.

»Sag mal! Daß du spinnst, ist mir ja nicht neu.« Es kam mit Überzeugung: »Aber jetzt hast du wohl völlig den Verstand verloren?«

»Du! Sieh doch, die arme Molli! Jetzt hat sie noch mehr Angst.«

Sollte der Scheißköter noch mehr Angst haben! Er hatte Angst um sie. Er ging hin, wollte sie am Arm packen.

»Krrr!« Tatsächlich: Molli! Die Augen rollten in Panik. Die Lefzen hatte sie hochgezogen, und was sie freigaben, war ein beachtliches Gebiß.

»Siehst du. Sie ist völlig außer sich.«

»Das sehe ich.«

»Und jetzt?«

»Jetzt gehen wir ins Haus zurück.«

Er hatte es sehr laut gesagt und schnitt damit jede Widerrede ab.

Sie erhob sich mühsam, er mußte sie stützen. Auch Mollis Wutanfall war abgeklungen. Sie drückte sich an Kätes Beine und sah ängstlich zu ihr hoch.

»Hier sind Säcke. Leg die mir mal um die Schultern, Udo! Ich weiß nicht, mit meinem Arm geht das heute nicht so recht. Jetzt noch einen Sack um den Kopf.«

Eine Vogelscheuche wurde aus Käte, doch die Augen blickten klar, bestimmt und freundlich.

»Zuerst nimmst du die Molli.«

»Damit sie mich beißt?«

»Die beißt jetzt nicht mehr.«

»Komm, Molli!« Er nahm sie hoch. Wie ein Sack Kohle hing sie in seinen Armen. Sie zitterte. Doch sie biß wenigstens nicht.

»Gib mir die Lampe. Und dann los!«

Als erste hatte Käte die Hütte verlassen, stellte sich dem tobenden Aufruhr dort draußen, stand für eine Sekunde im Regen, umhüllt vom bläulichen Licht der Blitze, schritt dann voran, und Udo wußte, daß er diesen Augenblick nie vergessen würde, solange er lebte: Eine Käte, Säcke um Kopf und Körper – aber aufrecht, würdevoll und durch nichts zu beirren!

Schon gar nicht durch ein lächerliches Unwetter.

»Ach«, sagte sie, als sie in der Halle standen, »jetzt noch ein Glas am Kamin. Was meinst du?«

Udo meinte gar nichts. Sein Gehirn war leer. Er hatte aufgegeben, was zu meinen. Er würde alles nehmen, wie es kam: Das Feuer im Kamin, das Knistern der Flammen, die Donnerschläge, die noch immer die Scheiben zittern ließen, Käte im Bademantel seines Vaters, ein Handtuch über den Haaren, das Christa ihr sorgsam im Nacken verknotete, Molli, die zu seinen Füßen ihr nasses Fell trocknete.

Alles, sein Leben, die Bürde des Schicksals.

Katharina, dachte Udo Brinkmann, ich müßte dich über die Knie legen und dir den Hintern versohlen. Das ist es, was dir fehlt.

Er dachte es und wußte doch, daß eine solche Therapie bei Katharina Gessner schwer anwendbar sein würde. Und fühlte sich dabei erst richtig elend...

*

Über den drei Giebeln der Frauenabteilung kreisten Tauben. Im Garten kämpfte ein fluchender Johannsen gegen Berge von abgerissenen Zweigen und nassem, zerfetztem Laub die Wege frei. Mißmutige, trübselig-melancholische Blicke warf er auf die vom Sturm verwüsteten Blumenbeete. Die großen Wasserlachen vor dem Eingang jedoch spiegelten einen blauen Himmel, und die Morgensonne hüllte alles, Verwüstung und Frische, in ihren rosafarbenen, versöhnenden Goldglanz.

Die Sonne konnte das. Das Gewitter hatte den Himmel leergefegt.

An der Sonne lag es wohl auch, daß das Baby sich so brav benahm. Manchmal öffnete es die Augen, blinzelte friedlich in diesen blauen Himmel, vor dem ein paar Zweige schwebten, mümmelte, suchte den Daumen und dämmerte weiter vor sich hin. Das kleine bißchen Mensch fühlte sich wohl. Es trug einen hellblauen Strampelanzug. Über dem

Kopf eine tiefblaue Strickmütze, deren Verschnürung unterm Kinn zugezogen war.

Auch der Ort schien ihm angenehm. War er sicher auch: Das Baby steckte in einem hölzernen runden Abfallkorb, noch keine zwanzig Schritte vom Klinikeingang entfernt.

Nun gab es einen leisen Laut von sich. Das Gesicht verzog sich.

Es weinte ein wenig. Die Sonne streichelte es, und so verstummte der kurze Protest. Das Baby schlief weiter.

Nein, da war niemand, der es bemerkte.

Wie auch? Die Mütze war nichts als ein blauer Punkt im hölzernen Rund, sie sah aus wie eine Kleenexschachtel.

So gingen sie daran vorbei: Die Frühschicht. Die Abgelösten vom Nachtdienst. Die Mädchen aus der Küche. Die Lernschwestern, die sich zum Unterricht sammelten. Die ersten Besucher. Ein dicker aufgeregter Mann, der aus seinem Kombi eine Werkzeugkiste heranschleppte und irgendwas von Saftladen und Scheißjob vor sich hinleierte.

Der Zubringerbus stoppte, dottergelb und von Regentropfen überstäubt. Preßluftfauchen. Diesmal war er beinahe leer. Nur zwei Mädchen stiegen aus. Sheila, rundlich, in Fett gebettet und wie immer am Morgen verschlafen. Dann die dunkle Antonella. Beide hatten dasselbe Ziel: zweiter Stock. Die Innere. Gänge schrubben, Zimmer putzen.

Na gut, aber die Sonne schien, und es war Montag, so hüpften sie über Wasserlachen, um ihre

Schuhe nicht naß zu machen. Antonella zog die andere an der Hand, die dicke Sheila hatte es nicht so eilig. Aus dem Süden kamen sie beide. Sheila aus einem der Bergdörfer in Anatolien, die olivfarbene Antonella aus einem einsamen und verlassenen kalabrischen Nest. Na und? Sie mochten, verstanden und verständigten sich.

*

Jetzt war Antonella schon wieder voraus. Doch plötzlich blieb sie stehen, wirbelte herum, drehte dann wieder, machte vorsichtige Trippelschritte, blieb auf Zehenspitzen und hielt den Atem an.

»Was ist?«

Antonella hob zornig die Faust.

Sheila ging schneller: Was machte Antonella für ein Gesicht? Wie Zahnweh! Nein, jetzt lächelte sie, hat was gefunden.

»Was du gefunden?«

»Dumm-Türk«, flüsterte Antonella in der sonderbaren Sprache, die ihnen zur Verständigung diente: »Kuck doch!«

»Ein Baby?«

Sheilas rundes Gesicht färbte sich rot, die Augen wurden kreisrund wie dunkle Knöpfe: »Ein Baby im Müll.«

»Was heißt Müll? Ist doch keiner drin. Ist doch alles sauber... Und so ein süßes Baby... Sieh mal!«

Als das Stichwort gefallen war, öffnete das Baby seine Augen, und den Mund, war kein bißchen erschrocken, fand offenbar sich, die Situation und die Welt nach wie vor völlig in Ordnung, begann sogar darüber zu lachen. Ein winziges leises Quietschen. Antonella beugte sich über den Korb, um diesem Ton und dem kleinen, runden Gesicht näher zu sein.

»Lacht! Süß – no?«

Und?! Sheilas Hände zitterten. Sie war erschüttert. »Solche Dinge gibt es nur in Deutschland! Deutsche mögen Kinder nicht... Nicht wie wir, in Anatolien. Wenn in Anatolien so was passiert, dann – Messer! Ich sag dir, viele Messer! ... So schlimm. Gemeinheit! – ist das...«

»Eine Porceria!« Antonella sagte es auf italienisch. Ein anderes Wort fiel ihr nicht ein. »Komm, wir bringen es zu Chef.«

Sie streckte die Arme aus. Der winzige rote Mensch in seiner blauen Wolle schien die Geste mißzuverstehen. Nun weinte er, völlig seiner Rolle gerecht und herzzerreißend: ein Findelkind.

Antonella hatte es im Arm und drückte es an sich, wiegte es hin und her und begegnete im Augenblick, als sie den Kopf wieder hochnahm, dem Blick der Oberschwester.

Hildegards Kopf hing aus einem der Fenster im ersten Stock: »Was ist denn? Was ist los?«

»Das!« sagte Antonella und hob das blaue Bündel hoch. »Ein Kind!«

»Woher?«

»Aus dem Abfallkorb! Hier...«

»Müll!« sagte Sheila, und ihre kurzen Arme machten ruckartige Bewegungen. Da begriff Hildegard. Nie hatte sie den Weg übers Treppenhaus hinaus in den Garten – der Lift dauerte ja zu lange – so schnell zurückgelegt wie an diesem Morgen.

War ja auch beinahe zuviel! Sie sah den Abfallkorb, in den irgend jemand eine schäbige Wolldecke gelegt hatte. Sie sah das Baby. Sie sah Antonellas Gesicht, das Gesicht der Türkin. Die Eindrücke fügten sich wie im Wirbel zusammen. Hatte da jemand? Klar! Die Decke! Damit dieses Kind, damit dieses... Sie wagte den Gedanken nicht zu Ende zu denken, damit dieses Findelkind nicht auskühlte... Da hatte also jemand eine Wolldecke in den Korb...

»Ist ganz klein und so süß.« Sheila sagte es. »Siss«, sagte sie.

»Siss...« Die Oberschwester wiederholte das Wort, ohne gegen ein Gefühl von Betäubung anzukommen, das sie gefangenhielt.

Da kommt jemand, eine Frau, eine Mutter, wer denn sonst – da kommt also jemand vor Dienstbeginn, vielleicht noch bei Nacht, nimmt eine Decke, wickelt seinen Säugling ein und steckt ihn in den Papierkorb. Hier, vor dem Eingang ihrer Klinik?

»Siss!« Antonella streckte ihr das Kind entgegen. Hildegard konnte nicht anders, sie nahm es hoch. Der winzige Karpfenmund öffnete sich. Zuerst wirkte es wie Luftschnappen. Doch dann wurden auch die Augen groß. Es lachte, tatsächlich, ein kleiner, kichernder Ton. Er ging Hildegard ans Herz.

»O Gott! Süß...« Sie brachte das kleine Gesicht vor ihre Augen, sie spürte den Duft nach Milch, erkannte zwei winzige Nasenöffnungen, ein wenig Milchschorf und das verklebte dunkle Haar unter dem blauen Strickband der Mütze.

Vom Parkplatz kam Wolters, den Mantelkragen hochgeschlagen, als könne es jede Sekunde wieder anfangen zu regnen, das Gesicht frohgelaunt, entschlossen, die Woche so optimistisch anzugehen, wie das nur irgend möglich war.

Doch nun blieb er stehen.

»Herr Wolters!« rief Hildegard.

Er kam heran, zögerte, schüttelte grinsend den Kopf, meinte: »Na? Mama oder Oma?«

»Sie Quatschkopf! Ein Findelkind ist das, Herr Wolters! Das hat hier jemand abgestellt.«

»Abgestellt ist gut. Wie denn?«

»In den Korb gelegt.«

»Korb? – Müll?« meldete sich Sheila wieder.

»Was?« Erst jetzt dämmerten Wolters' die Zusammenhänge. Er rieb sich die Nase. Er holte tief Luft: »Na, ich dachte, Findelkinder gibt's nur in Romanen.«

»Anscheinend nicht.«

»Nein.« Er brachte einen dicken Zeigefinger in die Nähe des winzigen Nasenknopfs und erntete ein erstes entsetzliches Heulen. »Schreien kann es also auch? Gesund ist es ja! – Na, da wird sich der Alte freuen...«

*

»Verzeihung«, bat Brinkmann. »Wie bitte? Ein Findelkind? Na, hören Sie mal. Ist das Ihr Ernst?«

»Ernst oder nicht – Tatsache, Herr Professor.«

Tatsache? Brinkmann kämpfte noch immer mit dem Ärmel seines Arztmantels. Das Telefon hatte ihn erwischt, als er den Raum betrat. Der verdammte Ärmel wollte nicht. Ein Knopf riß. Verkehrt herum! – Verdammt noch mal, was sagte Wolters da? Was für ein Wochenauftakt! Als ob die Nacht gestern nicht gereicht hätte. Als ob es nicht genügen würde, daß er im Haus die angeschlagenen Reste der Familie versammelte, dazu eine Käte, die Galle hustend und fiebernd im Bett lag. Und Udo, der...

»Ein Findelkind also? Wo?«

»In der Pädiatrie.«

»Und Dr. Wehrle?«

»Er ist noch nicht da. Ich betreue es. Kommissarisch gewissermaßen.« Wolters lachte. »Aber Sie als Klinikchef müssen ja informiert werden, ich meine, die ganze Geschichte hat ja auch noch einen juristischen Aspekt.«

Durch die bleierne, zähe Müdigkeit, die Brinkmanns Verstand quälte, jagten die Worte »auch noch« und »juristische Aspekte« wie grelle Schrekkensblitze. Scherereien hieß das wohl. Na – und zur Hauptsache war das Findelkind doch Mühlmanns Problem.

Er hatte seine Schlacht mit dem Mantel beendet. Der Knopf war abgesprungen. Wenn schon.

»Bin gleich wieder da, Meis'chen.«

Und war draußen, den Korridor entlang, rannte hoch zur Pädiatrie. Rosa Schleifen, Frauen in Morgenmänteln, verschlafenes Mutterglück in den Augen, Kindergequäke hinter Glasscheiben, hastende Hebammen, pausbäckige Lernschwestern und schließlich der junge Herbert Riedel, einer der Assistenten der Kinderabteilung, der ihm aufgeregt entgegenrannte.

»Guten Morgen, Herr Professor! Wie schön, daß Sie da sind. Hier rechts, bitte, wenn Sie mir folgen wollen...«

Von wollen konnte keine Rede sein. Was blieb ihm schon übrig? Und da lag es nun, das Findelkind, gepudert, speckgerundet, gut im Fleisch. Er tastete es ab. Es riß die Augen auf: blaue Augen waren es, Augen, die den Himmel dort draußen eingefangen hatten. Porzellanblau. Zufrieden und in keiner Weise durch den Kranz von Gesichtern beeindruckt, der über ihm schwebte.

Was kann man da tun? Man lächelt. Man fühlt sich irgendwie wohl. Diese warme, glatte Haut. Das selige Blinkern. Abgelöst, vom Himmel gefallen und im Papierkorb gelandet – was soll man da schon machen?!

Brinkmann bestaunte mikroskopisch kleine Nägel an winzigen Fingerchen. Sie umklammerten seinen Daumen. Er schluckte.

»Hat zweieinhalb Kilo. Und isch ganz g'sund, Herr Professor.«

Frau Fassmann, die Hebamme, meldete es sachlich. Und so beschloß auch Brinkmann, sachlich zu bleiben. Er holte das Stethoskop heraus, horchte Herz und Lungen ab, fand alles in bester Ordnung und richtete sich wieder auf.

»Na ja, gesund ist es ja.«

Die anderen nickten beflissen. »Gesund und ohne Namen«, meinte Wolters.

»Was machen wir denn...?« Die Frage hatte Brinkmann noch nicht beendet, als sich die Türe öffnete. Es erschien der Mann, der für derartige Fälle im Haus zuständig war. »Kommen Sie ruhig herein, Mühlmann!« trompetete Brinkmann fröhlich. »Wir haben einen Neuzugang.«

Ein unschuldiger, jovialer Mühlmann nickte dem Baby zu. »Na? Soll ja öfter passieren, so was.«

»Na ja!« Wie gemein sie doch strahlen kann, die Hildegard. »Die Frage ist nur: Wer ist die Mutter? Wem gehört es überhaupt?«

»Wie bitte?« Mühlmann griff zum Krawattenknopf.

»Ein Findelkind, Herr Mühlmann!« verkündete Wolters fröhlich. »Die Putzfrauen haben es draußen vor der Tür aufgelesen!«

»O nein! Bitte nicht...« Mühlmanns Brille rutschte auf die Nase. »Was ich damit wieder für Scherereien habe. Was glauben Sie, was so was für einen Verwaltungskram abgibt!«

»Dieser Mensch kann nur in Verwaltungsvorgängen denken. Schauen Sie doch! Kommen Sie ruhig näher, Mühlmann. Was bleiben Sie dort stehen? Sie haben doch selbst Kinder. Aber so was Süßes wie das...«

»Na ja, sicher. Aber was heißt süß? Hier muß die Polizei ran.«

»Das ist schon erledigt«, meldete sich die Oberschwester. »Die kommt.«

»Wie alt schätzen Sie denn den Kleinen?«

Brinkmann zuckte mit den Schultern. »Nun, eine Woche, drei Tage, schwer zu sagen.«

»Und?«

»Was und?«

»Ja, lag da keine Nachricht dabei? Irgendein Zettel? Ein Name?«

»Nein. Er war sich selbst genug. Und er ist es immer noch. Schauen Sie, der brüllt gar nicht. Obwohl er Sie gehört und gesehen hat. Ist einfach guter Laune. Kommt zu uns mit Strickjäckchen und 'ner Rassel. – Hier! Die lag noch dabei.«

Brinkmann rasselte. Hildegard nahm ihm das Spielzeug aus der Hand. Ein weißer Plastikgriff, ein rotes Plastikbällchen, gelbe Entchen schwammen darauf. Sie betrachtete es nachdenklich: »Wissen Sie, Herr Professor, was das beweist?«

»Was soll das denn beweisen?«

»Daß die Mutter nicht viel Ahnung hat. Als ob ein Neugeborenes schon mit so was spielt! Das ist bestimmt ihr erstes Kind.«

Das Telefon an der Wand schlug an. Hildegard reichte Brinkmann wortlos den Hörer, und da war die Stimme der Meis: »Die Herren von der Polizei sind da.«

»Na gut«, seufzte Brinkmann, »wir kommen gleich.« Mit vorsichtigen Fingerspitzen nahm er die winzigen Babysachen, die auf dem Wickeltisch lagen, und betrachtete sie. »Das nehme ich wohl gleich mit. Dann kann sich die Polizei ja notieren, was das Kind anhatte.«

»Aber sicher«, nickte die Hebamme eifrig. »Neue Kleider. Aber da hätte ich noch eine Frage an Sie, Herr Professor: Wir hatten doch gestern eine Totgeburt bei der Frau Kolb.«

»Ja und?«

»Es ist halt so, Herr Professor, die hat Milch, sehr viel Milch. Aber i weiß net, ob man ihr jetzt zumuten könnt...«

»Nun, Frau Fassmann, das besprechen Sie besser mit Ihrem Chef. Ich hätte keine Bedenken. Ich meine, wenn die Patientin einverstanden und die Milch einwandfrei ist.«

Das Findelkind begann zu krähen. Diesmal kräftig. Hochrot wurde das Gesicht, die Fäustchen fuchtelten. Nein. Es sah nicht aus, als würde es sich mit leerem Magen abfinden.

Das heftige Gebrüll wiederum vermochte selbst einen Verwaltungsdirektor zu beeindrucken. In die Knie ging er, der Zeigefinger machte kleine, spitze Bewegungen: »Na-na, du-du-du...«

Sieh dir das an! – Brinkmann war überwältigt.

»Was ist es denn eigentlich, Herr Professor? Ein Junge oder ein Mädchen?«

»Ein Junge«, sagte Wolters.

»Und wie nennen wir ihn denn?« Hildegard wollte das wissen.

Wolters fuhr sich mit der gespreizten Hand durch das schüttere Haar, die runde Stirn zeigte Dackelfalten. Dann hatte er's: »Felix? Klar doch, Felix, der Glückliche. Damit er Glück hat. Und seine Mutter wiederfindet.«

»Hm...« Hildegards Blick wurde kühl. »Falls das für ihn ein Glück ist, Herr Dr. Wolters...«

*

»Das Himmelreich«, hatte der Pfarrer gesagt, »das Himmelreich tragen wir in uns. Dies ist die Erkenntnis, die Jesus uns übermitteln will. Und weil wir das Himmelreich in uns tragen, kommt aus uns selbst die Antwort, finden wir in uns die Linderung unserer schlimmsten Not.«

Mochte ja sein. Bei anderen vielleicht. Vielleicht tragen die das Himmelreich mit sich herum, vielleicht finden die ihre Linderung. Olga Kolb fand sie nicht. Im Gegenteil: Was der Pfarrer sagte, waren doch nur Sprüche. Leergedroschenes Stroh, Patentrezepte, die er mit mildem Lächeln verkaufte.

Von wegen Himmelreich! Olgas Brüste spannten. Zweimal waren sie heute gekommen, um ihr die Milch abzupumpen. Himmelreich! Und sie? Was war sie? Eine Schale ohne Kern. Man hatte ihr nicht nur das Kind, nein, auch das Leben genommen. Die anderen auf der Station zeigten glückliche Gesichter, schnüffelten an Rosen, genossen Babygeplärr, Körbchen, Gratulationen und Entzückensschreie. Was für ein Glück, daß sie bei der Fassmann durchsetzte, in ein Einzelzimmer verlegt zu werden.

Das Himmelreich? – Von wegen: Die Hölle! Und die blonde junge Frau des Chefs hatte ihr auch genau erklärt, wie sie aussah: Blutunverträglichkeit nennt sich das. Man liebt seinen Mann, aber das Blut verträgt sich nicht mit ihm.

Unverträglichkeit. Was für ein Wort. Man will ein Kind. Man versucht es zweimal sogar, und zweimal dieselben Ängste, dieselben Befürchtungen, dieselben Besuche beim Arzt, das endlose Warten, das Kopfschütteln, die bedenklichen Gesichter, die Laborbesuche: Unverträglichkeit!

»Haben Sie einmal eine Bluttransfusion gehabt, Frau Kolb?« Sie hatte. Ihr Blut war sensibilisiert worden. Und nun: der Faktor positiv, der Faktor negativ, was bedeutete das schon? Was half es ihr, wenn gesagt wurde, daß das selten vorkommt? Bei ihr kam das vor! Zwei Fehlgeburten. Dabei hatte Olaf schon den Namen. »Olaf« wollte er ihn nennen, vom »kleinen Olaf« sprach er, für ihn stand es von Anfang an fest, daß es ein Junge sein würde. Ein Junge war es auch. Ein toter Junge!

Das Himmelreich? Gott hatte die Natur erschaffen, die Schöpfung war sein Werk. Die Unverträglichkeit auch? Einer seiner Witze wohl?

Die Gedanken kreisten. Nichts war dagegen zu machen. Und es waren immer dieselben.

Sie hörte, daß jemand das Zimmer betrat.

»Frau Kolb?« Die Stimme war leise. Sie kannte sie. Die Frau vom Chef.

Sie öffnete die Augenlider.

»Und ich dachte, Sie schlafen.«

Sie schüttelte den Kopf. »Nein, Frau Doktor. Ich mache einfach die Augen zu, manchmal hilft's, manchmal nicht.«

Sie lächelte. Sie hat ein so liebes Gesicht, die Frau Doktor. Soviel Mitgefühl. Sie setzte sich zu ihr ans Bett. Na gut, sollte sie. Was ändert das schon? Sprüche will Olga Kolb nicht mehr hören. Und schon gar kein Mitleid. Das schafft sie nicht, das wird langsam zuviel, diese säuselnden Stimmen, die herabgezogenen Mundwinkel.

»Wissen Sie, ich mach das manchmal auch so, Frau Kolb. Einfach Augen zu.«

Olga blieb stumm.

»Aber wenn man diese Taktik anwendet, sieht man manches nicht.«

»Vielleicht.«

»Auch das nicht, wo man helfen könnte. Und selbst Freude hätte.«

Na und? Was wollte sie? Selbst Freude hätte – was sollte das heißen?

»Was soll das heißen?« sagte Olga Kolb.

Sie lächelte. Dafür wurde sie bezahlt, zu lächeln. Das Doktorlächeln. Und dann sagte sie: »Frau Kolb, es gibt nicht nur Eltern ohne Kinder. Es gibt auch Kinder ohne Eltern.«

Na also, Sprüche! Olga Kolb schwieg.

»Frau Kolb, hören Sie: Wir haben so ein Kind. Die Mutter hat es ausgesetzt.«

Das war doch wie ein Stich. Olga Kolb richtete sich auf: »Wenn eine so was tut, gehört sie eingesperrt.«

»Na schön«, Christa lächelte, »aber davon hat das Kind nichts. Deshalb bin ich ja hier.«

»Ich verstehe nicht.«

»Eine einfache Frage. Frau Kolb: Könnten Sie sich vorstellen, daß Sie das Kind, das keine Mutter hat, nähren?«

Olga Kolb versucht es. Ihr Kopf fällt auf das Kissen zurück: Nähren? Was für ein Wort. Ihre Brüste sind heiß, auch dafür hat die Natur gesorgt, Milch schießt ein, dringt in die Brustwarzen. Ihr ganzer Körper verlangt, daß sich dies löst...

Die Brust ist eine Drüse, das hatte sie im Wöchnerinnen-Unterricht gelernt. Und man hatte ihr genau gezeigt, wie sie funktioniert. Fremd oder nicht, ein Baby bleibt ein Baby. Vielleicht ist der Mensch wirklich nichts als eine Maschine. Und bei manchen Maschinen gibt's nun mal Defekte. Ein System versagt, das andere funktioniert weiter.

»Na ja«, sagte sie vorsichtig, »wenn es keine Mutter hat und ich habe die Milch, dann ist es wohl doch das beste... ich meine, der Mensch ist ja doch nur eine Maschine, Frau Doktor, nicht?«

»Das sehe ich nicht so.«

»Doch, doch«, sagte Olga Kolb. »Aber wenn ich helfen kann. Gerne.«

*

Olaf Kolb hatte sich daran gewöhnt, Niederlagen als das zu nehmen, was sie waren: Rückschläge, die das Leben bereit hält. Und Rückschläge waren schließlich dazu da, daß man sie überwand. Mit dieser Philosophie hatte Olaf Kolb noch immer Erfolg gehabt. Man sah's ihm an: Ein Meter neunzig groß, Wikingerformat, das Haar kurz geschnitten, hinter der ungeränderten Brille ein paar braune Augen, die Menschen und Probleme auf Distanz hielten, stets freundlich, aber kühl – in seinem Job als Einkaufsleiter eines großen Freiburger Supermarkts wegen seiner guten Nerven als der »eiserne Olaf« gerühmt.

Dieses Mal aber war Olaf Kolb in Schwierigkeiten. Zu groß war die Enttäuschung. Otto, Oskar,

Ottfried – an all diese Namen hatte er gedacht, als er für den Kleinen einen Namen suchte. Oder Olaf, wie er selbst? Warum nicht? Sie hieß Olga. Es hätte hübsch zusammengepaßt. In solche Wünsche, solche Vorstellungen hatte er sich bereits eingerichtet. Es schien ja auch alles gutzugehen.

Es war nicht gutgegangen. Nun fühlte er seine Nerven, schlimmer noch: Olaf Kolb fühlte sich hilflos. Hilflos kam er sich vor allem deshalb vor, weil er im Innersten wußte, daß kein Wort, kein Appell, keine Aufmunterung Olga in ihrem Unglück erreichte.

Langsam ging er den Korridor der Wöchnerinnen-Station entlang. Die Patientinnen sahen ihm nach: »Ein so lieber Mann, der Herr Kolb! Und nun soviel Unglück...« Nervöse oder lachende Männergesichter kannte man hier. Nicht so ein trauriges. Und wie er jetzt zögernd vor der Türe stehenblieb und nur ganz langsam die Hand hochnahm – ach ja, auch das konnte man verstehen. Er hatte es wirklich nicht leicht. Die arme Frau...

»Die arme Frau« bereitete Olaf Kolb an diesem Vormittag die Überraschung seines Lebens. Die Arme fielen ihm herab. Sein Kopf fühlte sich sonderbar schwer an, selbst die Türe hatte er vergessen zu schließen – er stand nur einfach da und starrte.

»Olga!« Da lag sie, ein Kissen im Kreuz, den blauen Seidenmantel, den er ihr noch für die Klinik gekauft hatte, geöffnet, die Brüste entblößt, die Arme um ein winziges, weißverschnürtes Wesen gelegt, das sanft an ihren Körper gedrückt mit Hingebung an ihrer rechten Brust saugte.

Lag und lächelte!

Auf dem Tisch ein großer Nelkenstrauß, der nicht von ihm stammte. Und neben dem Tisch Gabi, die Säuglingsschwester. Auch die lächelte. Beide Frauengesichter wie von innen erwärmt, erfüllt von diesem sonderbar verträumten Ausdruck, mit dem Männer im allgemeinen nichts anzufangen wissen.

»Da kuckste, was? Sieh mal, das ist Olaf.«

»Olga!« stammelte Olaf...

Das Baby löste sich von ihr. Schwester Gabi beugte sich über die beiden und nahm ein Handtuch. Dann wickelte sie das Kleine in ein größeres Tuch, Olga zog ihr Hemd zu, ihre Hand lag auf dem runden dunklen Kopf des Säuglings, die Frauen sprachen zueinander – und ihn, ihn gab es nicht mehr. War das wichtig? Olaf Kolb hatte ohnehin das Gefühl zu träumen.

Er träumte nicht.

»So, mein Kleiner«, verkündete Schwester Gabi energisch, »das wär's für's erste. Und in vier Stunden kommen wir dann wieder.«

Mein Kleiner? – Der kleine Olaf war tot. Den hatten sie begraben. Ein anderer hatte seinen Platz eingenommen?

»Was kuckst du so? Setz dich doch zu mir. Komm, ich muß dir das erklären.«

»Den Eindruck habe ich auch.«

»Ist einfach: Ich habe Milch – der Kleine hat sie nicht. Der hat keine Mutter. Aber sieh mal...« Sie warf einen wehmütigen Blick zur Tür, die sich inzwischen hinter Schwester und Säugling leise geschlossen hatte. Ihre Augen verschleierten sich, und ihre Stimme wurde wieder klein und schwankend: »Sieh mal, Olaf! So hätte es sein können...«

Er nahm ihre Hand. Die Vision war vorbei, die Realität hatte ihn wieder. »Ja, Olga, aber wir dürfen die Hoffnung nicht verlieren.«

»Was heißt Hoffnung, Olaf? Nach zwei Fehlgeburten innerhalb weniger Jahre? Du weißt doch: Unverträglichkeit! Und auch die Frau vom Chef, mit der ich sprach, oder Dr. Körber, alle sagen das gleiche: Eine neue Schwangerschaft kommt nicht in Frage.«

Er nickte. Es fiel ihm nichts mehr ein. Die kleine Fahne Hoffnung, die er immer hochhielt, wenn Olga in ihre Melancholie abzugleiten drohte, in dieses Loch, diesen Sumpf von Trauer, Weinen und Nichtansprechbarkeit, war ihm entglitten.

Da ließ sie seine Hand los und richtete sich auf. Sie sah ihn an. Sie hatte ihn noch nie so angesehen. Nie mit diesem Blick. Und sie hatte auch noch nie so gesprochen, nicht so hart, so schnell: »Sie dürfen die Mutter des Kleinen nicht finden, hörst du?!«

»Wieso nicht? Was ist mit ihr?«

»Den Kleinen hat sie einfach abgeliefert. Weggeschmissen wie eine Mülltüte! In einen Abfallkorb hat sie ihn gesteckt. Kannst du dir das vorstellen?«

Olaf konnte es nicht. Ging ihn auch nichts an. Da begriff er und war alarmiert: Vorsicht, dachte Olaf Kolb und sagte zögernd: »Na und? Das würde uns auch nicht viel helfen.«

»Doch! Mir.«

»Du meinst...

»Ich meine, daß wir es behalten können.«

Darauf lief es hinaus? Verrückt war es. Doch konnte man es ihr verdenken? »In vier Stunden kommen wir wieder...« Jeden Tag dieses Kind an die Brust zu nehmen, es zu spüren – was kapierte ein Mann davon, was verstand er überhaupt von Kindern und Müttern?

Olaf Kolb beschloß, taktisch vorzugehen: Keine Gefühle provozieren. Ruhig bleiben. Ganz ruhig sagte er: »Falls du an eine Adoption denkst, dann muß ich dir gleich sagen: Ohne Kindsmutter geht das nicht. Deshalb...«

»Deshalb was, Olaf?«

Sie drehte den Kopf zur Seite. Sie schob eine Strähne ihres dunklen Haars aus der Stirn. Sie sah ihn an. »Was? Sag's doch.«

»Nun, da wollen wir lieber noch nicht dran denken.«

»Warum nicht?« Noch immer dieser Blick. Und wieder diese gespannte Stimme: »Olaf, ich will ein Kind! Ich will es für immer. Nicht bis zu meiner Entlassung.«

Olaf war heilfroh, als sich die Türe öffnete und ein hochgewachsener Mann in weißem Mantel vor ihnen stand. In der Halle hatte er ihn schon einmal gesehen. »Der Chef!« hatte Olga gesagt. Na gut, das war also der Chef. Sie schüttelten sich die Hand.

»Na, haben Sie sich angefreundet mit dem Kleinen?«

»Professor«, er hatte Mühe mit der Antwort, »ich wünschte, ich hätte mich mit meinem eigenen Baby anfreunden können.«

»Kann ich verstehen. Sehen Sie, so ist's nun.

Was können wir daran ändern? Die eine bekommt ein Baby und will es nicht, die andere will es und darf es nicht behalten.«

Brinkmann zog eine Pfeife aus der Tasche seines Mantels. Mit dem Handballen polierte er die rotgemaserte Rundung, dann steckte er sie eilig wieder weg.

Olaf kannte solche Gesten. Wenn Männer nervös wurden, benahmen sie sich so. Auch Professoren konnten also nervös sein? Ein Trost. Er versuchte sich das alles vorzustellen, durchzudenken, doch die Überlegungen verhakten sich. Die beiden, der Professor und Olga, was redeten die? Von der Polizei hatten sie's, von Vormundschaft, Gericht – Herrgott noch mal, so weit war's doch noch gar nicht!

Natürlich werde nach der Kindsmutter gefahndet, setzte ihr der Professor auseinander. Das müsse auch sein. Ein krimineller Vorgang, eine solche Kindesaussetzung.

»Aber wenn die Mutter gefunden wird«, drängte Olga Kolb, »dann möchte ich mit ihr sprechen!«

Nun zögerte der Professor. Er sah Olaf Kolb an. Kolb wußte, um was es ihr ging. Der Professor sprach es aus.

»Wollen Sie mit der Mutter wegen einer Adoption sprechen?«

»Ja. Darf ich das nicht?«

»Klar dürfen Sie. Aber eine Adoption, das weiß auch Ihr Mann, nicht wahr, Herr Kolb…?«

Olaf nickte.

»...eine Adoption ist ein komplizierter, bürokratischer Vorgang. Und was die Zustimmung angeht, so ist nicht so sehr die Mutter zuständig, sondern Sozialbehörde und Jugendamt.«

Olaf beschloß einzugreifen: »Ich habe meiner Frau schon geraten, nicht voreilig zu sein.«

Olga beachtete ihn nicht. Was war das überhaupt für eine Olga? So vollständig verändert! Man kann doch nicht einfach die Katze im Sack...

Er kam mit seinen Gedanken nicht zu Ende. Und schon gar nicht kam er damit durch. Diese neue, unheimlich gewandelte Olga schnitt ihm das Wort ab.

»Ich will es!« sagte sie. »Und mein Mann wird damit einverstanden sein. Das weiß ich.«

Das weißt du? Er denkt es.

Der Professor lächelte, hob die Hände, wie das Professoren so machen. Was sollte er auch sonst tun? »Ja, dann, Herr Kolb... Wenn das so ist? Da werden wir beide uns wohl mal bei nächster Gelegenheit zusammensetzen müssen.«

*

Gestern nacht das Fieber! »Macht nichts«, hatte Gabi gesagt, »in den ersten Wochen kriegen die Kleinen das leicht.« Und mit der Ernährung habe das gar nichts zu tun. »Gibt sich wieder«, hatte sie gesagt.

Aber mit der Ernährung hatte das doch etwas zu tun, denn Felix wollte nicht trinken. Sie hatten ihr die Milch absaugen müssen. Und dann konnte sie die ganze Nacht nicht schlafen. Ja, wie denn, wenn dem Kleinen was fehlte? Aber heute vormittag schien wieder alles in Ordnung. Fieber weg. Mordsappetit. Nun saßen sie zu zweit unter dem Holunderbusch auf der Bank, direkt am Hang, von wo man die Auffahrt ins Tal sehen konnte. Ein bißchen zugig war's vielleicht, aber sie hatte den Kleinen ja gut eingepackt. Und Felix schien's zu gefallen.

Er sah sie an mit diesen runden, klaren blauen Augen, über die sie schon soviel nachgedacht hatte, weil man sich ja fragen muß, woher das kam, dieses schöne, tiefe Aquamarinblau. Die Härchen aber waren kastanienbraun und glänzend...

Olga Kolb richtete sich auf, zog die Decke fester um den Kopf des Kleinen: dort unten? Das war doch ein Polizeiauto? Zwei Männer stiegen aus. Und wer redete mit ihnen? Der Professor und die Gabi. Sie gaben sich die Hand, die machten Verbeugungen. Der Chefpolizist war ein Dicker mit Glatze. Über was sprachen sie? Was wollte die Polizei?

Sie hatte den Kleinen so fest an sich gepreßt, daß er zu weinen anfing. Sie merkte es nicht einmal. Und da hatte Gabi sie erspäht, hob die Hand, Olga Kolb konnte nicht zurückwinken, die Arme waren wie festgeschraubt, das Herz erfüllte eine eisige Leere, ihr Gehirn konnte nur eines denken: Ich laß ihn mir nicht wegnehmen! Auch Olaf hatte gestern so komische Bemerkungen gemacht: »Weißt du, Olga«, hatte Olaf gesagt, »so locker geht das nicht: säugen und behalten. 'ne Menge Papierkram ist das, verstehst du?«

Verstehst du – Papierkram?! Was verstanden die! Adoptionsverfahren, Vormundschaftsgesetz. Gesetze wurden von Männern gemacht, und die hatten noch nie etwas kapiert.

Sie hatte sich erhoben und wollte ins Haus zurück. Aber da winkte ihr Gabi zu und kam heraufgerannt.

»Ich habe Sie schon gesucht.«

Olga Kolb fühlte, wie ihre Beine schwach wurden. Nicht einmal einen Gruß brachte sie zustande.

»Das sind nämlich Leute von der Polizei«, machte sich Gabi wichtig.

Olga schwieg. Den Kleinen preßte sie fest an sich. Gabi streichelte sein Gesichtchen. »Na, dann wollen wir den Herrn Felix jetzt mal schlafen legen.«

»Was wollen die?« hörte Olga sich sagen.

»Nichts. Es geht um die Mutter.«

»Haben sie... haben sie sie gefunden?«

»Nein. Aber sie ist identifiziert worden. Man weiß jetzt, um wen es sich handelt.«

»Und um wen?«

»Eine junge Frau. Sie war mit einer Gruppe von Zeitschriftenwerbern hier. Wo sie steckt, weiß man nicht. Aber daß sie es getan hat und sie die Mutter ist, das steht fest. Der Professor will mit Ihnen darüber sprechen, Frau Kolb. Sehen Sie, die Polizisten fahren schon wieder ab. Gehen Sie doch gleich mal runter zu ihm.«

»Ich? Jetzt?«

»Ja. Warum denn nicht?«

Also gingen sie gemeinsam. Gabi trug das

Baby, und obwohl Olga Kolb Schwierigkeiten hatte, den Weg zu finden, lächelte sie. Nimm dich zusammen!, sagte sie sich. Herrgott noch mal: Was ist schon dabei? Der Professor will dich sprechen? Soll er. Aber den Felix lasse ich mir nicht wegnehmen.

»Guten Morgen, Frau Kolb!« Er legte ihr die Hand auf die Schulter und sie fühlte, wie das Zutrauen wuchs. »Gerade haben wir von Ihnen gesprochen.«

»Ich weiß«, sagte sie, »man hat die Frau gefunden. Aber die werden doch nicht... Ich meine, einer solchen Frau, die ihr Baby wegwirft, einem solchen verantwortungslosen Menschen kann man doch den Felix nicht zurückgeben?«

»Nein, sie werden nicht. Und ob man kann – wir haben ja gestern darüber gesprochen. Die Mühlen der Verwaltungen mahlen langsam.«

Sollten sie mahlen, wie sie wollten! Olga nahm Gabi den Säugling aus dem Arm. Felix!, dachte sie. Was geht uns das an? Und der Professor lächelte. Nun streichelte er den kleinen Felix. Der umklammerte auch sofort seinen Finger.

»Trotzdem, Frau Kolb, so leid es mir tut – ich muß Ihnen mitteilen, daß Sie ihn nicht mitnehmen können, wenn Sie nächste Woche entlassen werden. Es ist nun einfach so, daß das Baby der Klinik anvertraut worden ist, nicht Ihnen. Natürlich können Sie es besuchen, sooft Sie wollen.«

»Ja«, sagte sie und dachte: Das gibt's doch nicht! Das können die nicht. Ich trenn' mich nicht von ihm. Nie! »Ja, Herr Professor, aber...«

»Leider nichts zu machen, Frau Kolb.«

Er zog die Schultern hoch und öffnete die Hände. Es tat ihm selbst leid, man sah es: Leider nichts zu machen.

Ein Satz wie ein Schnitt, der zunächst nicht einmal weh tat. Dann aber kamen Schock und Schmerz. Sie richtete sich auf. Sie legte die Hand um den warmen runden Hinterkopf. So heftig drückte sie, daß Felix zu weinen begann. Diesmal reagierte sie nicht darauf. »Das kommt gar nicht in Frage! Ich will ihn. Kein anderes Kind – ihn!«

»Aber natürlich.« Brinkmann rieb wieder mal seine Nase. Diesmal sehr heftig. »Sehen Sie, das wird ja auch alles in Ordnung gehen. Schließlich, den Vorteil habe ich hier: Ich kenne die zuständigen Leute im Bürgermeisteramt. Und die kennen mich.«

»Bitte, Herr Professor, helfen Sie!«

»Klar. Alles werde ich tun. Aber so schnell wird ein Baby nun mal nicht zur Adoption freigegeben, Frau Kolb. Das ist nun mal so! Aber ich helfe Ihnen. Versprochen ist versprochen.«

*

Die Junisonne musterte die Bürowand mit fließenden Lichtstreifen. Der Kristallbecher, die Messinguhr, der Briefbeschwerer, selbst das Stethoskop, das Brinkmann auf den Schreibtisch gelegt hatte, funkelten. Licht lag auch auf der Stirn Olaf Kolbs. Licht und ein hauchdünner Feuchtigkeitsfilm.

»Zigarette, Herr Kolb?«

Olaf Kolb schüttelte den Kopf. »Danke, Herr Professor. Ich rauche nicht.«

»Da tun Sie gut daran.« Einen Cognac anbieten? Nein, wieso eigentlich? Der Mann schien entspannt, fast ein wenig zu entspannt, meldete Brinkmanns Instinkt. Er saß da, die Beine übereinandergeschlagen, ein freundliches Lächeln auf dem Gesicht.

»Ich habe auch meinen Verwaltungsdirektor hierher bestellt. Vielleicht weiß der in Adoptionsfragen eher Bescheid.«

»Verzeihung, Herr Professor, sind wir denn schon soweit? Ich meine, das wäre doch sehr voreilig, etwaige Adoptionsprobleme schon jetzt zu diskutieren?«

»Nun, da haben Sie natürlich vollkommen recht.« Brinkmann wurde verlegen. Schon wieder zu weit vorgeprellt. Wieso kannst du das nie lassen? Heilfroh war Brinkmann, daß in diesem Augenblick der Verwaltungsdirektor im Büro auftauchte. Die Vorstellung war kurz, und Brinkmann war sich weniger denn je im klaren, wie er das Findelkindproblem nun eigentlich angehen sollte. Warum sagte dieser Kolb nichts?

Mühlmann hörte sich alles an. »Nun, was den Kostenträger betrifft«, sagte er kühl, »gibt's da sicher noch ein paar Probleme.«

»Wie bitte?« Brinkmann räusperte sich.

»Na ja, ein Säuglingsbett ist auch ein Bett. Wie soll ich das denn alles verrechnen?«

Nun fühlte Brinkmann wieder festen Boden

unter den Füßen. Dieser Mühlmann! »Sind Sie nicht ein guter Christ, Herr Mühlmann?«

Der blinzelte hinter der Brille. »Ja. Glaub' schon. Aber was hat das damit zu tun?«

»Was das damit zu tun hat? Das fragen Sie bei einem Findelkind? Hören Sie, Herr Mühlmann: Verrechnen Sie's doch, wie's der Stallbesitzer von Bethlehem damals verrechnet hat.«

Mühlmanns Nacken wurde steif. »Haben Sie mich deshalb geholt, Herr Professor?«

»Nein. Aber wie ich die Dinge sehe... hm, vielleicht habe ich etwas frühzeitig nachgedacht. Am besten, wir besprechen die ganze Geschichte noch mal. Auch was Ihr Bett angeht, Herr Mühlmann.«

Versöhnlich klang es. Herrgott, wie kam er auch dazu, Mühlmann bei jeder Gelegenheit als Blitzableiter zu mißbrauchen? Verdient hatte er es nicht.

»Herr Kolb!« Sie waren wieder allein. »Herr Kolb, meine Bitte ist ein bißchen kompliziert. Es geht uns darum, Ihre Frau seelisch in Ordnung zu bekommen, ihr Mut zu machen. Ich bin überzeugt davon, daß Sie das verstehen.« Brinkmann hob beschwichtigend die Hand. »Aber sehen Sie: Dies ist eine Ausnahmesituation. Und in solchen Fällen ist es immer wichtig, nach einer Art von Kompensation zu suchen. Verstehen Sie?«

»Nicht ganz, Herr Professor.«

»Ja nun, ich habe vorhin gemerkt, daß Sie die Sache bereits selbst erwogen haben.«

»Sie meinen das Kind?«

»Ja. Und wie immer Ihre Entscheidung ausfallen mag, glauben Sie mir: Ihre Frau befindet sich psychisch in Gefahr.«

Kolb nickte. Langsam zeichneten sich ihm die Zusammenhänge ab. Olga, diese sonderbare Olga, die ihn angesehen hatte, als würde er ihr ein Messer ins Herz stoßen. »Aber, Herrgott noch mal…, verzeihen Sie, Herr Professor…«

»Bitte!« Brinkmann hatte die Pfeife in der Hand, gab sorgfältig den Tabak hinein, zündete sie an, schloß die Augen, nahm genüßlich einen ersten Zug. »Ich könnte jetzt sagen, ich bin ehrlich zu Ihnen, Herr Kolb, ich könnte sagen, die Dinge ergaben sich nun mal so: Ein Kind, dem die Mutter fehlte, eine Frau wiederum, die stillen kann. Sie verstehen? Aber ich glaube nicht immer an solche Zufälle. Manchmal sehe ich etwas wie ein Gesetz dahinter.«

»Ein Gesetz?« Olaf Kolb spürte, wie seine Denkfähigkeit nachließ, zumindest die Fähigkeit zu einer klaren Analyse, die er sonst jeder Überlegung vorauszuschickte. Worauf wollte dieser Brinkmann hinaus? Daß Olga das Kind haben wollte? Und um jeden Preis haben wollte.

»Ihre Frau, Herr Kolb, darf sich nicht so stark in den Wunsch hineinsteigern, es nicht wieder hergeben zu müssen.«

Er atmete auf. Na, Gott sei Dank! War doch genau dasselbe, was er gedacht hatte. Der Mann war vernünftig, mit dem konnte man reden.

»Genau, Herr Professor. Ich meine, das ist es, was auch ich befürchte. Sehen Sie, die Olga, sie ist ohnehin – nun, man nennt das wohl depressiv. Ich meine, sie hat solche Anfälle. Unser Hausarzt verordnete ihr schon Beruhigungsmittel. Ist ja auch kein Wunder. Immer wieder die Hoffnung. Das Auf und Ab. Ein ewiges Wechselbad: Man freut sich, und dann geht doch wieder alles schief. Mich selbst hat das fertiggemacht. Und Sie wissen doch, wie die Frauen sind. Aber…«

Er schwieg plötzlich.

»Bitte?« sagte Brinkmann. »Sie wollten doch etwas sagen?«

»Was soll ich schon sagen wollen? Ein wildfremdes Kind, Herr Professor? Irgendein Kind… Man kennt die Eltern doch gar nicht. Und die Mutter setzte es aus. In einen Abfallkübel. Stellen Sie sich doch mal vor, was die für einen Charakter hat! Ich weiß doch nicht, aus welchem Stall, ich meine, was so ein Kind…«

»Das Erbgut? Ist es das?«

Brinkmann sah den Rauchwolken nach, zart und zerfasert drehten sie sich in dünnen Spiralen zum Fenster. Vom Eingang kamen Stimmen. Dann das Dröhnen eines Lastwagens. Die Wäsche! Er dachte es automatisch. Er mußte sich konzentrieren, um sich das Problem noch einmal vor Augen zu führen. Es war nicht einfach, bei Gott. Doch was ist schon einfach?

»Herr Kolb, haben Sie sich schon einmal mit Ihrer Frau über die Möglichkeit einer Adoption Gedanken gemacht?«

»Sicher. Oft genug.«

»Na, sehen Sie. Es ist immer ungewiß. Die meisten Adoptionseltern erfahren ohnehin nicht, wer die Eltern sind. Sie beginnen am Punkt Null. Man nimmt ein Wesen an, man fragt nicht. Im übrigen: Nicht das genetische Potential, das Erbgut, ist prägend, die Erziehung ist es.«

Olaf Kolb seufzte. »Arme Olga...« Dieser sonderbare Ausdruck in ihrem Gesicht, als er eintrat und sie das Baby hielt, dieser selige Ausdruck.

»Sie müssen begreifen, Herr Kolb, für mich stellt sich das Problem ganz anders. Ihre Frau will nicht adoptieren. Ihr geht es gar nicht allein um eine Adoption. Sie will ein Kind, ein bestimmtes Kind. Sie will dieses Kind. Wir haben ihm den Namen ›Felix‹ gegeben. Ein Kollege tat das. Felix heißt ›der Glückliche‹, wie Sie wissen. Der Glückliche, der eine Mutter findet. Ein Einfall von uns, wenn Sie wollen. Jetzt sieht es so aus, als würde Wirklichkeit daraus.«

»Aber ich – ich hab' da doch auch noch ein Wörtchen mitzureden?« Olaf Kolb wollte es sagen. Und schwieg doch. Sie gibt ihm die Brust, dachte er ihre Milch, ihren Körper, ihre Liebe. Sie waren wie eine Einheit.

Er hatte sich immer gegen sentimentale Übertreibung gewehrt. Dies aber war etwas anderes. Der Professor hatte recht: Hier wurde aus Gefühl Wirklichkeit. Ihre, Olgas Wirklichkeit! Und ich, dachte Olaf Kolb, soll nun dazwischenfunken? Habe ich überhaupt das Recht? Immer hatte sie getan, was ich wollte. »Eine gute Frau« nannte man das früher. Heute eine »Sklavin«, vielleicht. Das Problem mit der Gleichberechtigung hatte sich nie gestellt. Sie brauchten diesen neumodischen Unsinn nicht.

Gesorgt hatte er für sie, ein Leben lang, und geliebt auch. Und was alles andere anging, Ehe, Treue oder so, auch da stand er wie eine Eins. Keine Reise, ohne daß er Olga angerufen hätte. Nie 'ne Freundin. Nicht den ganzen Kokolores, den die anderen in der Firma abzogen, nein. Vielleicht war sie nicht so selbständig, vielleicht hatte er sie unterdrückt, mochte ja sein, aber gesorgt hatte er. Und jetzt?

OLAF! ICH WILL DAS KIND! HOFFENTLICH KOMMT DIE MUTTER NICHT WIEDER.

Das stand! Da hatte er nicht mitzureden. Er wußte, wann sich Antworten erübrigten. Bei Olga hatte er es noch nie erlebt. Vielleicht war's Zeit.

Olaf Kolb beugte sich vor. Er fühlte sich befreit, richtig heiß war ihm, heiß vor Erleichterung, so verrückt das alles sein mochte: Warum sollte er nicht Olga folgen, einmal in seinem Leben, das erstemal?

»Wenn ich recht verstehe, Herr Professor, dann haben Sie Sorge, daß man ihr das Kind wieder abnimmt?«

»Nicht gerade. Aber es ist ein langwieriger Prozeß. Bürokratie. Aktenkram. Vormundschaftsgericht. Jugendamt. Sie kennen das doch?«

»Und wenn wir kämpfen?«

Brinkmann sah auf. Sein zögernder, brütender Blick wurde offen und gerade. »Soll das heißen, daß Sie...«

»Das soll heißen, daß ich voll hinter meiner Frau stehe. Und daß ich alles tun werde, damit der Kleine bei uns bleibt.«

»Na dann«, Brinkmann verschränkte die

Arme, »wenn das so ist, kann ich Ihnen sagen, dann stehe ich auch dazu und tue alles, was ich tun kann. Sie aber werden dafür sorgen, daß sie bei den ersten Schwierigkeiten nicht gleich ihr seelisches Gleichgewicht verliert.«

»Das werde ich.«

Brinkmann erhob sich. Über den Schreibtisch hinweg gab er ihm die Hand. »Na gut, die Verschwörung steht, Herr Kolb!«

Kolb grinste. Meist gab er nichts auf den ersten Eindruck. Diesmal stimmte er: der Mann war in Ordnung.

Dann fiel ihm noch was ein: »Wie soll das denn jetzt weiterlaufen? Ich meine mit dem Baby? Bleibt es hier?«

»Vorerst ja. Die Behörden können gar nicht anders verfügen. Zuerst muß die Mutter ermittelt werden. Dann wird's problematisch. Ich meine, falls die das Kind wiederhaben will. Aber selbst in einem solchen Fall werde ich mich ins Zeug legen.«

Kolb nickte. Sein Mund war trocken. Etwas wie Angst stieg in ihm hoch.

»Wir werden auf die starke emotionelle Beziehung hinweisen, die zwischen Ihrer Frau und dem Kind besteht. Das wird schon berücksichtigt werden.«

Starke emotionelle Beziehung? »Das wird alles sehr lange dauern, was?«

»Kann. Muß nicht. Hauptsache, wir sind uns über die Schwierigkeiten im klaren.«

»Und wissen, was wir wollen«, sagte Olaf Kolb.

»Auch das«, nickte Brinkmann.

*

Gesprochen wurde wenig im Therapiezentrum im Souterrain, gestöhnt häufiger, doch alles blieb gedämpft. Die Schritte verschluckten die hellen Gumminoppen, die den Fußboden bedeckten, die Stimmen, die Bewegungen. Laut blieb nur die scharfe Kommandostimme der Physiotherapeutin: »Und eins–und zwei! Ja, so ist's gut. – Noch mehr strecken! Das schaffen Sie! – Und eins–und zwei-–und drei...«

Eukalyptus- und Puderduft. Und Menschen. Patienten. Alte, junge. Die älteren ein wenig leidend, die jungen in bunten Morgenmänteln, den Ausdruck ernster Geschäftigkeit, das Bewußtsein ihrer Aufgabe auf den Gesichtern.

Vor dem großen Spiegel im Ruheraum stand Schwester Hildegard. Sie betrachtete nicht sich, sie betrachtete das Glas. Vor allem betrachtete sie den fettigen Vaselineabdruck einer Hand. Also, eine solche Schweinerei!

Der Raum war leer und überheizt wie immer. Wie oft hatte sie Johannsen schon gesagt, den Thermostat neu einzustellen? Und dieses Geschrei der Amregger! Ihr ewiges »Und eins und zwei und drei«... Konnte sie das nicht leiser bringen?

Die Schmiererei am Spiegel aber blieb ein Skandal!

Hildegard überlegte, wer für derartige Verunreinigungen eigentlich zuständig war? Sie, ohne Frage. Doch wen konnte man zur Rechenschaft ziehen?

Weit kam sie bei diesem Gedankengang nicht. Denn lautlos, gespenstergleich, tauchte hinter ihr ein weißer Mantel auf. Nun ein Gesicht. Zwei blinzelnde Augen, ein ironischer Blick: der Chef!

»Nun sehen Sie sich das mal an, Herr Professor! Dabei habe ich gestern allen gesagt, sie sollen sich auch um die Sauberkeit im Souterrain kümmern. Extra habe ich darauf hingewiesen.«

»Ja nun, Hildegard...«

Die alte Brinkmann-Gleichgültigkeit! Kannte man schon. Natürlich, für solche Probleme hielt er sich zu fein.

Die Oberschwester rückte energisch die Brosche zurecht und drehte sich um. »Und noch was, Herr Professor: Ich wollte vorhin schon zu Ihnen kommen. So geht das nicht weiter!«

»So geht was nicht weiter?«

»Ich rede von der Patientin Busch. Wiepke Busch.«

»Ach, die Wiepke? Was hat sie denn nun wieder angestellt?«

»Angestellt? Das weiß ich nicht. Das hoffe ich jedenfalls nicht. Aber die beiden, ich meine, ihr Freund, Verlobter, Geliebter – man weiß ja noch nicht mal, wie man ihn nennen soll –, dieser Junge jedenfalls, der schon damals immer nachts bei uns herumhing, ist überhaupt nicht mehr aus ihrem Zimmer zu entfernen.«

»Ach? Und wer will das denn?«

»Herr Professor, mir ist nicht nach Witzen zumute. Die haben die 314 übernommen. Schließlich, das ist doch kein Appartementhaus, das ist noch immer eine Klinik. Morgens um acht taucht er hier auf. Essen bringt er auch mit. Der ganze Schrank ist voll mit Knäckebrot, Marmelade, was weiß ich für Zeug. Fehlt nur noch, daß sie anfangen zu kochen!«

»Ja nun, fragen Sie sie doch mal, ob ihnen unser Essen nicht schmeckt. Schwester, ich muß jetzt leider...«

»Sie müssen leider in diesem Punkt eine Entscheidung fällen, Herr Professor. So geht das nicht weiter. Ich hoffe doch, daß Sie wenigstens in dieser Frage zu mir stehen?«

»In welcher? Ich sehe da keine Frage. Tut mir leid, aber ich habe die Polizei im Haus.«

Brinkmann wußte, auf welchen Knopf er drückte. Schon verwandelte sich Hildegards Gesicht in eine Landschaft fragender, erschreckter Falten, und er genoß es, sie mit einem neuen, ungelösten Problem stehenzulassen.

Ja – er hatte die Polizei im Haus. Hörster, der Leiter der Kriminalpolizei, saß bei der Meis im Büro. Und Hörster saß nicht allein.

Er rannte über den Flur, an den Labors entlang, die Treppe zur Haupthalle hoch und von dort in den zweiten Stock. Schließlich, ein wenig Bewegung tat dem Kreislauf gut. Bei der Arbeitsüberlastung der letzten Wochen waren nicht mal mehr die Spaziergänge mit Molli drin gewesen. Die einzige Bewegungsstrecke, die ihm noch blieb, waren Treppen und Korridore. Und als er nun, etwas außer Atem und nach Luft schnappend, endlich vor seinem Büro anlangte, kam ihm ein Einfall. Er bezähmte seine Neugierde. Besser war es, Olga Kolb darauf vorzubereiten, was sie erwartete. Also noch eine Treppe...

Schnaufend und mit klopfendem Herzen erreichte Brinkmann die Wöchnerinnen-Station. Wie hübsch, wie reizend sich der Flur doch mit all den kleinen Bildern ausnahm. Kinderbilder. Häuschen, über denen eine lächelnde Sonne schien. Grüne Apfelbäume, über die der Storch flog. Nebst Gepäck im Schnabel. Schornsteinfeger und Elefanten...

Wo war das nur gleich? – Ach ja, die vierte Tür auf der rechten Seite. Brinkmann öffnete sie, und da saß nun Olga Kolb, das Strickzeug in der Hand, und blickte ihm entgegen. Erschreckt betrachteten die dunklen Augen den kurzatmigen Obergott, der da plötzlich hereingeschneit kam. Sie ließ ihre Stricknadeln sinken und wollte aufstehen.

»Aber bleiben Sie doch sitzen, um Gottes willen, Frau Kolb«, keuchte Brinkmann.

»Das Kind schläft. Die schlafen immer jetzt.«

»Ach so. Natürlich.« Brinkmann zog sich einen Hocker heran und ließ sich erleichtert daraufplumpsen. »Frau Kolb, wissen Sie, wer unten in meinem Büro ist?«

»Nein.«

»Natürlich nicht. Der Mann von der Kriminalpolizei und die Mutter.«

»Die Mutter von Felix?«

Brinkmann nickte. »Ich werde Sie miteinander bekannt machen, Frau Kolb.«

Ihre Hände zogen sich erschreckt zusammen.

Brinkmann beobachtete es. Er konnte sich vorstellen, was in ihr vorging, und so nahm er ihre Hand.

»Frau Kolb, es wird nicht schlimm werden, darauf können Sie sich verlassen. Ich wollte nur fragen: Wären Sie bereit, mit ihr zu sprechen?«

Ein Nicken. Mehr nicht.

»Das wichtigste ist, daß wir ruhig bleiben. Und daß Sie daran glauben.«

»An was?«

»An was schon? Daß wir Erfolg haben. Bis nachher.«

Diesmal stoppte Brinkmann seinen Schritt vor der eigenen Bürotür und massierte sich erst mal die Schläfen: Du wolltest doch vorsichtig sein? Und was hast du dieser armen Frau Kolb nur für Schmus erzählt? Glauben soll sie, daß wir Erfolg haben?

Mein Gott, dachte er, wann endlich benimmst du dich wie ein normaler Mensch, handelst wie ein Fünfzigjähriger, der auf die Sechzig zugeht, statt wie ein Fünfzehnjähriger, der bald sechzehn wird?!

Dann öffnete er doch. Und da saßen sie in seinen Besuchersesseln: Der dicke Hörster, neben ihm eine junge Frau, blond und kurz geschnitten das Haar, der Mantel ziemlich schäbig. Darunter Jeans und ein Männerhemd. Es war blau, vom selben hellen, fast fahlen Blau wie die Augen, die ihm nun aufmerksam und ein wenig ängstlich entgegensahen. Das Gesicht war blaß, die Augen hatten Ringe, doch älter als zwanzig war sie nicht.

Hörster hatte sich erhoben: »Ich habe Ihnen Frau Braun mitgebracht, Herr Professor. Sie wissen ja...«

Brinkmann wußte und setzte sich aufs Sofa.

»Guten Tag.« Ganz zaghaft kam das.

»Guten Tag, Frau Braun.« Er nickte. »Wie ist das? Abgeliefert haben Sie's ja. Wollen Sie es nun wiederhaben?«

Vielleicht kam das zu forsch, vielleicht nahm sie es als Feindseligkeit auf, jedenfalls gab sie keine Antwort. Sie drückte den Zeigefinger gegen die Schneidezähne und schwieg.

Hörster mischte sich ein: »Geht ja gar nicht, Herr Professor. Jetzt entscheidet alles das Jugendamt. Frau Braun möchte das Kind sehen. Und schließlich, wir werden ja wohl ein Auge zudrükken. Sie hat sich ja selbst den Behörden gestellt.«

»So? Hat sie das?« Brinkmann entschied sich zu einem Lächeln. »Was kann ich jetzt für Sie tun, Frau Braun? Sehen Sie, auf der Säuglingsstation wird geschlafen. Etwas allerdings wäre möglich...«

»Bitte?«

»Ich könnte Sie mit Frau Kolb bekannt machen.«

»Und wer ist Frau Kolb?«

Brinkmann verschränkte die Arme und seufzte: Wer war Frau Kolb? – Dann betrachtete er sie mit einem seiner Blicke, von denen er im voraus die Wirkung kannte: »Frau Kolb ist die Frau, die sich des Kleinen angenommen hat. Sie hat ihn gestillt. An Ihrer Stelle. Sie hat ihr eigenes Kind verloren...«

Er wartete. Noch immer keine Reaktion.

»Am liebsten würde sie sich jetzt nie wieder von dem Kleinen trennen.«

Hatte er zu früh die Karten auf den Tisch gelegt? Vielleicht? Es war ihm egal. Er registrierte am Zucken der Mundwinkel, daß er so falsch nicht lag. »Ich... ich kann das Kind ja gar nicht haben...« Nun hatte sie auch mit der Sprache Schwierigkeiten. Und die Augen waren feucht. »Ich meine, nicht für immer... Ich habe schon ein uneheliches Kind.«

»Und wo ist das?«

»Das lebt bei meiner Mutter. Wissen Sie, ich bin doch Tag um Tag als Zeitschriftenwerberin unterwegs.«

Hörster nickte.

Von draußen hörte man leise das Klappern der Schreibmaschine. Brinkmann überlegte, dann stand er auf. Er griff diese sonderbare Kindsmutter am Arm, zog sie hoch und wandte sich an den Kriminalchef: »Herr Hörster, ich verhelf' ihr nicht zur Flucht und ich sperr' sie auch nicht ein. Ich bring' sie nur wohin. Sind Sie damit einverstanden?«

»Aber sicher doch.«

»Und wohin?« Es war kaum zu hören.

»Nun«, strahlte Brinkmann, »zu einer sehr lieben Frau. Zu einer, die alles auf der Welt dafür geben würde, ein Kind zu haben...«

*

Es klopfte. Olga Kolb hielt den Hörer noch in der Hand. Hastig legte sie ihn zurück. »Die Kindsmutter will Felix gar nicht haben«, hatte der Professor am Telefon gesagt.

Und da stand »sie« nun, blickte sie an, die Hände in den Taschen des Mantels, das Gesicht verlegen und zögernd.

Olga Kolb spürte ihr Herz.

»Kommen Sie doch bitte. Wollen Sie nicht Platz nehmen?«

Sie setzte sich auf einen Stuhl. Sie hatte die Hände über den Knien gefaltet. Doch sie sagte keinen Ton.

Olga Kolb nahm all ihre Kraft zusammen: »Haben Sie den Kleinen gesehen?«

Sie schüttelte den Kopf. »Nein. Die lassen mich ja jetzt nicht. Erst morgen, hat mir die Hebamme gesagt.«

»Es geht ihm gut bei mir. Das glauben Sie doch?«

»O ja.«

»Ist es wahr, was der Professor mir gerade am Telefon sagte? Wollen Sie es nicht wiederhaben?«

Olgas Mund war ganz trocken. Und noch immer dieser lange, forschende Blick. Nun nickte sie. »Ich will es nicht wiederhaben. Wissen Sie, ich bin ledig. Und so viel unterwegs.«

Mühe hatte sie mit dem Sprechen. Olga Kolb litt jetzt ein wenig mit. So jung, und schon so viel Elend.

Ledig? Unterwegs?

»Ich hab' ja schon eines. Zwei Jahre ist das alt. Es lebt bei meiner Mutter.«

Was es alles gibt, dachte Olga Kolb und sagte: »Haben Sie denn keine andere Möglichkeit gesehen, als das Kind auszusetzen?«

Sie hatte es ohne Vorwurf gefragt, doch dann stieg wieder hoch, was sie sich Tag um Tag und Nacht um Nacht ausgemalt und ausgedacht hatte: »So einfach in den Papierkorb? Das ist doch – fast unmenschlich ist so was!«

Sie schwieg erschrocken. Heulte ja, dieses Mädchen. Und zittern tat sie auch. Olga Kolb hielt es nicht aus. Sie ging hinüber, hielt ihre Hand und blickte in ein tränennasses Gesicht.

»Wie kann man's denn menschlicher machen, als es vor einer Klinik abzusetzen?«

»Ja«, sagte Olga Kolb, »ist ja schon gut. Ich hab' das nicht so gemeint.«

»Oh, doch... so haben Sie's gemeint.«

Olga Kolb kramte nach einem Taschentuch, fand das angebrochene Päckchen schließlich unter den Zeitungen und reichte es über den Tisch.

»Danke.« Sie tupfte sich die Augen ab. Nun sah sie sie zum erstenmal an. »Bei Ihnen geht es dem Kind gut. Das haben sie mir unten gesagt. Und ich glaub' das auch.«

»Heißt das...«

Sie nickte. Ihr Mund verzog sich. Es sah beinahe wie ein Lächeln aus: »Ich nehm's Ihnen nicht wieder weg.«

Olga Kolb ließ sich in den Stuhl zurückfallen und schloß die Augen. Sie fühlte sich mit einem Mal stark, ja frei: »Ich mache Ihnen keine Vorwürfe, bestimmt nicht. Nie mehr. Sie sollen auch nicht weinen. Wir reden noch mal in Ruhe zusammen über alles, ja? Nur wir zwei. Versprechen Sie mir das?«

»Gerne.«

Olga Kolb beobachtete, wie die andere mühsam aufstand und zur Tür ging. Dort stand der Professor, nahm sie am Arm und führte sie behutsam hinaus.

*

Ist gar nicht schwer, die Schuhe allein zuzukriegen. Max, der Teddy, ist auch dabei. Der steckt in der Tasche. Die Tasche ist warm. Da friert der Teddy nicht. Angie hat ein Handtuch reingesteckt.

Nun einfach die Treppe runter.

Die Treppe kannte Angie. Man brauchte gar nicht Licht zu machen. Und Claudia hörte Radio, Mami saß am Schreibtisch im Arbeitszimmer. Sie merkte sowieso nichts, merkte ja nie was, nicht einmal, daß sie die ganze Zeit geheult hatte, die konnte nur schimpfen. Auch mit Udo hatte sie geschimpft. Und mit Claudia... Und falls da tatsächlich ein Schwesterchen gekommen wäre, so wie Angie sich es erhoffte und wie sie das alle sagten, würde sie auch mit dem Schwesterchen schimpfen. Das dachte Angie, nahm Max hoch und trug ihn aus dem Haus. Sie stand nun unten. Sie mußte sich ziemlich strecken, um die Klinke vom Gartentor runterzudrücken. Und dann hatte sie plötzlich Angst: Wenn das Tor zu ist? So 'n Scheiß! Aber es war nicht zu. Man konnte raus.

Die Straße war still, lang und leer. Überall glitzerten Lichter. Auch oben am Himmel. Nacht war es, und Kinder durften nachts nicht auf Straßen.

Angie hatte keine Angst: Der Udo kam nicht zu

ihr, wie er es versprochen hatte, gut, dann würde sie zu ihm gehen. Auch wenn der Weg ein bißchen weit war...

Ja, dachte Angie, und wenn's noch so weit ist in die Villa! Der Udo gibt mir was zu essen. Und dann krieg' ich mein Bett. Und meine Geschichte! Er hat doch versprochen, mich zu holen. »Angie, heute noch«, hatte Udo gesagt. Aber dann gab's Krach und er hatte Angst. Wie die Claudia. Alle haben sie Angst. Ich nicht. Überhaupt nicht!

Angie lief und lief, so weit sie die kurzen Beine trugen.

Doch dann war sie müde, so müde, daß sie sich hinsetzen und einschlafen wollte. Die Füße taten weh. Sie durfte sich ja nicht hinsetzen.

»Was, Max? Kann man nicht. Sonst kommen Leute... Und was sagen die, wenn sie uns finden? Schimpfen tun die. Und der Udo erst! Dann schimpft auch der Udo.«

Also ging sie weiter: Schatten hingen zwischen den Zweigen am alten Torweg, die Stadt wollte sie nicht durchqueren, aber dort hinten, den steilen kleinen Weg, den kannte Angie. Und auch die Mauer und die drei Lampen. Mit Käte war sie hier, Käte war den Weg so gern gegangen. Dort oben kam die Bank...

Heiß wurde ihr jetzt. Sie zog den Reißverschluß ihrer Strickjacke auf. Durfte man nicht machen, da erkältete man sich. Aber sie würde sich nicht erkälten. Sie wollte nach Hause zu Udo und dann...

Dann? War da ein schreckliches Geräusch, etwas wie ein Schrei. Kleine Kinder wurden gefressen bei Nacht. Bei Nacht gibt's den bösen Mann. Und dieses Stöhnen und Gefauche... Ist er das?!

Sie klammerte sich an Max.

Sie schrie.

»Mami!« schrie sie. »Mami! Mami!« Nicht Udo. Aber die Mami war weit... Ein grauer Strich. Funkelnde Augen. »Ach«, sagte Angie, »ist ja nur 'ne Katze, Max! Stell dir vor: Bloß 'ne Katze! und ich, ich – zu Tode hab' ich mich erschreckt. Bin ich doof!«

Sie kicherte, obwohl alles an ihr müde war. »Gleich dort oben, da ist die Villa, Max. Dann haben wir's geschafft.«

Zwischen Baumstämmen und Dunkel lockten Lichter. Da war auch eine Türe, da ging es rein zu Udo. Doch als Angie daran rüttelte, ertönte ein schreckliches Heulen.

Sie fuhr zusammen. Der arme Max fiel am Zaun ins Gras. Helfen konnte sie ihm nicht. Nicht mal den Arm kriegte sie hoch vor Angst. Mami! Sie dachte es wieder: Komm her! – Sie kam ja nicht...

Das Heulen hörte nicht auf. Es knackte. Nah und bedrohlich laut. »Lieber Jesus!« betete Angie. »Gleich mach' ich Pipi...«

Sie wollte rennen, drehte sich um. Da erkannte sie im Dunkel einen weißen Fleck, direkt am Zaun. Auch das Heulen war verstummt, wandelte sich in einen zärtlichen Ton: Hundegesicht und Hundefiepen. Eine Hunde-Liebeserklärung! Und Hundepfoten am Zaun.

»Molli!«

Hunde können sprechen, Udo hatte das immer

gesagt. Sie verstand zwar nicht, was Molli erzählte, aber es war lieb, das merkte man. Und Mollis Zunge war warm und naß.

Angie setzte sich nun doch auf den Boden. Molli war neben ihr. Ganz dicht und warm.

»Oh, Molli, ich bin so müde. Aber wenn ich da nicht rein kann? Ist das Tor zu? Und an die Klingel komm' ich nicht ran. Oh, Molli, so ein Mist!«

»Ooooooiiih«, sagte Molli.

»Wenn die alle schlafen? Oder gar nicht da sind? Was machen wir dann?«

Molli winselte und schlug mit dem Schwanz.

»Dann fahren wir zu Papi, ja?«

Das war es. Da hätte sie vorhin schon dran denken können. Zu Papi mit der Eisenbahn! Papi war der Zweitnetteste – gleich nach Udo. Von dem kriegte sie alles. Und Molli erst!

»Molli, von dem kriegen wir alles! Kommst du mit?«

Sie brauchte es nicht zu fragen, Molli wetzte bereits über die Straße. Und Angie rannte hinterher, so erleichtert war sie, nicht mehr allein zu sein...

*

Angies lebloser Körper im Swimmingpool?! Die Vorstellung lähmte Claudia alle Glieder. Nicht mal denken konnte sie es.

»Quatsch!« Katharina kam die Gartentreppe wieder hochgerannt. »Erstens kann Angie schwimmen, und zweitens – das habe ich völlig vergessen – haben wir gestern das Wasser abgelassen.«

Keller, Speisekammer, Schrankwände, die beiden Bäder, Bügelzimmer, das ganze Haus hatten sie durchsucht. Dann den Garten. Nun fingen sie wieder von vorne an, bis sich endlich bei Claudia gegen den blinden, von Katastrophengedanken, Panik und schlechtem Gewissen erfüllten Aktionstrieb (Herrgott, wieso hatte sie nichts bemerkt? Weil das Radio lief?) die Logik durchsetzte: Max, der Teddy, fehlte! Sie fand es heraus, als sie noch einmal das Kinderzimmer durchstöberte. Und nicht nur Max – auch die blaue Strickjacke, die Turnschuhe und die Jeans mit den Herzchen am Po.

»Sie hat sich angezogen. Sie wollte weg. Besser, wir rufen die Polizei an.«

So kam es, daß zwanzig Minuten später der erste Fahndungsaufruf an die Offinger Streifenwagen ging: »Fünfjähriges Mädchen. Blond. Bekleidet mit blauer Strickjacke, Jeans und weißen Schuhen. Name: Angelika Gessner. Hört auf den Namen Angie. Ich wiederhole: Fünfjähriges Mädchen, bekleidet mit...«

Elf Uhr zehn!

In Katharinas Haus am Burgholz warteten sie darauf, daß Udo kam. Und dieses Warten war das Schlimmste. Zu spüren, wie sich jede Minute ins Endlose dehnt. Wo steckte Angie? Abgehauen? Mit ihrem Teddy? Sich vorzustellen, daß sie da irgendwo draußen durch die Straßen irrte, oder vielleicht den Hang hochgegangen war, hinüber zum Wald? Zur Schlucht...!

Die Nacht war klar und hell, der Himmel ein blauer Metallglanz, Mondlicht hinter wehendem

Schleier, in denen wie Diamantsplitter die Punkte der Sterne flimmerten. Schwarz, schweigend und drohend standen die Bäume.

Und nichts, was man tun konnte.

Katharina hatte die Hände im Haar vergraben. Merkwürdig: Claudia konnte kein Mitleid empfinden, nur ein Gefühl der Leere, das sich mit Zorn und Fragen füllte: Wieso hast du es soweit kommen lassen? Wieso siehst du dir überhaupt an, wie die beiden sich fertigmachen? Weil du Udo versprochen hast, zu bleiben? Und der Krach heute nachmittag? Wie zwei eifersüchtige Idioten hatten sie aufeinander eingehackt. Dabei wußte Katharina doch, wie sehr Angie an Udo hing. Dieser ganze Egoismus, die Kleinlichkeit, dieses schäbige Prestige- und Eifersuchtstheater, mußte auf dem Rücken des Kindes ausgetragen werden. Warum ließ man der Kleinen nicht ein wenig Platz für ihre Träume, wenn man schon kein Verständnis aufbrachte?

Nun war Angie auf ihren kleinen, festen Beinen fortgerannt. Und hatte sich zuvor noch warm angezogen. Angie hatte ihre Rechnung aufgemacht: Wenn die Erwachsenen solche Idioten sind, können sie mich alle mal!

Ruhig konnte Claudia diese Überlegung nicht stimmen.

Über die Burgholzstraße kroch der Lichtpunkt eines Autos. Eine Wagentüre schmetterte. Schon kam er angerast, Udo, stürmte ins Haus, platzte in die lähmende Stille wie eine Bombe.

»Also? Was ist?«

»Das frage ich dich.« Katharina hatte sich

erhoben, steif stand sie da, die Augen blitzend: Katharina, die Drachentöterin!

»Was willst du damit sagen?«

»Das weißt du ganz genau.«

»Geht das schon wieder los!« Claudia dachte es erschöpft. In Heidelberg hatte sie im Kindergarten sechsundzwanzig Kinder betreut. Sechsundzwanzig kleine Ungeheuer, ein Hurrikan von Gebrüll, Krach, Streitereien und Geheul. Einen ruhigen Job hatte sie sich dann gesucht. Ach, was wäre sie gern in Heidelberg...

»Herrgott, Katharina! Wenn dir selbst in dieser Situation nichts anderes einfällt, als mich fertigzumachen, dann ist ja wohl jedes weitere Wort...«

»Fertigmachen? Wer macht denn hier wen fertig?«

Udo ließ Katharina, wo sie stand, und ging zu Claudia. »Hat die Polizei sich schon gemeldet?«

»Nein. Die Fahndung ist ja erst vor einigen Minuten raus.«

Er sah sie an, als nehme er sie gar nicht wahr. Er war verzweifelt und tat ihr leid. Das war nichts Neues. Seit sie Udo kannte, hatte er ihr leid getan. Diese Situation, die hatte er nicht verdient. Wie sehr es ihm naheging, wie sehr er Angie liebte, das wußte sie doch.

»Na gut! Ich geh' jetzt mal selber los. Vielleicht finde ich sie.«

»Was nützt das?« rief Katharina. »Wenn auch du noch mit dem Auto durch die Gegend röhrst?«

»Ich röhre nicht. Ich nehme auch nicht das

Auto. Ich fahr' mit dem Rad. Wie ist das? Habt ihr nicht irgendeine Beobachtung gemacht, aus der man schließen könnte, was Angie vorhat?«

Claudia erzählte von dem Teddybär. Und daß Angi sich sorgsam angezogen haben mußte.

»Die Sparbüchse?« fragte Katharina.

»Was ist mit der Sparbüchse?«

»Das Sparschwein. Sie hat es aufgemacht und geleert.«

Sie schwiegen alle. Sie sahen sich an. Und jeder für sich sah dieselbe Szene: Angie oben im Kinderzimmer. Ein kleines fünfjähriges Mädchen, das sich für seine große Tat rüstete: auszubrechen! Dessen kleines Gehirn alle Erfahrungen prüfte und abwog, das wußte, daß man Geld braucht. Wozu Geld? Um fortzukommen...

»Das gibt's ja gar nicht! Dann hat sie also...«

»Sie hat das ganz genau geplant, das Biest.« In Katharinas Mund war »Biest« nichts Abwertendes, etwas wie liebevolle Anerkennung schwang darin.

Udo nickte. »Sie wollte weg, vielleicht eine Fahrkarte kaufen... Aber wohin?«

»Wohin schon?«

»Zu Frederick?«

»Wahrscheinlich... Wohin sonst?«

*

Die Stadt, der Wald, die Berge, die Welt – so still und dunkel.

Udo schwang sich keuchend vom Fahrrad. Seit einer Stunde war er in den Pedalen: Zweimal am

Bahnhof. Zickzack durch Gassen, über Haus-, Hinter- und Fabrikhöfe, rauf, runter, anhalten, brüllen: »Angie! Angiiee!« – Nichts: Die einzige Antwort auf sein Rufen war Hundegebell, waren Fenster, die hell wurden und sich öffneten, waren Flüche und dämliche Fragen.

Sein Herz quälte ihn, pumpte wie verrückt. Der Schweiß klebte den Kragen an den Nacken, und die Angst stieg wieder in ihm hoch.

Er schluckte: Mein Gott, Angie war doch immer vernünftig. Für ihr Alter sogar außerordentlich vernünftig. Und außerdem, seit er sie kannte, hatte die Kleine sich noch in jeder Situation zurechtgefunden. Hatte er sie dafür nicht immer bewundert? Also – was konnte schon passiert sein?

Argumente, die er wie einen Schild gegen anprallende Wurfgeschosse benützte, einen Schild, von dem er wußte, daß er langsam mürbe würde.

Fluchend schob er das Fahrrad die steile Auffahrt zum »Ritterstüble« hoch. Von der Straße hatte er die Balkenschrift POLIZEI auf einem Streifenwagen erkannt. Die suchten auch.

Der Wagen stand unter den beiden Kastanien im Biergarten. Niemand war zu sehen. Durchs Fenster konnte er Männerköpfe erkennen. Der Fernsehapparat flimmerte. Die da drinnen spielten Karten… Aus dem Polizeiauto kamen Stimmen.

Udo lehnte das Rad gegen die Kastanien. Ein Beamter saß am Steuer. Der andere kippte im »Ritterstüble« vielleicht seinen Schnaps.

»Verzeihung! Suchen Sie die kleine Angie Gessner?«

»Wieso?«

»Wieso? Ich bin der Stiefvater.«

»Ach so, Sie sind's, Herr Doktor. Ja, wir suchen sie. Alle Wagen haben die Personenbeschreibung.«

»Und? Haben Sie eine Spur?« Udo kannte schon im voraus die Antwort. Der Mann im Auto schüttelte nur den Kopf. Er fühlte sich zu elend, um weitere Fragen zu stellen. Nicht einmal ein »Danke« brachte er zuwege. Er nahm das Rad, schwang sich darauf und fuhr weiter.

Wohin? Das »Ritterstüble« lag auf der Kuppe über dem Grundstück am Burgholz. Anschließend kam die Wiese, richtig, die Wiesenhöhe, die hinüber zum alten Weiher führte. Dort war er oft mit Angie, Würste hatten sie gebraten, im Bootshaus gespielt, waren mit dem Boot raus auf den See gerudert – und dann am Abend das Feuer. Das letztemal hatte Angie die Nacht mit ihm im Bootshaus verbringen wollen. »Weil es hier so schön ist.« Und ihn danach mit einem ganz komplizierten Thema konfrontiert:

»Sag mal, Udo! Das Kind...?«

»Was für ein Kind?«

»Na, was für eins? Mamis und deines natürlich. Mein Schwesterchen.«

»Willst du ein Schwesterchen?«

»Ich will ein Baby. Mir ist das wurst, wenn's ein Junge wird. Ich bin stärker. Ich hau ihm eins auf die Nase. Aber sonst kann ich's ja waschen und kämmen und so, nicht?«

»Sicher kannst du das.«

»Ich geb ihm auch zu essen«, hatte sie versprochen und an ihrem Stück Wurst gekaut. »Manchmal. Nicht immer.«

»Na, dafür sorgt schon die Claudia.«

»Eben. Aber wie ist das denn?«

»Was?«

»Wenn's da drin ist, im Bauch, wie sagt's denn der Mami, wenn's raus will?«

»Na ja, das meldet sich schon.«

»Aber sprechen kann's doch nicht?«

»Die Mami merkt das, das kannst du mir glauben. Das strampelt dann ganz fest.«

Das hatte ihr gefallen. Sie nickte beglückt: »Strampeln ist gut.« Und dann: »Wie macht es denn, damit es rauskommt?«

»O Gott, wie alle.« Seine Antwort schien ihm etwas lahm. »Wie die Kätzchen zum Beispiel.«

»Du spinnst ja!« Sie hatte ihm gegen den Bauch getippt: »Also jetzt spinnst du, ehrlich! Mami ist doch kein Kätzchen.«

»In gewissem Sinne, ich meine, in einem übertragenen Sinn könnte man sagen, sie ist ein Kätzchen. Da ist der Mensch von den Tieren nicht so verschieden. Du kennst doch die Kätzchen, die Claudia gebracht hatte?«

»Und die Schweine?«

»Die natürlich auch«, sagte er zögernd.

»Und das da?« Sie hatte auf das Wasser gedeutet, Fische schwammen darin.

»Ja nun, man könnte sogar sagen...«

»Daß Fische es genauso machen? Wie Mami? Na hör mal, das wäre doch ein Wunder.«

»Ist es auch.« Erleichtert – ein Mann, der angesichts einer unausweichlichen Katastrophe die Notbremse erblickt – hatte er sich an das Wort geklammert: »Ein Wunder. Die Natur ist ein Wunder. Alles, was Gott gemacht hat, ist es. Kann man schon sagen, Angie. Das kannst du mir glauben: ein Wunder...«

Sie hatte die Stirn gerunzelt. »Kannst du mir dann vielleicht sagen...?«

»Vielleicht sollten wir ein anderes Mal darüber sprechen.«

»Ich wollte doch nur fragen, wo der Senf ist. Mit Senf schmeckt das nämlich viel besser.«

Oh, Angie! Er dachte den Namen im Rhythmus der Pedale, im Takt seines Herzens... Die Welt ist voller Wunder, ja, und das schönste Wunder wird es, wenn ich dich finde. Aber Himmel, Arsch und Zwirn – Angie, was ist bloß in dich gefahren! Kannst du doch nicht tun! Doch nicht mit mir. Und schon gar nicht gegenüber deiner Mami. Sparbüchse nehmen, den Teddy und raus in die Nacht.

Was es gab für Udo Brinkmann, war die Kuppe der Anhöhe, überstäubt vom blauen Licht, umflossen von Nebelschwaden, die ein milder Wind vom Wald hertrieb. Und dieser Himmel dort oben, so verdammt teilnahmslos, so fürchterlich immerwährend und entfernt.

Er hätte gerne gebetet, wenn die kalte Pracht dieses Himmels nicht gewesen wäre und der gewaltige Metallknopf des Mondes. Alles schien zu sagen: Kümmere du dich um deinen Kram! Wir haben nichts damit zu tun.

Die Straße vollführte einen sanften Bogen. Am Scheitelpunkt zweigte der Weg ab. Abwärts ging's da bis hinunter zum alten Weiher. Wie oft schon gefahren? Manchmal mit einem Mädchen. Die kleine Elke zum Beispiel? Damals, als ihn dieser Verrückte ins Wasser schmiß...

Nicht daran denken!

Nicht jetzt.

Das konnte Udo auch nicht: denn in derselben Sekunde, als er bei den beiden Weidenstümpfen die Chromleisten eines geparkten Wagens aufblitzen sah, geschah etwas, das seine ganze Aufmerksamkeit in Anspruch nahm. Zuerst hatte er nur eine Bewegung wahrgenommen, irgendein helles Etwas, nun vernahm er einen Ton: langgezogen, hoch, leise. Zunächst dachte er an ein verletztes Tier. Ein Hund vielleicht. Das war kein Hund und kein Tier. Ein Mensch war das.

Er hatte die Bremse gedrückt und war abgestiegen. Er hielt den Lenker in den Fäusten und starrte über die Wiese zu den Büschen am Acker. Jetzt wieder!

»Nein... nein... nein...!«

Eine Frau.

Udo ließ das Rad liegen und sprintete los. Zwei Schatten. Männer! Einer zog sich im Rennen die Hose hoch, stolperte, fiel vornüber. Nun war Udo bei ihm, schmächtig war der Kerl. Jung. Udo wollte ihn festhalten. Doch der riß sich los und knallte Udo seinen Ellbogen in den Magen, daß ihm die Luft wegblieb.

»He! – Was soll das?«

Er war weg, rannte, als sitze ihm der Teufel im Genick, flitzte quer übers Feld dem Wald zu und drüben, bei den Weiden brüllte ein Motor auf. Der Wagen wendete, die Räder drehten durch, aber das Licht hatte er eingeschaltet, der Drecksack! Die Nummer war zu sehen. Udo schrieb sie auf einen Rezeptblock, während der schwere Mercedes hoch zur Straße schoß und verschwand.

Dünn, noch vom Geräusch des abfahrenden Autos unterdrückt, kam ein leises Wimmern.

Ging alles zu schnell. Zu schnell jedenfalls, als daß Udo zu einer vernünftigen Reaktion imstande gewesen wäre, aber nun wurde ihm klar: Da ist was passiert! Irgendwas ganz Schlimmes...

Er bekam die Bestätigung, als er sich über den Körper beugte, der mit angezogenen Knien im Gras lag. Eine Frau? Ein Mädchen. Der dünne, billige Kunstlederrock war bis zu den Schenkeln hochgezogen. Auch die Bluse war zerrissen. Um den Kopf, und dies machte den Anblick so unwirklich, gespenstisch und schwer zu ertragen, um den Kopf war ein Sack gezogen.

Udo kniete sich nieder. Er wollte die Hand auf die zuckende Schulter legen, da schlug sie wie wild um sich. Gedämpft durch den rissigen, groben Stoff hörte er Schmerzenslaute, Stöhnen, dann Worte: »Schweine! Verdammte Drecksäcke!«

Udo rieb seine brennende Wange. Na, tot war sie nicht. Schlagen konnte sie noch. Und ganz schön kräftig.

Vorsichtig hob er den Sack hoch. Sie hatte den Kopf zurückgeworfen, als erwarte sie Prügel. Offen und verschwollen war der Mund, feuchtsträhnige Haare hingen über die Stirne.

»Ich bin Arzt.« Es war das einzige, was ihm einfiel. »Ich bin keiner von den beiden.«

Er sah, wie sie sich entspannte. »Arzt?«

»Ja.«

»Na, da sind Sie richtig.« Sie versuchte die Schulter hochzuheben, aber sank stöhnend zurück. »Das, das tut gemein weh.«

»Was?«

»Alles. Vor allem hier. Die haben mir die Rippen – ich weiß auch nicht – ich glaube, da ist alles kaputt. Ich krieg' kaum mehr Luft. Was sind das bloß für Dreckschweine.« Über ihre helle Haut zogen sich bläuliche Schwellungen. Er drückte vorsichtig die Finger gegen den Brustkorb. Rippenfraktur. Die sechste und siebente.

»Aber warum … ich meine, die wollten …«

»Die wollten nicht nur. Die haben.« Sie verzog das Gesicht, die Worte kamen ruhig, beinahe sachlich.

»Passen Sie auf: ich versuche Sie jetzt zu stützen.«

Er schob den Arm unter ihren Rücken. »Geht das?«

Es ging nicht. Sie schrie. Na, Mahlzeit. Er überlegte, was in der Situation zu tun war. Es gab nur eine Lösung.

»Bleiben Sie ganz ruhig. Das wichtigste ist, daß Sie keine Angst haben. Die sind weg.«

»Weiß ich.«

»Na also. Bleiben Sie so liegen. Vor allem,

bewegen Sie sich nicht. Mit dem Rad bin ich in vier Minuten im Ritterstüble.«

»Da waren sie. Da haben sie mich abgepaßt.«

»Na gut, von dort telefoniere ich um Hilfe. Gleich kommt ein Unfallwagen und die Polizei.«

»Auf die Bullen kann ich verzichten.«

Er stand auf, lief hinüber zum Weg. Für einen Augenblick war die Furcht in ihm, der Kerl im Mercedes könnte das Fahrrad beschädigt haben, aber das lag ganz friedlich im Gras. Er riß es hoch, stieg in die Pedale, warf noch einmal einen Blick zurück. Die Wiese lag ruhig und verlassen unter dem Licht des Mondes. Was für eine Nacht!, dachte Udo: Was für eine himmelschreiende, verdammte, elende Nacht...

*

Das Läutwerk der evangelischen Kirche war stets das erste, das zu schlagen begann. Dann kam das dunkle Gedröhn der Pfarrkirche Sankt Anton, und schließlich, aufgeregt und kurzatmig, mit schnellen Schlägen, als bestehe die Gefahr, sie würde vergessen, fiel die helle Glocke der Abtei in den Metallchor der Glocken. Zwölf Uhr also. Die kleine Stadt lag unter dem feingesponnenen Stahlgitter des Mondlichts. Auf die Glocken hörte kaum einer. Wer nicht schlief, sah sich den Fernsehkrimi an oder saß bei Bier und Wein, einem Gespräch oder Kartenspiel in den Wirtsstuben.

In der Klinik legte Dr. Schäfer melancholisch den Kopf schief und sah zum Himmel hoch: Eine neue Nacht Bereitschaftsdienst! Seit ihm die verdammte Krankheit seine beruflichen Möglichkeiten wegfraß, Stück um Stück, in winzigen Happen, seit es nicht mehr möglich war, ohne Skrupel und Versagensangst im OP zu arbeiten, stand sein Name immer häufiger auf der Bereitschaftsliste. Sich mangelnden Einsatz nachsagen zu lassen, kam nicht in Frage. Und Verständnis oder Mitleid wollte er schon gar nicht, damit ließ sich nichts kaufen.

Jetzt aber, jetzt ging's los.

Ja, jetzt luden sie eine Bahre aus. Mischa und Leibrecht, der Mann vom Roten Kreuz, trugen ihre Last in den Untersuchungsraum.

Leibrecht kam zu ihm. »Eine Vergewaltigung. Wir haben schon was gegen den Schock gegeben. Ziemlich übel. Selbst die Rippen haben sie ihr angeknackst.«

Schäfer nickte. Sachen gab's. Deshalb also die Polizei?

Der Wagen parkte. Der Streifenführer legte grüßend die Hand an die Mütze. Es war Löffler.

»Guten Abend, Herr Oberarzt.«

»Wißt ihr denn, wer...?«

»Keine Ahnung. Die Meldung hatte übrigens ein Kollege von Ihnen durchgegeben.«

»Ja, ja, Udo Brinkmann. Der hat ja auch hier angerufen. Wo steckt er denn jetzt?«

»Kurvt mit dem Fahrrad durch die Gegend.«

»Wieso?«

»Ja, wissen Sie denn nicht? Er sucht seine Tochter, die kleine Angie Gessner. Wir auch. Wir suchen sie mit fünf Streifenwagen. Wir sind nur mal wegen diesem Vorfall...«

»Machen Sie keine Witze!«

»Seh' ich so aus? Meinen Sie, das ist ein Witz, dieser Job?«

Welcher Job ist es schon, dachte Schäfer, und sah dem schnauzbärtigen Mann nach, der langsam zu seinem Wagen zurückstapfte, sich in den Sitz sinken ließ und die Mütze in den Nacken schob.

*

Der letzte Zug war weg. Und jetzt? Eine Stunde warten, herumsitzen, Kreuzworträtsel lösen, bis auch noch die letzte Disco schloß. Dabei lief in der Sportschau das HSV-Spiel. Heumann fuhr lieber tagsüber sein Taxi; daß er abends da hockte, obwohl Frau und Fußball warteten, hatte er der Stadtverwaltung zu verdanken: Bereitschaftsdienst nannte sich das. Wie im Krankenhaus...

Er beugte sich zum Handschuhfach, um einen Kaugummi zu holen. Er wickelte das Päckchen nicht auf. Am Armaturenbrett leuchtete das rote Licht und dann meldete sich Rita aus der Zentrale: »Wagen vierzehn! Das Ritterstüble. Metzger will nach Hause.«

»In Ordnung.«

Heumann ließ den Motor an, fuhr die Hauptstraße hoch, bog am Landgericht nach links und fuhr den Berg hinauf.

Der Metzger war doch der letzte, der ein Taxi nahm. Dabei verdiente er sich mit seinem Düngemittelhandel dumm und dämlich. Aber geizig wie ein Kümmelspalter. Und besoffen? Das Allerhöchste, was Metzger sich an einem Kartenabend leistete, war ein Bier. Dabei könnte er Schampus saufen, so gut lief sein Laden.

Metzger stand bereits an der Tür, und als er den Wagen anhielt, wurde Heumann sich klar, daß er wieder mal recht hatte: hellwach war der Metzger. Und nüchtern.

»Was ist denn mit dir los, Otto?«

»Frag bloß nicht.« Metzger ließ sich in den Beifahrersitz plumpsen. Die Federn ächzten unter seinem Gewicht.

»Wieder mal zuviel Durst, was?«

»Spar dir deine Witze!«

»Dann ist dein Wagen in der Werkstatt«, stichelte Heumann weiter. Metzger auf die Palme zu bringen, war der einzige Genuß, den dieser Abend noch bot. Er legte den Rückwärtsgang ein.

»In der Werkstatt? Von wegen. – Aber hast du ihn gesehen?«

»Welcher? Lkw? Lieferwagen? Den alten Mercedes oder den neuen?«

»Den neuen!«

»Wieso soll ich denn den gesehen haben?« Heumann war nun doch verblüfft. Dann dämmert es ihm: »Hat wohl dein Junge geliehen? Du, das würde ich mir überlegen.«

»Von wegen geliehen, den Schlüssel hat er, der Rotzkerl. Los schon! Frag mir kein Loch in den Bauch.«

Sie brauchten vier Minuten. Metzger zahlte

seine fünf Mark, ließ sich fünfundzwanzig Pfennig Restgeld in den Handteller zählen und marschierte über den geteerten Hof der Futtermittel- und Düngerhandlung auf sein Wohnhaus zu. Heumann sah noch, wie er stehenblieb und den Arm hob. Das galt ihm. Doch Heumann hatte den Mercedes bereits ausgemacht. Stand ja auch dick und breit vor dem Haus. Er grinste. Na, der Hajo konnte sich auf was gefaßt machen. Er gönnte es ihm. Abends in den Kneipen rumhängen. Statt Landwirtschaftsschule Discos und Cafés. Und wenn sie dann einen zuviel gepichelt hatten, führten sie sich wie die Verrückten auf und fuhren in der Karre des Alten durch die Gegend.

Ähnliche Überlegungen schossen auch Otto Metzger durch den Kopf: Du bist einfach zu weich, sagte sich Metzger. Was nützt das schon, wenn du Hajo eine hinter die Löffel gibst? Der guckt dich an und macht auf Unschuld. Da war irgendwas an dem Jungen, dem Metzger sich nicht gewachsen fühlte. Wenn er wenigstens zurückbrüllen, nur einmal den Mann zeigen würde! Aber nein – wurde weiß, zitterte, riß die Augen auf, log, versprach dir das Blaue vom Himmel, heulte sogar – und ein paar Tage darauf baute er den nächsten Scheiß.

Heute zum Beispiel. Wie sah der Wagen aus? Dreckspritzer bis ans Fenster! Die Reifen braun mit Lehm verklebt. Hatte wohl eine Geländefahrt damit gemacht? Ist er wahnsinnig! Na, der konnte was erleben...

*

Kurz nach zwölf Uhr. Elf Uhr dreiundzwanzig verließ der letzte Personenzug den Bahnhof. Dann ging nichts mehr. Ein paar Güterzüge, hatte der Beamte am Schalter gesagt. »Offingen ist nun mal Offingen!« Ja, es war Offingen. Den letzten Zug hatte Udo abfahren gesehen. Von Angie war nichts zu entdecken. Keine Spur...

Und jetzt?... Jetzt drehte Udo den Lenker des Rades von der Straße zum drittenmal in dieser Nacht Richtung Bahnhof: Lkws parkten vor der Rampe des Güterschuppens, wo unter den kalten Bogenlampen blaue Ölfässer schimmerten. Udo drehte eine Schleife und hielt vor der erleuchteten Telefonzelle.

Als er aus dem Sattel stieg, wühlte sich der Schmerz in seine Schenkel. Er bewegte die Fußspitzen in den Turnschuhen, um die Krampfblockade zu lockern. Fertig bist du – am Ende... was hat das alles für einen Sinn.

Du fällst noch vom Rad. Du kannst nicht mehr...

Das sagte sich Udo und wußte doch: Die Chance, umzukehren und aufzugeben, gab es nicht. Er würde weitersuchen – wenn's darauf ankam die ganze Nacht. Ja, falls die Polizei Angie inzwischen nicht aufgestöbert hatte, blieb nichts, als weiter Runden zu drehen.

Keuchend lehnte er sich an die kalte Wand der Zelle. Und rieb sich die Augen. Dann wählte er die Nummer. Es wurde sofort abgehoben.

»Bei Brinkmann.«

»Ich bin's, Käti. Du bist ja auch noch auf?«

»Na, du gefällst mir!« Doch ihre Stimme klang erschöpft. »Glaubst du, ich kann in dieser Situation schlafen?«

»Also nichts Neues?«

»Leider nicht, Udo.«

»Auch bei Katharina nicht? Ich mag da nicht anrufen.«

»Nein, die würde uns ja sofort verständigen. Und was ist mit dir los? Bist du noch immer mit dem Rad unterwegs?«

»Ja. Aber ich glaube, ich nehme jetzt den Wagen. Ich fahr' nur noch schnell am Güterbahnhof vorbei.«

Sie schwieg. Sie hatte irgend etwas auf dem Herzen. Er hörte, wie sie leise stöhnte, und er dachte, wie sehr sie Angie mochte. Doch, zum Teufel, wer mochte Angie nicht? »Willst du deinen Vater sprechen?« kam es schließlich. »Die Christa hat sich hingelegt. Die konnte einfach nicht mehr.«

»Nein, das bringt ja nichts. Ich will lieber weitersuchen. Weißt du: vielleicht ist jede Sekunde wichtig.«

»Ja«, sagte Käti nur, und dann kam das Knakken, das ihm anzeigte, daß sie aufgelegt hatte.

Er verließ die Straße. Durch die Bäume konnte er drüben einen Wagen sehen. Ein Polizeiauto. Er fuhr langsam die rechte Seite entlang, ließ das Rad stehen und ging hinüber zum Bahnhofsgebäude. An der Rückseite gab es einen Getränkeautomaten. Er fand ein Zweimarkstück und warf es hinein. Dann zog er das Schubfach auf, nahm die Limobüchse heraus, riß am Öffner. Das prickelnde, kühle

Getränk gab ihm die Klarheit zurück. Wahnsinnig, hier herumzustehen. Völliger Irrsinn! Und eine Illusion zu glauben, die Kurbelei mit dem Wagen müßte den Erfolg bringen.

Alles, was Udo Brinkmann in dieser Nacht gequält, was er sich gedacht, überlegt, ausgemalt und vorgestellt hatte, stürmte nun auf ihn ein. Er hätte heulen können.

Dann aber riß es ihm den Kopf hoch. Die Limobüchse klapperte zu Boden. Was war das? Zuerst ein zögernder Laut. Ein Kläffen nur.

Ein Hund zweifellos, ein Köter, der sich nicht wohl fühlte, und das auch meldete, es sich nun überlegte, zuerst mit heiserem Grölen loslegte, das sich nun in einem hohen, komischen, quieckenden Tremolo überschlug.

In Offingen gab's nur einen Hund, der zu einer solchen Leistung fähig war. Udo Brinkmann hätte ihn unter Tausenden erkannt. Er begann zu rennen, rannte auf das erleuchtete Fenster des Wartesaals zu, hoffte, betete, flehte inbrünstig, daß dies auch alles so sei, wie er es sich zusammenreimte. Aber es mußte so sein: so konnte nur Molli heulen. Udo hatte nun die Nase an der Scheibe und versuchte mit dem Anblick, der sich ihm bot, fertigzuwerden.

Ein Kind auf der Holzbank. Ein einsames Kind in einem einsamen, leeren Raum. Ein Kind, das beide Beine parallel von der Bank hängen ließ und ihn entsetzlich blaß und mit übergroßen Augen anstarrte. Im Arm hielt das Kind ein schäbigbräunliches Gebilde: Max! Den Teddy.

Udo versuchte mit den Gefühlen fertigzuwerden, die ihn überströmten. Aber Gefühle hatten Zeit. Er rannte um die Ecke, ging zur Tür. Daß der Wartesaal die ganze Nacht geöffnet blieb, das wußte er. Aber auf die Idee, daß Angie...

Er drückte die Klinke. Das winzige, blasse dreieckige Gesicht dort drüben drehte sich ihm zu. Das Sonderbare in all seinen späteren Schilderungen dieser Sekunde – sosehr sie auch voneinander abweichen mochten, Udo würde immer wieder darauf hinweisen –, das absolut Umwerfende blieb: Angie schien nicht im geringsten überrascht. Blaß, ja. Große Augen. Doch von einem Erschrekken, sei es nur von einer freudigen Überraschung – nichts.

Udo blieb auf der Türschwelle. Sein Bein zuckte. Er fürchtete, daß sich die Muskeln gleich wieder verkrampften. Freundlicherweise taten sie es doch nicht.

»Angie!« flüsterte er.

»Grüß dich, Udo.«

»Angie, was tust denn du...?«

»Ich warte auf einen Zug. Da muß doch einer kommen. Oder meinst du nicht?«

»Ich glaube nicht.«

»Doch. Dazu sind Züge da. Die kommen immer auf dem Bahnhof. Und ich will zu meinem Vater fahren.«

Udo hatte seine Spasmusfurcht überwunden und war bei ihr. Unter ihrem Blick hatte er plötzlich den Eindruck, daß er nichts Unpassenderes tun konnte, als sie in die Arme zu reißen, abzuküssen. Angie mochte das sowieso nicht. »Erwachsene sind richtige Kußmaschinen. Und dann wird alles so naß.« Molli hatte diese Probleme nicht. Molli sprang an ihm hoch, hatte die Zunge draußen, leckte seine Hand, leckte jetzt Max und schließlich dieses steinerne, so völlig veränderte Kind.

»Laß das, Molli!« machte Angie...

»Dein Vater ist doch verreist, Angie.«

»Meinst du?« Auch das schien Angies Konzept nicht ins Wanken zu bringen. »Bei Mami bleibe ich jedenfalls nicht.«

»Na ja...« Udo seufzte, streckte die Beine aus und wagte nun doch, den Arm um sie zu legen. »Dann gehen wir am besten erst mal zu Opa. Auch wegen Molli, weißt du. Die suchen die arme Molli ja. Die sind schon ganz verrückt.«

»So?« Sie sah ihn an. »Was hast du denn?«

»Ich? Was soll ich haben?«

»Du zitterst ja.«

»Ja, hör mal – ich meine, weißt du, ich bin die ganze Nacht herumgekurvt...«

»Rumgekurvt mit dem Rad?«

»Ja.«

»Wieso denn?«

»Komm, ich werde dir das noch erklären Wir werden zu Fuß gehen müssen. Taxi gibt's keine. Du setzt dich einfach aufs Fahrrad, was hältst du davon? Und ich schiebe.«

Auf dem Fahrrad sitzen und geschoben werden, die Perspektive gefiel Angie. War Spitze, geschoben zu werden oder auf der Schulter zu reiten. Aber meistens bekamen die Erwachsenen bald genug davon oder machten säuerliche Gesichter, wenn man es vorschlug. Udo schien richtig froh darüber zu sein.

»Hast du Hunger, Udo?«

»Ja.«

»Ich hab' Schokolade. Ich habe zwei Tafeln. Die habe ich mitgenommen für die Reise.«

»Natürlich. Dann gib mir mal ein Stückchen.«

Sie griff in ihre Umhängetasche, zog eine Schokolade heraus, brach die Riegel ab, auch Molli bekam einen, und schließlich steckte sie sich selbst ein Stück Schokolade in den Mund. Sie kauten stumm.

»Hast du dir Sorgen gemacht?« fragte Angie endlich.

»Aber Angie, du fragst vielleicht Sachen.«

»Aber Mama hat sich sicher keine Sorgen gemacht.«

»Wie kommst du denn da drauf?«

»Die macht sich wegen so was keine Sorgen. Wegen Kindern nicht. Und weißt du, wenn sie kein Kind will, wie sie das gesagt hat, dann will sie überhaupt keine Kinder. Dann will sie auch mich nicht.«

Das also war es! Das hatte sie beschäftigt, verstört, in die Flucht getrieben, war der Kern des Knäuels von Problemen und Ängsten, die Angies Welt verdüsterten. Udo suchte Worte, er suchte eine Antwort. Und war doch so hundemüde. Wie sollte er hier in diesem nach Zigaretten und Desinfektionslösung muffelnden Wartesaal Probleme der Kinderpsychologie lösen? Ein Fachmann mußte da ran. Einer? Eine ganze Kompanie...

»Ach, Angie, es ist alles so schwierig. Schwieriger jedenfalls, als du glaubst. Und ich, ich bin zu kaputt, es dir zu erklären. Kannst du das verstehen?«

»Ja.«

Er grinste. Selbst seine Lippen taten ihm schon weh. – Hinreißend war sie aber, hinreißend, wie sie ihren Kopf hochhob und ihn anlächelte, hinreißend, wie sie den kleinen Finger gegen das rechte Glasauge des Teddys drückte. »O ja. Vielleicht kann ich das... Ich meine, verstehen. Und weißt du noch was, Udo?«

»Was?«

»Wir beide könnten doch zusammenleben. Ohne Mama.«

Ein weiterer Schlag gegen seine Magengrube. Udo schluckte erst mal. Dann nahm er sie hoch, Mädchen nebst Bär, brachte ihre Nase auf fünf Millimeter Distanz und flüsterte, obwohl es verdammt schwierig war und weh tat: »Das können wir nicht, Angie. Ich bin doch nicht dein Vater.«

»Stimmt«, sagte sie, »deshalb wollte ich auch zu Frederick. Warum streitet ihr euch denn immer so böse, Mama und du?«

»Das möchte ich auch mal wissen, Angie.«

»Muß das denn sein?«

»Nun«, sagte Udo und versuchte Molli abzuwehren, die nach seiner Hand schnappte, »müssen sicher nicht. Wahrscheinlich nicht...«

*

Alle Lampen brannten: Haustür, Vorplatz, Gartenweg. Gelbes Licht, das in der verdunsteten Nebelfeuchtigkeit auf und ab zu tanzen schien, als halte ein Betrunkener eine Laterne. Den Mond jedoch hatte der Nebel gründlich verscheucht. Unbeweglich hingen von den gebogenen, gewaltigen Ästen die Bartfransen der Nadeln. Mitternacht war längst vorbei. Brinkmann konnte sich noch immer nicht vom Fenster losreißen. Irgendwo hinter ihm, im Halbdunkel des Raums, in einem der Sessel verschanzt, schlief Christa. Den Weg hinauf ins Schlafzimmer hatte sie doch nicht geschafft. Selbst dazu war sie zu müde. Und schlafen, das wußte wie, kam ja doch nicht in Frage. Nicht in dieser Nacht.

Doch nun stieß Brinkmann einen heiseren Laut aus: Überraschung oder nur Stöhnen? Es war ihr egal.

Jetzt wieder. Sie richtete sich auf. Brinkmann fummelte am Fenstergriff, beugte sich weit hinaus. Er rieb sich die Augen. Das Bild blieb: Ein Bild, nein, eine Vision, unglaublich und geisterhaft zugleich.

Udo!

Udo, der ein Fahrrad schob.

Auf dem Sattel jedoch...

Ein paar schnelle Herzschläge lang fürchtete Klaus Brinkmann, was er sah, sei nur ein Produkt seiner überreizten Nerven, seiner Müdigkeit. Vielleicht auch des Alkohols, den er in seiner Verzweiflung zu sich genommen hatte. Aber nun war auch Christa neben ihm aufgetaucht. Und Molli kläffte.

Auf dem Sattel – Angie! Sie hielt ihren Teddy

im Arm. Udo setzte vorsichtig Fuß vor Fuß. Bei jedem Schritt nickte der kleine Kinderkopf. Zwei Krieger, die aus der Schlacht heimkehrten.

»Sag mal«, hörte er Christa, »jetzt sag bloß, Klaus – siehst du dasselbe wie ich?«

»Ja«, grinste Brinkmann und schlug ihr mit soviel Begeisterung auf die Schulter, daß sie schrie: »Dasselbe.«

Und nun kam auch Käte, eine überraschend agile, vom rotgeblümten Morgenmantel umwallte Käte, die rannte, konnte richtiggehend rennen, und eine wildgewordene Molli stürzte ihr mit begeistertem Geheul entgegen.

Was für ein Wiedersehen!

Brinkmann setzte sich erst mal hin. Instinktiv griff er zur Flasche, wehrte sich aber nicht, als Christa sie ihm aus seiner Hand riß, sagte nur beleidigt: »Den hätte ich schon verdient.«

Nun waren sie im Zimmer: Angie voraus. Die lief gleich auf ihn zu und erkletterte seine Knie: »Grüß dich, Angie«, murmelte Brinkmann. Er konnte nur ihr Haar streicheln.

Er blickte sich um: »Wo ist Udo?«

»Laß ihn bloß, Klaus, ja?« schnappte Käte. »Der ist völlig fertig.«

»Na ja...« Brinkmann drückte seine große Nase in Angies Haare. Muffig rochen sie. Nach kaltem Tabak. Und feucht waren sie auch.

»Jetzt gibt's einen schönen heißen Kakao. Aber vorher rufen wir Mami an.«

Die Kleine schüttelte den Kopf: »Nein!«

»Keinen Kakao?«

»Doch. Aber meine Mami brauchen wir nicht anzurufen.«

Christa kniete sich vor ihr nieder: »Sie ist in großer Sorge um dich, Angie. Das mußt du doch verstehen? Willst du dir das nicht noch mal überlegen?«

Angie zog die Unterlippe zwischen ihre lükkenhaften Zähne. »Na gut... Aber eines ist klar. Ich bleibe hier!«

Was gab's da schon zu sagen? Wortlos blickten sie sich an. Dann ging Christa zum Telefon und wählte die Nummer des Hauses am Burgholz.

Die nächsten Minuten waren ausgefüllt mit hektischer Aktivität: Käte hatte die Milch auf dem Feuer, Christa zog Angie aus, wickelte sie in ein dickes, warmes Frotteetuch, massierte ihr vorsorglich die Füße, und Angie ließ alles über sich ergehen. Zu einer Art freundlicher Puppe war sie erstarrt, ein Kind, das sich an die Rituale der Erwachsenen gewöhnt hatte, an ihre spitzen Schreie, ihr Hinundhergerenne und ihr sonderbares Gluckengetue, an ihre Küßchen und die besorgten Blicke. Mit beiden Händen hielt sie die große weiße Porzellantasse umspannt, in die Käte die Schokolade gefüllt hatte. Sie nippte: Der Kakao war in Ordnung. Sie nippte nochmals und nahm nicht einmal den Kopf hoch, als ihre Mutter eintrat. Gleich hinter ihr sah sie Claudia.

Nein, Angie setzte auch die Tasse nicht ab. Über den weißen Rand, mit verklebtem Mund, verkündete sie: »Hoffentlich kommt ihr mich nicht abholen. Ich will nämlich hierbleiben.«

Ein Schlag für Katharina. Doch keiner, der sie noch verstören konnte. Zuviel war passiert. Sie nickte nur. Aber dann war's mit ihrer Fassung vorbei. Sie ging zum Sessel, zu diesem in Frottee eingemummten Bündel, das ihre Tochter sein sollte, nahm die Kakaotasse weg und schloß Angie in die Arme.

»Udo hat mich am Bahnhof gefunden«, selbst jetzt blieb Angies Stimme völlig sachlich, »ich wollte zu Papa fahren.«

Katharina nickte, zog die Brauen hoch, als habe sie etwas erfahren, was ihr längst klar war: »Das ist ein Glück, daß Udo gewußt hatte, daß du am Bahnhof warst.«

»Ja, Mami.«

Schweigen. Udo erschien. Auch er mußte die letzten Worte vernommen haben. Käte, die überhaupt nichts mehr verstand, drehte sich zu ihm: »Du hast das gewußt?«

Katharina lächelte. Es war kein gutes Lächeln. Sie musterte Udo von Kopf bis Fuß, nachdenklich, sondierend: »Angie hat ›ja‹ gesagt.«

Irgendwas braut sich da zusammen, dachte Brinkmann. Verdammt noch mal, was sollte das? Was sollte dieser Ton, dieser Blick? Ein Glück, daß Christa wenigstens die Nerven behielt. Die nahm die Kleine einfach hoch, packte sie auf den Arm und strebte mit ihr der Türe zu: »Du kannst bei mir schlafen, Angie. Jetzt bist du müde, nicht?«

»Was soll das, Katharina?« Noch klang Udos Stimme ruhig. Ruhig, wenn auch müde.

»Das frag' ich dich, Udo!«

»Du fragst was?«

»Ich frag' dich, was das ganze Theater sollte, wenn du ohnehin informiert warst, wo Angie steckte?«

»Katharina!« Brinkmanns Nasenflügel wölbten sich.

Sein Blick rannte gegen diesen Wall von Abwehr und Mißtrauen an, der sie umschloß. »Udo wäre doch kaum wie ein Verrückter die ganze Nacht durch die Stadt gefahren, wenn er...«

»Wenn er was?«

»Nun, ich nehme an, daß du meinst, daß er gewußt hätte, wo Angie ist?«

Sie lächelte, ein ganz dünnes Lächeln, das die Zähne entblößte: »Udo macht noch ganz andere Sachen.«

Udo! Da stand er, das Gesicht blaß, die Haare hingen schweißverklebt in ein Gesicht, das nichts Gutes verhieß, genausowenig wie die abrupte Bewegung, mit der er beide Hände in die Taschen schob: »Selbst wenn es so wäre, ich finde, die Möglichkeit, daß sich die Tochter mit dem Stiefvater verschwört, spricht auch nicht gerade für eine Mutter.«

»Das kommt ganz auf die Mittel an, mit denen ein Stiefvater arbeitet.«

Käte reichte es endgültig. Sie raffte ihren Schlafrock zusammen: »Darf ja wohl nicht wahr sein! Da ist die Kleine kaum wieder da, kaum habt ihr eure Angie wieder – und was ist? Ihr fangt an, euch eure Gemeinheiten an den Kopf zu schmeißen?!«

»Ja«, nickte Brinkmann, »muß ich auch sagen. Was ihr uns so bietet... Wir wollen es deiner Nervenbelastung zuschreiben, Katharina, aber so geht's nun wirklich nicht.«

»Geht was nicht?« Kätes Stimme zitterte. »Ich habe überhaupt nicht kapiert, worum es sich bei diesem ganzen Krach dreht.«

Es wäre besser gewesen, Udo hätte den Mund gehalten. Das konnte er nicht. »Meine liebe Gattin unterstellt mir, Käte, ich hätte alles mit Angie vereinbart, um ihr einen Denkzettel zu verpassen.«

»Ja?« flüsterte Käte.

»Was heißt ja, was heißt nein?« Brinkmann war entschlossen, die Geschichte zu Ende zu bringen: »Raus mit euch! Ins Bett! Schluß, aus! Vielleicht läutet ihr bei den armen Polizisten euren Alarm ab.«

Er deutete auf Claudia, die erstarrt an der Wand stand. »Hören Sie, Claudia! Wenn Sie wollen, können Sie gerne bei Angie bleiben. Und du, Udo, du legst dich jetzt hin und hältst den Mund. Und Käte kann auch ihren Schlaf gebrauchen. Von mir und Christa will ich gar nicht reden, auch wenn's im Moment nicht so aussieht: Schließlich haben wir noch einen Beruf...«

*

Die Gesetzgebungs-Diskussion hatte Christa mitverfolgt, in ihrer Göttinger Zeit war sie als Krankenschwester oft in Frauenhäusern, um zu helfen, hatte zugehört, diskutiert, und selbst in Freiburg, während des Studiums, ließ sie sich einen Vortrag über »psychosomatische Spätfolgen bei Vergewaltigungen« nicht entgehen. Nun war sie mit der Wirklichkeit konfrontiert.

»Funkel, Astrid« stand auf dem Krankenblatt. Im Kissen ein blasses, apathisches Gesicht. Die Haare waren strähnig, die Augen eingesunken, und die Blicke, der Ausdruck der blaßblauen Iris, so abwehrend und gleichzeitig in die Ferne gerichtet, als wolle sie nichts wahrnehmen, nichts heranlassen.

Auch Christa hatte aufgegeben. Sie glaubte zu verstehen. Was nützten Fragen, was halfen Gespräche, was sollte ihre Teilnahme? Wer kann schon nachvollziehen, was dieses Mädchen hinter sich hatte?

Sie prüfte noch einmal den Stützverband, der den verletzten Brustkorb schützte. Puls und Atmung schienen einigermaßen normal.

»Es wird eine Zeitlang wehtun. Da können wir nicht viel machen. Wenn Sie wollen, kriegen Sie ein paar Tabletten.«

Astrid nickte nur.

Christa legte die Hand auf ihre Stirn. Fühl doch, wie gut ich dich verstehe!, sollte die Geste bedeuten. Astrid aber wandte den Kopf, richtete den Blick zur Tür. Ein Mann war eingetreten, die Schultern des grauen Popelinmantels vom Regen dunkel, Gesicht und Brille naß.

»Verzeihung...« Er räusperte sich, stand plump und unbeholfen da, nahm die Brille ab, putzte sie umständlich, und als er sie sich nun wieder auf die Nase setzte, meldete sich in Christa das Gedächtnis: Durek war das doch! Der Kriminalassistent, der schon gestern in Klaus' Büro aufgetaucht war.

»Moment, wir sind gleich fertig.«

Dieser Durek zuckte nur mit den Schultern und blieb stur stehen. Mache ihm nichts aus, sagte er. Und die Frau Doktor brauche sich durch ihn nicht stören zu lassen.

Herrgott! Christa schluckte: Müssen Kripobeamte so sein? Dies schien ein besonderes Herzchen, nicht nur gleichgültig, auch noch arrogant; jene Sorte, die sie liebte, die es die anderen spüren ließ, daß die eigene Beschränktheit sie hinderte, Karriere zu machen. Die anderen? Diejenigen, die ihnen ausgeliefert waren.

Und da ging's auch schon los: »Wie ist denn das, Fräulein Funkel, wollen Sie jetzt endlich ein paar Angaben machen?«

Astrid schüttelte den Kopf.

»Wieso eigentlich nicht?« Das erstaunte Christa nun doch.

»'ne Schlägerei war es aber, oder?«

»Hab' ich ja schon gesagt.«

»Haben Sie gesagt. Sicher. Sie haben gesagt – ich brauche es Ihnen gar nicht vorzulesen, ich kann's auswendig –, Sie haben also gesagt: Ich kam aus dem ›Ritterstüble‹, hatte was getrunken. Ich hab' den Kerl nicht erkannt. Und basta.«

»Ja, basta.« Astrid Funkel hatte die Augen wieder geschlossen.

»Da haben Sie's!« Dureks Blick glitt zu Christa. Sie konnte nicht entziffern, ob das nun Verachtung, Ärger oder Gleichgültigkeit war.

»Wie ist das, Astrid: Wollen Sie eine Anzeige machen oder nicht?«

»Nein.«

Es wurde selbst Christa zuviel. »Aber Astrid! Man hat Ihnen Gewalt angetan. Vergewaltigt wurden Sie. Und das mit nicht unbeträchtlichen Folgen. Von den Rippenfrakturen mal abgesehen, liegen ja noch andere Verletzungen vor. Das können Sie doch nicht ...«

Sie sprach nicht weiter. Klaus Brinkmann kam herein. Der Kripo-Mensch nickte ihm zu. Dann beugte er sich wieder übers Bett: »Sie hören ja, was sie sagt. Gegen wen soll ich eigentlich ermitteln? Jetzt seien Sie mal vernünftig, Fräulein Funkel. Wie war das mit dem Geschlechtsverkehr? Ist er gegen Ihren Willen vollzogen worden?«

Still war es, so still, daß Christa hörte, wie Klaus den Atem durch die Nase schnaubte. Still blieb es auch, weil Astrid keinen Ton verlauten ließ.

Selbst Christa hatte nun das Gefühl, Durek Unrecht getan zu haben. Nicht gerade ein Vergnügen, mit solchen Zeugen zu arbeiten.

»Der Sohn meines Mannes hat einen der Täter gesehen, Herr Durek. Vielleicht befragen Sie ihn mal.«

»So? – Wo ist er denn, Ihr Sohn?«

»Gerade gekommen«, sagte Klaus. »Ich kann Sie ja nachher zu ihm bringen.«

Durek nickte, Astrid Funkel schwieg. Der sonderbare Beamte seufzte, stand auf und blickte auf das Gesicht im Kissen. Die Hände hatte er noch immer in den Taschen. »Na schön, nehmen wir mal an, und von irgendwas müssen wir ja schließlich ausgehen, es war so, wie die Frau Doktor sagte. Es hat also einen Täter gegeben. Haben Sie sich dann wenigstens gewehrt?«

Christa fuhr hoch. War der Kerl verrückt! Eine Unverschämtheit!

»Haben Sie vorher getrunken?« fuhr die heisere, gleichgültige Stimme Dureks fort.

»Nur null Komma neun Promille.« Die Zahl hatte Christa im Kopf. »Auf was wollen Sie damit hinaus? Was bedeutet das schon?«

»Ohne präzise Angaben kann ich gar nichts machen«, meinte Durek gelangweilt. »Na gut, das war's dann wohl.«

Er drehte sich um, warf noch einen letzten Blick auf Astrid und ging.

Brinkmann und Christa folgten ihm. Brinkmann wartete gerade noch, bis sich die Türe geschlossen hatte, keine Sekunde länger: »Darf ich mal fragen, ob Sie immer so desinteressiert an solche Fälle herangehen?«

Einen Durek konnte das nicht beeindrucken. »Immer nicht«, meinte er mit schläfrigem Grinsen. »Aber die, die ist doch im ganzen Ort bekannt.«

»So?« schnappte Christa. »Und weswegen?«

Die Fischaugen richteten sich auf Christa, die Antwort kam so knapp wie die Frage: »Saufen und Männer.«

Brinkmanns Brustkorb hob sich. »Wenn ich Sie richtig verstanden habe, Herr Durek, dann muß sich eine Frau, die öfter den Freund wechselt, auch gefallenlassen, vergewaltigt zu werden?«

»Ist sie denn vergewaltigt worden?«

Für einen Moment war Brinkmann sprachlos. Sein Mantelrevers kam ihm zwischen die Finger, heftig kniff er zu, als könne er einen Teil seines Zornes bremsen. »Falls Sie das überhaupt interessiert, unser medizinischer Befund läßt da keine Zweifel zu. Rippenfrakturen, Fissuren im Genitalbereich, Schwellungen, selbst ein Abduktus der Schenkelmuskulatur ist überdehnt – was wollen Sie eigentlich?«

Christa hatte Udo am Flurende entdeckt. Sie winkte ihn heran. »Udo, das ist ein Herr von der Kripo.«

»Ach so?« sagte Udo. »Guten Tag. Handelt sich wohl um das arme Mädchen dort drin?«

»So ist es.«

»Ja nun, ich habe einen der Männer kurz gesehen und mir das Kennzeichen ihres Autos notiert.«

»Ach ja? Wirklich?«

»Wirklich was?« fragte Udo irritiert.

Durek schien sich nun doch zu einer Tätigkeit entschlossen zu haben. Zumindest holte er sein Notizbuch heraus.

»AM – 79«, diktierte ihm Udo. »Eine Offinger Nummer.«

Das schrieb sich Durek auf, ehe er Udo durch die Brille in Augenschein nahm. Sein Lächeln war dünn. »Und wie hat der Mann ausgesehen, den Sie da angeblich gesehen haben?«

»Angeblich?« Udos Kinn spannte sich. »Wieso

denn angeblich? Na, hören Sie mal, ich habe ihn gesehen.«

»Und wie sah er aus?«

»Etwa so groß wie ich, blond, schmächtig.«

Auch das schrieb Durek auf, nicht besonders eifrig, aber immerhin. Und als er damit fertig war, das Notizbuch wieder verstaut, den Mantel zugeknöpft hatte und jene kurze, schweigende Peinlichkeit zwischen Menschen entstand, die sich nicht mochten, sich aber dem albernen Ritus ihrer Höflichkeitsformen verpflichtet fühlten, kam noch einer. Und was für ein Typ! Groß war er, breitschultrig, ein Riesenkerl, der den Kopf leicht in den Nacken zog, so, als hätte er Angst, mit dem Schädel die Milchglaslampen an der Decke mitzunehmen. Er sah nicht herüber, steuerte sofort und ohne zu zögern auf das Zimmer 314 zu, wäre auch schon drin gewesen, wenn nicht Brinkmann alarmiert den Arm hochgenommen hätte.

»Moment mal! Zu wem möchten Sie denn?«

»Zu Astrid Funkel.« Er drehte sich um. Dunkle Haare hatte er über der niederen Stirn, ein Kinn, massiv wie eine Eichenschublade.

»Und was wollen Sie dort?«

»Was ich will? Die Astrid ist meine Schwester«, kam es zurück. »Die Oberschwester hat mir den Besuch erlaubt.«

Brinkmann lächelte. »Na, wenn das so ist, bitte!«

Die Türe klappte zu, lauter, als das sonst in Kliniken üblich ist.

»Na«, verkündete Durek nach einem letzten

Zögern, »nun also vielen Dank. Ich gehe der Sache mal nach.«

»Tun Sie das.« In Brinkmanns Stimme schwang wenig Hoffnung. Und gemeinsam sahen die Brinkmanns dem grauen Mantelmenschen nach, wie er so mit herabhängenden Armen, Kopf nach vorn geschoben, den Gang entlangschlich.

»Kripo soll das sein? Was war das bloß für 'ne Type?«

»Jedenfalls ein Mensch«, meinte Christa bedrückt, »der sich seine eigenen Ansichten darüber gemacht hat, welche Sorte von Mädchen vergewaltigt wird. Anständige fallen bei dem nicht darunter.«

*

»Hören Sie, Fräulein Meis. – Ich will in der nächsten Viertelstunde nicht gestört werden. Auf keinen Fall.« Brinkmann schaltete das Gerät ab und sah wieder Schäfer an. Der lächelte, hatte zu seinen Sommersprossen lauter kleine Fältchen um die Augen, und als das Gesicht sich glättete, blieben die Fältchen weiße feine Striche. Sieht aus, als würde er Tennis spielen, der Schäfer, oder jeden Tag bergwandern, dachte Brinkmann und suchte damit seine Sorgen zu unterdrücken. Er wußte ja: Tennis spielen würde Schäfer nicht mehr. Und mit dem Bergwandern, das er einst so geliebt hatte, war's wohl auch vorbei. Aber wieso wollte er ihn dringend sprechen?

»Grinsen Sie nicht so, Schäfer. Sie stecken ja

nicht in meiner Haut. – Sie kommen doch zu dem kleinen Abend? Christa kocht ihr erstes Gästeessen. Und falls es schiefgeht: ich habe guten Wein im Keller.«

»Dienst habe ich keinen.« Schäfer beugte sich ein wenig vor, die Falten seines Lächelns erschienen erneut in seinen Augenwinkeln, aber er wirkte unsicher. »Die Frage ist bloß ...«

»Nun, sagen Sie's.«

»Die Frage ist, ob Sie mich dabei haben wollen, wenn ich Ihnen jetzt meine Bitte um Kündigung vortrage?«

Aha, das war es also? Brinkmann legte die Hände auf den Tisch. »Das kommt auf die Begründung an.«

»Wollen Sie die wirklich? Ist die Frage im Ernst gestellt? Sie kennen doch die Antwort: Kein Chirurg mehr, eine Chirurgen-Charge. Ein Kleindarsteller. Und der hat die Freude am Job verloren. Oder wünschen Sie einen Vortrag über fortschreitende Polyarthritis?«

Schäfer brachte es fertig, selbst dabei zu lächeln. Ein tapferer Mann! Was sollte Brinkmann antworten, was ließ sich darauf sagen? All die Stunden, die sie gemeinsam am Operationstisch gestanden hatten, all die Situationen, in denen er sich blind auf Schäfer verlassen hatte, drängten sich in Brinkmanns Erinnerung.

Sein Blick wanderte zu den Händen, die so gut gearbeitet, die so viele gerettet hatten. Schäfer hielt sie im Schoß gefaltet, so, als wolle er sie beruhigen.

»Natürlich akzeptiere ich das, Schäfer.«

Schäfer nickte nur. Sie brauchten sich nichts zu sagen. Sie wußten beide Bescheid.

Brinkmann seufzte: »Was wollen Sie machen?«

»Vielleicht trete ich bei meinem Schwager im Betrieb ein.«

»Im Ernst?«

»Ja. Als Betriebsarzt bin ich wenigstens kein Risiko.«

»Schäfer, einem Mann wie Ihnen stehen auch andere Möglichkeiten offen.«

»In meinem Alter? Bei meinem Handicap? Meinen Sie das im Ernst?«

Brinkmann nickte. Er meinte es im Ernst. Schäfer hatte so viel zu geben, theoretisch, und als Dozent auf dem Gebiet der Magen- und Darm-Chirurgie war er absolute Spitze. Richards in Göttingen? Den müßte man anrufen. Und Lutter vielleicht im Kultusministerium in Stuttgart. Mit den beiden verstand sich Brinkmann. Und die hatten ihre Kontakte.

»Herr Schäfer, mal ehrlich: Würden Sie das denn gerne sein, Betriebsarzt?«

»Gern? Auch das ist eine Aufgabe. Und ich würde sie nicht auf die leichte Schulter nehmen, das können Sie mir glauben. Aber...«

»Aber was?«

»Nun«, sein Lächeln wurde gequält, »angenehm ist es nicht gerade, auf die Verwandtschaft angewiesen zu sein.«

»Und die Lehre...«

Als Dozent, wollte Brinkmann sagen, doch eine Stimme in ihm riet zur Vorsicht.

Wenn es nicht klappte? Dieser ewig lächelnde Schäfer war dünnhäutig. Eine neue Enttäuschung, einen weiteren Tiefschlag konnte man ihm nicht zumuten...

»Ich sehe viele Chancen, Herr Schäfer. Reden wir weiter, morgen bei mir, nein, bei uns.«

*

Die Eternitfassade hatte Metzger vor fünf Jahren abreißen lassen. Alles war jetzt sauber mit Sandsteinplatten verkleidet. Der Hof neu asphaltiert. Dann die Rampe. Davor die großen Lieferwagen. METZGER – DÜNGEMITTEL.

Sauber, klar, repräsentativ. Rot auf gelbem Grund. Dreißig Jahre mußte er sich querlegen dafür. Vierzehnstundentag! Samstag, Sonntag. Die Friedel war ihm darüber weggestorben, weil ihre Kräfte nachließen. METZGER – DÜNGEMITTEL! Vor dreißig Jahren, als sie in Offingen ankamen, von den anderen geschnitten und als »Flüchtlingspack« beschimpft, hätte das keiner gedacht. Aber er hatte es ihnen gezeigt: Den größten Laden in der ganzen Gegend besaß er.

Metzger drückte die Ellbogen auf die Schreibtischplatte. Seit zehn Minuten saß er so, den Blick hinaus auf den Hof, auf den Mercedes, der vor dem Büro stand.

Verdreckt war der rivierablaue Lack, die Türe aufgebrochen, verbeult der rechte Kotflügel und auch die Chromleiste der Scheinwerferfassung war ab!

Den Wagen hatte er sich vor zwei Monaten angeschafft. Brandneu. Zweiunddreißigtausend D-Mark auf den Tisch geblättert. Und nun…

Nun fühlte Metzger nicht nur Zorn, nein, eine große Traurigkeit war in ihm, so stark, so schmerzhaft, daß er Mühe hatte, die großen roten Buchstaben des eigenen Namens zu ertragen, die dort drüben an den Silos prangten.

»Warum das alles? Für wen tust du das? Du machst dich und uns kaputt. Und der Hajo, der Hajo wird es dir eines Tages nicht danken…« Das hatte schon Friedel gesagt. Der Hajo – was war bloß in ihn gefahren?! Und wie, zum Teufel noch mal, sollte man aus einem Jungen einen ordentlichen Kerl machen, wenn man keine Zeit für ihn hatte?

Dort drüben stand er. War beim Abladen. Nun sprang er vom Lieferwagen und kam über den Hof. Langsam ging er und zögernd. Vor dem Mercedes blieb er stehen. Dann klappte die Tür. Schritte draußen.

Metzger richtete sich auf. Das Blut sang in seinen Schläfen. Und da war er nun: »Morgen, Vater.«

Die Augen der Friedel. Blau und unschuldig, blondes Haar, blasse Haut, darüber diese verrückte Frisur. Aber der Blick – das war Friedel. So hatte sie ihn immer angesehen: ein bißchen schüchtern, fragend und unschuldig.

Metzger beherrschte sich noch immer. Den Gruß, den ihm sein Sohn gab, erwiderte er nicht.

»Du, Papa? Was ist denn mit dem Mercedes los? Der sieht ja grausam aus.«

»Wiederhol das noch mal.«

»Wieso? Ich hab' dich doch nur gefragt, wer das gemacht hat.«

»Du? Das fragst du?« Metzgers dicke Lippen verzogen sich. »Wer, meinst du? Na ich, ich, Hajo!«

»Aber wie, wieso denn?«

Der Punkt war erreicht, Metzger stand auf und holte aus. Die Ohrfeige, die er Hajo verabreichte, war so gewaltig, daß sie den Jungen zur Wand warf. Ein Blutstropfen rollte aus seiner Nase. Hajo wischte ihn mit dem Handrücken weg. Keine Unschuld mehr in den Augen. Etwas anderes: Panik und Ahnung.

»Willst du mich noch mal fragen?«

»Nein, Papa.«

»Sonst hätte ich dir noch eine gescheuert!«

»Ja, Vater.«

Metzger atmete schwer. So viel wäre zu sagen, doch nun fühlte er sich zu erschöpft dazu. Es hatte ihm schon gereicht, seinen eigenen Wagen demolieren zu müssen, um für Hajo ein Alibi aufzubauen. Jetzt war es Zeit zu überlegen, wie man den Namen Metzger aus der Geschichte heraushielt. Hajo aber? Wenn man sich das so überlegte, war er der geborene Mitläufer. Viel zu jung und zu schwach, um auf Vergewaltigungstouren zu gehen und auch noch 'ne Nutte wie die Astrid Funkel aufs Kreuz zu legen. Da brauchte es einen anderen. Besoffen? Nein, den großen Mann markieren! Das muß es gewesen sein. Das wollte er doch immer!

Was brauchte er also Fragen zu stellen, wo er die Antwort bereits kannte?

»Los! Geh in den Waschraum und wasch dein Gesicht. Und dann machst du die Fuhre fertig für den Rebele in Villingen.«

»Ja, Vater.«

»Und den Rest vergißt du. Das erledige ich.«

»Ja. – Danke.«

Weg war er. Na, Gott sei Dank. Als Metzger eine Zigarette anzündete, verbrannte er sich die Finger, so sehr zitterte seine Hand. Er nahm einen tiefen Zug und schloß die Augen.

Als er sie wieder öffnete, sah er durch die dünnen Qualmschleier dort draußen ein Polizeifahrzeug in den Hof fahren. Einer stieg aus. Der Durek natürlich. War es schon soweit? Drüben hatte sich Hajo verdrückt. Besser so...

Ausgerechnet der Durek! Der größte Schlappenhannes, den sie hatten. Wie der schon daherkam.

Metzger drückte seufzend seine Zigarette aus. Er fühlte sich beinahe erleichtert. Laß ihn kommen! Je schneller du das hinter dich bringst, desto besser für dich.

»Kann man?« Durek kam rein, als gehörte ihm die Bude, setzte sich auf einen Stuhl, nicht mal einen Gruß, nur ein Nicken hatte er für Metzger, und dann kam's schon: »Was hast du denn mit deinem Auto gemacht?«

»Sieh einer an! Seit wann interessierst du dich denn für mein Auto?«

»Na ja, brandneu. Ist doch ein Jammer.«

»Kann man wohl sagen. Aber das war nicht ich.«

»Wer denn?«

»Bin ich bei der Kripo oder du? Als ich heute nacht aus dem ›Ritterstüble‹ kam, war der Mercedes weg. Ich mußte ein Taxi nehmen.«

Durek schien das nicht zu beeindrucken. Es schien, als hörte er kaum hin. »So?«

»Frag doch den Heumann! Der hat mich gefahren. Der war dabei. Wieso? Was soll denn das blöde Gefrage?«

Durek betrachtete den Knopf an seiner Mantelmanschette. »Und als du nach Hause kamst, da stand der Mercedes natürlich wieder hier?«

»Du sagst es.«

Jetzt blickte Durek doch hoch. Er lächelte sogar. »Hajo hat ihn sich nicht zufällig ausgeliehen?«

»Hajo hat einen Schlüssel. Warum sollte der die Türe aufbrechen?«

Wieder Schweigen. Und dieses miese Lächeln. Dann stand Durek auf. Er blickte nicht Metzger an, er sah zum Fenster hinaus: »Dein Wagen ist am alten Weiher gesehen worden.«

»Wer hat ihn gesehen?« Metzger tat überrascht, und das gelang ihm auch ganz überzeugend.

»Das spielt keine Rolle. Was anderes ist wichtig.«

»Was?«

»Ganz in der Nähe haben wir auch die Funkel Astrid gefunden.«

Nun drehte Durek den Kopf, starrte ihn an,

und der Blick der grauen Augen war so hart, daß es Metzger kühl über den Rücken lief. »Ich hab' davon gehört.«

»So? Hast du?«

»Bei dem Leben, das die führt...«

»Metzger, das kannst du dir sparen, find' ich. Darum geht's überhaupt nicht. Es geht um was anderes: Es waren zwei, die über sie hergefallen sind.«

»Wirklich?«

Durek hielt den Kopf schief, machte zwei Schritte vor, zwei wieder zurück, steckte die Hände in die Taschen seines Mantels und ging zur Tür. War das schon alles? Durek drehte sich um: »Kommst du mal mit raus?«

Metzger stand auf. Gemeinsam gingen sie zum Polizeiwagen. Durek öffnete die Tür und holte einen Sack heraus. Einen leeren Sack. METZGER stand darauf.

»Na, Durek!« Metzger lächelte. »Willst du eine Ladung mitnehmen?«

»Ja. Weizenstreu. Einen einzigen Sack. Geht das nicht?«

»Warum nicht?« Metzger war jetzt neugierig. Das Spiel begann ihm Spaß zu machen. Er fühlte Oberwasser. »Ich kann ihn dir auch frei Haus liefern, Durek.«

Doch das nahm Durek übel. Er riß ihm den Sack aus der Hand und warf ihn auf den Rücksitz. »Das ist ein Beweismaterial, Metzger!«

»Wieso?«

»Der Sack lag bei dem verletzten Mädchen.«

»So? Und? Willst du damit sagen, ich hätte ihn da hingelegt? Sag mal, spinnst du eigentlich? Geh doch mal da rüber. Da drüben, da hab' ich meine Säcke. Tausende. Und hier!« Er kam in Fahrt, holte die Autoschlüssel aus der Tasche, schloß den Kofferraum des Mercedes auf: »Da! Zwanzig Stück! Alle leer. Und fahr mal auf die Dörfer, geh zu den Bauern – überall Säcke! Und was steht drauf? Metzger!«

Durek nickte und hob salutierend die Hand. »Ist ja gut, Metzger!« Er stieg ein. Durch das geöffnete Fenster sah er ihn noch mal an. »Reg dich ab. Was willst du? Fahnden muß ich doch, oder?! ... Auch wenn's nichts bringt, fahnden muß ich.«

»Na, fahnd' mal schön!« Es war der alte Metzger, der auf seinem Hof stand; der alte Metzger-Ton und die alte Metzger-Haltung: breitbeinig, die Sohlen auf den Boden gepflanzt, die Hände in den Taschen.

Und Durek lächelte ihm zu.

*

»Nein!« stöhnte es auf dem Untersuchungsstuhl.

»Was, nein?«

»Das können Sie nicht tun, Frau Doktor.«

»Ja, was tue ich denn? Ich gebe Ihnen nur eine Spritze.«

»Ja, eben – ich kann Spritzen nicht ertragen. Ich konnte das nie! Nicht in der Schule und nicht beim Militär.«

Militär? Unter dem Stahlhelm konnte sich

Christa diesen Kopf nicht vorstellen. Ein rosig glänzendes Marzipanschweinchengesicht, Speckpölsterchen, Glubschaugen, ein fünfzigjähriges Zitterbündel von Ängstlichkeit und Nerven, die auch nicht durch zentimeterdicke Fettschichten zu schützen waren. Dick, laut und feige, so was hat man gerne. Was Christa am meisten ärgerte: Dort drüben an der Wand des Ambulatoriums lehnte Walter Renz, die Beine übereinandergeschlagen, grinsend zwar, doch in den Augen den aufmerksamen, distanzierten Blick eines Unparteiischen.

Die Blutung war noch immer nicht gestillt. Die Brühe lief am Nacken entlang und sammelte sich im Kissen. Entschlossen zog sie den Gummischlauch des Tourniquets enger, das die Zufuhr zu den unzähligen kleinen Gefäßen unterbrechen sollte, die eine zerschnittene Kopfschwarte versorgten.

»Sie nehmen ja doch die Spritze?«

»Wissen Sie was? Ein Mann, der mit dem Kopf durch Scheiben geht, darf vor Spritzen keine Angst haben!«

»Bin ja nicht gegangen – ich bin geschmissen worden.«

Renz grinste, Nina kicherte, und Christa dachte: Kein Wunder!

»Hören Sie, das ist doch keine Spritze. Wissen Sie, wie wir so was nennen? Infiltrations-Anästhesie.«

»Infil-dings oder nicht...« Er versuchte sich aufzubäumen. Da riß Christa der Faden: »Verdammt noch mal!« Mit all ihrer Kraft drückte sie den Oberkörper des Dicken zurück. »Verdammt noch mal, nun halten Sie endlich still.«

Er schloß ergeben die Augen. »Wie meine Frau...«

»Hat die Sie vielleicht durchs Fenster...?«

»Nein. Waren Kumpels. – Au!«

»Haben Sie ja gar nicht gespürt. – Nadelhalter bitte, Nina!«

Wie sehr ihr Rücken sich verspannt hatte, merkte Christa erst, als sie sich wieder aufrichtete. Renz nickte. Du machst dich!, bedeutete das. Und wenn ich dir jetzt die Zunge rausstrecken würde? dachte Christa erbittert.

Dann dachte sie für eine lange Schrecksekunde gar nichts mehr. Dort, unter der Tür, die Schultern etwas nach vorne gekrümmt, auf dem kantigen Gesicht der verlegene Ausdruck eines Menschen, der sich darüber klar ist, in ein fremdes Revier einzudringen – und diesmal statt der üblichen Krawatte ein Rollkragenpulli in forschem Gelb, tatsächlich: Vollmers!

Christa überließ Schwester Nina den Verband.

Nicht einmal eine Begrüßung brachte sie zustande, es wurde ihr später klar. Aber schließlich, sah Vollmers denn nicht, wie's draußen im Wartezimmer aussah?

»Tut mir leid, Herbert. Heute habe ich wirklich nicht eine einzige Minute.«

Seine Mundwinkel zogen sich in die Tiefe. »Ja, ja«, nickte er traurig, »so ist das nun mal, wenn jemand in die Dienstzeit platzt.«

»Nicht nur Dienstzeit. Sie sehen doch!«

Er blickte auf den blutverschmierten Boden, dann auf den Mann, dem Nina gerade ins Hemd half. Er sagte: »Ich dachte nur, ich meinte, wir könnten vielleicht heute nachmittag... Oder heute abend?«

»Liebster Herbert!«

»Das hört sich schon besser an...«

»Ja? – Wissen Sie: Ich habe eine Katastrophennacht hinter mir. Die Ambulanz ist voll. Und anschließend, nun, da bin ich ein wenig als Psychotherapeutin gefragt.«

»So? Warum nehmen Sie dann nicht mich noch dran?«

»Sind Sie schon mal vergewaltigt worden?«

»Wie bitte?«

In ihren Schläfen klopfte es. Sie war ungerecht. Sie wußte, sie müßte jetzt nett sein, ihn an der Hand nehmen, zumindest in die Kantine führen, Renz bitten, seine Zuschauerrolle aufzugeben und selbst mal hinzufassen, doch zu all dem fühlte sie sich nicht imstande. Selbst ihre Witzchen mißlangen. Und daß er sie nun verständnislos anstarrte, war zu verstehen.

»Entschuldigen Sie, Herbert. Es ist wirklich so: Bei uns ist heute nacht ein vergewaltigtes Mädchen eingeliefert worden. Ich muß mich um sie kümmern. Ich weiß wirklich nicht, wo mir der Kopf steht.«

Dieses Schulterrollen, sein Blinzeln. Das Eingeständnis der Niederlage.

»War ja auch nur eine Frage.«

»Ein andermal, Herbert, gerne.«

»Meine Schwester hatte Geburtstag, und da bin ich einfach mal vorbeigekommen.«

»Wir sehen uns ja wieder. Aber rufen Sie doch vorher an.«

»Ja, ja, sicher.«

Er legte ihr leicht die Hand auf die Schulter. Sein Gesicht kämpfte tapfer um Fassung und Höflichkeit.

»Ich hab' schon verstanden, Christa. – Wiedersehn.«

»Wiedersehn.«

Nun tat er ihr leid, so sehr, daß sie ihm am liebsten hinterhergerannt wäre. – Doch was half das schon?

Sie rief Renz, und diesmal brachte sie ohne Zögern das bißchen Macht ins Spiel, das ihr als Frau des Chefs zur Verfügung stand, ihr kühles Lächeln und ein: »Na, Sie Chirurgen-Darsteller? Ich muß nochmals rauf, Sie wissen ja...« genügten.

Renz setzte sich in Bewegung. Er ging zur Tür: »Der Nächste, bitte!«

Christa aber war draußen. Sie ging zum Lift und fuhr in den dritten Stock. Es war mehr als Pflichtgefühl, etwas anderes auch als Neugierde, das sie wieder zu diesem Mädchen trieb, das im Bett des Zimmers 314 lag und um sich seine Barrieren baute. Hier war etwas geschehen, das sie auf eine sonderbare Weise selbst anging. Vergewaltigung? Früher nannte man so etwas »geschändet«. Ein schlimmes Wort, altmodisch, niemand benutzte es mehr, doch Christa ahnte den Kern der Wahrheit, den es umschloß: Nicht ein Körper war mißbraucht worden, nein, man hatte einem Menschen in seinem innersten Wesen Gewalt angetan, Gewalt auch seinen Träumen, Hoffnungen, Erwartungen und Vorstellungen, egal, wie diese aussehen mochten. Egal, um welchen Menschen es sich handelte – es änderte nichts.

Forsch, mit ihrem unbefangensten Lächeln betrat sie das Zimmer. Und dort in der Ecke hockte noch immer dieser Riesenkerl. Die Art, wie er Christa den Kopf zudrehte, zeigte ihr, daß ihre Anwesenheit nicht erwünscht war.

»Na, wie geht's?«

Keine Antwort.

Christa zögerte. Dann nahm sie doch den Stuhl und setzte sich ans Bett. »Ich bin Dr. Brinkmann. Wir haben uns kurz auf dem Flur gesehen.«

»Paul Funkel.«

Sollte sie ihn rausschicken? Das würde die Situation noch verschlimmern. Der Bruder? Die beiden hatten keine Geheimnisse voreinander, nicht die geringsten, das spürte man.

»Astrid, hören Sie mir einen Moment zu?«

»Ja.«

»Astrid, es ist natürlich Ihre Sache, aber ich kann nicht begreifen: Warum verschweigen Sie bloß, was Sie wissen?«

Das Lächeln verschwand. Astrids Stimme klang leise, nicht einmal keß, nur sachlich: »Sie sagen es doch selbst. Es ist nicht Ihre Sache.«

Christa fühlte, wie sie rot wurde. Sie suchte ein Argument, das diesen eisernen Riegel von Mißtrauen und Einsamkeit durchbrechen konnte.

Doch da stand Paul Funkel auf: »Frau Doktor…«

»Ja, bitte?«

»Sagen Sie mal… ich meine, sind Sie zufällig auch schon mal vergewaltigt worden?«

»Wie bitte?«

»Da waren nicht vielleicht mal ein paar Kerle, die Sie in den Busch geschleppt, geschlagen und Ihnen die Knochen eingedrückt haben?«

Nun erhob sich auch Christa. Ihr Hals war trocken. Eine Antwort fand sie nicht. Und die dunklen Augen starrten sie noch immer an, kühl und ruhig, doch dahinter schwelte ein Haß, der ihr angst machte.

»Na dann, Frau Doktor«, sagte Paul Funkel, »dann wissen Sie wohl auch nicht, wie so was ist und wie so was von der Polizei gehandhabt wird.«

»Nein«, sagte Christa, »das weiß ich wirklich nicht.«

»Also? Vielleicht lassen Sie uns allein?«

*

Einmal würde es soweit sein, darüber war sich Käte klar: Nichts war von Dauer, jeder ersetzbar und alles im Wandel. Das Gesetz des Lebens.

So hochtrabende Gedanken kamen ihr zwar nicht in den Sinn, als sie beobachtete, wie unten vor dem Haus das Taxi vorfuhr. Doch bitter war es um ihr Herz. Zu oft war dieses Bild in ihrer Phantasie aufgetaucht. Doch man kann es vergessen oder zur Seite schieben.

Nun war Wirklichkeit daraus geworden.

Das Taxi hielt. Eine Frau stieg aus. Braune, feste Schuhe trug sie, einen Lodenmantel hatte sie an, und um den Hals hatte sie noch einen Wollschal geknotet. Bei diesem Wetter!

Käte seufzte: Loden. Boxcalf, Wollschal. Und darunter sicher was Handgestricktes. Solide nannte man so was wohl. Aber ob das hier gebraucht wurde? Nun, ihr Problem war das nicht. Nicht mehr!

Das hämmerte sich Käte ein. Auch dann, als sie unten die Türe öffnete und die Frau im Loden die Treppe hochkam, den Fahrer mit dem Koffer im Gefolge.

»Guten Tag«, sagte Käte. Sie konnte auf einmal sogar lächeln: »Ich bin Ihre Vorgängerin.«

Die andere kuckte. Und wie sie kucken konnte! Sie verzog den Mund. Das Lächeln erinnerte Käte an die Holzgesichter ihrer Puppen. Nein, die wirkten lebendiger.

»Michaelis«, sagte sie. »Angenehm.«

»Der Professor und die Frau Doktor sind in der Klinik.«

»Na ja, aber rein muß ich ja trotzdem.«

Das Beste daraus machen!, hatte sich Käte vorgenommen. Also bückte sie sich und nahm die große Tasche einfach in die Hand. Die Neue wollte sie ihr gleich wieder abnehmen. Aber da kam sie an die Falsche.

Energisch schüttelte Käte den Kopf: »Nein, nein! So alt und gebrechlich bin ich nun wirklich nicht.«

Die Halle. Gestern war Käte nochmals mit dem Staubsauger durchgegangen. Kein Fusselchen. Und trotzdem sah sich die Michaelis um, als müsse was zu finden sein. Ist ja nur Neugierde, dachte Käte. Du bist ungerecht.

»Wenn Sie ausgepackt haben, Frau Michaelis, zeige ich Ihnen alles.«

»Ja, gut.« Jetzt wirkte sie schon etwas menschlicher. Anfängerkomplexe! Käte war es klar. In einer solchen Lage bekam man Hemmungen. Und wer war schuld? Klaus natürlich. Die Michaelis konnte noch nicht mal was dafür. Aber was machte die da?

»Was machen Sie denn?«

»Ach, ich hab' da so ein kleines – hm...« Geschenk, wollte Laura Michaelis sagen, Käte wiederum ahnte es nicht, sah nur, daß ein Kofferschloß klemmte und daß die Neue in Schwierigkeiten war. So versuchte sie das verdammte Ding auch noch auf die Bank zu heben. Das war ein Fehler.

»Bitte, nicht!« Sehr energisch klang das.

»Was denn nicht?«

Frau Michaelis hatte sich aufgerichtet. »Das fangen wir gar nicht erst an. Sie gehören zu den Herrschaften. Hat mir der Herr Professor extra gesagt. Also bitte, kommen Sie mir in diesem Punkt nicht in die Quere.«

Oje! Käte schluckte. »Darf man denn nicht höflich sein?«

Auf Frau Michaelis' Stirn rief die Frage strenge Querfalten hervor. »Sie sollen es hier gut haben«, verkündete sie, »nicht arbeiten.«

»Aha?« Käte holte Luft. »Langweilen soll ich mich? Na gut…«

Sie drehte sich um und wollte zur Treppe. Ihre Stirne war heiß, und die Glieder wurden plötzlich schwer. Die Treppe schaffte sie nicht ganz. Auf der Mitte blieb sie noch mal stehen und betrachtete sich dieses Loden- und Wollgeschöpf, das da inmitten seiner Koffer stand. »Na gut. Ich hoffe, wir kommen trotzdem miteinander zurecht.«

»Das hoffe ich auch«, tönte es selbstbewußt herauf.

*

METZGER – an den Seiten des Dreivierteltonners stand es geschrieben: rot und groß. So rot und so groß, daß man das METZGER kilometerweit lesen konnte. Der Kasten schaukelte über den lichtgrünen Ährenspitzen, die ein unruhiger Wind hin und her riß, und Alf Haller, oben auf dem Bock seines Traktors, den Staub zwischen die Zähne blies.

»So ein Arschloch!« Alf Haller fluchte. Mit so einer Karre durch die Gegend fahren! Und jetzt auch noch hier raus. Dann weiß es doch jeder. So blöd kann nur einer sein: Hajo!

Alf drehte die Zündung des Diesels ab und sprang vom Traktor. Aus Wut gab er den dicken Stollenreifen einen Tritt. Er schob die Hände in die Taschen und beobachtete, wie Hajo herankam, über das abgeerntete Feld hinweg, wie immer sein blödes Grinsen im Gesicht und die goldgefaßte Pilotenbrille auf der Nase: Der große Macker Hajo! Jetzt hob er die Hand. »Grüß dich, Alf!«

Alf spuckte den Grashalm aus, auf dem er herumgekaut hatte. Er rührte sich nicht. Er betrachtete Hajo.

So eine Lusche. Soviel Blödheit gab's ja gar nicht! Er deutete hinüber zum Weg: »Warum bist du nicht gleich mit einem Elefanten hierher geritten? Oder hast 'ne Blaskapelle mitgebracht.«

»Blaskapelle?«

»Na, mit der Reklamewand in der Gegend rumzugurken, Mensch, da weiß doch jeder...«

»Die wissen's sowieso.«

»Was?«

»Na, daß wir Kumpels sind.«

Das war es: Dummheit! – Alf Haller donnerte wütend die Fußspitze gegen einen Stein. Er traf ihn so hart, daß der Kiesel in flachem Bogen über die Halme flog.

Hajo lächelte wieder. Und dieses fast scheue Lächeln war es, das Alfs Zorn dämpfte, ja, ein Staunen hervorrief. Wenn man sich dieses Würstchen ansah... Dabei war's er doch, der die Astrid fertigmachte. Beide waren sie spitz auf sie gewesen, stimmt – schließlich, jeder, der sie kannte, wußte doch, wie gern die was zwischen die Beine kriegte. Daß die Astrid an diesem Abend nicht so richtig mitzog, na gut, hätte man verkraftet. Aber daß Hajo über sie herfiel, daß er sie zurichtete wie ein verrückter Keiler, daß er sie regelrecht zusammendrosch, als sie sich wehrte, wer hätte das diesem Schlappi zugetraut?

Und jetzt? Im Dreck steckten sie. Beide. Bis zum Hals.

»Ich bin ja nur gekommen, um dir was zu sagen, Alf.«

»So? Was denn?«

»Du, Alf, das steht jetzt fest: Dieser Radfahrer hat uns gesehen.«

»Uns?« Alf zerrte an seinem Kragen. Heiß wurde es ihm.

»Mich. Und sicher hat er auch gesehen, wie ich oben auf der Straße zum Wagen zurückgelaufen bin.«

»Kennt er dich?«

»Glaub' ich nicht. Aber trotzdem...«

Ja, dachte Alf: Trotzdem! Er zuckte mit den Schultern. »Was ändert es schon?« sagte er. »Die Astrid hat uns wahrscheinlich beide erkannt. Ging ja nicht so gut mit deiner Schnapsidee. Weißt du noch, wie ich den Sack hochzurrte? Da muß sie uns doch gesehen haben.«

»Na und?«

»Was, na und?«

»Mein Vater bringt das schon wieder hin.«

Alf riß die Augen auf. »Weiß er's?«

»Klar.«

»Du spinnst doch! Ja, hast du's ihm gesagt?« Er hatte jetzt die Hände aus den Taschen, ballte sie zu Fäusten. Am liebsten hätte er diesen Idioten zusammengedroschen. Hajo wich zurück, begann hastig zu sprechen, erklärte, wie alles gelaufen war, sagte, er solle sich keine Sorgen machen, sein Alter stehe hinter ihm – und voll! »Selbst die alten Knacker im Dorf wissen doch, was die Astrid für eine ist! Die will doch.«

»So, will? Und wie die wollte! Genauso sah's aus. Du, wie die sich gewehrt hat...«

»Ändert doch nichts. Für mich war das mehr Spaß.«

»Für dich. Klar doch.« Alf kaute am Daumennagel. »Für mich nicht. Meine Mutter spielt total verrückt.«

»Wieso das denn?«

»Wieso? Da war heute morgen einer von der Landjugend-Zeitung da. Ich hab' das beste Lehrgangsdiplom gemacht. Meine Mutter, die ist vielleicht stolz drauf. Und jetzt kann sie nicht begreifen, weshalb ich gesagt habe: Nein, danke. Bloß nicht in die Zeitung. Und keine Fotografie. Bilder kommen nicht in Frage, auf gar keinen Fall.«

»Wäre doch auch Quatsch.«

»Alles war Quatsch. Ein Riesenscheiß. Und du hast dich benommen wie ein Verrückter. Zuschlagen wie ein Idiot und dann weg. Was ist bloß in dich gefahren?«

Hajo nahm die Brille von der Nase, betrachtete sie und setzte sie wieder auf.

»Na, was wohl? Das gleiche wie in dich.«

»Ich hab' damit nichts zu tun, du Arsch! Und der Typ auf dem Rad...«

»Der hat uns vielleicht erkannt, Alf. Aber nicht angezeigt. Darauf kommt's an. Kapiert?«

»Uns noch nicht angezeigt!«

»Der hält die Klappe. Bis jetzt wenigstens. Und in der Zwischenzeit könnten wir versuchen, mit Astrid zu sprechen. Das wollte ich dir sagen.«

»So? Lauter Scheiß hast du gesagt!«

Alf hielt das Gesicht nicht mehr aus, nicht die Sonnenbrille, nicht das blöde Grinsen. Er ging zum Traktor, schwang sich wieder hoch. Hajo stand noch immer dort unten. Der Diesel klopfte los, Hajo brüllte, Alf verstand nicht, es war ihm auch egal. Aber dann fiel ihm etwas ein und nun, unter der kühlen Furcht, die der Gedanke in ihm ausbreitete, hatte sich alles geändert.

Er beugte sich aus seinem Sitz: »Mit der Astrid willst du sprechen? Das war's doch, oder?«

Hajo nickte.

»Na, dann red mal zuerst mit ihrem Bruder. Der Paul ist nämlich vorgestern in Offingen angekommen. Besuch ihn doch mal. Der wird sich freuen!«

Er sah, wie Hajo schluckte. Und dann gab er so heftig Gas, daß der Motor aufbrüllte, die mächtigen Räder durchdrehten und Hajo Metzger eine ganze Ladung braunen, pulvrigen Erdstaubs und Kiesel an die feinen weißen Jeans bekam.

*

Sie hatte ihn nicht gesehen. Er stand im Schatten der beiden runden, schweren Eichensäulen, die das Klinikportal trugen. Christa hörte nur eine Stimme, leise, höflich, so leise, daß ihr zunächst nicht klarwurde, daß die Worte ihr galten. Dann sah sie seinen Schatten auf den Treppenstufen und wußte sofort, wer es war.

Sie drehte sich ihm zu: »Sie, Herr Funkel? Wollen Sie mich sprechen?«

»Ja, Frau Doktor. Ich meine, wenn es Ihnen nichts ausmacht?«

»Wissen Sie, Montagmorgen ist immer so ein Tag. Aber bitte: gehen wir doch in den Garten.«

Er lief nebenher. Er ging für seine Größe überraschend elastisch und leicht. Und auch das Gesicht, wenn man es so ansah, wirkte nun aufgeschlossen, beinahe freundlich. Er lächelte. Ja, da war nichts mehr von dieser hölzernen, sturen Undurchdringlichkeit, die er oben im Zimmer seiner Schwester gezeigt hatte. Er deutete zuvorkommend auf eine Bank.

»Frau Doktor, Sie wollten doch wissen…«

»Ach, Herr Funkel, natürlich will ich wissen. Doch wenn es Ihrer Schwester so zusetzt? Ich möchte auch nicht, daß der Eindruck entsteht, ich wäre neugierig. Ich kann nur einfach nicht kapieren, wieso sie das alles auf sich beruhen lassen will?«

»Tja…« Sein Blick richtete sich auf den Boden, er betrachtete die Kiesel, die dort lagen, betrachtete das Gras zwischen den Sandsteinplatten und dann, als er ihn wieder hochnahm, eine Gruppe Patienten, die vorüberging. Den Blick zu ihr vermied er.

»Was ist mit ihr, Herr Funkel?«

»Ich weiß nicht. Aber ich kenn' sie, mit Fragen erreicht man nichts. Man erreicht eigentlich überhaupt wenig bei Astrid. Sie lebt ihr eigenes Leben.«

»Das wurde mir auch gesagt.«

»Gut. Vielleicht gehört es dazu.«

»Daß sie sich ausschweigt?«

»Ja. Das tut sie ja auch mir gegenüber. Ich habe keine Ahnung.«

»Aber sie machte doch solche Andeutungen, daß die Polizei...«

»Genau. Die Polizei.« Er nickte wieder und sprach weiter zu Kieseln und Büschen: »Da war schon mal was. Vielleicht ist das ein Grund. Damals ist auch so ein Schwein über sie hergefallen. Nicht hier, in Stuttgart. ....Und damals hatte sie Anzeige gemacht.«

»Und?«

»Nichts und. Ging aus wie das Hornberger Schießen.«

»Ich kann mir das nicht vorstellen.«

»Sie können sich noch vieles nicht vorstellen.« Er drehte den Kopf. Nun sah er sie an. »Selbst mir geht das so.«

»Aber man kann doch nicht einfach...«

»Man kann nicht? Wissen Sie, was der Dreckskerl gesagt hat: Vergewaltigung? Soll ja wohl 'n Witz sein. Das ist schließlich meine Freundin!«

»Und war sie es?«

»Freundin? Sie hatte längst mit ihm Schluß gemacht. Schon Monate vorher. Aber dieses miese Schwein meinte wohl, so was gilt nicht. Nicht bei Astrid. Ein Witz, meinte der.«

Christa nickte.

»Und wissen Sie, was das Größte war, was der vernehmende Bulle sagte? Na ja, sagte der, wenn du Schluß machst und dir gleich einen anderen nimmst, dann kennt sich ja niemand mehr aus. Dann ist das vielleicht doch mehr Privatvergnügen, als eine Straftat.«

»Das ist doch nicht möglich!«

Er sah sie an. Er lächelte. »Haben Sie eine Ahnung, was alles möglich ist…«

*

Sie brauchte nicht mehr nachzudenken, alle Fragen und auch die letzten Zweifel waren von Astrid abgefallen – es war soweit! Nun gab es weder Angst noch Nervosität. Warum auch? Astrids Hand umschloß den Messergriff, rund, glatt, solide fühlte er sich an. Ein Messer, das dir die Ruhe zurückgibt.

»Wie spät, Paul?«

»Zwanzig nach elf.« Den Rücken gegen einen parkenden Wagen gelehnt, hockte er neben ihr auf dem Asphalt. Sie sah nur den Schatten. Zwanzig nach elf? Um halb zwölf würde Hajo kommen. Hoffentlich kam er. Nein, sicher. Um zwölf mußte er zu Hause sein, sonst gab's Zunder mit dem Alten.

Sie starrten wieder hinüber zur Rückseite des Gebäudes. Von der Musik war nur das leise, vibrierende Wummern der Bässe zu vernehmen. Die schwarze Schräge des Dachs setzte sich vom hellen Nachthimmel ab. »Disco 2000« – wie oft hatte sie den Laden besucht! Allein, mit einer Freudin oder den anderen. Dies würde das letztemal sein…

Drüben ging die Türe auf. Irgendeiner grölte. Eine zweite Stimme fiel ein. Paul hatte sich blitzschnell hinter dem Auto hochgeschoben, doch nun schüttelte er den Kopf.

»Wie im Kino«, sagte sie.

»Was?«

»Ich sage, wie im Kino!«

»Ja, Astrid. Und diesmal sind wir im richtigen Film.«

Sie war froh um ihn, froh um die Sicherheit, die er vermittelte, froh um seine Nähe. Sie versuchte sich ein Leben ohne Paul vorzustellen. Es gelang nicht. Etwas schwang zwischen ihnen, das größer und wichtiger war als alles, was sie erfahren und erlebt hatte. Ohne Paul, dachte sie, wärst du längst am Ende.

Er hob die Hand.

Dort drüben trat einer in den hell erleuchteten Ausgang, der zum Parkplatz führte. Sie erkannte ein rundes Gesicht und die ovalen Kreise der Sonnenbrille.

»Auf, Astrid!«

Sie hatte es nicht eilig. Es war nicht weit. Und sie war nicht allein. Sie blickte sich um: Niemand zu sehen. Nur die Lichter eines Wagens, der sich über die Hangstraße näherte.

»Jetzt!« flüsterte Paul.

Zwei, drei Sätze – Hajo hatte sie noch immer nicht erkannt. Dann war es zu spät. Paul war schon über ihm. Hajo schrie nicht, das konnte er nicht, Paul hielt ihm mit seiner Pranke den Mund zu.

Jetzt! dachte auch Astrid Funkel.

Über der Hand des Bruders sah sie entsetzte Augen. Und sah sich selbst: Damals, oben auf dem Feld, als sie ihr den Sack über den Kopf zogen. Sie sah die eigene namenlose Angst in diesen Augen.

Jetzt!, dachte Astrid wieder und holte aus...

*

Rechenschaftsbericht, Änderung der Statuten, Wahl des Vorstandes. Diskussionen, endlose Wortmeldungen, gelegentliches Händeklatschen. Kellner, die Limonade, Bier, Wein, Mineralwasser heranschleppten, und überall rote Köpfe.

Wichtig hatten sie's. Ein bißchen rührend war es auch. Und für Udo Brinkmann ziemlich anstrengend. Aber schließlich: Wenn die Klinikbelegschaft Monat um Monat die Hälfte der Plätze von Rot-Weiß Offingen belegte, mußte man den Herren die Ehre schon antun. Eine Frage des Anstands war das, und ein Ukas des Chefs.

Etwas gequält schielte Udo zur Uhr und empfand es als Erleichterung, als ihm in diesem Augenblick drüben an der Theke Schmidtmayer, der Pächter des Club-Restaurants, mit dem Telefonhörer zuwinkte.

»Die Klinik!« rief Schmidtmayer. »Ein Notfall.«

»Na, dann werd' ich ja wohl...«

»Müssen Sie auch, Herr Doktor! So wie das geklungen hat, ist was ganz Schlimmes passiert.«

Es war kurz vor zwölf, als Udo Brinkmann die Klinik betrat. Und schon ein einziger Blick durch die gläserne Trennscheibe bewies: Der gute Schmidtmayer hatte recht! Nicht nur etwas Schlimmes, etwas Sonderbares war hier passiert.

Wolters, der nervös an seinen Geräten drehte. Der Alte mit besorgten Augen. Daneben Marks, die Instrumenteuse und ihre OP-Bereitschaft. Blutige Abdecktücher, Behälter mit physiologischer Kochsalzlösung zur Grundspülung, Blutkonserven, am

Boden Redonflaschen, Papier und Verbandsfetzen. Ein Chaos! Der Tisch war hochgeschwenkt, Bauch und Oberschenkel des Patienten lagen frei: Eine Genitalverletzung, ganz offensichtlich!

»Na endlich«, murmelte sein Vater, als er in Operationsmantel und Haube eintrat. »Sieh dir das an!«

Und Udo sah es sich an: Stichverletzungen. Ein halbes Dutzend. Die Öffnung des Hodensacks hatte das Skalpell besorgt. Er sah die Ligaturen, die sein Vater gelegt hatte, um eine vorläufige Blutstillung zu erreichen.

»Hier muß der Samenstrang herauspräpariert werden. Auch der Kolon ist verletzt.«

Udo nickte. Unter seiner Operationsmaske sog er die Luft zwischen die Zähne. »Wer hat denn das geleistet? Was war das? Ein Lustmordversuch?«

Sein Vater sah ihn an. Halt die Klappe! bedeutete der Blick.

Denn schon kam vom Kopfende die leise, schwache, klägliche Stimme: »Das… das wird er bezahlen… Muß… muß ich sterben?«

»Ach was! Das kriegen wir hin.«

Eine Lumbal-Anästhesie also, er hätte es sich denken können. Der Unterleib des Patienten war gefühllos, doch er blieb bei Bewußtsein. Wie lange noch?, dachte Udo beklommen, als er sich die Wunden ansah.

Zweieinhalb Stunden schufteten sie, zweieinhalb Stunden, die alles verlangten, nicht nur Einsatz, Kenntnis und Können – vor allem gute Nerven. Der Operationsplan entwickelte sich aus der

Arbeit. Und wie so oft bewunderte Udo den Alten um die eiskalte Routine und Übersicht, mit der er diese Aufgabenstellung anging. Sechs Messerstiche! Hoden und Samenstränge durchschnitten. Bauchfell und Darm verletzt…

Der schmächtige Kerl hatte eine Konstitution, um die man ihn beneiden mußte. Kurz vor drei war es endlich soweit. Sie schoben die Bahre aus dem OP. Wie es aussah, würde er durchkommen.

Udo trat an das Fenster zu seinem Vater. Man sah ihm an, was hinter ihm lag.

»Wie ist das? Gehen wir?«

Brinkmann schüttelte den Kopf. »Leg du dich mal hin. Ich genehmige mir erst mal einen Kaffee. Außerdem ist die Polizei sicher auch schon da.«

»Weißt du, was ich die ganze Zeit denke?«

»Was denn?«

»Daß die Geschichte irgendwas mit der Vergewaltigung zu tun haben könnte.«

»So?« Brinkmann zuckte mit den Schultern. »Wie kommst du da drauf?«

»Ich weiß nicht. Reine Gefühlssache…«

»Gefühle helfen uns da nicht weiter. Bis später.«

Brinkmann hob die Hand und ging mit müden Schritten zu seinem Büro. Vor der Tür stand ein Mann. Er war untersetzt, hatte kurzes graublondes Haar und verzweifelte Augen. Von der Polizei war er nicht. – Das war doch dieser Metzger, dieser Düngemittel-Mensch?

»Sie sind gekommen, um…«

»Ja, wegen meines Sohnes, Herr Professor. Wie

steht's denn?« Er kämpfte um Haltung. Er tat ihm leid.

»Im Moment läßt sich noch nicht viel sagen, Herr Metzger. Nur daß Ihr Sohn bei allem noch Glück gehabt hat. Es sind keine lebenswichtigen Organe verletzt worden. Allerdings...«

»Ja? Bitte, Herr Professor?«

»...es bestehen nur geringe Chancen, daß Ihr Sohn Vater werden kann. Dafür waren die Verletzungen im Genitalbereich zu schwer.«

»Genitalbereich?« wiederholte Metzger. Sein Kopf sank nach vorne. Es schien ihn Überwindung zu kosten, den Blick wieder hochzunehmen. »Dann werde ich nie Enkelkinder haben?«

»Leider, Herr Metzger, wenn Sie nicht noch andere Kinder haben – nein.«

»Weiß es Hajo schon?«

Brinkmann schüttelte den Kopf.

Metzger nickte, langsam, wie ein Mann, der etwas bestätigt findet, was er längst erwartete. Er gab sich einen Ruck: »Na, die Hauptsache ist wohl, er wird sonst wieder gesund.«

»Richtig, Herr Metzger. Wenn Sie mich jetzt entschuldigen würden...« Es war Brinkmanns Fluchtinstinkt: Weg von allem, Türe zu! Doch vorne auf dem Flur erschien ein grauer Schatten. Durek! Ausgerechnet...

»Sie haben mir noch gefehlt. Der Patient ist unter Narkose. Kommen Sie morgen wieder.«

Durek lächelte. »Ich wollte ja nur wissen, ob es stimmt, daß die Verletzungen auf Gewalteinwirkung zurückzuführen sind?«

»Ja. Auf Messerstiche. Und jetzt – gute Nacht, meine Herren!«

*

»Na, Metzger!« Durek wiegte den Kopf hin und her. »Da sind wir ja wieder zusammen.«

Metzger schwieg.

Durek betrachtete ihn nachdenklich. »Weißt du, was? Jede Klinik hat 'ne Kantine. Die hier kenn' ich. Da gehn wir mal runter und genehmigen uns einen.«

Das taten sie. Der Raum im Souterrain lag im Dunkel. Durek knipste die Deckenbeleuchtung an und sah sich mit Kenneraugen um; Augen, die, obwohl leicht verschwollen und von Schläfrigkeit rot umrändert, die Reihen der Flaschen an der Wand musterten. In einer Kantine fühlte er sich wohl, man sah es ihm an. Er hatte sich entschieden, wollte nach elsässischem Apfelschnaps greifen, doch die Glasschiebetüre war verschlossen. Mußte ja auch sein. War 'ne Klinik hier. Wo käme man da hin, wenn die hier nachts besoffen…

Er nahm ein loses Elektrokabel zur Kenntnis, steckte es wieder ein, setzte die Kaffeemaschine unter Strom, braute gleich zwei Tassen, gab Metzger Milch und Zucker rein und schob ihm den Mocca zu.

»Da, nimm mal! Wird dir guttun. Geht auf Kosten des Hauses.«

Doch der hörte nicht, ließ die Arme noch immer hängen, ganz rund die Schultern, Durek sah den gelichteten Hinterkopf und all das graue Haar. Heute hatte sich der Metzger wohl noch ein paar weiße zugezogen. Wer Söhne hat, hat Sorgen...

Der Satz gefiel ihm: »Wer Söhne hat, hat Sorgen, was, Metzger?«

Er hatte das mehr philosophisch gemeint, doch irgendwas schwang in seiner Stimme, das Metzger aus seiner Apathie herausriß. Den Kopf nahm er hoch, hellwach und anklagend war der Blick. Er nahm die Tasse, trank, stellte sie zurück.

»Das kannst du wohl sagen. Und was heißt schon Söhne – wenn du nur einen einzigen hast!«

»Eben«, meinte Durek bedächtig.

»Was?«

»Ja nun...« Durek wiegte den Kopf: »Willst du mich das im Ernst fragen? Oder sagst du das nur so?«

»Ich versteh' kein Wort.«

»Ich glaube schon, daß du verstehst. Und wie du mich verstehst.« Durek setzte die Spitze des Zeigefingers in den Aschenbecher, der vor seiner Nase stand. Zuerst schob er den Aschenbecher von links nach rechts, dann ließ er ihn kleine Kreise über die Resopalplatte des Tresens ziehen, den Blick jedoch nahm er keine Sekunde von Metzger. Und auch sein Lächeln blieb. Ein anderes Lächeln war es jetzt, ironisch, vielleicht konnte man es zynisch nennen, wenn da nicht Wissen und eine gewisse Melancholie in seinem Ausdruck gewesen wären. »Komm, Metzger! Ich versteh' doch deine Lage. So ist es nun auch wieder nicht!«

»Hör mal...«

»Wie wär das denn, wenn du mal zuhören würdest? Zur Abwechslung. Zum Angewöhnen. Hier sind wir nicht in deinem Büro. Das ist die Klinik. Und dort oben liegt dein Junge. Wie ich gehört habe, steht es gar nicht so gut mit ihm. Kein Wunder... Und da drängen sich doch zwei berühmte Fragen auf: A, wer hat's getan? Und B, warum? Ist nun mal eine ganz besondere Tat, Metzger. Findest du doch auch? So was denkt man sich nicht ohne Grund aus. Aber was ist das für ein Grund? Die alte Frage: warum?«

»Weiß ich doch nicht.«

»Nein. Wie auch? Du hast keine Ahnung. Du hast ja nur einen netten, lieben Jungen aufgezogen. Und das noch ganz allein. Und stolz bist du auf ihn obendrein.«

»Hör auf! Hajo hat damit nichts zu tun.«

»Was war's dann?«

»Ein Überfall. Eine hundsgemeine Schweinerei!«

»Ein Überfall? Sicher. Die Brieftasche wollten sie ihm abnehmen. Oder den Autoschlüssel. Und mit dem Messer sind sie dabei ein bißchen tiefgerutscht. Das war es, wie? Jetzt komm doch. Metzger!«

»Ich geh rauf«, sagte Metzger. »Ich geh jetzt rauf zu meinem Jungen.«

»Dem kannst du nicht helfen. Aber mir... Für dich kommt das nicht in Frage, was? Das gefällt mir nicht, Metzger. Weißt du, in diesem Fall gefällt mir eine Menge nicht.«

»Ich hab' keine Ahnung, was du...«

»O doch!« Dureks Stimme hatte ihren gleichgültig-traurigen Ton verloren. Hart wurde sie, hart, schnell und präzise: »Mir gefällt nicht, wie du deinen Jungen decken willst. – Verstehen kann ich es vielleicht. Aber das läuft unter Anhang... Dafür interessiert sich keiner. Und was Erziehen angeht – du bist verdammt spät dran, Metzger! Hättest dich ein bißchen früher um ihn kümmern können. Aber das ist ja so anstrengend. Spuren soll er, das Auto kriegt er schließlich auch. Und wenn er damit auf Touren geht, besoffen durch die Gegend kurvt und in seinem Suff noch 'nen Kumpel findet, für den's genauso schön ist, eine Frau zu vergewaltigen...«

»Bist du verrückt?!«

Durek hob die Augenbraue: »Was meinst du? Bin ich's?«

»Hast du Beweise?«

»Natürlich«, lächelte Durek. »Damit sitzt du am langen Hebel, was? Das ist es doch: Ohne Beweise keine Schuld?!«

»Das ist es nicht. Es ist was anderes. Du weißt ganz genau, wie die Funkel sich hier aufführt.«

»Auch so ein Punkt, der mir gar nicht gefallen will, je länger ich darüber nachdenke: ›Die Funkel und wie sie sich aufführt!‹ – Soll ich dir was sagen, Metzger? Wie die sich aufführt, ist ihre Privatsache. Genauso wie bei dir. Siehst du da einen Unterschied?«

Metzger schwieg. Sein Mund schien ausgedörrt. Er leckte sich die Lippen ab.

»Ich hab' dich was gefragt. – Gut. Nehmen wir's zu den Akten: Klare Antwort. Ist ja auch ein

Privatgespräch.« Dureks Stimme wurde gefährlich: »Aber daß du mich verarschen willst, Metzger, das ist in meinen Augen keine Privatsache mehr.«

»Durek!« Die Worte kamen leise und flehend: »Das kannst du doch nicht denken? Das ist doch alles, ich weiß nicht...«

»... ist alles ganz logisch, was? Genauso logisch wie der Unbekannte, der deinen Mercedes gefahren hat. Das ist deine Art von Logik, Metzger!«

»Aber du hast nichts in der Hand.«

»Natürlich nicht!« Durek schlug den Mantelkragen hoch, als fröstle ihn: »Ich werd' auch keine Beweise mehr suchen. Vielleicht ist das Gerechtigkeit? ... Die Funkel hält still. Die hat schon ihre Erfahrungen gesammelt, wurde ja schon mal vergewaltigt. Diesmal will sie die Rechnung auf ihre Tour begleichen. Hat sie auch, nicht? – Und du, du hältst auch still. Ist es so, Metzger?«

Er legte dem stillen, schweren Mann die Hand auf die Schulter: »Der Hajo vom Metzger schlägt einem Mädchen die Rippen ein, ehe er sie vergewaltigt – was für ein schöner Skandal! Richtiggehend geschäftsschädigend. Stimmt's? Also hält man die Klappe.«

Die letzten Sätze fielen auf dem Weg zur Tür. Durek machte dabei den Fehler, Metzger anzusehen, und so stieß er auch prompt einen Stuhl um. Schweigend stellte er ihn wieder auf die Beine, sorgfältig rückte er ihn zurecht.

»Weißt du, Metzger, wegen Leuten wie dir bin ich zum Philosophen geworden. Sonst würde ich mich nämlich zu Tode kotzen. – Na gut. Der Fall wandert ins Archiv. Das meinst du. Wahrscheinlich wird er das. Buchen wir die Messerstiche ab. Ich – und du, der saubere Geschäftsmann Metzger. Aber wenn du mich fragst: Die Stiche hat dein Sohn verdient...«

Metzger hörte nicht, wie die Türe zuschlug. Er sah auch nicht mehr auf. Er hielt die Hände verschränkt. Und dann, als wäre ihm der Kopf zu schwer geworden, legte er seine Stirne darauf...

*

In diesen Tagen begannen sich für Käte Marek wie für andere betagte Menschen die Schranken zwischen Vergangenheit und Gegenwart aufzulösen. Käte merkte es wohl und war nicht unglücklich darüber, schwang sich gleichsam über alle Zeitschranken hinweg, war nicht ganz so präsent im Garten der Brinkmanns, wo die Familie an diesem Nachmittag bei Kaffee und Kuchen saß, ließ sich auch von den anderen belächeln, wie sie da, die Hände im Schoß gefaltet, vor sich hinträumte – und war doch ganz anwesend: In einem anderen Garten. Auch dort gab es Porzellanklappern, Gespräche, Menschen. Gab es Vogelstimmen und dazwischen Hundegebell. Und gleich würde Ernst kommen! Sie sah ihn schon. Ernst in Uniform, sandfarben, das Hemd immer tadellos gebügelt, die Taschen waren auf die Hose gesteppt, und selbst das Koppelzeug aus Leinen. »Wegen der Hitze«, hatte Ernst gesagt. Und lange könne das ja nicht dauern in Afrika. Mit den Engländern würden sie schon fertigwerden. »Dann aber, Kätchen…«

Für Ernst war sie »sein Kätchen«. Ach, so zärtlich sein Gesicht. Und so jung. Nur die Haare, die hatten sie ihm abgeschnitten. An einem Nachmittag vor vielen Jahren, im Garten seiner Eltern, hatte Ernst darauf bestanden, Fotografien mit an die Front zu nehmen. Sie waren nach Göppingen gefahren. Zu einem Herrn Bauer. Der machte auch Fotos. Eine ganze Serie.

Nur ein einziges war Käte geblieben. Und selbst das ging dann bei irgendeinem der Umzüge verloren. Dabei hatte sie es doch immer im Paß getragen. Doch das Foto war weg. Und Ernst auch. Nicht einmal das Rote Kreuz hatte ihn gefunden. Dabei hatte sie jahrelang Suchanzeigen aufgesetzt. Ernst kam nicht zurück. Er hatte sich in nichts aufgelöst, war nur ein Name – und Erinnerung…

Ernst, dachte sie jetzt: Ich will dir mal was sagen…

»Was denn?«

Sie sagte es nicht… Es war ja nicht Ernst, der fragte, sondern Udo. Doch wenn man dem die Haare abschneiden und ihn in eine Uniform stecken würde, käme derselbe Mann heraus. Dieselben hellen Augen, die kleinen Fältchen, das hübsche Gesicht.

»Wer heißt denn hier Ernst?« Er blickte sich um. Dann grinste er: »Na, sag mal?«

Käte hob schuldbewußt die Schultern. Hatte sie den Namen also doch ausgesprochen? Na, wenn schon… Aber hier – das war nicht der Garten der

Familie Hofner in Göppingen, wo sie mit Ernst immer zusammengesessen hatte. Es war nun mal Offingen und die Villa Brinkmann. Udo hatte sich in Ernst verwandelt, Ernst in Udo – was war schon dabei? Was war Gegenwart, was Vergangenheit? Was Wirklichkeit oder Traum? Und Zukunft – die war bei ihr ohnehin gestrichen.

»Hör mal, Tante Käte! Krieg' ich noch 'nen Kuchen?«

Sie nickte und griff zum Teller. Angie, ja – Angie war Zukunft.

Entschlossen trank Käte die Tasse aus und entschied dabei, sich nun doch wieder in der Gegenwart einzurichten – der einzigen, die sich bot. Sie bestand aus einem Udo, der Gott sein Dank seine krampfhaften Versuche, mit ihr ins Gespräch zu kommen, aufgegeben hatte. Aus Angie, die mit ihrem netten Kindermädchen im Garten rumrannte. Und Molli!

Molli wollte auch Kuchen. Warum nicht? Die Kirschtorte war sowieso von Frau Michaelis gebakken. Viel zu trocken. Sollte Molli sie fressen!

Udo zog sich einen zweiten Stuhl heran, legte die Beine darauf und zeigte sein Märtyrergesicht: »War das vielleicht ein Vormittag! Lieber Steine klopfen...«

Die Michaelis erschien schon wieder: »Darf ich Ihnen eine Limonade anbieten, Herr Doktor? Ist ein bißchen heiß heute, nicht?«

Bedient wie auf Knopfdruck, registrierte Käte. Wirft sich mächtig ins Zeug. Hat ihre Habichtsaugen überall. Und immer in Loden. Selbst jetzt:

Graubraun. Ein graubraunes Lodenkostüm wie beim Reichsarbeitsdienst.

Das dachte Käte auch, als ihr die Michaelis das Tablett mit den Limonadegläsern unter die Nase hielt.

»Eine Erfrischung, Frau Marek?«

Nun wußte Käte tatsächlich nicht, ob sie lachen oder traurig sein sollte. Vielleicht wäre Dankbarkeit angebracht?

Die Michaelis erwartete sie wohl. »Aber ich bitte Sie, Frau Michaelis! Sie sollen mich doch nicht immer bedienen.«

Damit kam sie bei der Lodenstange natürlich an die Falsche. »Bei mir bekommt jeder was. Herr Doktor, auch einen Saft?«

»Ja, bitte«, sagte der Doktor und trank sein Glas bis auf den letzten Tropfen aus.

Käte schloß die Augen. Wie gerne wäre sie jetzt wieder zurückgewandert zu ihrem Ernst. Aber das ging wohl nicht. Irgendwas lag in der Luft. Nehmen wir nur die Claudia: Wie die den Udo ansieht! Wie sie sich jetzt zu ihm beugt, mit ihm flüstert. Und wie Udo nickt und schon wieder sein bedrücktes Gesicht macht…

»Was geschieht nun mit Angie?« flüsterte er.

Angie war nicht nach Hause zu bewegen! Keine zehn Pferde brachten sie zu ihrer Mutter. Nun hatte Angie gestern auch noch ein Ultimatum gestellt: »Entweder der Udo und die Claudia gehen mit – oder ich bleibe!«

»Stur ist die vielleicht!« regte sich Udo auf. »Was meinen Sie, Claudia?«

Claudia meinte, für Angies inneres Gleichgewicht sei das wohl die beste Lösung. Worauf Udo wiederum verzweifelt in sein leeres Glas kuckte, es ein bißchen rumdrehte und sich beklagte, daß sich für sein Gleichgewicht kein Schwein interessiere.

Typisch! dachte Käte, wehleidig wie immer! Für Käte stand sowieso fest, daß Udo dieser ganzen Geschichte nicht gewachsen war. Zu weich, zu sprunghaft war er. Und Claudia wiederum – welche Rolle spielte sie eigentlich in dieser traurigen Kinderkomödie?

»Ihre Frau hätte Sie gerne gesprochen«, verkündete Claudia. »Sie ist gerade gekommen. Sie ist ins Haus gegangen.«

Erschrocken stellte Udo das Glas auf den Tisch. Das Mädchen, ihr Kindergärtnerinnenlächeln auf dem Gesicht, sprach noch einige Sätze. Die ließen Käte die Ohren spitzen.

»Ihre Frau möchte sich gerne in Ruhe mit Ihnen aussprechen. Und wenn es möglich ist, ohne Aggressionen.« Wie sie ihn ansah! Wie sie ihm in die Augen kuckte.

Dies schien ihn auf die Palme zu bringen: »Und Sie machen wohl den Friedensrichter, Claudia? Oder wie darf ich das sehen?«

»Wie Sie das sehen, ist mir egal. Jedenfalls: So darf eine Ehe nicht auseinandergehen. Nicht, wenn ein Kind alles miterlebt.«

Käte nickte. Da hatte sie recht. Aber ein bißchen komisch war das schon, wie sie alle miteinander verhandelten. Schließlich: gehörte Claudia nicht zum Personal?

Sie lehnte sich im Stuhl zurück, faltete die Hände und beobachtete aus halb gesenkten Lidern Udo, der auf seinen langen Beinen ins Haus stürmte... Katharina also? Auch noch Katharina!

*

Udo befand sich an diesem Nachmittag nicht in Hochform. Wie auch, gegenüber soviel kühler, in sich selbst ruhender Gelassenheit? Katharina stand in der Bibliothek neben einem Globus, den irgendein Brinkmann einst aus Rotterdam mitgebracht hatte – in einem anderen Jahrhundert, in Zeiten, die so verblaßt waren, wie die Farben auf den Kontinenten und Ländern. Ihr Haar war hochgesteckt, der lange Nacken geschwungen, ein Profil, das sich nur mit Mühe vom Fenster zu lösen schien, und ein Gesicht, das wie immer sein Herz schneller schlagen ließ. Immerhin: ihre Stimme bemühte sich um Freundlichkeit, es war eine Freundlichkeit, die nicht über die Zinnen der Burg hinausreichte, hinter denen sich Katharina verschanzt hatte.

»Hallo, Katharina!«

So schön sie war in diesem Augenblick, so ungeheuer nobel auch dieser Kopf mit den hochgesteckten Haaren auf ihn wirkte – so fremd blieb sie.

»Na, was hältst du davon?« sagte sie. Er brauchte keine Fragen zu stellen. Es ging um Angie! Um ihr Ultimatum. »Nun sag schon, Udo? Du hast doch deine Meinung?«

O ja, die hatte er. Sie war klar umrissen, und es gab keinen Grund, Katharina zu schonen.

»Katharina, das weißt du doch. Wir werden noch keine fünf Minuten zusammen sein und schon kracht's. So wird sich Angie aber unser Zusammenleben nicht vorgestellt haben.«

Schweigen. Eine schmale Hand, die dem großen Globus einen energischen Stoß versetzte. Der drehte sich trotzdem nicht. Dazu war er zu alt und zu eingerostet.

Katharina seufzte. »Das liegt schließlich an uns, nicht wahr?«

»Vielleicht. Vielleicht ist es auch stärker als wir.«

»Was soll stärker sein? Es gibt ja etwas wie Disziplin, man könnte es sogar Erziehung nennen. Darf ich das erläutern?«

»Oh? Da bin ich neugierig.«

»Erziehung in dem Sinn, lieber Udo, daß uns niemand daran hindert, so höflich und verbindlich miteinander zu sein, wie wir es schließlich auch zu Fremden sind.«

Er kramte schon wieder nach Zigaretten. Sein Kragenknopf war ihm auch zu eng. Er öffnete ihn. Er lächelte, höflich: »Aha!«

»Ja. Und außerdem, um damit gleich anzufangen: meinen Vorwurf, du hättest mit Angie unter einer Decke gesteckt, nehme ich natürlich zurück.«

Er machte eine Verbeugung. Sie fiel nicht einmal ironisch aus. Zurücknehmen? dachte er. Sie?! – Ein ganz neuer Zug an Katharina.

»Wenn wir einigermaßen miteinander klarkommen wollen, hat das allerdings eine Voraussetzung.«

Nichts ohne Voraussetzung. Auch so eine Katharina-Gessner-Formel. »Und die wäre?«

»Daß auch du dich mit deinen üblichen Sticheleien zurückhältst. Und mit deinen kleinen Intrigen.«

»Intrigen? Klar. Ich intrigiere. Ich hätte Poliker werden sollen. Oder Burgschauspieler!«

Dieses Mal war es mit ihrer ziselierten Höflichkeit vorbei, auch mit der üblichen Gessnerschen Sachlichkeit. Sie zitterte. Selbst der Globus begann sich zu drehen. Wie hatte sie das fertiggebracht?

»Udo, das mußt du doch kapieren? Das hat mich getroffen. Wie soll ich denn zu Angie sagen, es kommt ein Baby ins Haus, du bekommst ein Brüderchen oder Schwesterchen, wenn's einfach nicht so ist?«

»Was meinst du damit? Was soll das heißen: Wenn's einfach nicht so ist?«

Ihr Gesicht hatte sich aus dem Schatten gelöst. »Das soll heißen, daß ich kein Kind bekomme.«

Er war sprachlos. Er schluckte. »Ach, wie?« flüsterte er schließlich. »Seit wann das denn? Also jetzt... bitte... hör mal...« Die Worte stellten Udo Stolperbeine, wie sollte er sie ordentlich, eines nach dem anderen formulieren, wie seine Sätze aufstellen, seine Ruhe bewahren, wenn seine ganze Hoffnung auf diesen einzigen, winzigen Punkt gerichtet war: daß Katharina vernünftig blieb.

»Sag mal«, seine Stimme war leise, »stellst du mich vor vollendete Tatsachen?«

»Vor vollendete Tatsachen hast du mich gestellt. Ich hab' sie korrigiert.«

Er ging zu ihr. Er wußte, daß er es nicht tun sollte, daß es weder dem Stil entsprach, den Katharina sich wünschte, noch einer Situation, in der er sich gerade noch als überlegener Gentleman gesehen hatte. Blödsinn war es zu schreien, dümmer noch, Katharina am Arm zu packen. Doch es gibt Dinge, die hauen jeden um.

»Und warum?« wiederholte er. Immer dieses eine Wort, leise, laut, klagend, in allen Varianten: »Und warum? Warum, warum, warum?!«

»Weil mir diese Tatsachen nicht paßten. – Nun laß mich endlich los. Hörst du! Werd' nicht kindisch!«

Da hatte sie recht: kindisch! Er ließ die Arme sinken.

»Du hast also einen Schwangerschaftsabbruch durchgeführt...?« murmelte er. »Wann?«

»Gestern. Deshalb befand ich mich auch in einem so miesen Zustand.«

Er dachte: Es war auch mein Kind!

Er sagte: »Katharina! Es war auch mein Kind...«

»Ja, ja, mein Kind, dein Kind, unser Kind! Hör doch auf damit, ich bitte dich. Glaubst du, es war nur eine Laune? Herrgott, in welcher Zeit lebst du eigentlich?«

»Ich scheiße auf die Zeit, in der ich lebe.«

»Das weiß ich. Das entspricht dir. Aber ich, ich nicht. Ich kann mir auch die Chance nicht entgehenlassen, die Stelle einer Chef-Anästhesistin an einer Hamburger Klinik einzunehmen.«

Wie verdammt geschraubt sie so etwas bringt!

In diesem Punkt stellt dich Katharina immer wieder vor Überraschungen. Darin war sie unschlagbar.

Er zog sich einen Stuhl heran, hockte sich drauf, stützte das Kinn auf die Fäuste und betrachtete sie. Von oben bis unten, von unten bis oben – die makellose, schöne, unberührbare, in Naturseide gekleidete Katharina, die gestern sein Kind abgetrieben hatte.

»Was man so alles erfährt!«

»Ja nun...« Sie zuckte mit den Schultern: »Eines bedingt das andere.«

»Klar doch. Gratuliere. – Zur Chef-Anästhesistin, nicht zur Abtreibung. Aber wenn du darauf bestehst, auch dazu. Was unsere Ehe angeht, die ist mit deinem Weggang nach Hamburg wohl hinfällig, stimmt's?«

Sie ging zum Fenster. Vielleicht wurde ihr sein Blick zuviel oder die Erinnerung an die Enttäuschungen, die man sich gegenseitig auf den Weg schüttet, oder die Feindschaft, die sich so hübsch inszenieren läßt.

Sie schwieg. Sie zog die Schultern hoch. Andere Frauen, was machen sie in solchen Situationen?, fragte er sich. Die weinen doch, haben Tränen, vielleicht einen hysterischen Ausbruch – sind Menschen! Nichts von alldem. Nur eine ruhige, sachliche Stimme, die zusammenfaßte, was sich in Katharinas Welt als Tatsachen präsentierte.

»Wir haben etliche Monate Zeit, Udo, diese Frage an uns herankommen zu lassen. Im übrigen: Was heißt hinfällig? Hältst du es denn für völlig ausgeschlossen, daß auch du eine Stellung in Hamburg findest?«

Meinte sie es im Ernst?

*

Den Weg hinter dem Mühlenviertel vermied Käte. Das wollte sie dann doch nicht. Nicht allein wegen der müden Beine, die Vorstellung, sich über die Pflastersteine hochzuschleppen und dort oben auf seiner Bank Taubricht zu finden – also nein, um alles in der Welt...

Genau diese Vorstellung aber war es umgekehrt, die auf Käte Marek eine beinahe magische Faszination ausübte.

Wie einst, jeden Donnerstag, drängte es sie in die Stadt. Zu Einkäufen, Besorgungen, zu den tausend Dingen, die auch Frau Michaelis nicht erledigen konnte.

Und dann – ja, dann war es im Grunde ganz einfach: Man ging an der Fassade des »Ritter« entlang bis zur Ecke, wo das Haushaltsgeschäft Löffler war. Dort gab es den Mauerdurchbruch, direkt neben dem Metzger Rapp. Man ging also rein. Menschen waren im Hinterhof fast nie zu sehen, nur die Styroporschachteln, Holzwolle und die Kartons vom Löffler, ganze Türme davon. Und rechts, wo's zum Rappschen Grundstück ging, erhob sich eine Betonmauer, die mit Efeu bewachsen war.

Vor die konnte man sich hinsetzen. Eine Bank stand zwar nicht da, aber doch eine bequeme Kiste. Man konnte auf ihr sitzen, den Kopf drehen und hochblicken. Denn dort, zwischen den Gärten, zog sich ein gemauerter Kanal bis zum Mühlweg und zur Bank.

Das konnte man. Das tat Käte auch. So eifrig war sie auf ihre Donnerstagseinkäufe in der Stadt versessen, daß in der Familie bereits der schreckliche Verdacht aufkeimte, Käte hätte womöglich wieder etwas mit einem Herrn aus dem Altersheim angefangen.

Käte hatte nicht.

Käte begnügte sich mit diesen fünf Minuten: Mit dem Bild eines Konstantin Taubricht, der dort oben in der Sonne saß, manchmal auch im Nieseldunst, doch immer an derselben Stelle und meist auch im selben Gewand; einem eleganten, wollgefütterten beigen Mantel, dazu trug er eine englisch anmutende, karierte Mütze.

Stumm saß er so, die Hände meist überkreuzt, so wie er bei seiner Gunhilde auf dem Friedhof zu sitzen pflegte.

Käte aber nahm dieses Bild in sich auf. Sie war gerührt dabei, sehr gerührt, um nicht zu sagen erschüttert. Manchmal dachte sie, daß Gedanken von einem anderen Menschen aufgenommen werden könnten, daß Taubricht also spüren würde, daß sie hier, noch keine fünfzig Meter von ihm entfernt, seinem Warten zusah. Auch dies gab ihr ein kleines, kitzelndes Gefühl. Nur leider hatte Taubricht kein Talent für Telepathie.

Und so lächelte sie, nahm eines ihrer Malzbonbons, wartete, bis es sich im Mund aufgelöst hatte, und erhob sich wieder, um zu gehen.

Dies genügte Käte. Es genügte, ihn zu sehen und sich auf diese Weise ihm gewissermaßen verbunden zu fühlen. Hinzugehen, die Hand zu schütteln, zu sagen: »He, wie geht's uns denn? Was macht der Adlerhorst?«. Und dann all die Gespräche, die sie sich in ihrer Phantasie so oft ausgedacht hatte, zu verwirklichen, zu was würde es schon führen? Zu Streit und Verwirrung. Armer Konstantin... Bei uns klappt's halt mit der Chemie nicht, wie Klaus in seinem ekelhaft schnoddrigen Medizinerdeutsch das nennen würde. Was ist das schon, »die Chemie?« Auch nur eine Täuschung...

Nach ihrem kleinen Ausflug ging Käte wieder zum »Ritter«, setzte sich dort in die Ecke ans Fenster, während Maria, die nette Kellnerin, ihr unaufgefordert den Tee brachte. Punkt fünf Uhr würde Frau Michaelis auftauchen, um sie abzuholen. Nichts zu sagen, auf die war wirklich Verlaß.

»Taxi!« sagte Frau Michaelis dann immer mit einem halben Lächeln, das ihre schmalen Lippen überstrapazierte. Lustige Einfälle waren nicht ihre Stärke. Käte aber stand seufzend auf, packte ihren Kram zusammen, so wie heute, folgte ihr auf die Straße hinaus, warf noch einen letzten Blick hinüber zur Einfahrt zwischen Rapp und Löffler und näherte sich dem Auto. Frau Michaelis fuhr es meist im zweiten Gang, langsam, aber zielbewußt.

Heute hielt sie ihr sogar den Schlag auf.

»Jetzt hören Sie mal, Frau Michaelis!«

»Wenn schon Taxi«, sagte die, »dann richtig.«

»Ich weiß nicht, das ist mir aber irgendwie peinlich, Frau Michaelis.«

»Das ist dann Ihr Problem. Mir ist es nämlich nicht peinlich.«

Die Tür wurde zugeschmettert, Frau Michaelis setzte sich hinters Steuer, es ging los. Und als sie dann in der Villa waren, nahm sie Käte tatsächlich auch noch die Pakete aus der Hand.

Käte ließ es schweigend zu. Das Bein. Sie versuchte nicht daran zu denken. Immer funktionierte das auch nicht. Denn wenn man das Bein völlig mißachtete, wurde es einfach unverschämt: Ein Prickeln. Manchmal auch ein Schmerz. Schlimmer noch das Gefühl, als wäre das Bein überhaupt nicht mehr aus Fleisch und Blut, sondern aus Pappmaché.

»Das Alter« – sagte sie zu Brinkmann, der ihr Bein inspizierte. »Was willst du, Klaus?«

»Ach, Quatsch! Und was willst du, Käti? Wehleidig werden? Aufgeben? Ja, spinnst du? Du fängst jetzt sofort mit der Kur an.«

»Nächste Woche, Klaus.«

»Diese Woche!«

Es wurde immer eine »nächste Woche«. Die Vorstellung, von Kabine zu Kabine gereicht zu werden, von Packung zu Packung, von Massage zu Massage, von Bad zu Bad, und dann noch die Therapeutin, dieses Mannweib mit der Igelfrisur, den Stahlaugen und der Sägestimme – bloß nicht, lieber Himmel...

»Nun kommen Sie schon, Frau Marek!«

Die Michaelis hielt die Tür auf, stützte sie am Ellbogen: »Ich bring Ihnen gleich einen Kaffee.«

»Ich habe Ihnen doch schon gesagt, Frau

Michaelis, Sie sollen mich nicht immer bedienen. Ist mir richtig peinlich.«

»Na, hören Sie, was soll ich denn sonst hier tun? Die anderen sind ja ständig in der Klinik.«

»Arbeit gibt's genug, Frau Michaelis.«

»Das lassen Sie mal meine Sorge sein.«

Käte nickte. Sie begriff sie ja. Sie war gar nicht so übel. Aus dem Lodengespenst ist doch etwas wie ein Mensch geworden, dachte sie. Und was brauche ich mich bei ihr einzumischen?

»Sehen Sie mal«, sagte sie versöhnlich, als die Michaelis mit dem Tablett anrückte, »es ist halt so, wenn Sie mal so viele Jahre in diesem Haus gedient und bedient haben, würde es Ihnen auch komisch vorkommen, wenn Ihnen was serviert wird.«

Auch das konnte eine Michaelis nicht begreifen. Steif blieb sie stehen: »Der Herr Professor hat gesagt, ich soll Sie wie die Herrschaften bedienen, und dabei bleibt's.«

So war's nun mal. Es blieb dabei. Und nicht einmal die Puppen machten ihr mehr Freude… Die letzte, die kleine Colombine, die sie Taubricht zu seinem Geburtstag schenken wollte, lag noch oben auf dem Regal: Häubchen aus Satin. Richtige Ballerinaschuhe und weiße Strümpfe. Selbst der Kopf war fertig. Nur die Haare fehlten…

»Heute kam ich den kleinen Weg hoch, weißt du, diesen hübschen Weg, wo's die Mauern gibt und man auf die Altstadt und die Gärten sehen kann«, sagte Christa beim Abendessen.

Käte saß ganz steif. Was kuckten sie sie so an? Sie senkte den Kopf und löffelte ihre Suppe.

»Und dann?« fragte Udo. Der hatte wie immer keine Ahnung.

»Ja, da sah ich Taubricht.«

»Wo?«

»Auf 'ner Bank. Da saß er.«

»Da sitzt er immer«, sagte Käte und tupfte sich den Mund ab. »Dienstags und donnerstags zwischen vier und fünf…«

Schweigen am Tisch. Selbst Udo verzichtete auf seine lockeren Sprüche. Claudia lächelte. Was wußte die Kleine schon? Und doch, Käte war dankbar für dieses Lächeln, und so nickte sie Claudia auch freundlich zu.

»Warum bist du bloß so stur, Käti?« hörte sie Christa.

»Was? Wie bitte?«

»Ihr seid doch auch mal dort zwischen vier und fünf gesessen? Er hat Blumen dabei. Jedesmal!«

»Meinst du, das wüßte ich nicht.«

Nun machte auch Christa erstaunte Augen.

»Ich weiß es. Ich frage mich bloß, was er mit den ganzen Blumen macht. Seine Wohnung muß langsam voll davon stehen. Aber hingehen? Nein! Da fängt das Theater ja wieder von vorne an. Ich geh da nicht vorbei an der Bank. Nicht zwischen vier und fünf…«

»Was vergibst du dir schon?«

»Darum geht's doch gar nicht.«

»Aber wenn du wüßtest, wie er sich… Vielleicht will er sich entschuldigen.«

»Meinst du?«

»Ja, wozu denn sonst die Blumen?«

Das war natürlich eine Überlegung. Sonderbar, daß sie nie daran gedacht hatte. Noch schlimmer, daß sie ihm vielleicht Unrecht tat. Eine Überlegung und ein langes, qualvolles Zögern, ein Kampf zwischen der optimistischen und der realistischen Käte – das Resultat, das herauskam, war ein Kompromiß.

»Na gut«, nickte sie, »vielleicht sollte ich wirklich mal – ich meine, vielleicht gehe ich das nächstemal hin.«

Für Käte war es kein »Vielleicht«. Sie hatte sich durchgerungen. Und Dinge, die entschieden waren, führte sie auch aus.

Dieses Mal jedoch war es ihr nicht gegeben. Sie kam nicht dazu. Es war nicht Käte, die die Schuld daran trug. Eher konnte man vom Schicksal reden. Und das Schicksal bediente sich dabei eines Hilfsmittels: eines kleinen, flachen, schon ziemlich verbrauchten Stücks Sandelholzseife. Sandelholzseife hatte Konstantien Taubricht immer gemocht. Doch am Freitagmorgen, als er sich aus dem gewohnten Bad erheben wollte, glitt sie ihm unter die Ferse. An den Schlag erinnerte sich Konstantin Taubricht noch – »So, als hätte ein Pferd mich getreten«, wird er später sagen –, auch daran, daß er es noch schaffte, den Hörer des Nebenapparats zu greifen, den die fürsorgliche Leitung des »Adlerhorsts« im Bad installiert hatte. Dann wurde es dunkel um ihn. Und den Rest besorgte das Rote Kreuz…

Die Diagnose: Kopfverletzung mit Gehirnerschütterung, die die braven Männer des Rettungsdienstes trafen, war absolut korrekt.

Klaus Brinkmann beeindruckte sie nicht sonderlich. Noch wußte er ja nicht, um wen es sich handelte.

Außerdem, er hatte zu tun. Schwungvoll war er gerade dabei, Schäfer auf die Schulter zu schlagen.

»Hat geklappt, Mensch! Hat alles geklappt. Ich hab's Ihnen ja gleich gesagt.«

»Und Sie meinen wirklich...?«

»Ja, ich meine wirklich. Wenn Ministerialdirektor Lutter das sagt, ist alles unter Dach und Fach. Ihre Berufung ist so gut wie sicher. Außerdem können Sie auswählen: Heidelberg oder Konstanz.«

Schäfer nickte nur. Diesmal ohne die übliche Skepsis. Ganz blaß war er geworden, so blaß, daß sich die Sommersprossen auf Wangen und Stirn noch deutlicher abzeichneten als sonst.

»Menschenskind...«

»Ja, Menschenskind! Wir haben's. Freuen Sie sich?«

»Und ob! Obwohl ich mir gar nicht vorstellen kann, wie Sie mich da verkauften...«

»Das hab' ich bei Ihnen doch nicht nötig. Ich verkaufe niemand. Ich sage, um was es geht, wen sie vor sich haben und was der zu leisten imstande ist. Kurz und sachlich.«

Schäfer grinste.

Dies war die Sekunde, als aus der Aufnahme die Nachricht von Taubrichts Unfall bis ins Chefzimmer drang: »Eine Gehirnerschütterung! Ein Mann aus dem Seniorenheim. Wollen Sie das machen, Schäfer? Strengen Sie sich noch ein bißchen an. Lange bleiben Sie uns ohnehin nicht erhalten.«

Schäfer nickte und ging hinaus, ohne einen Blick zurückzuwerfen, ging etwas schneller als sonst, mit Schwung, nicht einmal das Bein zog er nach. Der psychosomatische Effekt vermutlich, dachte Brinkmann, der ihm, die Hände in den Taschen und erfüllt von dem angenehmen Gefühl, eine wirklich gute Tat vollbracht zu haben, nachsah: Schäfer! Alter Schäfer…

Da lärmte schon wieder der verdammte Apparat. Brinkmann hob ab. Diesmal war es Christa.

»Was?« brüllte er. »Wer? Taubricht?! – Ich komme…!«

»Was? Wie?!«

Auch Käte Marek stieß diesen Ruf aus. Nur kurze Zeit später war es. Sie stand am Küchentelefon der Villa, hörte Christa, wollte es nicht glauben: »Konstantin? O Gott… Was hat er denn?«

Prellungen, vernahm sie. Platzwunden. Eine Gehirnerschütterung.

»Oh, nein!«

»Doch. Aber mach dir keine Sorgen, der kommt schon durch, der ist zäh.«

»Aber da muß ich ja…«

»Ihn besuchen? Na, jetzt brauchst du ja nicht mehr zur Bank.«

»Wie? Was?… Ich komme, ich komme sofort!« Kätes Stimme war ins Schleudern geraten, hoch und piepsig klang sie. Nie hatte Christa sie so gehört: »Klar, aber ich kann doch nicht…«

»Was kannst du nicht?«

»Ich zieh mich erst mal um, Christa. Ich meine, meine neue Bluse ist noch nicht... Soll ich Blumen mitnehmen?«

»Natürlich nimmst du ihm Blumen mit.«

»Ja?...« Ein erleichtertes Seufzen. »Ja, ich glaube, das mach ich auch.«

*

Es kam, wie es kommen mußte: Käte, die Blumen im Arm im langen Korridor. Um sie andere Menschen mit noch mehr Blumen. Und am Ende, vor dem Zimmer 212, auf das die Pforte sie verwiesen hatte, ausgerechnet auch noch Klaus! Klaus nebst Sprößling. Was mußte sich Udo hier herumdrücken? Sie kam sich wie im Theater vor. Und alle verfolgten amüsiert ihren Auftritt.

»Sind das aber schöne Gladiolen! Gehören sie nicht eigentlich auf den Friedhof?«

Udo! Typisch Udo.

»Bist du ruhig!« schnappte sie. »Laß mich bloß in Frieden. Und du, du brauchst auch nicht so zu kucken. Sag mir lieber, wie es ihm geht. Ist er schwer verletzt?«

»Ach der?« Brinkmanns Falten vertieften sich. »Der stöhnt so vor sich hin. Ein bißchen weggetreten, weißt du, wie das so passiert, bei Gehirnerschütterungen. – Wo bleibt sie denn, meine Käti?, stöhnt er immer. Wo ist sie denn, der süße Schatz?«

Brinkmann mußte sich rasch abducken, sonst hätte ihn Kätes Gladiolenhieb getroffen.

»Also, kann ich rein? Ich meine, ist er bei Bewußtsein?«

»O ja! Aber lange solltest du ihn nicht belästigen.«

»Belästigen?!«

Brinkmann nahm Käte fürsorglich am Arm. Sie ging etwas langsamer, stützte sich auf ihn, und dieses Gewicht rührte ihn so sehr, daß seine Brust ein wenig eng wurde. »Komm, Käti, das schaffst du noch. Und er auch. Morgen geht es ihm nach allem menschlichen Ermessen wieder gut. Aber jetzt mach's kurz, ja? Und nicht viel reden.«

»Reden? Ich? Wenn da drin einer meckern wird, dann ist das Taubricht.«

»Dann laß ihn mal«, sagte Brinkmann und öffnete ihr mit galanter Verbeugung die Tür.

*

Dunkel war es im Zimmer, Konstantin Taubrichts Verband bildete eine einzige klare, weiße Linie. Sein Gesicht konnte Käte nicht ausmachen.

»Was soll denn das eigentlich?« Zu verwirrt war Käte, um sich zu den Begrüßungsworten aufzuraffen, die nach allem wohl am Platz gewesen wären.

»Käte?« hörte sie.

»Gleich.«

Sie schob sich zwischen Bett und Tisch zur Fensterfront und riß erst mal die Vorhänge auf. Dann wandte sie sich um. Da lag er nun, das schöne, stets so gepflegte, leuchtende, kammergerichtsrätliche Haar stand wirr um das eingefallene, blasse Gesicht. Wie ein armer, kranker Vogel.

»Ach, Käte...« Selbst die Stimme war unhörbar, eine Stimme, gefangen im Elend.

»Ach, Konstantin!«

Was sollte sie sonst sagen? Sie nahm das Kuchenpaket. Es auszuwickeln schien ihr aus irgendwelchen, ihr selbst nicht erklärlichen Gründen unpassend. Dafür ordnete sie die Blumen in der Vase. Sehr sorgfältig ging sie vor. Zeit gewinnen, das war es. Schließlich drehte sie sich doch um.

Er lächelte. Ein weises Lächeln – ein Schimmer des alten Konstantin. Und auch die Augen waren Konstantin. Sie ließen nicht los. In ihnen stand milde Resignation, aber auch etwas wie Zärtlichkeit.

»Da wären wir ja wieder, Käte.«

»Ja, da wären wir wieder.«

Sie zog den Stuhl heran, ließ sich seufzend nieder, überlegte, ob sie seine Hand nehmen sollte, ließ es aber doch sein. Besser nicht. Wahrscheinlich wollte er dann den ganzen Arm.

Trauer war in Käte: Der Kammergerichtspräsident? Nein, der arme, kleine Vogel Konstantin...

»Was ziehst du bloß die Vorhänge zu, Konstantin?«

»Ach, weißt du, dann muß ich nichts sehen und kann schlafen. Ich will immer nur schlafen und schlafen, bis dann der ganz große Schlaf...«

»Hör doch mit diesem Blödsinn auf.«

»Bis uns alle der große Schlaf vereint«,

beharrte er. »Und Käte, das ist kein Blödsinn: Es ist der einzige Frieden, die einzige Erfüllung, die uns wohl zuteil werden kann!«

»Vielleicht.« Sie schluckte. Sie wollte es nicht sagen, aber es wurde stärker als sie: »Wenn das deine Meinung ist, hast du dich im Ort geirrt. Dies ist kein Friedhof, das ist eine Klinik, Konstantin.«

»Ach, Käte...«

»Und eine Klinik ist dazu da, daß du gesund wirst. Und das bringen die hier fertig. Wollen wir wetten?«

»Ich wetten? Mit dir?«

»Warum denn nicht?« Sie sah den Adamsapfel auf und ab zucken, er würgte an etwas, vielleicht an seinem Geiz, doch der Gedanke flößte ihr ein schlechtes Gewissen ein. Geizig war er nicht, nur ein Mensch mit Methode. Doch irgendwie hatte wohl beides miteinander zu tun...

»Ich wette nie.«

Na, siehst du! dachte Käte. Er könnte ja verlieren.

»Du wirst gesund. Bald.«

»Und dann – sehen wir uns wieder an der Bank?«

Sie überlegte, und nun wurde ihr eng. Sie würden sich nicht wiedersehen. Ein Mensch, der das Licht, Bäume und Blüten aussperrte? Gut, er war depressiv, doch sie fühlte sich zu schwach, um dagegen anzukämpfen. Depressiv, ja... und warum? Weil er zwischen sich und der Welt nicht nur Vorhänge, sondern ganze Stachelzäune gezogen hatte. Es war nicht seine Schuld, gewiß nicht –

war es ihre, daß sie nicht mehr dagegen ankämpfen wollte?

»Fühlst du dich nun wohl in deinem Dienst?«

»Dienst!« Wie er das Wort schon aussprach. Dabei war er doch ein Leben lang so stolz gewesen auf seinen Dienst als Beamter.

»Ja«, log sie, »ich fühl' mich wohl.«

»Ja nun...«

Sie erhob sich. »Konstantin, ich muß leider noch einige Besorgungen machen.« Und da sie die eine Lüge schon ausgesprochen hatte, war es einfach, eine nächste, tröstliche hinzuzusetzen: »Aber ich komm' bald wieder. Und der Kuchen ist wunderbar. Erdbeertorte. Vom Bäcker Maier.«

Diesmal bekam sie noch nicht mal ein Nicken zur Antwort. Nur den Blick, den Taubricht-Blick.

»Und im übrigen, ich mach jetzt ein bißchen die Fenster auf, ja? Was du brauchst, ist Sauerstoff.«

»Nein. Ich brauch das nicht.«

»Jeder Mensch braucht Sauerstoff.«

»Ich nicht. Die Fenster zu öffnen, das ist eine Gefahr, weißt du...«

»Wie bitte?«

»Insekten!« sagte Konstantin Taubricht. Er hob die Hand, als müsse er sich gegen den Anprall eines ganzen Schwarmes blutrünstiger Moskitos schützen. »Die schwirren draußen rum. Ich bin allergisch, weißt du.«

Er tat ihr leid. Es wurde ihr schwer. Allergisch?, dachte sie. Armer Konstantin!

»Na, dann...«

Sie ging zur Türe, langsam, lächelnd, sie sah ihn noch einmal an. Doch als sie sich umdrehte, wurde ihr Abgang zur Flucht.

*

»So, meine Damen! Unser nächstes Thema: Darmoperationen! Doch bevor wir uns der Pflege und Nachbehandlung des Patienten widmen, führen wir uns noch mal vor Augen, auf was es dabei ankommt. Ihr habt es ja in euren klugen Büchern stehen. – Will eine vielleicht etwas dazu sagen?«

Keine wollte. Schweigen herrschte im großen Unterrichtsraum im Nebengebäude. Bleiernes, zähes Schweigen. Zwölf Mädchenköpfe senkten sich über die Arbeitstische.

Na ja, die Hitze, dachte Udo. Von dem, was du heute bringst, wird wohl nicht viel hängenbleiben.

»Was ist Ihrer Meinung nach die häufigste Ursache der Komplikationen? – Nun, das liegt doch ziemlich auf der Hand: Mangelhafte Vorbereitung. Stuhlverschmutzung während der Operation und eine unsaubere Nahttechnik. Das führt dann zu Abszeßbildungen oder einer Anastomosen-Insuffizienz. Daraus ergibt sich, daß gerade dem Tag vor der Operation unsere größte Aufmerksamkeit zu gelten hat. Schlackenarme Kost, meine Damen, Eier, Zwieback, Bouillon, Tee. In den letzten vierundzwanzig Stunden vor dem Eingriff nur noch Flüssiges. Dann nach Mitternacht keinen Tropfen mehr! Hört ihr?«

Sie hörten. Zumindest nickten sie.

Udos Mund war trocken. Draußen, vor den geöffneten Fenstern, senkte sich Schwüle, hing wie ein nasses Tuch über dem Land. Er spürte den Schweiß auf der Stirn. Er fuhr tapfer fort.

»Wie ich Ihnen das letzte Mal erklärte, ist eine prä-operative Reinigung des Darms schon am Nachmittag vor der Operation angezeigt. Sie erfolgt durch körperwarmes Mannitol. Mit zwei N, meine Damen! Dazu nehmen wir eine Zehn-Prozent-Mischung. Der Patient erhält einen Liter davon. Aber nicht drängen! Lassen Sie ihm Zeit. Mindestens fünfundvierzig Minuten kann es dauern. Kleine Schlückchen soll er nehmen, damit ihm nicht übel wird oder er womöglich gar einen Brechreiz bekommt. Fünfzehn Minuten, nachdem er den ersten Schluck Mannitol nahm, beginnt die Metoclopramid-Behandlung.«

Mannitol. Metoclopramid... Die Namen sah Udo gleichsam durch den Raum schweben, vorbei an den jungen, verriegelten Köpfen, bis sie, gleich Seifenblasen, an der Wand zerplatzten. Aufnahme, ja, Anklang fanden sie nicht. Dabei bemühte er sich doch wirklich, einfach zu sprechen. »Hören Sie, wenn es irgendeine Gegenfrage gibt, dann bloß die Finger hoch.«

Von wegen Finger! Nur die kleine Blonde in der Ecke, hatte den Bleistift in der Hand. Was sie da schrieb? Wahrscheinlich einen Liebesbrief! Oder sie rechnete ihr Taschengeld nach.

Udo seufzte. »Was nehmen wir nun zur präoperativen Sterilisation des Dickdarms? Nun, was wohl? - Bitte!«

Blanke Teilnahmslosigkeit in zwölf Augenpaaren. »Neomycin zum Beispiel«, sagte Udo. »Ein Gramm. Und dazu geben wir Ornidazol. Davon fünfhundert Milligramm.«

Neomycin, Ornidazol – und keine, die sich dafür interessiert! Die pure Ignoranz. Zum Teufel mit dem Unterricht! Er wird den Verein nach Hause schicken. Was erwarteten sie eigentlich? Witzchen? War er Kabarettist? Und warum, verdammt noch mal, setzte man bei dieser elenden Hitze den Unterricht auf vier Uhr nachmittags an? Und zu was führte es, wenn er sie weiterhin mit Informationen vollpackte, die sie nicht kapierten und die sie ohnehin langweilten?

Er ging zum Fenster, die Luft kochte. Er drehte sich um: »Hitzeferien, meine Damen! Was haltet ihr davon?«

»Wirklich, Herr Doktor?«

»Spitze!« Das war die Blonde mit dem Bleistift. Sie stemmte sich hoch, unglaubliche Erleichterung stand in ihrem Gesicht, eine solche Freude, daß es nicht nur rührend, sondern komisch wirkte.

»Ihr pennt ja doch alle«, erklärte er beleidigt. »Von dem ganzen Zeug, das ich euch predige, will keine was wissen.«

Ein bißchen Widerspruch hätte Udo nun doch erwartet. Aber diese Gören nickten auch noch.

»Raus mit euch!« schrie er erbittert. Sie rannten, und er sah ihnen nach. Erhaben fühlte er sich, weise und alt. Eine Schar Kücken, die aus dem Lehrsaal flatterte, zum Leben erweckt, Gören, die plötzlich wieder reden, lachen, schreien konnten.

Udo lächelte. Es war nicht Genugtuung, eher schon Melancholie und Resignation: Was ist aus dir geworden? Und wie soll es mit dir bloß weitergehen, wenn du es nicht mal mehr fertigbringst, die Aufmerksamkeit ein paar junger Mädchen an dich zu binden? Das Selbstbewußtsein beim Teufel! Ein von Zweifeln geplagter Langweiler bist du geworden. Warum? – Sich damit auseinanderzusetzen, ja, sich auch nur in Gedanken mit den Gründen zu beschäftigen, lehnte Udo ab.

Dann allerdings hatte er eine Idee.

Trotz der Sonne, die auf Rasen, Büsche, Bäume und Wälder brannte, war Udo der Tag bisher wie eine Hindernisbahn erschienen, bestückt mit Schwierigkeiten aller Grade, umsäumt von den ewig gleichen, langweiligen Problemen. Dabei hatte er ja frei! Katharina war mit Angie zu irgendeiner Freundin nach Göppingen gefahren. Er selbst war dem Klinikdienst für heute entronnen. Was blieb? Spazierengehen, Radfahren. Auto nehmen. Kurven durch den Schwarzwald drehen. Nein, es gab nur eine einzige sichere Methode, die Gedanken loszuwerden, die ihn wie ein giftiger Mückenschwarm belagerten: eine Flasche kühlen, klaren Glottertaler!

Kühl war's nicht im Clubhaus bei den Tennisanlagen. Doch der Wein war es: Glasklar, mit einem leichten grünlichen Schimmer, herb und erlösend. Das erste Glas noch von Mineralwasser begleitet, das nächste mit Bewußtsein und Zunge genossen, das dritte schließlich, das jene innere Leichtigkeit heranzauberte, die alle Sorgen auflöste. Beim vierten erlebte Udo Brinkmann, wie albern, ja, wie unglaublich lächerlich es doch ist, sich die Welt durch künstliche Probleme zu vernebeln.

Katharina? Warum sollte sie nicht ihren eigenen Weg gehen? Wieso eigentlich hatte er je gezweifelt, daß eine sachlich-emotionsfreie Beziehung zu ihr möglich war?

Zurückgelehnt in einen bequemen Sessel, den Blick quer durch den lichtdurchfluteten Raum auf die staubigen, hitzegetränkten Plätze und die Irren dort draußen gerichtet, die nichts anderes zu tun hatten, als unter Infarktrisiko und Lebensgefahr einem Hundert-Gramm-Ball nachzujagen, analysierte Udo Brinkmann die Trümmerlandschaft, in die sich sein Leben verwandelt hatte, flickte, reparierte, machte Pläne, konstruierte – rein hypothetisch – kunstfertig Brücken und war im großen und ganzen zufrieden.

Daran änderte sich nichts, als die Schwingtüre aufflog und ein Tennispärchen den Raum betrat.

Er voraus. Frisch gekämmt, das Haar an den nassen Schädel geklebt, die stämmigen Beine rot verbrannt und den Bauch unter das frische, blütenweiße Lacoste-Hemd gespannt. – Sie röckchenwippend hinterher.

Jetzt nahm er grüßend die Hand hoch. Wolters! Udo erkannte ihn mit zögerndem Staunen: Geradezu eine Prachtausgabe von Wolters! Und auch die Dame kennst du doch? Beeindruckend wie stets. In einsamen Nächten sogar ansprechbar: Die liebe »Tante« Ursula Ronn, die Frau, die den Fehler gemacht hatte, allzu großes Interesse an dir zu zeigen, wofür du sie dann auch prompt mit Nichtbeachtung bestraft hast...

Und heute wirklich appetitlicher denn je! Dieser lustige Pferdeschwanz, zu dem sie das braune Haar zusammengebunden hat, und der nun bei jedem Schritt hin und her schwang! Gut macht sich das. Sie wußte es. Sie wußte auch, daß ein Pferdeschwanz um zehn Jahre verjüngt. Sie wußte um die braunen Beine in dem kühn geschnittenen Röckchen, um ihre Taille und die Wirkung eines arrogant hochgezogenen Mundwinkels. Daß da einer saß, eine Flasche vor sich, zu dreiviertel bereits geleert, einer, der die Welt gewissermaßen nur noch träumerisch und wie durch Glaswände als etwas ganz und gar Unwirkliches erfuhr, auch das schien sie zur Kenntnis genommen zu haben. Denn sie blickte weg.

»Hallo, Ursula...« Udo Brinkmann murmelte es.

Doch für Ursula Ronn existierte er nicht. Wie auch? Ein Udo Brinkmann, den man nachts zu sich in die Wohnung lädt und der es dann fertigbringt, ein derart verheißungsvolles Angebot mit Abwesenheit zu beantworten, einen solchen Ignoranten und Dummkopf braucht man bei Gott nicht zu beachten.

Recht hat sie!, sagte sich Udo.

Der arme Wolters aber stand noch immer dort, steckte in der Klemme, wäre so gern herübergekommen, als Freund und Kollege. Sie steuerte den entferntesten Tisch an. Wolters gab sich einen Ruck.

»Grüß dich, Udo!«

Udo nickte mit Würde. Sein Zeigefinger deutete zum Glas: »Auch einen?«

»Bei der Hitze doch nicht. Was ich brauche, ist Mineralwasser. Außerdem habe ich heute noch...«

»Aufgaben? Schulaufgaben? In der Klinik kann man auf einen Wolters nicht verzichten.«

»He?« Mißtrauen schlich sich in Wolters' freundliches Gesicht. Die Brauen kurvten leicht nach oben. Der Blick sondierte den Flascheninhalt: »Hast du vielleicht ganz alleine...?«

»Sicher hab' ich, das hilft!«

»Bei was? Bei Trouble?«

»Das Wort kenn' ich nicht.«

»Komm, Udo! Ich weiß doch, wenn du so säufst, ist irgendwas im Busch.«

»Laß mich bloß damit zufrieden.« Neugierige Blicke, dämliche Bemerkungen, Udo hatte sich daran genauso gewöhnt wie an den Klatsch, der hinter seinem Rücken durch die Klinik lief.

Mit der Glottertaler Weinseligkeit war's vorbei. Er wurde giftig: »Sag mal, Wolters! Die Kleine dort drüben, dieser Spät-Teeny?«

»Die Kleine, dieser Spät-Teeny, wünscht von dir in Ruhe gelassen zu werden!« kam es wie aus der Pistole geschossen. Wolters bekam Kieselaugen. »Und wenn du gestattest: Ich schließ' mich diesem Wunsch an.«

»Das darf ich auf dich oder die Dame beziehen?«

»Auf uns beide.«

»Aha!« Udo nickte, starrte versonnen in sein

leeres Glas, schenkte nach und konnte wieder lächeln.

»Hör mal, Udo«, meinte Wolters nun wieder versöhnlich: »Ich weiß nicht, was mit euch beiden gelaufen ist, aber einen Grund muß sie ja schließlich haben, daß sie dich nicht besonders sympathisch findet?«

»Einen? Mach keine Witze. Da gibt's Tausende...«

Wolter's Augen wurden besorgt: »Sag mal, betrinkst du dich heute vielleicht mit System?«

»Ich lösche meinen Durst, mein Lieber. Nichts weiter. Als Arzt bin ich mir meiner Verantwortung voll bewußt. Ein Arzt trinkt doch nicht.«

»Bist du mit dem Wagen hier?«

»Na, hör mal! Dachtest du zu Fuß?«

»Dann nimm ein Taxi«, sagte Wolters bestimmt. »Ich kann dich nicht nach Hause fahren. Mein Wagen ist bei der Inspektion.«

»Wer sagt denn, daß ich nach Hause will? Und was heißt schon – zu Hause?! So was mag's ja geben, aber leider nicht für mich. Ich für meinen Teil bin ein Wanderer zwischen den Welten.«

»So? Zwischen den Welten?« Udo erhielt wieder denselben Blick: schwankend zwischen Diagnose, analytischer Bestandsaufnahme und Kummer, ein Kummer, der noch durch ein leichtes Stöhnen angereichert wurde. Dann verkündete Wolters: »Lauf bloß nicht weg. Ich komme wieder.«

Udo nickte. Er nickte amüsiert. Wolters gefiel ihm. Wolters war lieb, machte sich Sorgen, große sogar. Wie er dort drüben mit der Dame rumdiskutierte, rüberblinzelte, er konnte sich vorstellen, wie die Diskussion ablief: »Ich muß ihn nach Hause bringen. Ich habe nur meinen Wagen nicht hier. Aber der ist sternhagelvoll. Was mache ich bloß?«

Ja, dachte Udo mit Genuß: Was machst du bloß? So als Kollege gewissermaßen, als Mann von Verantwortung und Voraussicht – also, Wolters, laß dir was einfallen!

Es fiel ihm auch ein. Da war er schon wieder: »Gut, wir bringen dich jetzt nach Hause.«

»Wir?«

»Ja. Sie fährt.«

»Ich dachte, sie wollte mich nicht mehr sehen.«

»Es gibt Notlagen, mein Lieber. Aber man kann sie auch konstruieren. So wie du.«

»Nun, Notlage klingt mir etwas zu dramatisch. Vor allem bei einem Glottertaler, Jahrgang sechsundsiebzig.«

Er stand auf. Ganz sicher waren die Beine nicht, auch mit seinem Gleichgewichtsgefühl hatte er nun zu kämpfen. Er schüttelte wie ein Boxer den Kopf, wartete, bis sich der Blick klärte, und als Wolters ihn nun wieder auf die Bank zurückdrückte, fand Udo auch das vollkommen in Ordnung.

»Du wartest, bis Ursula den Wagen geholt hat.«

»Ja, glaubst du, ich käme nicht alleine vor die Tür?«

»Jedenfalls holt sie jetzt ihr Auto.«

Das tat sie auch. Durchs Fenster sah Udo, wie der weiße Golf in schwungvollem Bogen vom Parkplatz vor das Clubhausportal preschte.

»Nun komm mal.«

»Und ob ich komme!« Er brauchte Wolters' sorgende Hand nicht, er brauchte ihn noch nicht mal neben sich, er ging voraus, schnell, zielbewußt, schwankte in elegantem Slalom zwischen Kellnern, braungebrannten und trainingsversessenen Clubmitgliedern, Stühlen und Tischen hindurch, sagte draußen, als die Sonne ihn traf, zweimal »Au! Mein Kopf!« – und dann, als er den Rücksitz des Golfs erkletterte: »Wie schön von Ihnen, mich zu chauffieren! Davon habe ich ein Leben lang geträumt...«, beachtete kein bißchen das arrogante, abweisende Gesicht, das Ursula Ronn als Antwort aufsetzte, legte statt dessen genußvoll den Kopf auf das Polster des Cabrios zurück, genoß den angenehmen Arpègeduft, den Ursula Ronns leichte Strickjacke verströmte, blickte in den blauen Himmel, der kreiste, immer wieder seine Gestalt veränderte und nicht mal zur Ruhe kam, als der Wagen vor der Klinik stoppte, war aber doch mit sich, dem lieben Gott und der Welt zufrieden.

»Na dann!« sagte Wolters. Er hob die Hand. Udo blickte sich um. Und es war, als blickte die Klinik mit ihren Fenstern zurück. Ein hübscher Anblick. So nett, so sauber, wirklich ein wunderhübsches Krankenhaus.

Das verkündete er auch.

»Wollen Sie nicht vorne einsteigen?«

»Ach so? Ja, natürlich...«

Er schaffte es ohne nennenswerte Schwierigkeiten, sogar mit dieser gewissen jungenhaften Eleganz, die bei Damen so gut ankam – doch ausgerechnet in diesem Augenblick mußte Christa zusammen mit zwei der MTAs den Klinikvorplatz überqueren, ihn auch noch erkennen und winken, während Ursula Ronn den Wagen anließ, und, Kopf stur geradeaus, zur Straße steuerte.

»War Vaters Frau. Hinreißend, nicht?«

Schweigen.

»Ach ja, richtig: Sie reden nicht mehr mit mir. Wieso eigentlich?«

Wenn Schweigen sich verhärten kann, so geschah es. Zumindest hatte Ursula Ronns Mund sich verhärtet.

»Welchen Grund mag es wohl haben? Ich meine, wir zwei... so nette und angenehme Menschen, wie wir sind, wir könnten doch...«

»Bitte?«

»Ach so, ja...«

Udo nickte. Seine Augen leuchteten auf, als sei ihm nach vielen Überlegungen die lebensrettende Erleuchtung gekommen: »Ich versprach mal, zu Ihnen zu kommen. An einem Abend, still, finster und voll Verzweiflung. Und dann, ja, dann kam ich nicht. Um so netter von Ihnen, mich nach Hause zu fahren, gnädige Frau.«

»Halt endlich die Klappe!«

»Jawohl. Ich bin ganz folgsam.« Es kam mit Überzeugung, aus irgendeiner tiefen Bewußtseinsschicht, wo ein rührend kleiner, staunender Udo dies alles auskostete. »Trotzdem, Ursula!«

»Was denn noch?«

»Eine Tasse Kaffee, zum Beispiel? Die, die wir damals versäumt haben. Darf ich Sie nicht dazu einladen? Oder nehmen Sie Einladungen von Gescheiterten nicht an?«

»Gescheiterten?«

»Ich bin ein Gescheiterter. Lieben Sie Gescheiterte?«

Na also! Nun hatte er es doch geschafft: Sie lachte. Und wie hübsch sie lachte! Ganz schmale Augen bekam sie dabei. Und der Pferdeschwanz wippte.

Der Pferdeschwanz wippte noch einige Male auf dieser Fahrt. Udos Leistungskurve hatte wieder Aufwärtstrend. Dann aber war's soweit: Die Bruchsteinmauer am Burgholz, das edle schmiedeeiserne Tor, die Metallklappe des Briefkastens mit den Namen GESSNER – BRINKMANN. Aus Bronze. Darüber Fliederbüsche, Swimmingpool, Terrassen, das Haus. Und alles in mattgoldenem Abendschein.

»Ein niedliches Häuschen, was, Ursula?«

»Na und?«

»Na und? Es gehört meiner Frau. Die ist nämlich wohlhabend.«

»Na und?« Sie wiederholte es lächelnd.

Die beiden kleinen Worte ließen ihn nicht los, hatten sich festgehakt, beschäftigten Udo, gaben allem, was von nun an geschah, eine andere, eine Qualität der Herausforderung: Na und?! Guter Laune bin ich. Und so herrlich wurstig.

Ja, Udo genoß den Abend.

*

Ursula zum Beispiel, Ursula Ronn! Tennisröckchen und elegant federnde Schenkel. Gebräunte Haut. Kleine Brustspitzen, die sich gegen das Trikot stemmten. Pferdeschwanz und kühles Gesicht. Noch immer... Warum noch immer? Weil der Tennisstar des Rot-Weiß Offingen hier in der Halle am Kamin, umgeben von den besten Stücken aus Katharinas bedeutender Kunstsammlung und unter seinen bewundernden Blicken, nun doch unsicher geworden war.

Wie sie ihn jetzt anlächelte...

»Bitte, Ursula! Was sagen Sie? Mag ja stimmen, daß ich blau bin. Aber den Tee hab' ich tiptop hingezaubert. Und keinen Tropfen habe ich verschüttet.«

Graziös servierte er die Tasse, gab zwei Stück Zucker hinein, wie sie das verlangte, dazu etwas Zitronensaft, beobachtete mit Genuß, wie sie die Tasse zum Mund führte.

*

Auftakt zum Ehebruch?! – Klar. Was sonst sollte dieser Blick bedeuten? Dieses Lächeln. Die ganze Frau war eine einzige Einladung.

»Und?«

»Was kicherst du denn immer so blöde?«

»Kichere ich? – Ich lächle. Ich drücke meine Heiterkeit aus, nein, mein Glück, meine Zufriedenheit.«

»Über was? Weshalb?«

»Über dich. Daß du da bist.«

»Na und?« sagte sie da wieder... Das schaffte Udo. Begeistert starrte er sie an, die bräunlichen Apfelwangen, die grün flirrenden Augen, die zarten Halssehnen, ja, und die kleinen, dunklen Knöpfchen, die sich ihm unter dem dünnen Trikot so bereitwillig entgegendrängten...

Wie nah sie war! Selbst den Atem spürte er. Und was für lange Wimpern sie hatte. Und unter diesen Wimpern – auch die Augen waren ein einziges Versprechen, flüssiges grünes Gold waren sie.

»Nein...«, flüsterte sie, als seine Hand nach ihrer Schulter faßte. »Nein, bitte nicht.«

»Bitte, doch...«

»Was, bitte?« lächelte sie.

»Weiß ich nicht. Das zum Beispiel. – Bitte...« Seine Finger erwanderten jeden einzelnen Rippenbogen, faßten in die Taille, suchten Widerstand, fanden angenehme Schwellungen. »Ich fühl' mich so wohl an dir...«

»Laß mal.«

»Wieso denn?«

Sie lächelte nun ganz nah an seinem Mund, und er mußte noch immer weiterquasseln. Sie hatte ja recht: er sollte endlich die Klappe halten. Er küßte zärtlich ihre Nase und lauschte in sich hinein, in dem ernsthaften Forschungsversuch, so etwas wie ein schlechtes Gewissen zu finden. Fehlanzeige! Na dann. Was forderte der Augenblick, was verlangten die Götter? Es war nun wirklich schön, sie zu küssen. Unfaßlich schön. Und ist man nicht

Mann? Sollte er eine Ursula Ronn ein zweites Mal enttäuschen? Falls ja: – na und?...

»Was machst du denn da?«

Er hatte sie hochgehoben. Nun trug er sie zur Treppe. Sie wog ja so wenig. Die ersten Stufen schaffte er spielend, eine Ursula Ronn auf den Armen, der dies Spaß zu machen schien, die nun ihrerseits kicherte, den Kopf gegen seine Brust preßte, mit der Hand aber sicherheitshalber zum Geländer griff.

Auf halbem Weg mußte er sie doch absetzen. Den Rest legten sie Hand in Hand zurück.

»Wohin denn?«

»Na, wohin schon?« Er öffnete eine Zimmertür. Nicht die zum ehelichen Schlafzimmer, nein, die Türe zu seinem Arbeitszimmer. Denn dort, angesichts der letzten Wochen und seiner problematischen Ehesituation durchaus verständlich, stand längst eine breite, gemütliche Couch. Farbige Kissen lagen darauf. Die Überdecke hatte rote Fransen. Hier geschah es. Es geschah ohne Zögern und Skrupel, vom Alkohol beschwingt, auf einer Woge atemloser Heiterkeit: Ein Ehebruch, von Lachen und Kichern unterbrochen. Ein Ehebruch, der für Udo zappelnde, warme Goldbräune bedeutete, Goldbräune in den Händen, in den Armen, unter dem Leib, Lippen, die knabberten, kameradschaftlich lächelten und sich dann ganz und gar vergaßen...

Ursula Ronn!

Als er sich zärtlich über sie beugte, sagte er den Namen so feierlich, als zitiere er ein Gedicht.

Längst hatte sich die rote Kunststoffspange in ihrem Nacken gelöst. Aus einem Pferdeschwanz war wildes, schlangengleiches Haar geworden, das sich nun feucht über Schultern, Busen und quer über Stirn, Nase und Mund ringelte.

Er nahm etwas davon und wickelte es um den Finger. Hinreißend, diese Ronn! Beachtenswert, wirklich...

Andächtig küßte er auch eine warme Schulter, spürte, wie sie erschauerte und nahm schnell den Mund weg. Ein diskreter Blick zur Uhr: Mein Gott, schon halb acht. Und Hunger hatte er vielleicht! Wie sollte das jetzt weitergehen?

Als habe sie denselben Gedanken, fuhr Ursula zusammen. Sie erhob sich jäh: »Mensch, schon halb acht? Da haben wir aber ganz schön getobt, was?«

Udo nickte, schließlich: Lag nicht Anerkennung in diesen Worten? Er beschloß sie als solche zu werten. Ja, er nickte richtig stolz.

Dann war Ursula weg. Im Bad. Udo streckte sich aus, schloß die Augen und lauschte ihren Wasserspielen.

Er lächelte zufrieden. Was war das nun gewesen? Ein Traum? Nein, schon eher eine Art sportlicher Veranstaltung. Und die gewiß nicht aus Frust und schon gar nicht aus Rachegefühlen geboren. Bei ernsthafter Liebe kichert man nicht! Doch Katharinas Haus hatten sie entehrt...

Na und? – dachte er und wäre beinahe eingeschlafen. Wo steckte Ursula bloß? Hatte sich da nicht gerade etwas geregt?

Udo erhob sich vom Bett, nahm den Bademantel und suchte nach Zigaretten. Hatte sie die ins Bad mitgenommen? Rauchte sie womöglich noch unter der Dusche? Einer Ursula Ronn war alles zuzutrauen. Ihr Tenniszeug war auch verschwunden. Also zog sie sich an? Um so besser.

Udo ging zur Tür, öffnete und rief: »Uschi! Hast du meine Zigaretten weggenommen?«

Unschuldig wie ein neugeborenes Kind rief er dies. Wie konnte Udo auch wissen, welche dramatischen Veränderungen sich im Haus inzwischen anbahnten?

Kurz nach sieben Uhr dreißig hatte Katharina, gefolgt von Claudia, das Haus betreten. Leise, sehr leise. Doch nicht aus Mißtrauen, nein, um Angie, die in Claudias Armen schlief, nicht aus dem Schlaf zu reißen.

Die Fahrt war lang gewesen. Jetzt bloß rauf mit ihr ins Bett!

Das würde Katharina besorgen. So nahm sie Angie Claudia aus den Armen, ging zur Treppe, stieg fünf, sechs, sieben Stufen hoch, hatte jetzt die Kurve erreicht, von wo die Treppe nach links ins obere Stockwerk schwang und blieb stehen.

Udo! –

Er brüllte nach seinen Zigaretten.

Aber wer ist Uschi?...

Diese Unklarheit dauerte nur eine Sekunde. Die Tür zum Badezimmer hatte sich geöffnet. Dort oben stand etwas Weibliches, weißes Tennisröckchen, weiße Tennisschuhe, weißes Hemd. Ein Mädchen? Eine Erscheinung. – Udos Flittchen!

»Oh?« sagte das Flittchen. »Guten Abend.«

Katharina, die sich stets so viel auf ihre Haltung zugute hielt, schluckte. Wut stieg in ihr hoch, gemischt mit Achtung vor soviel Keßheit.

Na gut, wenn die es so haben wollte...

»Komm, Angie!« sagte sie und umklammerte ihr Kind. »Jetzt sind wir gleich im Bett.«

Die nächsten Stufen fielen Katharina schwer. Immerhin, das Flittchen war einige Meter zurückgewichen.

»Verdammt noch mal!« brüllte es aus Udos Zimmer. »Ich will meine Zigaretten!«

Das war zuviel für Katharina. »Unglaublich!« zischte sie, drehte sich um, marschierte zum Kinderzimmer und knallte die Tür hinter sich zu.

Der Knall riß Angie aus dem Schlummer. Sie brüllte einen markerschütternden Protest. Udo aber war noch immer in seiner Wurstigkeitsfalle gefangen. Er merkte nichts. Auch nicht, als eine aufgeregte Ursula Ronn ins Zimmer stürzte.

»Uschi! Du hast meine Zigaretten mitgenommen,« rief er klagend.

»Ach, scheiß doch auf deine Zigaretten! Mensch, deine Frau ist im Haus!«

Udo, in seinen blauen Frotteemantel gehüllt, stürzte auf den Gang. Das gab's doch nicht! Das wäre ja eine Katastrophe... Die Uschi war durchgedreht. Die hatte ein Gespenst gesehen!

Er aber sah nun Katharina. Da stand sie und musterte ihn von Kopf bis Fuß. »Falls ihr keine Zigaretten mehr habt – in meiner Handtasche sind welche.«

»Wie...?« stammelte Udo. »Wie bitte...?«

»Wolltest du nicht Zigaretten? Hab' ich mich da getäuscht?«

Selbst lächeln konnte sie! Dieses schreckliche, überlegene Lächeln. »Leider habe ich nicht deine Marke. Ich schlage vor: Hol' dir welche!«

»Ich... ich versteh' das alles nicht. Ich meine... die Dame...«

»Ich verstehe schon.« Katharina kaute nachdenklich auf ihrer Unterlippe. Dann fiel ihr etwas ein: »Im übrigen, Udo, wenn du schon gehst, um dir Zigaretten zu besorgen, wäre ich dir dankbar, wenn du es so einrichten könntest, daß du gar nicht erst wiederkommst.«

»Das soll heißen... du meinst...«

»Ich meine, daß du jetzt besser verschwindest. Deine Sachen kannst du dir ja abholen lassen, wenn ich nicht da bin.«

Udo nickte. Katharina registrierte es mit Erstaunen. Udo Brinkmann nickte mit der ergebenen Gelassenheit eines Todgeweihten...

*

Otto Metzger hatte Schokolade in seiner Tasche, dazu Bananen und ein paar Illustrierte. Er ließ sich Zeit mit dem Auspacken. »Nur ein paar Minuten, Herr Metzger«, hatte die Schwester gesagt. »Ihr Sohn ist noch sehr schwach.«

Nur ein paar Minuten... Gut, dann kam's in diesen paar Minuten drauf an, daß Hajo kapierte. Und er würde es ihm in seinen schwachsinnigen Schädel prügeln, wenn's nicht anders ging.

Das dachte Metzger und lächelte. »Geht's einigermaßen, Hajo?«

Hajo nickte.

»Der Durek kommt dann auch noch. Wegen Ermittlungen. Hast du die erkannt, die das getan haben?«

»Klar, Papa.« Hajo verzog den Mund. »Ihr Bruder hat mich umklammert. Und dann...«

»Bruder? Da gab's keinen Bruder.«

Hajo schwieg. Die Augen in den dunklen Schattenpfützen wurden groß und waren ohne Begreifen.

»Es waren Fremde, Hajo, hörst du? Leute, die du nie gesehen hast.«

»Aber...«

»Nichts aber! Wenn du sagst, wer's war, kommt alles auf uns zurück. Überleg' dir mal, wenn die auspacken, was dann? Das macht doch alles nur noch schlimmer.«

»Ich ... ich werde die fer-fertig...«

»Nichts wirst du. Hajo, sieh doch, wie du dran bist! Und was passiert? Sie werden eingesperrt. Und du, du auch.«

Hajo gab keine Antwort. Seine Lider schlossen sich. Dann nickte er.

Metzger atmete auf. Er nahm die Hand seines Jungen. Es war ihm weich ums Herz, er tat ihm leid. Doch Mitleid brachte nichts.

»Das ist nicht gut fürs Geschäft, Hajo«, flüsterte er. »Außerdem bist du selber schuld. Also: Du kennst ihn nicht! Nie gesehen... Ist das klar?«

»Ja, Papa. Ich kenn' die nicht...«

*

Sonnenfirnis lag auf den altersschwarzen Balken der Fachwerkhäuser am Markt. Tauben, die aus ihren Dachluken schwirrten, Schwärme von Tauben. Die einen entschieden sich für Dachtraufen, die anderen flatterten in die Tiefe, stolzierten zwischen den Autos herum oder pickten zwischen den Stühlen des Cafés Hölzl, was ihnen die Gäste so zuwarfen.

Paul Funkel hatte schon ein ganzes Brot zerpflückt. Astrid saß neben ihm und löffelte ihr Pfirsich-Melba. Zwei Uhr nachmittags. Vorbei die Mittagsstille. Der Verkehr hatte wieder eingesetzt, Omnibusse karrten Angestellte herum, Hausfrauen stiegen aus ihren Autos und drängten in die Geschäfte.

Paul Funkel sah sich das alles an. Morgen würde er wieder nach Stuttgart zurückfahren. Und wie die Sache so lag, nahm er Astrid besser gleich mit.

Sie wischte mit einem Taschentuch den Mund sauber, nahm die Sonnenbrille ab und sah ihn an: »Du willst tatsächlich, daß ich nochmals in die Klinik gehe?«

»Ja, Mensch. Sollen wir das vielleicht bezahlen? Ist ja nur wegen der Rechnung. Die brauchen wir doch für die Kasse.«

Das Wort »Kasse« machte ihr Schwierigkeiten. Nerven hatte Paul, bei Gott!

»Und das ist alles?«

Er schüttelte den Kopf. Er nahm den letzten

Rest seines Brötchens und zielte auf eine kleine weiße Taube, die bisher von den anderen abgedrängt worden war. Diesmal erwischte sie den Brocken. Er war zufrieden.

»Nein. Ich will dort hin. Und am liebsten würde ich Hajo besuchen.«

»Du bist verrückt!«

»Verrückt, was ist das? Und wer ist heute normal? Jetzt komm schon!«

Sie folgte ihm zu seiner Maschine. Er schwang sich in den Sattel und ließ den Motor an. Sie setzte sich hinter ihn und schlang die Arme um seine Schultern. Er fuhr langsam und ruhig, über die Brücke, am Elektrizitätswerk vorbei, über die Bundesstraße hinweg und zur Klinik hoch. Dort bockte er die BMW auf dem Parkplatz auf. Sie gingen dem großen Haus mit den drei Giebeln entgegen. Die Verwaltung befand sich im Erdgeschoß. Sie hatten die Halle durchquert; hinter der Scheibe erkannte Astrid bereits die Frau mit der Zopffrisur, die den Verwaltungskram erledigte. Doch Paul war plötzlich stehengeblieben. Er zupfte sie am Ärmel.

»Was ist denn?«

Er antwortete nicht. Sein Kinn deutete hinüber zum Lift.

Nun sah auch sie: ein Rollstuhl. Darin ein Mann im Schlafanzug. Ein sehr junger Mann. Blondes Haar, Sonnenbrille…

»Nun komm, Astrid!«

Sie schluckte. Ihr ganzer Körper war auf einmal sonderbar schwer, so als fließe alles Blut in die Beine. Doch sie folgte ihm bis zum Rollstuhl. Und da saß er nun, in seinem Gesicht dieselbe Angst wie in der Nacht, damals am Parkplatz. Er bewegte die Lippen, kein Ton kam heraus. Die Schwester lächelte. Sie kannte sie, Mira hieß die.

»Guten Tag, Fräulein Funkel«, sagte Schwester Mira.

Astrid konnte nur nicken. Paul aber blickte Hajo an, als erwartete er etwas.

Es kam. Hajos Gesicht verzog sich zu einer schmerzverzerrten Grimasse, die beides sein konnten, Weinen oder Lächeln: »Grüß dich, Paul.«

»Mach's gut«, sagte Paul. »Mach's gut, Hajo.«

Er nahm Astrid an der Hand, führte sie durch die Halle zurück zum Ausgang.

»Und der Krankenschein?« flüsterte sie verstört.

»Der Krankenschein? Das hat Zeit. Das machen wir schriftlich. Komm! Ich kann das ganze Kaff hier nicht mehr sehen.«

*

Udo hatte sich bei Johannsen den Wäschebus ausgeliehen. Katharina hatte Angie mit in die Stadt genommen, um ihr etwas Kleidung einzukaufen. Sie hatte es ihm am Telefon versichert: »Dann hast du ja Zeit. Den ganzen Nachmittag!«

Den Nachmittag brauchte Udo nicht. Das Pakken ging schneller als er dachte. Nun schmerzten seine Arme. Doch der Bus war voll: Tennisschläger, Kleider, Bücher, ein paar Fotos. Möbel keine, wieso auch? Viel war es nicht, und überdies, so, wie er den ganzen Krempel in den Bus geschmissen hatte, machte es sich auch noch wie die Ausrüstung eines wandernden Zigeuners. Vielleicht würde er das noch eines Tages werden…

Udo seufzte. Und dies war die Sekunde, wo ihn doch etwas wie ein tragisches Gefühl überkam. Ein Kapitel wieder mal abgehakt. Was würde kommen? Was handelst du dir ein?

Am liebsten wäre Udo gleich losgefahren. Doch etwas war noch zu tun.

So stieg er die Treppe zum Haus wieder hoch und war sich jeder Stufe bewußt, die die müden Beine bewältigten. Claudia stand noch immer an derselben Stelle und in derselben Haltung wie zuvor, den Rücken gegen das Birkenspalier gelehnt. Der Wind spielte mit einer ihrer Locken. Augen die ihn ansahen, eine Antwort erwarteten – obwohl es keine Fragen gab.

Er blieb stehen. Der passende Einfall, das richtige Wort – wieso eigentlich? Hier gab's nichts zu erklären. Nichts, was dieses Mädchen nicht wüßte.

»Siehst du, geschafft! Und ich dachte, ich mach das mit der linken Hand. Zwei Stunden wurden daraus.«

Sie schwieg.

»Kuck nicht so traurig.«

»Wie soll ich denn sonst kucken?«

»Ach, Claudia…« Er hätte sie jetzt so gerne in den Arm genommen, und dies nicht allein, um ihr melancholisches Lächeln aufzulösen. Er würde es nicht tun. Im Gegenteil, er würde den Clown spielen, den gescheiterten, besorgten, fairen Exehemann, der nichts im Kopf hatte, als das Wohl der Hinterbliebenen.

»Heute abend sind die beiden doch zurück, Claudia?«

»Ja.«

»Mensch, Claudia! Mit Katharina verstehst du dich doch auch ganz prima? Und wegen Angie...«

»Hören Sie bitte auf damit.«

Sie hatte eine kleine weiße Kerbe an den Nasenflügeln. Er hatte sie noch nie an ihr festgestellt. Ihr Gesicht wirkte gespannt und steinern – wie eine der Plastiken, die drinnen im Haus standen. Und den Blick ertrug er nicht. Auch nicht den Gedanken, daß dies im Grunde ein wunderbares Mädchen war, und weil sie das war, verdient hätte, daß man sie an sich zog, in den Arm nahm, ihr tausend Dinge sagte, ihr erklärte, es zumindest versuchte, den ganzen verdammten Knäuel zu entwirren, der ihm selbst nichts anderes war, als ein dunkler, unbegreiflicher Schmerz.

Doch wie beginnen? Vor allem, wenn sie nicht die geringsten Anstalten macht, ihm dabei zu helfen? Also redete er von Angie. Und sie nickte brav und sagte, daß Angie die nächsten drei Wochen bei Katharinas Exmann bleiben würde.

»Exmann! Davon hat sie nun ja zwei!«

Die Bemerkung war albern, so dumm wie sein Grinsen. Und dann schien es mit Claudias Bereitschaft vorbei, weiter mitzuspielen.

»Warum haben Sie das getan?«

»Du meinst der Abend? Die Frau?«

»Ja, die Frau.«

»Warum?« Bei einem solchen Blick half nur Ehrlichkeit, ein solcher Blick ließ nur die Wahrheit zu. »Ich weiß es nicht, Claudia. Vielleicht ... vielleicht, weil ich Katharina bestrafen wollte.«

Sie schwieg. Ihre Augen gaben nicht nach.

»Na ja, was willst du hören? Daß ich ein Mann bin? Und mich wie ein Mann aufführe? Daß ich das immer getan habe?«

»Das weiß ich.«

»Also...?« Er legte doch die Hand auf ihre Schulter. Sie zuckte zusammen. Sie war so jung. So jung, daß es weh tat,

»Sieh mal, Claudia! Mit Zuneigung hat das alles nichts zu tun. Mit Trotz, mit einer Dummenjungenreaktion – vielleicht. Oder mit dem Suff. Es gibt tausend Dinge, die ich dir auflisten kann. Aber es war ein Abend – und nicht mehr. Man sagt da immer so schön: Es war nichts Ernstes...«

»Schön ist das nicht. Und sagen brauchen Sie es auch nicht!«

Er lehnte beide Hände gegen das Spalier, und er spürte die Wärme des grüngestrichenen Holzes unter seiner Hand. Seine Arme waren zum Gefängnis geworden. Sie brachte es selbst jetzt fertig, Augen und Lider ruhigzuhalten. Nicht der Hauch eines Zitterns.

»Ich sage es, weil du mir den Eindruck gibst, als hätte ich auch dich damit gekränkt.«

Sie schwieg. Sie zog die Unterlippe ein, wie Angie es tat, wenn sie nachdachte.

»Ach, Claudia: Wir beide hätten Katharina nie betrogen, was?«

Sie legte die Stirn in Falten, der Satz war nicht nur überflüssig, er war dumm.

»Du bist jung, Claudia! Und ein guter Mensch.« Er ließ die grünen Holzlatten los, ging zur Treppe, drehte sich um: »Und ich bin froh, daß du in diesem Haus bist.«

Da lächelte sie zum erstenmal. »Ich passe auf die Angie auf...«

»Tu das. Aber das ist es nicht allein. Ich bin froh, daß es dich gibt, Claudia... wirklich...«

Er ertrug ihr Gesicht nicht länger. Er rannte die Treppe hinab.

*

Halb eins – das Operationsprogramm lag hinter ihnen. Wie immer, wenn sie unter dem kalten Lichtstrahl der Lampe ihre Arbeit taten, hatte sich ein Gefühl der Gemeinsamkeit eingestellt, eine Solidarität, die nun einmal zum Beruf gehörte. Gespräche, Blicke, Fragen, manchmal auch ein Scherzwort, alles schien in Ordnung. Da standen sie und bewiesen, was in ihnen steckte: Er, der Operateur, sie, die Anästhesistin.

Nun aber waren die Mäntel ausgezogen, die Operationsmasken lagen im Schrank. Und nun wußten sie nichts miteinander anzufangen. Zwei Menschen, die ihre Arbeit erledigten und auf getrennten Wegen auseinandergingen. Wie können wir das nur?, dachte Udo.

Katharina sprach es aus: »Hör mal! Wie ich das so sehe, müssen wir ja nicht unbedingt auf komisches Paar machen.«

»Tun wir das?«

»Ich finde schon.« Sie gingen durch den Vorraum und erreichten das Treppenhaus. Über dem Getränkeautomaten hing das Foto einer südlichen Landschaft. Eine Insel? Sardinien vielleicht? Sardinien, da wollten wir doch auch einmal hin...

»Vielleicht waren wir von Anfang an ein komisches Paar.«

Udo betrachtete rote Klippen. Auf dem Berg darüber stand ein weißes Haus. Das Meer schäumte hoch bis an die Mauer, die es schützte.

»Ja nun«, sagte sie, »wenn du das so siehst?«

Daß sie dabei auch noch lächelte, gehörte zu den vielen Geheimnissen, die für ihn nicht zu entschlüsseln waren: ihr Lächeln. Mal souverän, mal nachsichtig, mal eiskalt. Ein- und ausknipsbar, je nach Bedarf. Doch immer ein Lächeln!

»Trinken wir was miteinander?«

Udo ließ den Blick von dem weißen Haus. »Gerne. Aber warum?«

»Damit wir uns unterhalten können. Ich finde, es wäre Zeit dazu.«

Udo nickte. »Das Thema kann ich sogar erraten: Laß uns gute Freunde bleiben! Stimmt's?«

Sie zog hörbar die Luft durch die Nase ein. Die Augen waren nun nicht mehr so ruhig und auch nicht so distanziert. »Zum Beispiel. Und ich halte das für eine Vorleistung von mir.«

»Da kann ich dir nur recht geben.«

»Also? Was ist dagegen einzuwenden?«

»Ewige Freunde«, hörte er sich sagen, »so wie Frederick und du.«

»Warum nicht?«

»Ja, warum nicht? So schaffst du dir bald eine ganze Welt von Freunden, nicht?«

Noch eine Entgleisung. Er wollte sie nicht ärgern, wieso auch?... Mit Ursula geschlafen, in flagranti beim Ehebruch ertappt und nach dieser ganzen Geschmacklosigkeit die Koffer gepackt, um nun den Beleidigten zu spielen? So mußte es sich für sie darstellen. Vielleicht war es so? Für sie. Außerdem, sie hatte ja recht. Es mußte viel besprochen werden. Die Scheidung zum Beispiel, sagte sie jetzt.

Auch dies sei eine »Stilfrage«: Im besten Einvernehmen natürlich. Eine Konventionalscheidung. Ohne großes Trara. Reibungslos.

»Und anschließend geht alles so weiter wie zuvor?«

»Vielleicht. Vielleicht auch nicht. Was hast du gegen eine Scheidung?«

»Ich weiß nicht.« Er sagte die Wahrheit. Es war nicht Haß, der ihn die geballte Hand erheben ließ, eine instinktive Gebärde war es. Der Udo von gestern, von vorgestern vielleicht, der ewig sentimentale, harmoniesüchtige, noch immer verrückte und verliebte Udo: »Das Wort gefällt mir einfach nicht. Du hast natürlich recht. Aber es tut mir leid. Auch wenn du lachst. Es war schön mit uns. Vor allem im ersten Jahr. Kannst du verstehen, daß mir das Wort Scheidung nicht gefällt?«

»Das erste Jahr.« Sie nickte tatsächlich. Doch dann wurde ihr Gesicht hart, und das Lächeln war weggeblasen.

Es stimmte: Sie waren das komische Paar.

Hinter ihrem Rücken wurde getuschelt, wiegten sich bedenklich die Köpfe oder verbreitete sich Grinsen. Jeder hatte gewußt, »wie das enden mußte«. Auch Römer, der gerade vorbeikam, verklemmt den Kopf senkte, um dann schleunigst weiterzugehen. »Das erste Jahr«, hörte er sie, »vielleicht sollten wir es streichen. Und daran denken, wie es im letzten Jahr zwischen uns war. Unerträglich.«

»Wolltest du mir das sagen? Sollten wir deshalb einen zusammen trinken?«

»Nein, Udo.« Sie zupfte ihn am Ärmel und führte ihn hinüber zur Bank. Sie setzte sich, zog ihn neben sich auf einen Sitz; ganz Mutter, die Katharina Gessner, die man lieben mußte.

»Udo, im Grunde geht es doch nur – um, nennen wir es mal eine lebenstechnische Frage.«

»Schöner Ausdruck.« Er bemühte sich, ihrem Blick auszuweichen. Es war einfacher, auf den Fußboden zu sehen, auf einen kleinen Brandfleck, der sich genau zwischen seinen Schuhspitzen befand.

»Sieh mal, wir leben ja nicht im luftleeren Raum. Da ist einmal die Klinik. Aber vergessen wir die mal. Es gibt auch noch die Familie.«

»Und eine Ehrenbürgerfeier zum Beispiel.«

»Ich hab' den Eindruck«, sie lächelte schon wieder, »daß es gar nicht so unangenehm auffällt, wenn ich mich da nicht blicken lasse. Es geht um etwas anderes: Du könntest dich wieder bei uns im Burgholz blicken lassen. Bei Angie.«

Er nickte und spürte ein leichtes Vibrieren in der Halskehle. Jetzt? Hier? Warum nach dieser Operation? Zuvor war ihm wohler gewesen. Unter der

Operationshaube, geschützt, sterilisiert, durch grünen Stoff getrennt von all den Problemen, die sie sich selbst bereitet hatten.

Herrgott, dachte er, sie begreift nicht! Sie muß doch wissen, was mir Angie bedeutet... Doch dann verstand er plötzlich, wie tapfer sich Katharina verhielt und wie lächerlich und mies er sich selbst benahm. Auch dies war keine neue Entdeckung.

»Kümmere dich doch ein bißchen um sie. Du hast auch die richtigen Worte. Ihr versteht euch doch so gut.«

*

Zwei Fotografien trug Josef Lambert stets bei sich: abgegriffen waren bereits die Ränder, von weißlichen Bruchstellen verunstaltet die Oberfläche. Er hatte die Fotos zu oft gezeigt, in zu vielen Kneipen, bei zu vielen Saufrunden. Er hatte sie auch zu Hause angesehen, in der alten Mansarde über dem Zeughaus, die ihm seit Jahren als Unterschlupf diente. Die Fotos waren sehr wichtig für Josef Lambert. Auf dem einen sah man eine Frau. Im Trachtenkostüm lehnte sie gegen eine große, teure Limousine, die Beine waren übereinandergeschlagen, sie hielt einen rotbraunen Setter an der kurzen Leine. Das Gesicht der Frau wirkte entspannt, das des Setters nicht. Dem hing die Zunge aus dem Maul, und die Augen waren in Verzweiflung verdreht. Anscheinend bedrängten ihn Halsband und Leine, vielleicht auch die Frau.

Auf dem zweiten Foto war Josef Lambert

selbst abgelichtet. Darauf allerdings mußte er hinweisen, niemand hätte ihn sonst wiedererkannt. Ein anderer Lambert war inzwischen aus ihm geworden. Ein Wrack. Der Lambert auf der Fotografie war noch jung. Er trug eine Art Uniform, einen olivgrauen Drillich, auf dem mit weißer Ölfarbe die beiden Buchstaben PW gemalt waren. PW hieß damals »Prisoner of War«. Der junge Lambert war also Kriegsgefangener. Doch seine Augen blickten nicht traurig, nur unendlich gleichgültig. Sie blickten durch einen Stacheldrahtzaun hindurch.

Eine Ähnlichkeit allerdings wies der junge Lambert mit dem Patienten im Privatzimmer 230 auf. Beide waren sie grausam mager. Lamberts Kragen schlotterte, der Kehlkopf zeichnete sich ab wie ein knochiges Dreieck, und um das spitze Kinn wuchsen Stoppeln. 1945 hatte Lambert gehungert. Daß die Menschenhülse von heute genauso elend aussah, lag nicht am Mangel, sondern am Übermaß. Am Übermaß des Alkohols nämlich, das Josef Lambert in diesen vierzig seiner zweiundsechzig Jahre zu sich genommen hatte. Warum Lambert nun die Fotos immer mit sich herumtrug, sie jedem zeigte, der sich dafür interessierte oder nicht, sie aus der Brieftasche herauskramte, auf den Tisch blätterte? ...Nun – weil er eine Verbindung sah...

»Sieh dir die Frau genau an. Und kennst du den Adolf? – ja, den Hitler?! Der Hitler mit seinem Wahnsinn, und die Frau mit ihrer Gemeinheit, die haben mich ruiniert! – Und da fragst du, warum ich Alkoholiker geworden bin?«

Das hatte Lambert auch Mischa gesagt. Mischa allerdings hatte es jedesmal sehr eilig, wenn er das Zimmer 230 betrat. Mindestens ein dutzendmal hatte Mischa Lambert schon erklärt, den Teufel würde er tun und Lambert drüben am Kiosk eine Buddel kaufen. Alkohol in die Klinik schmuggeln, dazu noch einem Patienten in der Endphase einer Leberzirrhose – nein. Nie! Ja, wo sind wir denn? Lambert wiederum glaubte nicht, blieb stur, erhöhte seine Angebote, blätterte seine Zehner, Zwanziger, Fünfziger auf den Tisch, machte nicht einmal vor Blauen halt.

So sah Mischa zu, daß er weiterkam.

»Sonst jedoch ist der Typ so tierisch nett«, seufzte Mischa: »Dem kannst du eine vor den Latz knallen, der merkt's noch nicht mal. Der brabbelt einfach, bleibt in seiner Welt. Und da ist er gar nicht so schlecht aufgehoben.«

Das mochte sonderbar klingen, stimmte aber ziemlich genau. Nicht nur das Labor, nein, vom Computertomographen bis zur Szintillographie hatten Brinkmann und Römer alles eingesetzt, was moderne Untersuchungstechnik zu bieten hatte, weil sie das erste katastrophale Ergebnis ihrer Bestandsaufnahme nicht zu glauben vermochten. Doch auch die subtilste Differential-Diagnostik brachte als Resultat nur: Hoffnungslos!

Ein Wunder, daß Lambert überhaupt noch lebte, daß er sogar gehen konnte, ein Phänomen! Die Leber war zerstört oder hatte sich so verändert, daß sie kaum mehr zu arbeiten vermochte, entsprechend verhielt es sich auch mit den übrigen Organen und Funktionen. Doch in der geheimnisvollen Alchimie des Körpers, selbst eines so schwer geschädigten Organismus, konnte es Wunder geben.

Der Zellhaushalt total zerstört, Leberrest mit wuchernden Fremdzellen besetzt, von den Magen-, Bauchspeichel- und Gallenaktivitäten nicht zu reden. Entsprechende Herz- und Kreislauffunktion. Bei der Morgenkonferenz hatten Römer, Brinkmann und die anderen der Equipe sich den Kopf zerbrochen, was noch zu machen sei. Oben im zweiten Stock jedoch tauchte zur gleichen Zeit ein selig lächelnder Josef Lambert auf, marschierte in seinem sonderbaren schwankenden Grätschschritt durch die Aufenthaltsräume und Flure, wehrte mit einer mechanischen Handbewegung hilfreiche Hände ab, so, als scheuche er lästige Insekten von sich, schwankte unbeirrt, mit rutschendem Pyjama und schlürfenden Pantoffeln durch die Klinik. Und das sonderbare war: die anderen, ob Patienten oder Personal, fühlten jedesmal gerührte Hilflosigkeit, eine Art gutwillige Lähmung, wenn sie ihm begegneten.

Was brabbelte Lambert da? Manchmal sang er sogar. Oder blieb plötzlich stehen, nahm irgendeinen betretenen Besucher, eine Hilfsschwester, Putzfrau oder Pfleger aufs Korn, hielt aus dem Stegreif einen Vortrag über die Liebe, den Sinn des Lebens, wovon das meiste, das muß gesagt werden, nicht verstanden wurde, legte dann seinem stocksteif und betreten dastehenden Gesprächspartner die Hand auf die Schulter, zauberte aus der Tasche des schiefgeknöpften Pyjamas irgendwelche Geldscheine heraus und wollte, gewissermaßen als Honorar für die verschwendete Zeit, daß man ihm – »ist ja gleich gegenüber, keine drei Minuten!« – 'ne Buddel holte. »Schladerer! Kann auch Korn sein. Ist alles Wurscht. Aber weißt du, helles Wasser, klar... Weißt du, warum Schnaps klar ist? Weil der Heilige Geist drin wohnt. Weißt du, was der Heilige Geist ist? Prana sagen die Inder. Erleuchtung. Ich kann sie kaufen, wenn du mir hilfst.«

Die meisten halfen natürlich nicht. Sie schüttelten die Köpfe oder kicherten. Josef Lambert schien das nicht übelzunehmen, brabbelnd ging er weiter. Wer sich ihm entgegenstellte, wurde übersehen. Und in dieser sonderbaren Begabung, die Menschen und Dinge, die sich ihm in den Weg stellten, gewissermaßen als nicht existent zu betrachten, lag wohl auch die Kraft, die ihn selbst eine Oberschwester Hildegard besiegen ließ.

Er nahm sie einfach nicht zur Kenntnis.

Merkwürdig: Meist klappte es auch. Statt Josef Lambert schnurstracks zurück in sein Zimmer zu speditieren, ließ eine entnervte, verstörte, ihrer gewohnten Autorität und Stimme beraubte Oberschwester den Josef an sich vorbeiziehen.

»Hören Sie mal, Mischa, wie oft habe ich gesagt, der Mann darf nicht raus? Strengste Bettruhe.«

»Warum sagen Sie's ihm nicht, Schwester Hildegard? Meinen Sie, bei mir nützt das was?«

Mischa hatte recht. Auch Hildegard mußte es eingestehen. Und Mischa hatte noch einmal recht, als er hinzusetzte: »Den hält keiner. Der geht einfach durch die Wände. Der ist schon sein eigener Geist geworden, Haben Sie das nicht gemerkt?«

Sein eigener Geist... Da kam er! An den Aufzugskabinen vorbei, durch den Vorraum, rechtslinks, rechtslinks, langsam, aber mit der tödlichen, zielbewußten Sicherheit eines Roboters, ein entrücktes Lächeln auf dem Gesicht, und was für ein Gesicht das war!

»Schauderhaft!« fand Hildegard. »Wenn er sich wenigstens mal kämmen würde. Oder rasieren. Will sich nicht rasieren lassen. Und diese Haut – kein Mensch! Einer vom Friedhof. Aus der Leichenkammer. Ein Scheintoter.«

»Aber lächeln tut er. Und reden auch.«

Sie gab sich einen Ruck: »Also, Herr Lambert, jetzt reicht's! Wie oft soll ich Ihnen noch sagen, daß das nicht geht?«

Josef Lambert hörte so etwas nicht. Nur daß er nicht weiterkam, störte ihn. Aber auch dafür hatte er seine Methode: Er lächelte, machte zwei Schritte zurück, drehte eine Kurve und strahlte Schwester Hildegard an: »Was meinen Sie?«

»Meinen? Wer meint denn? Was sollen wir meinen? Herr Lambert!«

»Richtig! Singen soll der Mensch«, verkündete Lambert, »nicht meinen.« Und nun wieder Worte: »Rosenfülle, o Hüterin der Firmamente – vom goldenen Glanz durchdrungen! Vom Glanz durchdrungen?... Wissen Sie, was das ist: Glanz? Nein. – Rosenfülle, auch nein? Und Firmament? Himmel? Schon mal gehört? Hölderlin? – Sagt Ihnen der Namen etwas?«

Hildegard räusperte sich, suchte einen Anlaufpunkt und hatte plötzlich Angst. Diese Augen? Verschludert oder nicht – aber Augen hatte der vielleicht. Und Architekt war er gewesen. So hieß es wenigstens. Außerdem, gebildet. Und Hölderlin? – Aber der war ja auch geistig umnachtet gewesen.

Dennoch, vielleicht war es das erste Mal, daß die Oberschwester beim Anblick ihres Chefs eine geradezu kindlich-demütige Erleichterung und Dankbarkeit empfand.

»Herr Professor! Ich muß Sie bitten, aber der Patient Lambert...«

»Der Patient Lambert meldet sich zur Stelle!«

Die Hacken zusammenzuschlagen, schaffte Josef Lambert nicht. Wie auch? Seine Füße brauchte er, um auf dieser schwankenden Erde noch einen Rest Sicherheit zu finden. Die hellen Augen tränten, und die graugrünen des Chefs wurden bedrohlich schmal.

»Woher?«

»Woher – woher des Himmels Glanz?«

»Woher du das Zeug hast, verdammt noch mal, Josef?«

»Zeug? Der Heilige Geist!«

»Laß deine Witzchen, Josef. Ich hab' dir gesagt...«

»Du hast mir gesagt? Was hast du mir gesagt? Daß ich im Finish bin, ja?«

»Du willst das so, Josef. Und glaub' mir, ich bin nicht der richtige Ansprechpartner heute. Ich hab' genug um die Ohren. Und wenn du glaubst, daß ich dich in dein Bett trage, dann täuschst du dich.«

»Auf der Zielgeraden.« Josef Lambert lächelte dabei.

Doch nicht einmal dieses Lächeln vermochte Brinkmann zu besänftigen. Er blickte Schwester Hildegard an, dann winkte er Marks, der gerade aus dem Aufzug kam, deutete auf Lambert: »Bring' ihn hoch, Marks, sofort!«

»Komm, Josef, bitte!«

»Das ist wohl alles, was du mir zu sagen hast?«

Es blieb alles. Brinkmann wandte sich um, drehte noch einmal den Kopf, warf einen letzten Blick über die Schulter und verschwand.

Auch Lambert schien erschöpft. Bereitwillig ließ er sich in den Rollstuhl sinken, den Marks heranschob. »Schlechte Laune hat der Herr, Schwester. Ich beneide Sie nicht um Ihren Chef.«

Die schwieg. In ihr war Zustimmung. »Schlechte Laune der Herr?« Bei Gott! Vorhin der Auftritt unten in der Aufnahme. Dann wurde sie Zeugin, wie der Professor der Röntgenassistentin die Fotos auf den Tisch warf: »Um was ich bat, waren nicht Aufnahmen eines Gletscherbruchs, sondern eines Kniegelenks, liebe Dame!«

Und jetzt? Selbst einen alten Freund wie den Lambert hatte er zusammengestaucht. Fast tat Lambert ihr leid. Was, lieber Himmel, was war nur in den Chef gefahren...?

*

Diese Frage wurde auch im Ärztezimmer gestellt. Doch wie es sich nun einmal verhält: menschliche

Institutionen sind Energieleiter. Und die Impulse kommen von oben. Der Chef ist sauer! – Lächerlich oder nicht! Unsicherheit und Beklemmung durchdrangen die Klinikstockwerke, teilten sich den hintersten Winkeln des Hauses mit, verdichteten sich zu Parolen und Geraune: Bloß Vorsicht mit dem Chef heute! Der Platzhirsch bläht den Hals, die Herde drängte sich zusammen. So wenigstens empfand es Katharina Gessner. Und so sagte sie es auch. Sie sagte es zu Christa, die mit ihr im Ärztezimmer beim Tee saß.

»Wir scheinen die einzigen der ganzen Klinik zu sein, die noch keinen Rüffel bekommen haben.«

»Dann bist du die einzige.«

»Wieso?«

»Wieso? Mich hat er gefragt, wo ich eigentlich gelernt hätte, Verbände anzulegen? Und falls das so schwierig sei, warum ich dann nicht bei einer Lernschwester Unterricht nähme?«

Katharina pfiff leise vor sich hin. Sie hatte sich im Klubsessel vor dem Bücherregal zurückgelehnt. Zwar hatte seit Udos Rückzug in die Brinkmann-Villa die Familiensolidarität Sprünge bekommen, die berufliche funktionierte wie immer. Sie dachten es. Und waren eifrig dabei, es zu beweisen.

»Ja, was hat er denn?«

Christa krauste ein wenig die Nase. Was sollte sie antworten? Am besten die Wahrheit. »Er bekommt die Ehrenbürgerschaft.«

»Ach ja – und wieso?«

»Na ja, wahrscheinlich hielten die im Rathaus das für notwendig: Sohn der Stadt. Vater Klinikgründer. Du weißt doch, wie so was läuft. Die Stadt gibt einen Empfang. Und das auch noch an seinem Geburtstag.«

»Na und? Freut ihn das nicht?«

»Freut? Die Frage ist, wie er's wegsteckt. Wenn er etwas haßt, dann sind das Krawatten und Festveranstaltungen. Lieber operiert er drei Magendurchbrüche hintereinander.«

»Hm.« Katharina blickte hinüber zum Fenster. So interessant war der Blick nicht: der Himmel war mit nassen Wolken verschmiert, und so wie die Äste sich draußen bewegten, kam schon wieder ein Gewitter angerückt.

»Ob er mich schont, mein Schwiegervater?«

»Wieso schont?«

»Nun ja – bei mir hat er in der letzten Zeit nur noch die Handschuhe an. Ich liebe ihn dafür. Aber wohl ist mir dabei nicht.«

Christa schwieg. Was sollte sie sagen. Sie wußte doch, um was es Katharina ging.

»Ist ihm eigentlich klar, Christa, daß ich nicht bei Udo bleibe?«

»Ich glaube schon.«

»Und?«

»Ach Gott.« Christa kramte in Papieren, Akten, Gutachten, jetzt blätterte sie noch heftiger: »Klaus und ich, wir fragen uns halt, ob das wirklich so sein muß.«

»Und was denkst du?«

»Was ich denke? Na ja, daß es sicher furchtbar geschmacklos war, eine Frau in dein Haus zu bringen...«

»Geschmacklos nennst du das?«

»Entschuldige. Ist es das vielleicht nicht? Und es ist kindisch. Für mich war das nichts anderes als eine Trotzreaktion. Und wenn ich mich als Hobby-Psychologin betätigen will, mit deiner Erlaubnis, war es auch ein Hilferuf an deine Adresse. So nach dem Motto: Das hast du nun von deinem Liebesentzug!«

Katharina stand auf.

Es war Nervosität, die sie hochtrieb, doch sie schien ganz gelassen. Sie ging zum Fenster und öffnete es.

Ihr Schweigen irritierte Christa. »Komm, Katharina! Wir alle hatten es irgendwann mal schwer. Und wir alle haben in unsere Beziehungen genügend Probleme reingebracht. Und wir alle haben gelitten. Also wissen wir Bescheid. Für mich jedenfalls steht fest: er liebt dich wirklich. Darum kommst du nicht herum. Er liebt nur dich.«

»Ja.«

»Und zwar ständig, verstehst du? Rund um die Uhr. Von morgens bis abends. Nachts inklusiv. Ist das so schlimm?«

»Das ist es. Kannst du dir das vorstellen, Abend für Abend nur dasselbe Thema: Liebe! Und: Fühlst du dich wohl bei mir? Geht's dir auch gut?«

»Na, Abend für Abend? Vielleicht würde ihm zweimal wöchentlich genügen.«

Da lachte Katharina Gessner. »Weißt du, das gefällt mir an dir, Christa. Du hast wenigstens noch einen klaren Kopf.«

»Danke. Aber die Lösung kann ich dir trotzdem nicht bieten. Ich weiß schließlich, was für ein charmanter Bursche Udo ist. Und bei Gott, er hat sich angestrengt, das seiner Umwelt zu beweisen. Deshalb war ich ja so froh, daß du kamst. Du hast ihn umgekrempelt, und zwar auf positive Weise. Udo zu lieben, das war früher sehr schwierig. Auch ich hatte es versucht. Ein Reinfall wurde es. Damals konnte man es nicht. Aber jetzt, wo er wirklich liebenswert ist... sag: liebst du ihn nicht mehr?«

»Nein! – Und warum, Christa?«

»Woher soll ich das wissen?«

»Weil er mich unter Druck setzen will.« Sie öffnete ihre Handtasche, griff nach ihrer Puderdose, klappe sie auf und wieder zu. »Du übrigens auch!«

»Ich?«

»Ja, natürlich. Du setzt mich unter Druck mit dem Vorwurf, den Liebenswerten nicht zu lieben. Aber es ist ganz einfach und doch viel komplizierter. Es ist eine Frage des Materials, der kleinen, grauen Gehirnzellen, der chemischen Reaktionen, was weiß ich! Es läuft immer auf dasselbe raus: wir passen nicht zusammen!«

»Ach ja?«

Nicht einmal die Ironie schien sie zu stören. Dieses schöne Gesicht, das Christa immer in einer Art hilflosen Staunens bewundert hatte, regte sich nicht. Gleichmut oder Schale – was immer in Katharina vorgehen mochte, es blieb verschlossen.

»Ein Mißverständnis, Christa, nichts weiter. Ich habe einen Mann gesucht, und er eine Mutter.«

Das sei zu einfach, meinte Christa, doch da

drehte sich Katharina um, und ihre Augen wurden groß und starr.

»Einfach nennst du das. Nein, wenn ich schon nicht seine Mutter sein kann, will er mich dazu machen. Das ist der Kern. Für ihn ist alles klar. Zu was brauche ich einen Beruf, wenn ich gleich zwei Kinder habe? Ganz versessen war er auf dieses zweite Kind. Ich habe Frau zu sein. – Anästhesistin, Fachärztin? Für Udo ist das nichts als ein Alibi. Mutter ja! – Als Anästhesistin zweckentfremdet! Kapierst du?«

»So denkt er nicht. Da täuschst du dich.«

»Ich habe mich nur einmal getäuscht, Christa. Es ist nicht seine Schuld. Es ist niemandes Schuld. Es ist«, sie lachte leise, »es ist auch nicht unbedingt eine Tragödie.«

Darauf hatte Christa keine Antwort. Tragödie sicher nicht, dachte sie beklommen, aber vielleicht sind es die kleinen Irrtümer, die sich zu großen addieren. Die unmerklichen Abweichungen, die in den Abgrund führen... Vielleicht steht am Ende der Dinge, die man mit einiger Einsicht in die menschlichen Unzulänglichkeiten entschuldigen kann, doch die Tragödie.

»Katharina! Das klingt alles so plausibel. Aber irgend etwas fehlt dabei. Ich weiß nicht, was es ist...«

»Ich kann's dir sagen...«

»Und?«

»Mitleid.«

»Mitleid?«

»Ja. Ich kann kein Mitleid empfinden. Sosehr

er darum bettelt. Ich habe es mir abtrainiert. Er nicht. Aber wie könnte ich eine gute Ärztin sein, wenn ich zuviel Mitleid hätte?«

*

Die Sonne sank über die Rheinebene. Jeden Tag tut sie das, dachte Josef Lambert. Was ist für die Sonne schon ein Tag?

Eine kleine Brise flüsterte in den Blättern der Bäume. Hoch oben flogen zwei Vögel. Weiter links – Metallblitzen. Ein Flugzeug. Ein Flugzeug auf dem Weg nach Süden. Champagner!, dachte Josef Lambert. Ja, damals, als du die Ausschreibung in Portugal gewonnen hast, da gab's Champagner an Bord. Viel Champagner. Und die ganze ausgelassene Bande war dabei.

Mit den Augen hatte er Schwierigkeiten. Die Lider waren so verdammt schwer. Die Augen brannten, und nicht nur die Augen, seine Mundhöhle brannte, die Adern. Manchmal glaubte er sie zu spüren. »Die funktionellen Reserven fehlen«, hatte Brinkmann gesagt. Richtig, Herr Professor... Die Feuerwehr macht Urlaub. Es war, als habe man Leitungswände erhitzt, als koche das Blut in wildem, brandigem Aufruhr dagegen. Er kannte das, kannte auch die Schwere in den Gliedern. Und das Zucken des Herzmuskels.

Man mußte dann einfach an etwas Angenehmes denken. Das Angenehmste, das sich aufdrängte: der Flachmann. Guter hochprozentiger Kirsch darin. Lambert liebte Kirsch. Er liebte auch

Kirschen. Als Junge war Josef auf alle Bäume geklettert. Das müßte er nicht mehr. Kirschen – nun waren sie für ihn wasserhelle Flüssigkeit, unerreichbar, von einem weißen Karton getarnt und unter die kalten Heizungsrohre geklemmt.

Unerreichbar für ihn. Unerreichbar aber auch für das Klapperhuhn, das noch immer durchs Zimmer gackert.

Das Klapperhuhn? Schwester Hildegard auf Spurensuche? Sie war am Schrank. Der Koffer? Lamberts Hemden, wild durcheinandergeknüllt. Nun der Trainingsanzug. – Ihre Hände vollführten kurze, routinierte Bewegungen.

»Kalt!« näselte Lambert vom Bett herüber. »Alles kalt.«

Auf solche Witzchen ließ sich die Oberschwester nicht ein. Wo käme man da hin? Die Matratze hatte sie umwenden lassen, kurz ehe sich Lambert ins Bett legte. Negativ! Das Bett war untersucht. Nachttisch, Tischschublade, Schrank, Bad, der Abfallkübel dort drin, alles bereits zweimal kontrolliert. Doch der Duft hielt sich. So als müsse sie neue Käfte sammeln, streckte Schwester Hildegard kurz die Nase in die Höhe, um ihn zu erschnüffeln.

Nun war sie bei den Vasen. »Wasser?« brabbelte es vom Bett her. »Wasser, Wasser…«

»Ach, halten Sie den Mund.«

»Wasser aus dem Bauch der Erde… Blumen lieben Wasser.«

»Und Sie Schnaps.«

»Ich bin auch keine Blume. Wäre gern eine geworden. Vielleicht werde ich bald eine.«

Tatsächlich: Wasser stellte Hildegard fest. Die drei vergammelten Tulpen würden sich im Alkohol kaum halten. Oder konservierte er auch Tulpen, so wie er diesen schrecklichen Lambert konservierte?

Hildegard war unschlüssig. Sie machte einen letzten Versuch, ging ans Bett: »Drehen Sie sich mal zur Seite.«

Lambert schien nichts dagegen zu haben, gehorsam drehte er sich. Hildegards Hand tastete über die Matratze. Vielleicht hat er das Zeug irgendwie reingeschoben, eingenäht? Bei dem war ja alles möglich, und diese Fläschchen waren so klein...

Als sie sich wieder aufrichtete, stand Mischa vor ihr. Ein etwas erstaunter Mischa, der großäugig auf sie herabstarrte.

»Kuck mich nicht so dumm an, Mischa. Hilf mir lieber.«

»Wobei denn?«

»Na, wobei! Riechst du nichts?«

Mischa schüttelte den Kopf.

»Schnaps!« sagte die Oberschwester zornig.

Und »Schnaps!« echote es im Bett. Dann grinste Lambert, entblößte sein gelbgefärbtes, lückenhaftes Gebiß: »Sie sucht Schnaps und findet Wasser! Sie ist eine Schwester im Geist. – Wirklich: Sie ist eine Schwester, vielleicht ist sie aber auch auf dem Trip. Vielleicht braucht sie's. Wir wußten nur nichts davon. Vielleicht ist unsere Oberschwester eine Alkoholikerin, was meinst du?«

Nicht einmal das konnte Hildegard treffen. Sie schüttelte den Kopf. »Seien Sie ruhig. Sie nimmt sowieso niemand mehr ernst.« Lambert nickte, die Augen lächelten, und da war etwas in diesen Augen, in diesem Blick, das Hildegard beinahe kapitulieren ließ.

Nein, nur beinahe, denn gerade öffnete sich die Türe, ein blauroter Frotteemantel! Ein blasses betretenes Männergesicht erschien: Der Bürger war das doch, aus der Männerstation, der Inneren.

Intuition und Erfahrung verbanden sich in Oberschwester Hildegard zu einer Blitzreaktion. Ehe es sich Max Bürger versah, schoß ihre Hand wie eine Habichtskralle vor und verschwand unter Bürgers Mantel.

»Na also.« Nun war sie zufrieden, lächelte sogar, das stille verhaltene Lächeln, mit dem sie auch noch bei den schlimmsten Kunden Angst und Schrecken zu verbreiten wußte.

Sie zog die Hand zurück. Glas blitzte. Nicht eines, gleich zwei Fläschchen. Beidemal Kirsch. Versonnen studierte sie die Etiketts. Ehe sie den Flachmann einem versteinerten Max Bürger unter die Nase hielt.

»Was ist das?«

»Schnaps«, antwortete Bürger wahrheitsgemäß.

»Für Lambert?«

Doch Bürger schüttelte den Kopf: »Irrtum, für mich.«

»Aha, für Sie? Klar. Und wieso kommen Sie hierher?«

»Wieso? Hören Sie mal! Der Herr Lambert war früher mein Chef. Bei dem habe ich Jahre als Bauführer auf dem Buckel. Und da frage ich Sie: Kann ich nicht meinen alten Chef besuchen?«

»Sie sind ein Lügner, Herr Bürger!«

»Jetzt mal halblang…«

»Halblang? Ein ganz scheinheiliger Lügner sind Sie!« In Hildegards Stimme war kein überlegener Gleichmut zu finden. Sie zitterte. Sie schrie sogar: »Ihr steckt unter einer Decke! Eine Verschwörung ist das, jawohl! Tun Sie nicht so. Ich weiß genau…«

Das Auftauchen des Chefs bewahrte Hildegard vor weiteren dienstlichen Entgleisungen im Umgang mit Patienten. Wie üblich hatte der die Hände in den Taschen, und wie meist, ging er nicht auf die anderen, sondern auf sie los.

»Was ist denn das für ein Gebrüll? Bin ich noch richtig? Ist das noch eine Klinik oder der Komödienstadl?«

Hildegards Busen hob und senkte sich in dem verzweifelten Versuch, ihre Beherrschung und auch die richtigen Worte zu finden. Dazu brauchte sie zuerst mal Luft. Und gerade damit hatte sie jetzt Schwierigkeiten.

»Herr Professor! Totales Alkoholverbot haben Sie gesagt? Das brauchen Sie gar nicht zu sagen, bei dem Zustand des Patienten weiß das jeder. Und wenn ich mich aufrege, daß…«

»Was hat denn der Herr Bürger damit zu tun?« unterbrach Brinkmann.

»Er? Er besorgt den Schnaps! Ich habe ihn erwischt. Hier! Schauen Sie sich das an.«

Das tat Brinkmann. Sein Mund wurde dünn.

Und schreien brauchte er auch nicht, im allgemeinen genügte ein Blick. Doch nicht bei Max Bürger. Der blieb stur: »Was soll das ganze blöde Theater eigentlich, Herr Professor?«

»Da fragen Sie noch?«

»Ja, da frage ich noch. Mir hat keiner den Alkohol verboten.«

Brinkmann schüttelte den Kopf. »Gehen Sie jetzt«, bat er mühsam. »Laßt mich allein. Los, Mischa, du auch! Wird's bald?«

Die Tür schloß sich sacht. Vom Bett aus aber blickte Lambert. Brinkmann rührte sich nicht. Da stand er nun, Vorwurf und Verzweiflung in den Augen und kalten Zorn.

»Dich schmeiß ich raus!«

Lambert bewegte ganz sacht den Kopf. »Nein, du nicht, du kannst so was, nicht, Klaus. Dazu bist du gar nicht in der Lage.«

»Nein? Und wieso?«

»Dazu bist du viel zu weich, Klaus. Oder nennen wir's mal – viel zu menschlich...«

*

Und wieder ein Tag mit Krawatten und Manschettenknöpfen? Brinkmann fühlte sich überrollt von der Vorstellung, was auf ihn zukam. Überdies war die gemessen-joviale Stimme am Telefon nun wirklich nicht geeignet, seine Beklemmung zu lösen.

»Eine Laudatio? Ja, muß das denn sein? Also, Herr Bürgermeister, da wird doch immer nur dick aufgetragen. Da werden Dinge behauptet, die in

Wirklichkeit... Wie?! – Na, wenn das Ihre Ansicht ist, daß es mir keinen Spaß zu machen braucht, sondern den anderen – na bitte! Aber dann frag' ich mich, ob ich überhaupt hingehen soll? – Nein, natürlich, war nur ein Scherz. Gut, richtig... Vielen Dank auch, Herr Bürgermeister.«

Es kam, wie's wohl kommen mußte: Um das Rednerpodest Fuchsien und Gladiolen. Dahinter Gummibäumchen. Rechts an der Wand der lange Tisch mit dem kalten Büfett. Gefüllte Tomaten, Waldorf-Salat, Lachs natürlich, kalter Rehrücken – Ritter hatte das angeliefert –, die Schwarzwaldtorte und das bunte Mosaik der Petits fours stammten von Bäcker Maier.

Vorbei waren die Reden, Gott sei Dank! Tabakqualm und Zigarettendunst segelte in blauen Schwaden über kauenden und schluckenden Mündern, über ungezählten Flaschen, blinkenden Gläsern, über Köpfen, schwarzen Krawatten, hochgesteckten Festfrisuren – wogten hin und her wie Pulverdampf über dem Schlachtfeld.

Ein Schlachtfeld?

Zumindest Brinkmann schien es so: Professor Klaus Brinkmann, dem Hochgeehrten, dem neuen Ehrenbürger der Stadt Offingen – dem Mann, dem all die getragenen oder launigen Worte galten, die zuvor vom Rednerpult herüberschallten.

Nun drückte sein Magen und der Hosenbund spannte. Dazu noch die Krawatte! – Und wie er genug hatte.

»Darf ich Ihnen noch ein Glas anbieten, Herr Professor?«

Ein junges, rotes, schwitzendes Bubengesicht. Die blonden Haare hatte der Schweiß an die Stirn festgeklebt. Selbst die Hotelfachschule hatten sie aufgeboten!

»Nein, danke«, lächelte Brinkmann. »Ich hab' schon genug.«

»Na hör mal, Klaus!«

Schließlich war das seine Sache. Nur die anderen waren nicht dieser Meinung: »Komm, Klaus! Noch einen!« – Blauüberhauchte Wangen, von Kohlensäure und Alkohol hochgeputschter Blutdruck: »Na, komm schon! Prost!« Blinkernde Augen, Aufdringlichkeit in Blicken und grapschende Hände. Und das ewige Du! So viel Schulfreunde kann es hier doch gar nicht geben, dachte er verzweifelt und sah, daß Christa hinter ihrer Sonnenbrille besorgte Augen machte. Er konnte sich denken, warum: Ein so Hochgeehrter sollte höflicher sein!

Und dem Lambert, dachte er, willst du das Saufen austreiben...

»Klaus! Hast ja recht: Wir kippen was Stärkeres!«

Wer ist das eigentlich? – Ach ja, Fritz, der Herr Baurat.

Schon wieder ein Tablett. Diesmal Himbeergeist.

Brinkmann schüttelte den Kopf. Aber sie prosteten ihm zu, fühlten sich sauwohl, schluckten Glottertäler, Weißherbst, Ruländer, Kaiserstühler literweise weg, winkten, lachten, schlugen ihm auf die Schulter.

»Prost! – Auf Ihr Wohl, Herr Professor!«

Noch so einer, der ihn am Ärmel hat. Ehrenbürger? O Gott... Brinkmann drehte sich um, sah ein Doppelkinn, eine aufgeworfene Nase. Blaue Äderchen sprenkelten sie, zwei Augen zwinkerten ihm zu. »Mir hat er das Leben gerettet. Kann ich wohl sagen. Ich übertreib' da überhaupt nicht, wirklich, das Leben gerettet. – Prost!«

Brinkmann nahm nun doch vom Himbeergeist. Der Geschmack verbreitete sich im Mund, den Druck im Magen scheuchte er nicht weg.

»Was hast du denn, Klaus?« flüsterte Christa an seinem Ohr.

Was hatte er? Hilfesuchend, wie ein Ertrinkender, sah er sich um. In der Menge erkannte er ein kantiges Gesicht: Schäfer! Vertraut, ja beruhigend wie die Verheißung oder die Rettung aus großer Not wirkte sein Anblick. Christa hatte ja recht: Was war bloß in ihn gefahren?

»Komm!« sagte er. »Gehen wir rüber zu Schäfer.«

Doch Schäfer war verschwunden. Einer der kleinen, netten, weiß gekleideten Hotelfachjungen führte ihn gerade aus dem Saal. Drei Minuten später kam er wieder. Diesmal war sein Gesicht ernst. Brinkmann kannte diesen Ausdruck. Auch Christa hatte es sofort begriffen.

»Die Klinik, was, Herr Schäfer?«

Schäfer nickte.

»Was ist denn?« fragte Brinkmann. »Lambert?«

Er brauchte nicht weiterzureden. Schäfer nickte nur. Lambert? Na logisch, irgendwann mußte es soweit sein. Ein Wunder, daß es so lang gedauert hatte. Lambert, der Alkoholiker…

Er sah sich um, sah all diese Prost-Gesichter. Was waren sie? Natürlich »Gelegenheitstrinker« bei »gesellschaftlichem Anlaß«. Kommunikations-Akrobaten, nichts als gesellige Menschen – während ein Lambert den wohlverdienten »Trinkertod« erlitt…

Nun hatte Christa die Sonnenbrille abgenommen. In ihren Augen standen Fragen. Woher sie nur ihre Antenne nahm? Sie wußte bereits jetzt, was kommen mußte. Sie sagte es auch als erste: »Du willst wohl weg?«

»Ja.«

»Das kannst du nicht. Nicht jetzt. Hier ist die ganze Stadt versammelt. Und alle kamen deinetwegen.«

»Ich geh' trotzdem.« Es kam härter, als er beabsichtigte.

»So? Du gehst trotzdem? Aber Klaus! Schließlich hast du drüben eine ganze Klinik zur Verfügung, die Lambert versorgen kann.«

»Versorgen? – Er erwartet, daß ich komme. Ich kenne ihn.«

»Ich kenn' ihn auch. Er erwartet nichts. Die Leute hier erwarten etwas von dir. Sie erwarten, daß du wenigstens soviel Höflichkeit…«

Brinkmann sah sie nur an, schüttelte den Kopf und ließ sie stehen. Nun würde sie wütend sein. Na gut, auch das mußte er ertragen. Er winkte Schäfer zu. Der begriff sofort und versuchte, ihm einen möglichst diskreten Abgang zu verschaffen.

Noch einmal sah er Christa. Sie stand, wo er sie gelassen hatte. Er machte eine Bewegung mit der Hand. Tut mir leid, bedeutete sie.

Die Sonnenbrille hat sie wieder aufgesetzt. Ihr Gesicht wirkte blaß und verbiestert. War es seine Schuld, daß Lambert starb? Was konnte eine Ehe schon an der Tatsache ändern, daß sie verschiedene Menschen waren, jeder mit seinen Gefühlen, seinen Gedanken und seinen Pflichten...

*

Diesmal fiel es Brinkmann sehr schwer, die Türklinke zu drücken. Und ganz langsam öffnete er.

Das Zimmer lag im Halbdunkel. Es war das letzte im Flur. »Transitraum« nannten sie es in der Klinik.

Transit? dachte er. Übergang. Stets war ihm der Ausdruck frech, ja geschmacklos erschienen. Nun erkannte er, daß er einen tieferen Sinn verbarg.

Er war unter der Türe stehengeblieben. Am Bett saß Mischa. Mischa hielt ein nasses Tuch in der Hand und wischte Lambert die Stirn ab. Er tat es fast zärtlich.

Lambert aber schien nicht nur bei Bewußtsein, sondern noch immer zu Witzen aufgelegt: »Tut gut, Junge«, flüsterte er. »Oh, Mischa, am Vertrocknen bin ich. Kennst du ja? Bin ein seltsames Vögelchen...«

Er drehte den Kopf. Es mußte ihm sehr schwerfallen. »Wer ist da?«

»Ich.«

»Na, du?« Lamberts Stimme verlor sich in undeutlichem Gemurmel. Dann wurde sie wieder klar: »Ich denke, du heiratest heute?«

»Verheiratet bin ich schon.«

Das schnarrende Geräusch der um Luft kämpfenden Lunge wurde lauter. Lambert versuchte sich aufzurichten. Er hustete. »Du! Setz dich her.«

Brinkmann ging die drei Meter zum Bett, machte Mischa ein Zeichen. Mischa verschwand.

Nun waren sie allein. Brinkmann wunderte sich, woher Lambert noch die Kräfte zum Reden nahm. Jetzt öffneten sich auch die Augen, einen Spaltbreit nur. Brinkmann beugte sich vor. »Weißt du«, sagte Lambert, »weißt du, was ein Letzter Wille ist?«

»Wieso?«

»Hier… hier ist mein Letzter Wille… Bring mir 'nen Schnaps. Du hast doch noch irgendwo einen rumstehen?«

»Ja«, sagte Brinkmann.

»Dann, dann hol ihn.«

Brinkmann zögerte, sein Hals war nun sehr eng. Aber er nickte, stand auf, warf einen letzten, scheuen Blick zum Bett zurück, ließ die Türe offen und rannte hinüber ins Büro: WEISST DU, WAS EIN LETZTER WILLE IST? Er holte die Flasche Cognac aus dem Bücherschrank, machte sich wieder auf den Weg, das verdammte Ding unter der Jacke seines Festanzugs verborgen, in der verzweifelten Hoffnung, daß er niemand begegnete – und sah sich schon darin prompt getäuscht.

Vor dem Zimmer stand Mischa. Mischa

lächelte. Mischa mußte auch sofort erkannt haben, was die Ausbuchtung unter dem Jackett bedeutete. Nein, er lächelte nicht, er grinste.

»Wenn du das jemandem sagst«, zischte Brinkmann, »dann bring ich dich um!«

Doch Mischa grinste weiter, griff jetzt selbst in die Tasche und hatte einen kleinen Flachmann in der Hand. Der Inhalt: Cognac!

Brinkmann klopfte ihm auf die Schulter, war wieder im Zimmer, zog vorsichtig die Tür hinter sich zu, spülte einen Zahnputzbecher aus, entkorkte die Flasche und goß das Glas halbvoll.

»Hier, Josef!«

»Ich danke dir, mein Freund. Trink einen Schluck mit, ja?«

Noch einmal mußte Brinkmann sich erheben, noch einmal wartete auf ihn der Weg hinüber zum Waschtisch. Dann war auch der zweite Becher gefüllt. Doch Lamberts Hand zitterte so sehr, daß der Cognac überschwappte. Brinkmann half.

»So nicht, Klaus... Wir müssen doch anstoßen, Mensch...« Sie versuchten, und sie schafften es.

»Auf dein Wohl, Doktor. Der ist gut... Hast du wohl zur Hochzeit bekommen?«

»Nein. Ich sagte dir doch – Herrgott noch mal, ich bin verheiratet.«

»Fein, daß du mir was davon abgibst. Ich gratulier dir auch... Du hast immer Glück gehabt, was? Aber Ärzte sind auch allein, oder?«

»Ja, Josef.«

»Sind... arme Schweine... Haben nicht viele Freunde auf der Welt?«

»In der anderen noch weniger, Josef.«

Und selbst in diesem letzten Aufflammen seiner Lebenskraft war Josef Lamberts Verstand noch klar genug, um die Ironie zu erfassen. »In der anderen viel weniger? Du bist vielleicht 'ne Type… Also, sagen wir so: Mein Freund bleibst du auch drüben.«

»Ja, Josef. Und jetzt will ich dir auch was sagen…«

Brinkmann sagte es nicht mehr. Er griff nach der Hand, die schlaff auf dem Bett lag. Er fühlte den Puls.

Es war zu spät…

*

Klaus und seine Großkopfeten… Da hat er es ihnen wieder mal gezeigt!

Ihr stets wacher Schäferhundinstinkt hatte Käte Marek in die richtige Beobachtungsposition gebracht: Ein Sessel auf der Empore in der Fensternische. Von hier ließ sich alles übersehen. Auch Klaus Brinkmanns französischer Abschied…

Der Rathaussaal im Festschmuck! Und das kalte Büfett war auch nicht übel. Obwohl sie doch nur ein bißchen von dem Räucherlachs genommen hatte. Dann der ganze Wein, der Schampus und die Schnäpse. Die Ansprachen vor allem. – Und was machte Klaus? Ließ sie alle hocken!

Die Reihen hatten sich gelichtet. In den Ecken steckten sie die Köpfe zusammen: rote Köpfe über schwarzem Tuch oder grauen Nadelstreifen. Graue Krawatten hatten sie auch umgebunden.

»Schon unglaublich!« Die beiden, die vorhin bei Käte in der Ecke standen, waren sehr laut geworden: »Da wird nun einer Ehrenbürger. Und was macht er? Verdrückt sich! Eine Brüskierung ohnegleichen.«

Für die schon, dachte Käte. Aber wenn die selbst mal in der Klinik liegen und einen Brinkmann brauchen, wird sich das mit der »Brüskierung« gewaltig ändern.

Nun waren es noch mehr Leute, die gingen. Sollten sie. Christa aber tat Käte leid. Dort drüben stand sie, so hübsch in dem rosafarbenen, straßbesetzten Hosenanzug. Extra für diesen Tag hatte sie ihn gekauft. Nun stand sie wirklich verlassen und traurig, und hatte Tränen in den Augen. Gott sei dank, sie kam. Tatsächlich – Tränen...

»Jetzt hör mal, Christa?«

»Was soll ich denn bloß machen?« Christa kauerte sich neben Käte auf den Fußboden. Es war ihr offensichtlich gleichgültig, daß die Leute blöde Gesichter machten. Vielleicht benahm sie sich für eine Frau Doktor etwas seltsam – aber schließlich, wie hatte sich der Herr Professor aufgeführt.

»Hier hast du mein Taschentuch.«

»Bloß nicht.« Christa griff in die Tasche und setzte sich schnell wieder ihre Sonnenbrille auf.

»Kind! Du wirst dir das doch nicht so zu Herzen nehmen?«

»O doch! Das nehm' ich mir zu Herzen.«

Schon wieder erschien eine graue Krawatte. Stadtrat war er wohl. Christa taumelte hoch und bekam die Hand geküßt.

»Ich will mich verabschieden, gnädige Frau. – Der Professor ist ja schließlich auch schon weg.«

»Ja«, sagte Christa beklommen, »das war ein sehr dringender Fall.«

»Gewiß, gewiß. Dann auf ein andermal, gnädige Frau.« Er schob ab.

»Weißt du, Käti«, Christa flüsterte es und schluchzte beinahe, »das ist mir so unbegreiflich. Das kann er doch nicht? Uns so zu blamieren.«

»Der kann vieles«, sagte Käte und streichelte ihre Hand. »Du bist doch auch Arzt. Du müßtest es ja schließlich wissen...«

»Arzt? Was hat das damit zu tun? Dieser Lambert, mein Gott... Der Schäfer hat gesagt, der war ja schon halb im Koma. Den Lambert kann niemand retten. Und außerdem...«

Ja, dachte Käte, das »außerdem« ist es. Er hat den Lambert nun mal gekannt und gemocht...

*

Ich hab' dich geliebt, Lambert, dachte auch Klaus Brinkmann. Er hatte das Gefühl, als seien Lamberts Augen noch immer auf ihn gerichtet: Zwei blaßblaue, schmelzende Lichtpunkte, so stark in ihrer Intensität, daß sie ihn nicht mehr losließen.

Er stand im Büro, die Cognacflasche in seiner Hand. Er drehte den Verschluß auf, setzte sie sich an die Lippen und der warme, sanfte Geschmack mischte sich mit seiner Trauer. Er nahm einen zweiten Schluck, und er ließ die Flasche nicht aus der Hand, auch nicht, als Mischa eintrat.

»Verzeihung! – Ich sah Licht...«

Brinkmann nickte. »Er ist gestorben. Sagen Sie der Nachtschwester Bescheid.«

»Tu ich.« Mischa rückte an seiner Brille. »Geht es Ihnen nicht gut, Herr Professor?«

»Doch. Wieso? – Übrigens, Mischa, auch einen Schluck?«

»Danke.«

»Mir geht's schon gut.« Er versuchte sich in einem Lächeln. »Ich denk' nur ein bißchen nach.«

»Na, dann...«

Es gab kein Nachdenken. Wie auch? Wohin konnte es schon führen, wenn nicht einmal der Vorgang, den man »Denken« nennt und der das eigene Schicksal, den Rhythmus von Leben und Tod oder das Geheimnis der Welt zu greifen sucht, wenn nicht einmal die Herkunft des Ablaufs »Denken« geklärt ist? Dir selbst zum Rätsel? Richtig. Aber all die üblichen Gespräche zum Thema erstickten in Klischees: »Tod, der Feind des Arztes. Der unsichtbare Gegner.« Der Tod als Legitimation eines Berufsstandes – wie fragwürdig...

Denken? Nein! – Gefühle, ja. So unkontrollierbar Gefühle auch sein mochten, sie bleiben unser sicherstes Potential. Den Lambert, dachte er wieder, den Lambert hab' ich geliebt...

Er hatte nicht gehört, daß sie eingetreten war. Als er aufsah, erschien sie ihm wie ein Schatten.

»Da bist du ja.«

»Ja, Klaus! Und ich wurde gefragt: Wo steckt Ihr Mann? Was ist mit ihm los? Ich sagte: Ein dringender Fall. Meinst du, das hat denen imponiert?«

»Das ist ihr Problem.«

»Vielleicht. Aber als es dann durchkam und du in die Klinik gerannt bist, da hatten noch nicht mal deine besten Freunde für dich Verständnis.«

»So? Warum hast du ihnen nicht gesagt, er ist bei einem sterbenden Säufer?«

»Klaus, jetzt laß uns vernünftig miteinander reden. Das ist doch wohl nicht dein Ernst?«

»Warum denn nicht? Mein Ernst – Herrgott noch mal, Christa, du weißt doch, daß ich Lambert kenne. Seit vielen, vielen Jahren. Manchen hat Lambert vielleicht nicht gefallen. Den haben sie ja auch nicht zum Ehrenbürger gemacht.«

»Was hat das damit zu tun?«

»Alles hat mit dem anderen zu tun in diesem Leben. So ist es nun mal eingerichtet. Und Lambert ist ein ganz guter Beweis dafür, wenn du mich schon fragst. – Also keinen Schluck? Gut.«

Brinkmann gab dem Verschlußkorken der Flasche einen Hieb mit der Faust. Der Hieb fiel zu kräftig aus, er brauchte die andere Hand, um die Flasche daran zu hindern, auf den Boden zu fallen. Dies auch noch unter Christas vorwurfsvollen Augen.

»Jeder Mensch hat seine Geschichte.«

»Ich kenne Lamberts Geschichte.«

»Das glaube ich kaum, Christa.«

*

In Udo Brinkmanns Tagesablauf hatte sich so manches geändert: Blinde Arbeitswut trieb ihn gleichsam zu einer Flucht nach vorn. Als ob das Operationsprogramm und der Stationsdienst nicht ausreichten, hatte er damit begonnen, das Archiv neu zu organisieren, diktierte Gutachten und Berichte, kurvte, wenn er sich mal frei nahm, ziellos über die nassen Felder hinter der Klinik, lief verschlammte Waldwege hoch, durch feuchte Nebelschwaden und ließ sich von den Bäumen klebrige Tannennadeln ins Gesicht klatschen.

Gut war, was ablenkte. Eine Antwort auf seine Fragen fand er nicht.

Es war kurz nach sieben, als er den Wagen vor der Garage am Burgholz stoppte. Daß dies mit Absicht geschah, würde Udo vermutlich abgestritten haben, doch von Zufall konnte man auch nicht reden. Udo wußte, daß sich Claudia allein im Haus befand. Katharina war nach Baden-Baden gefahren, Angie wiederum mit Käte und Christa in der Stadt beim Einkaufen.

Die Türe der Garage stand offen. Und in der Garage brannte Licht. Nun hörte er ein Hämmern und etwas wie einen Fluch. Die Stimme kannte er.

Er stieg aus. Da stand sie. Sie stand vor einem aufgebockten Moped, an dem wesentliche Teile fehlten. Die wiederum lagen fein säuberlich auf dem Putzlappen, der den Zementboden bedeckte: Ein beachtliches Sortiment von Schrauben, öligen Unterlagsscheiben und Ähnlichem.

Um den schmalen Schädel hatte Claudia ein rotes Band gebunden. Nur eine ihrer Locken, mit der sie nicht fertigzuwerden schien, baumelte über der Nase.

»Was soll das denn werden?«

Zuerst nahm sie den Kopf hoch, dann kam ein langer, skeptischer Blick. Schließlich stand sie sogar auf: »Eine reichlich dumme Frage.«

»Dafür bin ich berühmt. Aber will das Ding nicht mehr?«

»Erkundige dich doch bei ihm.« Ihr Kumpel-Du und der empörte Blick der kastanienbraunen Augen, vor allem aber der Ölfleck auf Claudias Nase und Stirn – es war einfach zuviel.

»Es muß der Vergaser sein«, meinte er leichthin.

»Aha! Du verstehst etwas davon?«

»Wieso denn nicht?«

»Richtig. Wieso denn nicht? Du bist Fachmann auf allen Gebieten.«

Das bißchen männliche Überlegenheit, das sich in Udo gebläht hatte, sackte sofort wieder zusammen. Sie hatte dem Ballon den richtigen Stich versetzt, die Luft war raus. Er sah sich die Bescherung an.

»Und wieso hast du den ganzen Filter ausgebaut?«

»Wie komm' ich denn sonst an den Vergaser?«

Das überlegte er sich. Besser, er tat so, als würde er es sich überlegen. Sie hatte recht. Und er spielte seine übliche Rolle: die des Trottels!

Sie starrte ihn an. Sie lächelte sogar. So dicht stand sie vor ihm, daß es ihm war, als würden sich ihre Augen auflösen. »Also hören Sie mal, Herr Doktor, ich wollte Sie nicht beleidigen.«

»Den laß stecken, den Doktor. Wenn du mich

noch einmal so nennst, wenn du mich überhaupt noch einmal siezt...«

»Was dann?«

Es ist der Blick von damals, dachte er. Damals, als sie mit Angie am Ufer saß und ich Forellen angeln wollte und die beiden längst welche auf dem Feuer hatten. Damals, als sie mich auslachten und sie mich dann so ansah wie jetzt und ich nicht anders konnte, als ihr die Arme auf die Schultern zu legen und sie an mich zu ziehen... Derselbe Blick!

»Versprochen. Nie mehr ein Sie.« Er bückte sich hastig hinab zu dem verstümmelten Moped. Sie bückte sich mit. Er dachte seine Männergedanken, dachte, wie hübsch sie doch sei und daß es nun eigentlich einfach werden müsse zwischen ihnen beiden, da Ehebruch und Tragödien ja nun ausschieden, dachte, daß dies sogar eine Lösung sein könnte...

»Weißt du noch, damals am See?« hörte er sich sagen. »Ich wollte so gern zärtlich zu dir sein.«

So jung ihr Gesicht. Ein klares Gesicht mit forschenden Augen.

»Ich auch.« Zwei Worte, eine Wahrheit.

Froh war Udo, dankbar dafür, daß sie nicht fragte: Warum warst du dann nicht zärtlich?

»Und jetzt?«

Sie hob die Schultern. Sie sah rührend aus mit dem Ölfleck auf der Nase. Wieso, zum Teufel, nahm er sie nicht einfach in die Arme?

Er tat es nicht. Statt dessen folgte seine Stimme irgendwelchen krausen Gedanken, und er sagte Dinge, die er gar nicht sagen wollte.

»Ach, Claudia«, sagte seine Stimme, »bald wirst du mit Katharina in Hamburg sein, nicht wahr?«

»Warum fragst du das?«

»Warum?« sagte die Stimme. »Ja nun, weil ich keinen Nachholbedarf habe für kurzlebige Beziehungen.«

Ihre Brauen zogen sich hoch.

»Ich will dich damit nicht verletzen«, setzte er hastig hinzu, »du mußt nur verstehen...«

»Ich verstehe schon. Vielleicht wär's ganz gut, wenn du jetzt mal kapieren würdest, daß du mit solchen Sätzen eine Frau nicht verletzen kannst. Und schon gar nicht mich. Mir geht's nämlich genauso.«

»Na, dann wär' ja alles klar.«

Klar war nur, daß er sich wie ein Idiot benahm. Die kleine Brücke, die zwischen ihnen bestand, hatte er zertrümmert. Was jetzt? Was sollten Worte? Er sagte ohnehin stets die falschen. Die Tat war verlangt. Und so nahm Udo Brinkmann das Mädchen nun doch einfach in den Arm, küßte ihre Stirn, küßte ihre Nase, dann den Mund.

Sie sah ihn die ganze Zeit dabei an. Der Druck ihrer Lippen war fast unmerklich, aber sie wich auch nicht aus.

Was dachte sie, Herrgott?

Udo war beinahe froh, daß auf der anderen Straßenseite ein Wagen stoppte. Es war der Mercedes seines Vaters. Er ließ los. Die Türen klappten. Sie traten die schicklichen drei Meter auseinander, ehe Angie über die Straße stürmte. »Udo! Udo!«

Dahinter Christa. Und nun Käte. Die blieb am Wagen stehen und winkte.

»Udo! Du kommst doch mit in 'n Wald? Wir gehen morgen zur Hütte. Und Würstchen haben wir auch schon eingekauft!«

Udo nahm Angie hoch und tätschelte zärtlich ihren kleinen Po. »Klar komm' ich zu den Würstchen! Das gibt 'ne Grillparty, was?«

»Ja«, sagte Angie. »Mit Senf. Ich krieg' aber ganz viel Senf, was?«

»Klar kriegst du viel Senf.«

»Schwörst du mir's?«

»Aber sicher.«

»Und Claudia kommt auch mit in die Hütte?«

»Oh, sicher«, sagte Udo und wandte sich um. »Claudia kommt auch mit in die Hütte. Was wären wir schon ohne Claudia?

*

Die Teller waren leer. An den Knochen knabberte eine zufriedene Molli. Zwischen den Zähnen aber hielten sich noch letzte Fleischfasern, an denen sie mühsam herumpulten.

»Und dann haben die das gebraten, die Indianer?« erkundigte sich Angies aufgeregte Stimme.

»Ja, natürlich. Die haben die Bisons dann gebraten«, sagte Udo.

»Was ist das, ein Bison?«

»Oh, das ist wie 'ne große Kuh.« Er sah das Unheil heraufkommen. Angies Augen – rund wie Murmeln. Und voll Entsetzen.

»Kühe? Die haben Kühe erschossen?! Mörder sind das! Ganz gemein sind die. Wo Kühe so lieb sind...«

Unter dem Rippenstoß seines Vaters blieb Udo die Luft weg. Was brauchte er die Seelen toter Bisons heraufzubeschwören, die vor hundert Jahren irgendwo im amerikanischen Westen krepiert waren! So schön war der Abend, so friedlich. Über den Wiesen weiße Dunstbänder, die Tannen schwarz vor einem dämmernden Himmel. Der Mais wiegte sich im Wind, Zweige knisterten, und das Feuer dort – eine kleine, rostrote Handvoll Glut – tat es ihnen nach.

Still schmurgelte noch das letzte Würstchen.

Ab und zu zischte es, wenn ein Tropfen Fett in die Glut fiel.

»Und dann schießen die ihre Pfeile in die Kuh?! Mitten rein. Solche Schweine!«

Selbst Claudia machte vorwurfsvolle Augen. Hin und her wiegte sie Angie, blies ein bißchen über Kinderaugen, Kindermund und Nase, kuckte wieder hoch, und Udo war hilflos gegenüber dem Wunsch, die beiden in die Arme zu nehmen und gleichfalls hin und her zu wiegen.

»Na, ja, das waren halt die Indianer...«, meinte er.

»Was redest du für 'n Blech? Was heißt schon: Das waren die Indianer?« kollerte sein Vater. »Wenn du dich heute in einem...«

...Schlachthaus umtun würdest... In letzter Sekunde gelang es ihm, den Satz, der eine Katastrophe bedeutet hätte, zu verschlucken.

Der Mond stand dort oben. Was mußten sie ein armes Kind mit Bisonmord und Schlachthäusern erschrecken? Kommt davon, wenn man soviel Fleisch grillt! Und überhaupt: Das Grillen war auch nicht mehr, was es einmal war. Die Kohle mit einem Elektrogebläse anzublasen – ja, geht's denn noch? Nostalgie stieg in Brinkmann auf.

»Angie, ins Bett!«

Solche Urteile kamen stets von Käte. Sie klangen unwiderruflich. Im allgemeinen verfügte Angie über ein großes Arsenal von Tricks, um dagegen anzugehen. Plötzlich mußte sie mal. Oder hatte einen Käfer am Bein, der absolut hochkrabbeln wollte. Oder nur einfach Bauchweh oder Husten. Außerdem: Diese schreckliche Geschichte mit den Kühen beschäftigte sie noch immer. Dabei war sie so müde, daß sie Udo und Opa auf ihren Gartenstühlen schon doppelt sah.

»Und du putzt die Zähne!« Das war Christa. Warum die nur immer dasselbe sagen mußten? Jetzt würde gleich Käte mit der Küsserei anfangen. – Na, bitte!

»Und ich krieg' zuvor 'nen Kuß.«

Angie wollte weg. Claudia hielt sie fest. Angie strampelte. Sie hatte jetzt nur eine Angst: daß sie wie ein Paket an den Erwachsenenmündern vorbeigereicht würde.

Claudia setzte sie auf den Boden: »Wie ist das? Willst du nicht wenigstens deiner Tante Käti einen Kuß geben?«

Angie wollte nicht. »Au! Scheiß! Mich hat was gestochen.«

Angie rannte zwischen Stühlen und hohem Gras zur Terrassentreppe, wäre beinahe gestolpert, war doch oben, drehte sich noch einmal um und brüllte: »Udo! Aber du kommst doch!«

Udo erhob sich seufzend.

»Ganz die Frau Mama«, sagte sein Vater.

Auch Claudia stand auf. Oben am Haus ließ Udo Claudia den Vortritt und legte als Antwort auf ihr Lächeln zärtlich den Arm um ihre Schulter. Beide verschwanden sie im Haus.

In die Stille auf der Terrasse fiel Kätes nachdenkliche Stimme: »Na? Die drei...«

Brinkmann kramte nach seiner Pfeife. »Was willst du denn damit wieder sagen?«

»Ich? – Wieso?«

Christa lachte leise. »Das weißt du doch ganz genau.«

»Falls sich irgend jemand für meine Meinung interessiert«, ließ sich Brinkmann vernehmen, »ich finde das Mädchen sehr nett. Diese Claudia ist wirklich prima. Wie sie mit dem Kind umgeht, wie sie das alles durchsteht und dazu noch in einer Familie, in der nichts normal läuft, wenn's schiefgehen kann...«

»Jetzt hör mal!«

Klaus Brinkmann hörte nicht. Der Nachtwind lispelte in den Blättern, über Sträucher und Felder wallten romantische Nebel, und Brinkmann war beim Thema: »Ja soll ich den Mund halten? Zuerst war Sex und Liebe für meinen Sohn ein biochemisches Problem. Dann kam der Einbruch der Seele. Und wie! – Und jetzt? Jetzt läuft's wieder...«

Er hustete. Er hatte zu heftig an seiner Pfeife gezogen. Rotglühend wölbte sich der Tabak.

»Wenn du sagen wolltest, Klaus«, meinte Christa versonnen, »daß sich Udo im Fall Claudia wieder seiner hormonellen Phase nähert, bist du auf dem Holzweg. Hier spielt was ganz anderes.«

»Ach, du Hobby-Psychologin! Und was heißt im Fall Claudia? Was bedeutet die Kleine schon für ihn?«

Genau dies war die Frage, der sich Udo in diesem Augenblick konfrontiert sah.

Claudia saß in der Ecke von Angies Zimmer auf dem kleinen Melkschemel, den er im vergangenen Jahr seinem Vater zum Geburtstag geschenkt hatte. Ihr Hinterkopf lehnte gegen die Holztäfelung. Völlig entspannt schien sie. Das Oval des Gesichtes schimmerte. Die Augen waren auf ihn gerichtet.

Udo hockte auf Angies Bettkante, hielt wie immer, wenn er seine Geschichten erzählte, Angies Hand. Das Neue, ganz und gar Unglaubliche daran: Es störte ihn nicht, daß Claudia zuhörte. Nein, angenehm war das, wie ein warmer, besänftigender Strom. Problemlos hatte er den Start seiner Geschichte gefunden, die rührend-schrecklichen Abenteuer des kleinen Bisonkalbs, das seine Mutter verloren hatte und nun ganz allein, hungrig und blökend in der Prärie stand. »So fand es ›Regenbogenfeder‹, der junge Häuptling. Freunde wurden die beiden, so große Freunde, daß das Bisonkälbchen sogar die Indianersprache erlernte. Und als sie dann ins Dorf kamen, ›Regenbogenfeder‹ und das

Bisonkälbchen, standen die Indianer herum und konnten gar nicht mehr vor lauter Staunen. Und schämten sich. Denn was das Bisonkälbchen da erzählte, war wirklich schrecklich. Und kein Indianer rührte von nun an noch einen einzigen Pfeil an. Sie waren alle Freunde geworden; die Bisons und die Indianer.«

Angie schlief. Daß die am Schluß Freunde werden würden, war ihr vorher schon klargeworden. Sie schlief friedlich. Aus Claudias Ecke kam ein langsames, erleichtertes Ausatmen.

Udo stand auf. Claudia blieb sitzen. Kein Lächeln. Nur daß sie wieder, wie meist, wenn ihr etwas naheging, versuchte, ihre Locke von der Nase zu blasen.

»Na, wie war ich?« flüsterte er.

»Unschlagbar. Mir gefallen die Geschichten, die gut ausgehen. Da bin ich wie Angie.«

Udo mußte plötzlich ganz heftig nicken. Begeisterung stand in seinen Augen: Geschichten, die gut ausgehen? Wir zwei zum Beispiel! Haben wir beide nicht auch ein solches Happy-End verdient! – Verdammt gerne hätte er das gesagt. Doch wie die Situation nach all seinen edlen Vorsätzen nun mal lag... Es war einfach noch zu früh.

*

»Samstag ist doch dein freier Tag, Claudia? Ich meine, wo's dir hier so gefällt...«

»Wo es mir so gefällt?« wiederholte sie.

»War ja nur eine Frage.«

»Und wir haben doch schon die Antwort, stimmt's?«

»Einen Grund haben wir«, korrigierte Udo. »Oder nennen wir es mal eine Theorie. Eine sehr schöne Theorie, sehr nobel. Aber...«

»Was aber?«

»Ja nun, bei Theorien fragt man sich immer, wie es mit dem Realitätsgehalt steht?«

»Sieh mal einer an!«

Sie hatte sich nun doch erhoben. Als er die Arme auf ihre Schultern legen wollte, entwischte sie ihm mit einer geschickten Drehung.

»Halt mal!«

»Nicht so laut«, flüsterte sie von der Tür. »Hier ist ein Kind und träumt.«

»Von was wohl?«

Sie lächelte ihn an.

»Von einem Häuptlingssohn«, meinte Udo so forsch, wie es ihm seine unterdrückte Stimme zuließ.

»Eben«, sagte sie.

»Und du? Machen wir einen Spaziergang?«

Sie zögerte. Wieder dieses Lächeln. »Warum nicht?«

*

Warum eigentlich nicht...

Dies dachte auch Katharina und dachte es ungefähr zur selben Stunde, als ein mit einer Taschenlampe ausgerüsteter Udo zusammen mit Claudia den Hang hinter dem Jagdhaus hochstieg.

Durch die Zweige sah man von fern wie verstreute Glühwürmchen einige Sterne. Mehr als ein gelbliches Lichtpünktchen gab die erschöpfte Batterie der Lampe auch nicht her. Udo und Claudia erahnten mehr die Richtung. Und so wichtig waren weder Richtung noch Licht.

Anders verhielt es sich im festlichen Saal des ersten Stockwerks von Brenners Parkhotel in Baden-Baden. Hier hatte Katharina Gessner in einem der Plastiksessel entlang des Laufstegs Platz genommen. Die Scheinwerfer des Fernsehteams knallten gnadenlos ihre grellen Lichtladungen in erschöpfte, überstrapazierte Augen. Und als ob das nicht genügte, begleitete das Blitzlichtgewitter unter den anwesenden Pressefotografen jedes Modell, das über den Steg heranschwebte.

Endlich: Pause! Katharina hatte genug. Sie erhob sich. Drüben, auf der anderen Seite, stand auch gerade eine Frau auf.

Moment, die kennst du doch? Katharina blinzelte. Das letzte Mal kam die aus deinem Badezimmer… Im verdrückten Tennisröckchen. Und ohne aufgeklebte Wimpern. – Udos Flittchen!

Katharina hob die Hand. Die andere nickte gemessen: Scheidungsgrund und Betrogene, was für eine Situation! Und wieso ist sie ausgerechnet hier…? Ach ja, dachte Katharina, die Ronn setzt sich nicht umsonst diesem Affentheater aus. Sie hat eine Boutique.

Ihre Kniekehlen waren doch ein wenig schwach geworden. Am liebsten hätte sie sich wieder gesetzt. Doch drüben, über den Laufsteg hinweg, lächelte Ursula Ronn. Eine Minute später kam schon ein Hotelboy und reichte Katharina stilgerecht auf Silbertablett einen Briefumschlag.

»Ich möchte Sie gerne sprechen«, stand auf der schmalen Karte.

Warum nicht? Katharina lächelte einer Ursula Ronn zu, die durchaus entspannt und weltläufig die Hand hob.

Nicht ganz so gelassen begannen die Damen fünf Minuten später an der Bar ihre kleine Konferenz.

»Wissen Sie«, hüstelte Ursula Ronn, »ich möchte hier nur eines klären. Ich hoffe, daß Sie mich verstehen und nichts Verkehrtes denken.«

Katharina hatte den Kopf schräg auf die Hand gestützt. Sie dachte, was man in solchen Situationen so denkt: Nicht übel das Kostüm, zum Beispiel. Warum bin ich eigentlich nie bei ihr vorbeigegangen? Die Frau hat Stil. Udo, dachte sie, ist im Grunde ganz gut zu verstehen.

»Zufällig habe ich von Herrn Wolters erfahren, daß Sie sich scheiden lassen wollen, Frau Doktor.«

»So?«

»Ist das nicht eine etwas altmodische Reaktion?«

»Oho!« Nun konnte Katharina nicht nur lächeln, sondern herzhaft lachen. »Glauben Sie im Ernst, daß ich ihn verlasse, weil er mit Ihnen geschlafen hat?«

Eins zu Null! Röte stieg in Ursula Ronns Gesicht. Nicht einmal ihr Make-up konnte es verhindern.

»Nein. Das glaube ich nicht.«

»Sehen Sie. Ich will Ihnen mal was sagen: Ich verlasse Udo aus demselben Grund, aus dem Sie nichts Ernsthaftes mit ihm anfangen wollten. Er ist noch ein Kind. Auf der Suche nach einer Mutter.«

Ursula Ronn lehnte sich zurück und bestellte nochmals zwei Gläser Champagner. »Ich habe verstanden. – Prost!«

»Was haben Sie verstanden?« erkundigte sich Katharina vorsichtig.

»Na, Gott! Daß wir uns wohl sehr ähnlich sind...«

*

Frühstück im Wald – ein besonderes Frühstück. Für Klaus Brinkmann begann es um sieben Uhr. Doch eigentlich begann es noch früher. Denn noch ehe die letzten Traumbilder verwehten, in das Dämmern zwischen Schlaf und Erwachen, schlich sich bei ihm wie eine köstliche Vorahnung der Gedanke: Allein! Ruhe. Eine Tasse Kaffee in der Hand auf der Terrasse, miterleben, wie durch den Opalschleier des Morgens der Tag mit tausend diamantenen Tautropfen erwachte. Vogelstimmen natürlich. Das Eichhörnchen beobachten, das seit drei Jahren bei der Tannengruppe hinter dem Holzschuppen wohnt. Ein Reh vielleicht? Doch die hatte die Jagd im letzten Jahr vertrieben. Egal: Es gab den Bussard, den Duft nach Feuchtigkeit und Harz und diese ganz besondere Stille, die keinen Vergleich hatte.

So sicher auch an diesem Morgen...

Als Brinkmann die Augen öffnete, konnte er vom Bett durch die Zweige einen blauen Himmel erkennen. Sieben... Nicht fünf nach, nicht fünf vor: Punkt sieben! Manchmal war es Brinkmann selbst unheimlich, wie genau seine Körperuhr die Sekunden mitzählte. Exakter jedenfalls als Kätes alter Küchenwecker.

Vorsichtig setzte Brinkmann die Füße auf den Teppich. Schnellstart war nie seine Sache gewesen. Die Pantoffeln fand er auch nicht, na, wenn schon. Er blickte zurück zu Christa, die in seliger Igelstellung ihrem Vorsatz treu blieb: Sonntags nie vor zehn!

Na, dann auf! Den Pflichtgedanken an Mundpflege und Rasur drängte er zurück. Hatte alles später Zeit, Kaffee, ja – einen schönen Kaffee: Braunes Pulver in den Filter. Warten, bis die Tropfen kommen und dabei durch die geöffnete Tür zusehen, wie die Sonne ihre ersten Strahlen auf die Terrasse schickt.

Genauso kam es. Nur daß Brinkmann, wie immer Opfer der Heimtücke des Objekts, das verdammte Gefäß nicht korrekt in die Maschine eingeschoben hatte. Braune, heiße Sauce tropfte auf Finger und Tisch! Eine neue Ladung? Wieso? Der Filter schwamm doch schon. Wozu gibt's Bleistifte? Mutig stieß Brinkmann den Bleistift durch die brodelnde Kaffee-Lava. – Na endlich, angereichert von unzähligen bitteren Körnern strömte Kaffee ins Glas.

So saß er schließlich beglückt und entschlossen, diese Stunde, die nur ihm allein gehörte, bis ins letzte auszukosten – und hatte sich schon wieder geirrt.

Das war doch die Tür? Zum Teufel noch mal, wer kam denn außer ihm auf die Idee, um sieben…?!

Wild entschlossen, sich durch nichts und niemanden stören zu lassen, nahm Brinkmann noch einen Schluck. Dann setzte er die Tasse doch ab und drehte sich um.

Angie! – Angie auf dem roten Hirtenläufer!

Eine Angie im Schlafanzug. Der wiederum war kanariengelb und mit blauen Schaukelpferdchen bedruckt.

»Was tust denn du da?«

»Und du?« Die Antwort enthielt Logik. Angie war hellwach. Er hingegen…

»Ich bin immer da«, verteidigte sich Brinkmann.

»Ich heute auch.«

»Das sieht man.«

Sie nickte. Einen Kaffee konnte er ihr schlecht anbieten. Aber um an die Milch zu kommen, mußte er aufstehen. Und dazu hatte er nicht die geringste Lust.

»Willst du deine Milch?«

»Nö, nö. Ich hab' mir schon die Zähne geputzt. Du auch?«

»Ich?« Es war nicht mal eine Lüge, als er den Kopf schüttelte. Es schien ihm einfach nicht wichtig. Sie wollte auf sein Knie klettern, dort fühlte sie sich wohl. Das hatte sie gestern gesagt. Er fühlte sich auch wohl, wenn er sie auf den Knien hatte. Nur nicht mit der Tasse in der Hand.

Brinkmann hoffte auf das Eichhörnchen. Sonst rannten die blöden Viecher doch auch immer über die Terrasse. Aber heute... Mußte ja nicht mal ein Eichhörnchen sein, vielleicht genügte auch ein Hase.

»Du, vielleicht gibt's dort draußen Hasen. Manchmal sind welche an der Wiese.«

Das schien Angie nicht zu interessieren. Sie sah ihn an. Sie dachte nach. Wie sich doch die Augen der Kinder veränderten, wenn sie nachdenken. Die dachten wirklich nach. Man sah's ihnen an.

»An was denkst du?«

»Ich? – Oh, an Udo. Wegen ihm bin ich doch schon da.«

»Kapier' ich nicht.«

»Nein? Ich wollt' zu ihm ins Bett. Tu ich immer. Ich wollt' zu ihm ins Bett und sagen: Komm, Udo, wir gehen die Eichhörnchen füttern, weißt du...«

»Und dann, wieso konntest du nicht?«

»Da lag die Claudia drin.«

Nun stellte der Professor Klaus Brinkmann doch seine Kaffeetasse ab. So heftig, so überraschend tat er das, daß er sich zum zweitenmal an diesem Morgen die Finger verbrannte. Aber er spürte es kaum. Er lächelte: Ruhe! Kinder finden so was ganz normal und natürlich.

Du, sagte sich Professor Klaus Brinkmann, du eigentlich auch.

»Sollen wir denn Eichhörnchen füttern?«

fragte er so leichthin, wie es ihm möglich war. Aber Angie hörte gar nicht.

»Die haben vielleicht fest geschlafen! Und die Claudia, die war ganz nackt.«

»So?« sagte Brinkmann.

»Wenn das die Mama wüßte, was? Daß die Claudia so ganz nackt...«

»Ach, weißt du...« Brinkmann hatte nun das Gefühl, sich auf einer Eisfläche zu bewegen. Entsprechend vorsichtig suchte er nach Worten. Angies Augen verscheuchten die letzten Reste seiner Benommenheit. Wirksamer waren sie jedenfalls, als das ganze Koffein, das er sich ohnehin nicht mehr zumuten sollte. »Ach, weißt du... daß dies deine Mami erfährt – hm –, das müßte eigentlich nicht sein. Aber so schlimm wär's vielleicht auch nicht. Udo und deine Mami leben ja gar nicht mehr zusammen. Warum soll sie deshalb...«

Er verschluckte den Rest des Satzes. Udo, dieser Mistkerl! Er gönnte ihm die Claudia. Aber hätten sie nicht die Türe abschließen können?! Außerdem: Wollte Claudia nicht Sozialpädagogik studieren? Und kam nicht mal auf die Idee, den Schlüssel rumzudrehen, damit unschuldigen Kindern...

»Nun hat der Udo also die Claudia lieb?« spann Angie ihren Faden. »So ist es doch? Sonst würde er doch nicht mit ihr schlafen?«

Unschuldige Kinder! Brinkmann dachte es mit einem Gefühl der Ohnmacht. »So wird es wohl sein.«

»Dann werd' ich's der Mama lieber nicht sagen?«

Brinkmann nickte erneut. Selten hatte er sich so überfordert gefühlt.

»Bleibt Claudia nun bei Udo? Was meinst du, Opa? Vielleicht geht sie gar nicht mit Mama und mir nach Hamburg?«

»Das weiß ich doch nicht.«

«Solltest du aber.«

»Hast du eine Ahnung. Wenn du wüßtest, was ich alles wissen sollte und nicht weiß...« Er zog sie hoch und nahm sie auf den Schoß. Er hoffte, er könne damit weitere Fragen im Keim ersticken. Das schien auch so. Angie steckte friedlich den Daumen in den Mund und begann daran zu nukkeln. Gott sei Dank erschien jetzt Christa. Wieso eigentlich so früh? Und noch dazu ganz frisch! Unheimlich wach und ausgeschlafen klang auch ihr »Guten Morgen!«

Angie nahm den Daumen aus dem Mund.

Sie rutschte runter, zögerte, zuckte mit den Schultern und war verschwunden.

»Wo will denn die hin?«

»Eichhörnchen füttern«, sagte Brinkmann grimmig. »Vielleicht klettert sie auch den Baum hoch und kuckt bei Udo ins Fenster. Da scheinen sich recht interessante Dinge abzuspielen. Das heißt, so interessant wohl auch wieder nicht...«

Ihr Blick wurde aufmerksam: »War wohl ein bißchen viel Kaffee auf nüchternen Magen? Was ist denn bei Udo so interessant?«

»Claudia! Die Claudia in seinem Bett. Eine nackte Claudia – wie ich gerade aus erster Quelle erfahren habe.«

»Sag mal, spinnst du? Was heißt aus erster Quelle? Warst du vielleicht...«

»Angie war drin.«

»O Gott!« Nun stützte sich Christa doch auf den Küchentisch. Und nach einem Blick auf die Verwüstung, die Brinkmann an der Kaffeemaschine hinterlassen hatte, entrang sich ihr ein zweites »O Gott... Das gibt's doch alles gar nicht?«

»Anscheinend doch.«

Schweigend beseitigte Christa Brinkmanns Spuren, entfaltete nun ihrerseits konzentrierte Aktivität, und bald tropfte es wieder dunkel und frisch aus der Maschine.

»Und was hältst du davon?«

»Na, hör mal! Und bitte, verschon mich damit, daß das für Angie einen Schock bedeutet und daß das Kind nun irgendwelche ödipale Probleme...«

»Für Angie ist das schon okay. Die mag Udo, sie mag Claudia. – Aber die beiden? Was denkst du darüber.«

»Ich? Was soll ich denn?«

»Ja, was? Was sollen wir alle?« Sie hatte den neuen Kaffee serviert, einen, den man ohne Körnerknirschen trinken konnte, sogar Brot zauberte sie herbei, Butter und – o Wunder – zwei Eier. Exakt fünf Minuten. So wie er's mochte. Alle Frühnebel hatten sich gelichtet, die Sonne schien, die Vögel sangen, wie es ihre Pflicht war, manche tanzten sogar flügelschlagend vor den Fenstern. Ein Bilderbuchmorgen! Einer für die Fernseh-Reklame! Und er sollte sich jetzt den Kopf zerbrechen? Den Teufel würde er!

»Sie will doch Sozialpädagogik studieren, oder?«

»Das habe ich auch gedacht. Und nicht mal den Schlüssel hat sie...«

»Welchen Schlüssel?«

Er kratzte den letzten Eirest aus der Schale und ließ ihn genußvoll auf der Zunge zerschmelzen. Er brach die Kruste eines Brötchens, tat Butter darauf und spülte beides hinunter.

»Ach, nichts.«

»Eine Sozialpädagogin wäre wohl das Richtige für Udo.«

Er hob die Hand. Sein Blick ging zum Fenster. Und da waren sie. Claudia mit grünem Band im Haar, lachend und wie er im Jogginganzug, gerötete Haut, Morgenfrische vermutlich in den Lungen, den Waldlauf bereits hinter sich. – Wie sie das nur schafften? Na ja, die Jugend... Machten alles. Machten es auch ohne Kaffee, ein Schluck Wasser reichte da wohl, winkten einmal – und waren schon wieder weg.

»Wo die wohl frühstücken?«

»Na, vielleicht joggen sie ins Dorf, verrückt wie die sind?«

Brinkmann nickte voll Kummer.

*

Rudolf Kirschle war rund, robust, klein, kahlköpfig und als Turnlehrer ein wahrer Glücksfall. Er liebte seinen Job. So sehr liebte er ihn, daß er nicht nur von Beruf, sondern von Berufung sprach, was die

Kollegen der Lehrerversammlung im Offinger Gymnasium oft genug mit grinsendem Erstaunen quittierten.

Na, wenn schon! Kirschle machte das nichts. Sollten die doch in ihren Klassenzimmern versauern. Er hingegen liebte frische Luft und begeisterte Gesichter, bog auf dem Sportplatz wieder gerade, was die Pauker an den Jungen versauten.

»Los, los! Beeilung! – Zuerst mal Geräte raus. Was ist denn jetzt schon wieder?« Es war immer das gleiche: entweder wurde im Vorraum vor den Kabinen gekloppt oder geschwätzt.

»Tommy und Gerhard! Wenn ihr fertig seid, helft ihr mit! Und du? – He!« Kirschle ließ seinen judotrainierten Bauch vorschnellen und knallte ihn in die Seite eines rothaarigen, kräftigen Vierzehnjährigen, der gerade einen Kleineren im Schwitzkasten hatte: »Nachher kannst du den Starken markieren. In deiner Klasse.«

»Sollen wir die Handschuhe mitnehmen, Herr Kirschle?«

»Ja, hab' ich doch schon gesagt.«

Endlich, der Umkleideraum leerte sich, und Kirschle bückte sich, um einen vergessenen Pulli vom Boden aufzupflücken. Da entdeckte er: da sitzt ja noch einer! Hockte in der letzten Ecke, unter der Fensterluke. Noch fix und fertig angezogen. Pulli, Jeans, kuckt vor sich hin...

»Was ist denn, Willi?«

Kopfschütteln. – Willi Melldorf. Passabler Geräteturner. Einer, dem es auch noch Spaß machte.

»Hast du deine Turnsachen vergessen?«

Willi stand auf. Er sagte nichts.

»Was soll denn das, Willi? Warum ziehst du dich nicht um?« Irgendwas war mit ihm. Stand einfach da, wie ein geprügelter Hund. Selbstvertrauen fehlte ihm sowieso. Das bißchen Sicherheit, das einfach zum Spitzenturnen gehört. Kirschle war alarmiert. »Willst du nicht mitmachen?«

»Doch«, sagte Willi. »Natürlich.«

»Aber?«

»Ich bin freigestellt.« So leise kam die Antwort, daß Kirschle Mühe hatte, zu verstehen.

»Freigestellt bist du nur durch ein ärztliches Attest. Hast du eines?«

Kopfschütteln. – Wie gesagt: Kirschle mochte seine Jungen und, was wichtiger war, sie mochten ihn. Jetzt wurde er doch sauer. Die drüben bolzten mit den Bällen rum, brüllten wie die Verrückten, hier aber stand einer, der nur zu Boden kuckte oder den Kopf schüttelte.

Kirschle verließ sich auf sein altes Rezept: Nicht reden, handeln! Also ging er zu Willi, klopfte ihm auf die Schulter: »Auf, los! In Jeans geht das auch. Macht doch Spaß, Willi!« Er klopfte ihm nochmals auf die Schulter und registrierte erstaunt, daß der Junge eine Schmerzgrimasse zog, ja sogar aufstöhnte.

Kirschle bekam schmale Augen. »Zieh mal deinen Pulli aus. Los schon! Im Pulli kannst du nicht turnen. Und ich möchte wissen, was mit dir los ist.«

Willi zog den Pulli aus.

»Das Hemd auch.« Ein schmutziges, viel zu

großes, an den Kragenrändern abgeschabtes Flanellhemd war es. »Auf, Willi!« Der Junge gehorchte zögernd. Und dann sah Kirschle. Was er sah, nahm ihm die Luft. Er stieß einen leisen Pfiff aus. »Mein lieber Mann!«

Über Willis magere Schulter zog sich blauviolett eine Schwellung. Die Haut über der rechten Brust war ebenfalls blaurötlich aufgequollen. An den Rippen Schürfungen, drei zählte Kirschle. »Dreh dich mal um.« – Wieder dasselbe. Sogar am Rückgrat und in der Nierengegend. »Mein lieber Mann...«, flüsterte Kirschle wieder.

Willi versuchte mit hastigen Händen das Hemd in den Hosenbund zu stecken.

»Ich bin vom Baum gefallen.« Er sah Kirschle nicht an, als er sprach. »Vom Apfelbaum hinter unserem Haus. Meine Mutter ist Zeuge.«

»Aha, vom Baum? Vom Apfelbaum also...« Kirschle fiel ein, wie Willi vor drei Monaten – nein, früher war das noch – mit einem zugeschwollenen Auge zum Schwimmen antrat. Damals war er auch »gefallen«. Von was oder in was – daran erinnerte sich Kirschle nicht mehr. Und er würde das Thema jetzt auch nicht berühren.

»Komm, Willi! Das Turnen läßt du heute sein. Aber Schiedsrichter kannst du doch spielen, oder?«

»Ja.«

Sieht dich so dankbar an, das Kerlchen, dachte Kirschle. Dankbar und so, als würde er etwas von dir erwarten.

»Paß auf, nachher gehen wir zusammen zum Arzt. Ist das okay?«

»Ich weiß nicht«, sagte der Junge.

»Aber ich weiß es. Wir beide gehen zum Arzt. Das kriegen wir wieder hin, Willi.«

Was er da wieder hinkriegen wollte, darüber war sich Kirschle auch nicht so recht im klaren...

*

Den Vortrag vor der Volkshochschule hatte Brinkmann abgesagt. Und die Verwaltungsratssitzung mit anschließendem Umtrunk, zu der er für den Abend eingeladen war, würde er sich auch schenken.

Brinkmann ging durch die Klinik, lächelte in grüßende Gesichter, betrat das Labor, schaute sich Werte an, hörte Erklärungen, ging weiter – wieder Grüßen. Marks, der wissen wollte, ob er für morgen den OP-II vorbereiten solle? »Die Hüftgelenkoperation, nicht wahr, Herr Professor?«

»Sicher, Herr Marks.«

Er ging langsam, achtete auf Schritte und Atem und ertappte sich sogar, wie sein Daumen zum Puls wanderte. Das war überflüssig. Hysterie. Wie oft hatte er es seinen Leuten gepredigt: »Produziert mir keine Herzneurotiker! Versucht, eure Patienten dazu zu bewegen, daß sie auch die Reaktionen eines geschädigten Herzens positiv nehmen. Viel schlimmer als der Schaden ist die Angst davor. Versteht ihr?«

Faule Sprüche, wie immer. Du machst es dir zu leicht. Nicht ernst nehmen? Sicher. Aber was machst du mit dem Schwindelgefühl, dem leisen

Rauschen in den Ohren, den gestörten Herzrhythmus-Kadenzen?

Seit gestern hatte Brinkmann nicht nur Zigaretten, sondern auch Pfeife und Tabak im Schrank verschlossen. Seit gestern, sechzehn Uhr. Pünktlich wie der Glockenschlag war Römer zu ihm gekommen, um mit ihm über die Resultate des Check-up zu reden, dem sich Brinkmann, wie alle anderen, routinemäßig unterzogen hatte.

Ein freundliches Nicken von Römer, ein aufmunterndes »Erstklassig, wie immer« oder einen der alten Römer-Witze hatte er erwartet. Es kam anders. Diesmal warf sich Römer in den Besuchersessel, streckte die Beine von sich, legte eine Mappe mit EKG-Streifen und Analysewerten auf Brinkmanns Schreibtisch und betrachtete erst mal versonnen seine Fingernägel.

»Sag mal, was ist denn mit dir?«

»Komisch...« Römer sah ihn an, sein Mund lächelte, die Augen blieben ernst: »Genau dasselbe wollte ich dich auch fragen.«

»Wieso?«

Römer zog die Augenbrauen hoch. »Wie viele Zigaretten rauchst du eigentlich täglich?«

»Zähl' ich nicht. Ich hab' ja meine Pfeifen.«

»Zigaretten auch! Mach mir nichts vor, Alter. Ich hab' doch Augen im Kopf. Ich seh's doch. Wieviel?«

»Na, zwanzig«, zögerte Brinkmann herum. »Dreißig vielleicht.«

Römer nickte. »Und an Streßtagen?«

»Da können's auch mal mehr sein.«

»So? Mehr?« Römer hatte auf Brinkmanns Schreibtisch ein Schreibgerät entdeckt, das ihm anscheinend gefiel. Jedenfalls drehte er sorgfältig die Kappe ab, blickte, als habe er noch nie einen Kugelschreiber gesehen, schraubte wieder zu. »Darf ich mit dir so reden, als ob du kein Mediziner wärst?«

»Ich bitte darum.«

»Lebe gesünder, Klaus.«

»Aha!«

»Du bist infarktgefährdet!« Das noch immer zu dem Kugelschreiber gesprochen.

Brinkmann betrachtete sich Römers schmalen Schädel. »Sind wir doch alle.«

Römer nickte. »Gut. Wenn du es so haben willst, können wir's natürlich auch runterspielen. Aber es gibt auch eine andere Alternative.«

»Und die wäre?«

Die vergoldete Kappe des Schreibers deutete auf die blaue Mappe mit den Untersuchungsergebnissen: »Daß du dir das mal zu Gemüte führst. Fang ganz konservativ an. Bei deinem Cholesterin und dem Blutdruck. Dann schau dir das EKG an, da kennst du dich ja sehr gut aus. Und wenn du dann noch den Rest durchhast, könnten wir uns vielleicht noch mal unterhalten.«

Brinkmann schwieg. Er war aufgestanden. Er senkte den Kopf. Und dann sagte er: »Ich hab' verstanden.«

»Wirklich?«

»Ja, wirklich.«

Nun erhob sich auch Römer. Über den Tisch

hinweg starrten sie sich an. »Hör auf zu rauchen, Klaus! Was willst du noch hören? Schwimm täglich. Geh wieder spazieren.«

»Hast du noch ein paar Sprüche? Früher konnte ich das. Da hab' ich die Klinik aufgebaut und bin trotzdem stundenlang mit Molli über die Felder spaziert. Aber jetzt? Schäfer weg, der Laden voll, Personalmangel. Herrgott, mußt du mir sagen...«

»Ich kann dir sagen, daß es zumindest möglich ist, das Rauchen zu reduzieren. Und die Geschichte mit Molli und deinen Spaziergängen? Soll ich in Tränen ausbrechen? Du kannst doch nicht behaupten, daß du keine Zeit dafür hast?«

»Hören wir auf!«

»Gut, hören wir auf. Und jetzt sprechen wir mal von Mediziner zu Mediziner: Du gibst kein gutes Beispiel ab, Klaus!«

Der Satz kam kurz und so hart, daß Römer selbst ein wenig erschrak. Doch Brinkmann nickte nur, als habe der Freund etwas ausgesprochen, das er sich schon längst selbst überlegt hatte. »Das ist möglich, Gerd.«

»Gut. Dann haben wir uns verstanden.« Sie gaben sich die Hand. Zu sagen gab es nichts mehr. Doch Römer konnte es nicht lassen, den Kopf zu schütteln und ihm einen weiteren vorwurfsvollen Blick zuzuwerfen.

An dieses Kopfschütteln, diesen Blick aus anklagenden Römer-Augen mußte Brinkmann nun denken. Spazieren? Die Felder am Rotkopf fielen ihm ein. Oder die Senke, wo es hinüberging zum

Weiher. – Und Molli, die in den Kartoffeln buddelte oder Mäuse suchte, die meist nur in ihrer Einbildung existierten. Jetzt? Keine Molli. Krankenhaus. Desinfektionsgeruch. Probleme. Leute, die ihn grüßten, die freundlich taten und doch nur weitere Probleme für ihn bereithielten. Und ein Herz, das nicht mehr wollte.

»Herr Professor!«

Er sah sich um. Ina. Links ging es zu der grau gestrichenen Tür mit der Aufschrift AMBULATORIUM.

»Könnten Sie einen Augenblick kommen? Falls Sie Zeit haben?... Ihr Sohn hat mich geschickt.«

»Was Schlimmes?«

»Ne, ne, überhaupt nicht. Ein Junge.«

Der Junge war mager und aufgeschossen, er hatte rötlichbraunes, verschwitztes Haar, das wirr um seinen Schädel stand. Frisch sah er nicht gerade aus. Und ängstlich dazu. Er stand in dem kleinen Warteraum der Notaufnahme und betrachtete seine Hände. Aus dem Stuhl erhob sich bei Brinkmanns Eintritt ein Mann. Der war klein und untersetzt, hatte eine blaue Baskenmütze. Der muskulöse Oberkörper steckte in einer hellen Windjacke. Das Auffälligste an ihm waren die Augen: Grün, hellgrün, und eine Offenheit darin, die Brinkmann sofort für ihn einnahm.

»Mein Name ist Kirschle. Ich hoffe, ich störe Sie nicht. Ich habe gerade schon mit Ihrem Sohn gesprochen, Herr Professor. Ich bin Lehrer, Sportlehrer.«

»Ja. Bitte?«

»Willi Melldorf ist mein Schüler. Ich glaube, ich habe Grund, ihn hierher zu bringen. – Willi, würdest du bitte mal nebenan gehen?« Er deutet auf Udo. »Der Herr wollte dich doch ohnehin gerade ankucken?«

Willi nickte ergeben. Die Tür schloß sich.

»Also?« fragte Brinkmann.

»Sie werden verstehen, wenn Sie sich den Jungen selbst angeschaut haben. Er wird geprügelt zu Hause. Und derartig geprügelt, daß ich es weder als Lehrer, ich meine von der legalen Seite, verantworten kann, keine Meldung zu erstatten, noch als Mensch. Sie verstehen: Als Mensch bin ich einfach nicht gewillt, mir so etwas anzusehen.«

»Geprügelt?«

»Nach meiner Meinung und Erfahrung sind das Prügel. Von Willi ist leider nichts rauszukriegen. Der hält den Mund.«

Brinkmann nickte. Sein Herz hatte er vergessen. Auch wenn es sich ausgerechnet in dieser Sekunde mit einem wilden Klopfen meldete. Er dachte an das blasse, hohläugige Gesicht von zuvor, an die abgeschabten Kleider und die ausgelatschten Schuhe. Prügel? Daß das nie abzustellen war! Daß es das immer geben mußte… »Man könnte den Glauben daran verlieren, daß sich in dieser Welt irgendeinmal etwas ändert, stimmt's?«

Kirschle nickte nur.

»Aber Sie haben ihn hierher gebracht. Wissen Sie, ich finde das großartig von Ihnen. Vielleicht ändert sich doch was, nicht? – Na, sehen wir mal…«

Was gab es schon zu sehen? Hämatome, Muskelquetschungen, Prellungen. Eine Sehne gezerrt. Der Junge brüllte auf, als Udo mit dem Palpetieren begann, und als sie auf ihn einredeten, beruhigten und fragten, woher dies alles stamme, kam er wieder mit der alten Geschichte vom Apfelbaum. Außerdem: Herr Kirschle habe ihn gezwungen, hierher zu kommen. Er selbst wollte doch gar nicht.

Natürlich nicht! Brinkmann drehte sich zu Udo um. Doch daß der offensichtlich dieselbe hilflose Wut spürte, brachte ihn auch nicht weiter.

»Gezwungen? Hat er doch recht gehabt, oder? In so einem Zustand muß man zum Arzt. – Wenn man so vom Baum fällt wie du.«

»War auch ziemlich hoch. Und dann bin ich gegen Äste gestoßen. Das heilt wieder.«

»Sicher, das heilt wieder. Was ich nicht kurieren kann, ist deine Lust, mir hier Märchen aufzutischen.«

»Märchen?« Der Junge wurde rot. Die Augenlider waren geschwollen. So blaß erschien er, so schrecklich in die Enge getrieben. Ein Junge ohne Ausweg. Und sie, sie komplizierten noch seine Situation.

»Sie glauben mir nicht?«

»Nein. Du bist nicht gefallen. Du bist geprügelt worden.«

»Ja.« Willis Gesicht geriet in Bewegung. »Da waren drei Jungen aus der Klasse und …«

Doch Brinkmann hob die Hand: »Komm, lassen wir's.« Udo war bereits gegangen, wahrscheinlich hinaus zu dem Lehrer Kirschle. Er winkte der

Aufnahmeschwester »Zur Kontrolle machen wir eine Röntgenaufnahme. Behandeln Sie das. – Hat mein Sohn sich Notizen gemacht?«

»Ja, Herr Professor.«

Er zog die Türe hinter sich zu. Kirschle saß auf einem der Schreibtischsessel des Büros. Brinkmann nickte ihm zu: »Die Geschichte mit dem Apfelbaum ist ein bißchen albern. Dann brachte er eine andere Version, von einer Jungenkeilerei. Was ist es nach Ihrer Meinung?«

»Er ist schon geprügelt worden, Herr Professor!«

»Und von wem?«

»Vom Untermieter seiner Mutter.«

»Woher wissen Sie das?«

»Vom Sozialamt. Ich hatte auch unser Rektorat in Kenntnis gesetzt. Die haben sich erkundigt. Willi wohnt im unteren Teil des Mühlenviertels. Alles Sozialwohnungen. Die Nachbarn wissen Bescheid.«

»Die wissen auch, daß der Untermieter Willi schlägt?«

»Richtig. Aber beim Jugendamt lief bisher noch keine Anzeige. Es ist immer das gleiche. Ohren zu und Fensterläden schließen. Vielleicht haben sie selber Manschetten. Jedenfalls gilt das alte, ungeschriebene Gesetz: Bloß nicht einmischen!«

»Und die Mutter?«

»Die Mutter, Herr Professor?« Dieser Kirschle rieb sich den Schädel. Sein Gesicht wirkte müde und resigniert. »Die Mutter? In solchen Familien, in denen der Mann stempeln geht, Säufer ist, was er hat, in Alkohol anlegt – was soll da die Mutter? Eine solche Frau kann nicht schützen. In den Akten steht, sie sei schon mehrmals »aufgefallen«. Aufgefallen nennen sie das im Amtsdeutsch. Ich bin zu ihr hin und habe mit ihr gesprochen. Sie hat geheult, sie ist viel zu schwach. Sie hat Angst.«

Brinkmann setzte sich auf den Schreibtisch. Jetzt hätte er Lust auf eine Zigarette. Den ganzen Tag stehst du vor Situationen, wo du glaubst, dich mit Rauchen beruhigen zu müssen. Dem einen die Zigarette, dem anderen seinen Alkohol.

Er sah in diese grünen Augen in dem runden Gesicht: Ein Idealist wohl? Ein Lehrer, der es ernst meint. Und auch er schien mit seinem Latein am Ende.

»Jetzt wollen Sie wohl, daß ich dem Jugendamt Meldung erstatte? Das ist es?«

»Ja, Herr Professor. Sie sind Arzt. Sie können sich doch vorstellen, mit welcher Wucht die Schläge verabreicht wurden? Willi ist ein vierzehnjähriger Junge... Das kann doch nicht unter den Teppich gekehrt werden? Sollen wir warten, bis der Pesch ihn totprügelt?«

»Pesch?«

»Das ist der Typ von der Frau. Kraftfahrer. Ein Riesenkerl. Der braucht das noch nicht mal zu wollen – und es geschieht doch. Und dann, dann steht in der Zeitung eine riesige Arie über ›Kindesmißhandlung in Deutschland‹. Und dazu noch: Alle haben's gewußt! Aber alle waren zu feige.«

»Herrgott, warum schlägt er ihn?«

»Warum, warum? Weil er irgendwo mit seinem

Frust hin muß. Soll ich Ihnen einen Vortrag über die Psychologie eines verzweifelten, gescheiterten Mannes halten? Weil er seelisch gestört ist. Genauso wie Willi auch! Bettnässer. Der Schulpsychologe hat es herausgefunden. Eines zieht doch immer das andere nach. Wollen Sie auch fragen, wieso Pesch die Mutter prügelt? Weil das Essen nicht fertig ist. Weil sie ihm zu schlampig rumläuft. Oder zu auffällig. Weil ihm ihre Bluse nicht gefällt, oder weil kein Alkohol im Haus ist – was weiß ich.«

Brinkmann verzog den Mund. »Sie lassen da ganz schön Dampf ab.«

»Und? Entschuldigen Sie bitte, aber irgendwann muß das ja passieren. Ist es so unverständlich!«

»Nein.« Brinkmann versuchte nur, die ganze Geschichte in eine Form zu bringen. Kirschle hatte recht: Es mußte etwas passieren. »Wir haben also – amtlich gesprochen – einen Fall von sozialer Verelendung und Kindesmißhandlung vor uns? Angereichert mit Alkoholismus.«

»Richtig«, sagte Kirschle. »Jetzt verstehen Sie mich.«

»Ich habe Sie schon lange verstanden. Vom ersten Augenblick an, Herr Kirschle.« Brinkmann hatte sein Lächeln wiedergefunden. »Ich werde mit dem Jungen sprechen. Und mit der Mutter.«

Nun lächelte auch Kirschle. Er kramte sich die Baskenmütze aus seiner Windjacke und setzte sie wieder auf, ein wenig zu gerade, er bemerkte es wohl nicht. Er wollte zur Tür, blieb aber stehen und gab Brinkmann die Hand: »Ihre Meldung ans

Jugend- und Sozialamt sollte möglichst gesalzen sein, Herr Professor. Sonst schlafen die einfach weiter. Sie kennen das doch: Hände in den Schoß und sagen, da können wir nichts machen.«

Brinkmann versprach es. Die Türe klappte zu. Im Ambulatorium sahen sie sich an. Die Aufnahmeschwester schüttelte den Kopf: »Daß so was möglich ist? Schrecklich… Aber ein guter Typ.«

»Nicht nur«, sagte Udo, »er hat auch noch recht…«

*

Käte ging an einem Septembermorgen. Sie ging, ohne viel Aufhebens zu machen, freundlich und still, wie sie es sich immer gewünscht hatte. So still, daß zunächst niemand etwas merkte.

Samstag war es, vor den Brinkmanns lag das Wochenende. Und so saßen sie nun auf der Terrasse, Christa sortierte einen Packen Fotos, den die Kopieranstalt am Morgen zugesandt hatte. Sommerbilder. Die Hütte sah man darauf. Angie, die im Bach watete, eine Claudia im Bikini und einen schwitzenden Udo.

Nun war es kühler geworden und die Buchen und Birken vom Herbst bereits mit ersten Rot- und Gelbtönen bestäubt.

Ja, so angenehm, so still. Vom Haus herüber wehte Bratenduft. Brinkmann blätterte in Zeitschriften und Bewerbungen. Dies war nur noch Formsache, in Wirklichkeit hatte er sich bereits entschieden: Piero Rusca, den kleinen Paduaner, begabt und einst sein Schüler, würde er ins Team aufnehmen. Rusca arbeitete im Hafenkrankenhaus in Hamburg. »Was glauben Sie, Herr Professor, wie gerne ich in den Schwarzwald kommen würde«, hatte er geschrieben. »Dort bin ich Italien schon ein gutes Stück näher.«

Brinkmann schloß die Augen. Drüben, zu Kätes Füßen, die noch immer unbeweglich in ihrem Liegestuhl saß, schnorchelte Molli. Piero? Schmale Künstlerhände, Finger, die so talentiert mit einer Gitarre wie mit Skalpell und Nadel umgehen konnten. Und bei der Arbeit diese leisen italienischen Flüche, die Gott sei Dank keiner verstanden hatte.

Nun fiepte Molli.

Brinkmann drehte den Kopf. »Hör mal, Käte, erinnerst du dich noch an den kleinen Italiener in Karlsruhe?«

Er erhielt keine Antwort.

Er schob sich ein wenig hoch und warf einen zweiten Blick zu Käte. Dann erhob er sich, eine eisige Leere im Körper und eine jähe Anwandlung von Schwäche, die ihn am Gehen hinderte.

Christa sah auf. »Was ist denn?«

»Käte«, flüsterte Brinkmann.

Christa war bei ihr, ehe sich Brinkmann in Bewegung setzen konnte. Er sah, wie sie nach der Hand tastete, die schlaff über die Sessellehne hing. Molli fiepte lauter und begann Kätes Hand zu lecken.

Er ging hinüber. Christa sah ihn an. Er brauchte keine Fragen zu stellen. Er konnte es auch nicht. Er spürte nur, wie aus der Kälte in ihm der Schmerz wuchs, sein Herz antrieb und ihm die Tränen in die Augen steigen ließ.

Er kauerte sich neben Christa und blickte in dieses Gesicht, das ihn begleitet hatte, seit er denken konnte. Der Wind spielte mit einer Locke feinen, dünnen, weißen Haares. Er legte die Hand darauf, als wolle er etwas festhalten, das sich ihm entzogen hatte.

Die Stunden, die Tage, die folgten, verbrachte Klaus Brinkmann wie in Trance. Das Leben geht weiter. Was für eine alberne Phrase. Für ihn stand es still. In diesen Tagen konnte er mitten in einem Gespräch abbrechen und ins Leere blicken, saß vor seinem Schreibtisch, die Hände gefaltet, und dachte vor sich hin. Oder machte die Spaziergänge, die ihm Römer so dringend angeraten hatte. Und immer war es dasselbe: Er sah Käte, sah sie in den Wolken, in dem sanften Schwung der Landschaft, ein Gesicht, transparent wie Wolkendunst und doch in jedem Zug erkennbar. Die dunklen Augen, die ihm zulächelten. Der Mund. Nein, er konnte sich nicht davon lösen. Vielleicht aber, dachte Brinkmann, verhält es sich auch umgekehrt? Vielleicht ist sie es, vielleicht kann Käte sich nicht von uns befreien, nicht von unseren Schwierigkeiten, unseren Wirrungen, unserer Not. Vielleicht meint sie immer noch, es gehe nicht ohne sie, sie müsse helfen, so wie sie es immer tat. Es ging ja nicht ohne sie.

Das Leben aber ging tatsächlich weiter. Und in der Klinik auch das Sterben. Brinkmann stellte sich seiner Situation. Sie bestand aus Arbeit und nochmals Arbeit. So angeschlagen er sich fühlte, so froh war er nun darum.

Die Sprechanlage auf seinem Schreibtisch summte. Dann meldete sich die Stimme der Meis: »Herr Professor! Die Frau Melldorf ist jetzt da. Sie wissen doch…«

Brinkmann wußte.

Gertrud Melldorf? Willis Mutter. Dieser üble Fall von Kindesmißhandlung. Die Frau aus dem Mühlenviertel.

»Ich lasse bitten.«

Sie betrat zögernd das Zimmer. Einen roten Popelinmantel trug sie, und das schreiende Rot ließ das Gesicht noch fahler, noch verhärmter erscheinen.

Brinkmann hatte sich erhoben und deutete auf den Besuchersessel. »Schön, daß Sie da sind, Frau Melldorf. Sie wissen ja, warum ich Sie hierhergebeten habe? Ich habe Ihren Jungen behandelt. Der Arme war ja ganz schön zugerichtet.«

Sie nickte und entschied sich zu einer Antwort: »Er benimmt sich ja auch immer so, daß andere über ihn herfallen.«

»So? Andere?«

Wieder ein entschlossenes Nicken.

»Aber Willi sagt, es sei immer nur Ihr Untermieter.«

»So? Sagt er das?« Sie sah ihn nicht an.

»Ja. Auch dem Vertreter des Jugendamtes sagte er das.«

Schweigen. Ihre Hände wurden unruhig, sie spielten mit der Gürtelschnalle des Mantels. Und dann hatte sie wohl seinen Blick bemerkt und steckte sie hastig in die Tasche.

»Er sagt viel zuviel, der Willi. Und ich, ich kann es dann ausbaden.«

Brinkmann schob die Arme über die Schreibtischplatte. »Entschuldigen Sie – Sie brauchen meine Frage jetzt nicht zu beantworten. Aber ausbaden, heißt das soviel wie, daß Sie dann die Prügel beziehen?«

»Ach, Quatsch! Die Leute reden und reden. Die haben doch keine Ahnung. Und überhaupt, das ist immer nur der Kirschle, sein Lehrer. Der will sich wichtig machen.«

»Den Eindruck hatte ich nicht gerade.« Brinkmann schüttelte bedächtig den Kopf. Dann richtete er den Blick wieder auf die Stelle an Gertrud Melldorfs rechter Halsseite: Ein bläulich unterlaufener Fleck. »Was haben Sie denn da am Hals.«

Sie fuhr hoch: »So müssen Sie mir kommen! Sie auch noch! Alle werden von dem Heinz Pesch grün und blau geschlagen, was?! Das kenn' ich. Ne, ne... Und überhaupt, ich hab' dem Willi nie was getan. Er weiß, wie ich ihn mag. Nie ist da was vorgefallen.«

»Sie schauen wohl nur zu, wenn was vorfällt?«

»Das wird ja immer schöner.«

Gertrud Melldorf machte Anstalten, sich aus dem Besuchersessel hochzuschieben. Aber Brinkmanns »Jetzt bleiben Sie!« kam so hart und so schnell, daß sie es unterließ. Nun zog er das Mikrophon heran: »Fräulein Meis! Schicken Sie doch bitte mal den Herrn Berlich rein.«

»Berlich? Der Jugendpfleger?« empörte sie sich. »Das ist auch so einer, der dem Willi ständig was einreden will.«

»Niemand will etwas einreden!« An Brinkmanns Schläfen klopfte es, und er brauchte all seine Kraft, seinen Zorn niederzukämpfen: Bleib vernünftig! Kann die etwas dafür? Oh, nein. Sieh sie dir an! Auch sie nur ein Opfer. Und der Überraschungscoup, den du da eingefädelt hast und auf den du zuvor noch so stolz warst – sind das nicht gleichfalls Prügel?

Er blickte zur Tür. Dort stand jetzt Berlich, neben ihm Willi, hochaufgeschossen, mager mit bedrückten, angsterfüllten Augen.

»Komm doch her, Willi.«

Gertrud Melldorfs Gesicht versteinerte sich. »Du auch?! – Und Sie, Herr Berlich...«

»Das ist meine Arbeit, Frau Melldorf. Wir sollten das nun mal zusammen klären, meinte der Herr Professor.«

»Zusammen? Und klären? – Was hast du ihnen erzählt?«

Willi öffnete den Mund. Doch sie ließ ihn nicht reden. Sie hob die Hand, eine halb anklagende, halb bittende Hand, die gegen sein Gesicht zielte.

»Ach, Willi... Da kuckt er nun und weiß doch, wie es bei mir steht. Weiß es ganz genau. Und redet immer so ein Zeug. Dem Lehrer zuliebe... Ich weiß nicht, Willi – sag mal, kapierst du überhaupt nichts? Mußt du mir alles noch viel schwerer machen?«

Die anklagenden Worte erstickten in würgendem Schluchzen.

»Wein doch nicht, Mama!«

»Und wie soll ich das? Dann mußt du dich auch so benehmen, daß ich nicht weinen muß, Willi. Dann sag ihnen wenigstens, wie es wirklich war.«

Willi sah zu Brinkmann, dann wieder zu dem langen, mageren, bärtigen Jugendpfleger. »Ich... also, ich hatte einen Ball. Einen Fußball. Den haben die mir weggenommen. Das waren Jungen, die ich nicht kenne. Und weil ich ihn dann wieder holen wollte, haben die mich fertiggemacht.«

Brinkmann wurde es zuviel. Ehe er etwas sagen konnte, legte schon Berlich los: »Du lügst, Willi! Also hör mal, was du uns vorhin gesagt hast, das stimmte. Aber nicht diese Story von den Typen, die den Ball weggenommen haben.«

Gertrud Melldorf zeigte, daß sie endgültig genug hatte. Behend stand sie hinter ihrem Stuhl. »Hier wird alles umgedreht. Da siehst du's, Willi! – Komm, wir gehen...«

Noch zögerte Willi.

Sie nahm seine Hand: »Du brauchst keine Angst zu haben, wirklich nicht. Und Heinz tut dir nichts. Nicht, wenn du die Wahrheit sagst. Na, komm schon...«

Sie gingen, und Brinkmann ließ sie ziehen. Er nickte nur, als Willi ein letztes Mal von der Tür aus zu ihm herübersah, mit einem Blick, der wie eine Entschuldigung war.

Die Tür klappte zu. Berlich seufzte: »Und Sie lassen die einfach gehen?«

Brinkmann hatte eine Zigarette in der Hand, es war die zweite dieses Vormittags. »Ich hab' keine

Handhabe, ihn festzuhalten, Herr Berlich. Ich doch nicht.«

Berlich betrachtete deprimiert seine Fußspitzen. »So ist es halt. Und es ist immer dasselbe. Ein Entmündigungsverfahren gegen die Mutter haben wir wenigstens angestrengt. Aber das kann noch Monate dauern.«

»Ein Entmündigungsverfahren? Im Ernst?«

»Es ist die einzige legale Möglichkeit. Und noch was, Herr Professor: Darf ich Sie bitten, einen umfassenden Untersuchungsbericht zu schreiben? Und möglichst auch die psychischen Auswirkungen zu erwähnen? Wir müssen da was tun.«

Brinkmann seufzte. »Wir werden auch was tun. Verlassen Sie sich drauf...«

*

Ein Wunder – o nein! Schließlich, Christa war nicht die einzige Frau auf dieser Welt, die ein Kind erwartete. Das sagte sie sich, sagte es immer wieder und schüttelte den Kopf. Über sich. – Manchmal auch über die anderen. Die merkwürdige Tatsache, daß ihr Leben mit einem Schlag verändert schien, blieb bestehen. Die tägliche Klinikarbeit wurde für Christa zur Routine, den üblichen Pannen, Aufregungen und Dramen begegnete sie mit Distanz. Udo, das Personal, ja, auch Patienten begegneten ihr mit Staunen: Was war mit der Frau Doktor los? Da saß sie minutenlang auf einer Bank, hielt die Hände im Schoß gefaltet und blickte vor sich hin, so, als lausche sie auf etwas, das nur sie vernahm.

Ja, fast allen fiel es auf – nur Brinkmann, der merkte wieder einmal nichts.

Wie auch? Den ganzen Tag auf den Beinen. Einer, der sich hektisch gegen den Strom stemmte, der ihn zu verschlingen drohte. Operiert in zwei Sälen! Galoppiert, den Weißkittelschwarm immer hinter sich her, durch die vollbesetzte Klinik, sitzt abends noch, wenn der Dienst längst zu Ende ist, im Arbeitszimmer, vor sich Stapel von Akten, das Diktaphon in der Hand, um den Papierkram wegzukriegen, der sich tagsüber aufgetürmt hat. Dazu Verwaltungsprobleme. Ärger mit dem Kuratorium. Ärger mit allen.

»Wann werden Sie's ihm denn sagen, Frau Kollegin?«

Das war die Frage!

Dr. Ralf Bernhard, dieser nette Gynäkologe in der Freiburger Straße, den sie aus Angst vor dem Kliniktratsch in seiner Privatpraxis aufgesucht hatte, stellte sie bereits an dem Tag, als für Christa feststand: Du bekommst ein Kind!

Sie kam hinter dem Umkleideschirm hervor, werdende Mutter, halb betäubt von all den Dingen, die sie auf sich zukommen sah – halb betäubt auch vor Freude. Sicher: Ihr »Kiwu« – das schreckliche Fachkürzel lautet so –, ihr Kinderwunsch hatte sich erfüllt. Doch bis zu dieser Sekunde, bis zu dem Wort »positiv«, war alles nur Gedankenspiel.

»Der wird sich doch riesig freuen, wie ich ihn kenne.«

Sie nickte. »Freuen, o ja. Aber er hat natürlich auch Angst.«

»Angst? Warum?«

»Aber Herr Bernhard! In seinem Alter...«

Dr. Bernhard hatte es wiederholt: »In seinem Alter?«

»Richtig.«

»Bei Brinkmann denkt keiner ans Alter.«

»Er schon. Er will sein Kind nicht nur bei sich haben und erziehen. Er will es auch durch die Universität bringen.«

»Der?« hatte Bernhard gelächelt. »Unser Brinkmann? Kein Problem. Der schafft das spielend.«

Genauso hatte auch Christa gedacht: Er schafft das! Er schafft alles spielend. Das geht wieder vorbei, und dann, irgendwann, ist Pause, dann nehmen wir den Wagen, vielleicht sogar das Flugzeug, fahren oder fliegen irgendwohin, wo es nicht nach Desinfektion riecht und keine Schwestern auf Anweisungen warten und es vor allem keine Patienten gibt. Wir werden in der Sonne sitzen oder einen Strand entlanggehen, vielleicht laufen wir einfach ins Wasser, schwimmen, und ich werde ihn am großen Zehen packen und ihn unters Wasser drücken, warten, bis er prustend wieder hochkommt – und dann werde ich es ihm sagen...

»Du übrigens, du wirst Vater...«

So müßte es sein. So wird es sein.

Und wenn ihr schon keine Insel oder wenigstens das Mittelmeer für diese Eröffnung zur Verfügung standen, würde sie sich auch mit einem Spaziergang hinauf zum Rotkopf begnügen. Den liebte er doch so. Und es war auch wunderschön in diesen warmen Herbsttagen. Vielleicht fuhren sie nach Menzenschwandt, auch einer seiner Lieblingsorte, oder wenn es sein mußte, hinauf zum Feldberg. Alles war gut. Alles war richtig. Nur die Klinik nicht.

Doch es blieb die Klinik. Sieben Uhr war es wieder mal, sieben Uhr vorbei bereits, und in seinem Zimmer brannte noch immer Licht. Auch die Meis war noch am Tippen.

»Ist er denn...?«

»Ja, Frau Doktor. Er hat 'ne Menge um die Ohren.«

»Wann hat er das nicht?«

Sie stieß die Türe auf, nahm die Nase hoch und erschnupperte Tabakdunst. Ganze Wolken hingen über der Arbeitslampe.

»Gewöhnst du dir so das Rauchen ab?«

»Wie bitte? – Ach so...« Mit schlechtem Gewissen zwinkerte er ihr zu. »Na ja, du weißt doch...«

»Ich weiß.«

»Aber es ist auch zum Verrücktwerden. Ich bin gerade dabei, diesen Fall Melldorf zu diktieren. Ich hab's dir doch erzählt? Der Junge, der von seinem Lehrer zu mir gebracht wurde. Der Jugendpfleger vom Sozialamt war auch schon hier. Und alle stehen dann rum, ringen die Hände und verlangen von mir, daß ich einschreite.«

»Einschreite – gegen was?«

»Er wird geprügelt. Vom Untermieter. Vom Freund seiner Mutter. Und wie! Du hättest den Jungen sehen müssen. Bundesrepublik Deutschland, zwanzigstes Jahrhundert. – Und so was.«

Sie schwieg. Dann fragte sie: »Und? Was willst du machen?«

»Was kann ich schon? Einen Bericht schreiben. Den allerdings werden sie sich im Rathaus nicht hinter den Spiegel stecken. Das schwör ich dir. Ich bin gerade dabei, ihn zu diktieren. Auch die Meis macht wieder Überstunden.«

»Mit anderen Worten: Abendessen fällt aus?«

Wieder dieses kleine, leise Seufzen, sein um Verständnis und Verzeihung flehender Blick.

»Die Meis wird mir schon ein Brötchen schmieren. Außerdem muß ich noch mal nach Kretschmar sehen. Dieser Oberschenkelschaftbruch. Der hat eine ganz üble Aussprengung. Die Reposition ist nicht gelungen. Wir werden wahrscheinlich nochmals operieren müssen.«

»Ach, Klaus...«

»Ach Klaus, ach Klaus!« erregte er sich. »Was soll ich denn machen? Udo hat nicht genügend Erfahrung, der Neue, unser Gitarrenspieler aus Padua, hat zwar 'ne Menge in Hamburg gelernt. Aber ihn da ranzulassen? Ich will das nicht verantworten. Sogar an Schäfer habe ich gedacht. Vorhin habe ich ihn angerufen, aber der ist am Packen. Nächste Woche tritt er in Heidelberg an.«

»Du hast doch deine zwei OPs.« Das klang zynischer, als sie beabsichtigte. Doch sollte sie diesem Spiel noch länger zusehen? »Da kannst du hin und her pendeln und bis Mitternacht operieren!«

Es traf ihn. Er riß den Kopf hoch. »Christa, es ist eine ziemlich schwierige Zeit für uns alle.« Sie sah die Schläfenadern an seiner Stirn. »Aber ein wenig Verständnis kann ich doch erwarten? Zumindest von dir…«

Sie nickte nur und ging zu der Tür, die zum Flur führte. Ein wenig Verständnis kann ich erwarten?… Sie ging rasch und heftig. Sein Gesicht. Die übermüdeten Augen. Die hämmernde Maschine der Meis. Und ich? dachte sie und legte die Hand auf ihren Leib: Und wir beide… Verdammt noch mal, sollen wir zusehen, wie er sich kaputtmacht? Verständnis…

Sie klopfte an das große Fenster der Aufnahme. Dann öffnete sie die Handtasche und nahm die Wagenschlüssel heraus. Das blonde Mädchen hinter dem Glas öffnete die Luke.

»Bitte, Frau Doktor?«

»Hier, da sind die Autoschlüssel. Mein Mann hat noch zu tun. Geben Sie sie ihm. Ich gehe zu Fuß.«

»Aber gerne, Frau Doktor. Übrigens, da ist noch jemand für Sie…«

Da war noch jemand für Christa. Zuvor, als sie den Lift verließ, hatte sie die schattenhafte Männergestalt in der Ecke nicht wahrgenommen, war einfach vorübergeeilt, doch nun, als sie sich umdrehte, erkannte sie ihn.

Vollmers!

Er hatte sich von der Besucherbank erhoben, stand groß, wie eine dunkle Säule mit hängenden Armen, blickte zu ihr herüber und lächelte.

»Mensch, Herbert! Sie?«

Freude war in ihr, ein warmes, herrliches Gefühl, das ihr Herz schnell antrieb, beinahe verwirrend war. Wie in einer Komödie: Kaum ist der Krach mit dem Mann perfekt, taucht der Verehrer auf! War er das? Er war ein Freund. Es tat gut, ihn zu sehen. Schließlich, dachte sie, als sie mit ausgestreckten Händen auf ihn zuging, schließlich hab' ich mir mein Trostpflaster heute verdient...

*

Seinen Bericht über den Fall Willi Melldorf brachte Brinkmann nicht zu Ende. Ein Anruf aus der Notaufnahme unterbrach ihn. Ein neuer Fall Melldorf also? Nun ging's nicht mehr um den Jungen, nun hatten sie anscheinend auch noch die Mutter zu versorgen.

»Ich komme sofort, Udo!«

Er traf Udo vor dem Leuchtschirm. Durch die geöffnete Tür sah er eine Frau auf einem der Behandlungsstühle sitzen. Ina hielt ihre rechte Hand und war gerade dabei, sie zu verbinden.

»Ist es wirklich die Melldorf?«

»Ja«, nickte Udo. »Und sieh dir das an! An der Handwurzel Knochensplitterungen. Die Sehne am dritten Finger gerissen. Dazu die Kapselverletzung.«

»Und die Ursache?«

Udo hob die Schultern: »Sie sagt es nicht.«

»Na, dann wird sie's mir sagen!« Er spürte, wie der Ärger in ihm hochkroch. Er bezwang ihn mit Mühe, ging hinüber in das andere Zimmer.

»Also, Frau Melldorf! Wie ist das passiert?«

Sie war noch bleicher als das letztemal. Und

sie schien auch nicht die Absicht zu haben, auf irgendwelche Fragen einzugehen. »Ist doch egal, oder?«

Sie versuchte aufzustehen. »Ich muß hier weg. Ich muß Willi suchen.«

»Jetzt bleiben Sie mal sitzen und warten, bis Sie versorgt sind. – Willi? Wo ist er denn?«

Sie schwieg und nagte an ihrer Unterlippe. »Jedenfalls nicht zu Hause«, sagte sie schließlich. »Drückt sich irgendwo rum.«

»Weil er Angst vor Pesch hat, was? Und es war doch auch Herr Pesch, der sie so mißhandelte?«

»Nein.«

Natürlich nicht. Die Wut war Brinkmann vergangen, sein Sarkasmus hielt sich: »Wer war es dann? Oder sind Sie auch vom Apfelbaum gefallen?«

Schweigen.

Er war nicht gewillt, es hinzunehmen. »Frau Melldorf! Diese Verletzungen sind auf Gewalteinwirkung zurückzuführen. Ich werde deshalb die Polizei verständigen. Das ist meine Pflicht. Und ich werde die Polizei auch davon benachrichtigen, daß Willi verschwunden ist.«

»Nein!«

»O doch!«

Sie riß die verletzte Hand hoch, so daß die Binde sich aufwickelte und zu Boden fiel. Ina fluchte. Gertrud Melldorf schien sie nicht zu hören. Ihre Augen funkelten: »Das ist meine Sache und nicht Ihre!«

»So sehen Sie es«, erwiderte Brinkmann, so

ruhig es ihm möglich war. »Ich nicht. Ich seh' das alles ganz anders, Frau Melldorf.«

Er griff zum Telefon.

»Polizeizentrale Offingen«, meldete sich eine Männerstimme.

Brinkmann atmete tief durch. »Hier ist die Chirurgische der Schwarzwald-Klinik«, sagte er dann. »Bitte, schicken Sie uns einen Beamten. Wir haben hier einen Fall von schwerer Körperverletzung...«

*

»Also, Frau Melldorf! Zwei Fragen stehen im Raum. Die eine: Wer hat Sie so mißhandelt? Und die zweite: Wo könnte Willi stecken?«

»Weiß ich doch beides nicht.«

Das Licht der Schreibtischlampe brannte. Die Meis hatte Essen für alle geholt. Eine Flasche Bier für den dicken Hörster von der Kripo, Kaffee und Wurstbrötchen für die anderen. Die Brötchen schmeckten ziemlich verwelkt. Brinkmann kaute mit Widerwillen. Wieso mußte ihm dies auch noch beschieden sein? Warum hatte er Christa nach Hause ziehen lassen?

»Sie wissen natürlich überhaupt nichts?« Hörster trank sein Glas leer, wischte Bierschaum vom Mund und verschränkte die Hände über dem Bauch. »Sie nicht. Nur die Nachbarn wissen was. Die haben das Gebrüll nämlich gehört. War Pesch wieder mal betrunken?«

Sie betrachtete den Verband. Er hielt die

gebrochene Hand jetzt in Ruhestellung. Sie schien völlig am Ende. Sicher, Brinkmann hatte Mitleid mit sich selbst, doch noch mehr mit diesem armen, gequälten Geschöpf.

»Warum geben Sie's denn nicht zu, Frau Melldorf?« Hörster fragte es leise, beinahe gleichgültig. Wie oft wohl hatte er schon solche Fragen gestellt?

Es klopfte, und ehe Brinkmann noch »Herein« sagen konnte, tauchte auch noch Berlich auf, der bärtige Jugendpfleger. Wahrscheinlich hatte ihn die Kripo alarmiert.

»Na«, meinte Hörster gemütlich, »da sind wir ja alle wieder zusammen.« Er holte Luft und wandte sich wieder an die Frau, die geduckt an der Ecke des Schreibtisches saß. »Wir wissen es doch alle, Frau Melldorf. Und wir wollen ja nichts als helfen. Daß Sie Angst vor Pesch haben, ist begreiflich. Aber wenn Sie uns keine Handhabe gegen ihn geben, werden Sie immer vor ihm Angst haben müssen. Wie lange soll das denn noch weitergehen?«

»Ja«, ergriff nun Berlich das Wort, »wie lange noch? Tut Ihnen denn nicht auch Willi leid?«

Sie öffnete den Mund, schloß ihn wieder. Über ihre Augen zogen sich Tränenschleier. Sie leuchteten im Licht der Lampe. Dann sagte sie doch etwas: »Wenn er nüchtern ist«, sagte Gertrud Melldorf, »ist er ganz lieb. Das werden Sie nicht glauben. Aber dann ist er nicht wiederzuerkennen.«

Hörster blinzelte zu Brinkmann. »Also, er war es?«

Sie schluchzte.

Nun wollte es auch Berlich wissen: »Frau Melldorf, war es Pesch?«

Brinkmann hätte nun so gerne dem Verhör ein Ende bereitet. Aber es ging ja nicht nur um sie – es ging auch um den Jungen. Also schwieg er.

»Nun schlägt er mich tot«, sagte sie mit erstickter Stimme. »Bestimmt tut er das...«

»Ach was! Nichts tut er.« Brinkmann stand auf, ging zu Gertrud Melldorf, legte die Hand um ihre Schulter, zog sie sogar ein wenig an sich. »Kommen Sie, Frau Melldorf! Sie bleiben hier. Und bei mir sind Sie in Sicherheit. Das glauben Sie doch?«

»Der Willi...«, flüsterte sie. »Wo nur der Willi steckt? Wenn er nur nicht wieder einen Quatsch anrichtet.«

»Den finden wir auch«, wollte Berlich beruhigen. »Bestimmt.«

»Ach, Sie...« Sie tupfte mit dem Taschentuch die Augen trocken. »Sie finden überhaupt nichts. Sie wissen ja nichts. Sie verstehen doch nichts... Sie sind ja noch viel zu jung, um irgendwas zu verstehen.«

*

Christa hörte den Wagen in der Kurve, nun fuhr er den Berg hoch, er verlangsamte nicht, dröhnte am Grundstück vorbei, und das Brummen des Motors verlor sich wieder in der Nacht.

Die Zeiger der Uhr standen nun kurz vor eins. Klaus war noch immer nicht aus der Klinik zurück. Sie aber lag allein in dem großen, dunklen Raum, allein in ihrem großen Bett, konnte nicht schlafen, lauschte den Gedanken nach, die in ihr Bewußtsein hochstiegen, um dann von der Müdigkeit wieder fortgetragen zu werden. Eine Überlegung blieb: Zwei Jahre verheiratet. Nun das Kind?... Und warten, immer nur warten. Warten darauf, daß sich der große Klinikchef in einen Partner zurückverwandelt.

»Man heiratet nicht ungestraft ein Genie!«

Käte hatte das gesagt, Käte, die Gute... Und hatte auch noch recht damit. Genies sind mit ihrem Beruf verheiratet. Und die Ärzte obendrein... Doch zum Teufel noch mal: Schließlich war sie selbst Arzt!

Vollmers? – Noch ein Genie!

Was hatte er sich eigentlich gedacht? Nun, überlegte sie, mit Vollmers bist du im reinen. Auch wenn es ihn wohl ziemlich viel gekostet hat. Über den dunklen Gartenweg war er neben ihr marschiert, erfüllt von einer ungeduldigen Heiterkeit, wie ein kleiner Junge, der endlich wieder sein Lieblingsspielzeug gefunden hat; sie selbst wiederum eher neugierig darauf, wie er reagieren würde, wenn sie es ihm sagte.

Und sie sagte es! Unter der Weglaterne, bei der Bank. So konnte sie sein Gesicht erkennen. Ob er nur ihretwegen gekommen sei, hatte sie gefragt, oder wegen der Schwester?

»Deinetwegen. Übrigens, stört dich das Du?«

»Wieso? Wieso soll mich das stören? In Freiburg haben wir uns ja auch manchmal geduzt, wenn es besonders hart herging.«

»Und heute?« Sie las die Hoffnung, und in ihr war eine stille Heiterkeit, die selbst das Erbarmen mit umschloß. Ruhig hatte sie sich gefühlt. Und sehr sicher.

»Ach, uns ist das sehr recht.«

»Uns?«

»Ja. Uns beiden.« Sie hatte über ihr Kleid gefühlt und ihn angesehen. »Herbert: Ich bekomme ein Kind.«

»Nein...«

»Doch!«

Er war sehr tapfer. Das war er immer gewesen. Dafür mochte sie ihn in dieser Sekunde. Und ganz tapfer legte er ihr die Hand auf die Schulter, zog sie schnell wieder zurück, rieb sich seine Nase und gab ihr dann einen Kuß: Zart. Auf die Stirn. So, wie man werdende Mütter küßt.

»Herbert, bis heute bist du der einzige, außer meinem Gynäkologen, der das weiß.«

»Und dein Mann?«

»Ach der! Der gewöhnt sich gerade wieder mal das Rauchen ab, hat Käti verloren und ungewöhnlich viel Arbeit und Probleme am Hals. Ich werd's ihm schon sagen, wenn der richtige Zeitpunkt gekommen ist.«

Er schwieg. Wie sollte ein Vollmers auch darauf reagieren? Sie gingen schweigend weiter, Vollmers gedrückt, Christa erfüllt von wild pochender Genugtuung: So! Jetzt ist es heraus! Einer weiß es. Jetzt läufst du nicht mehr ganz allein damit herum. Und daß das Vollmers ist, hat das Genie Brinkmann schließlich verdient.

»Christa! Nun wirst du mich bestimmt auslachen...«

Nur noch wenige Schritte trennten sie von der Villa. Doch nun hatte auch Vollmers ein Geheimnis zu eröffnen: Die Schwester, die berühmte Schwester, die er immer in Offingen besuchte, existierte gar nicht. Nur um Christa zu sehen, ja, ihretwegen sei er gekommen. Auch heute... Und nun?

Er nahm sie behutsam um die Schulter: »Nun hab' ich wohl die Quittung für meine Schwindelei bekommen. Aber weißt du, so schlimm ist das vielleicht gar nicht. Nun sind wir wirkliche Freunde.«

Christa nickte im Dunkel. Freunde? Auch noch »wirkliche«! Vielleicht. Aber selbst wenn es eine Konstruktion blieb, man konnte dafür sorgen, daß sie solide ausfiel: Das Wochenende rückte heran. Die Brinkmanns würden sie in der Hütte verbringen, der große Zampano hatte sich die Zusage abringen lassen. Wieso also nicht mit Herbert Vollmers? Ja, warum denn nicht? Vollmers hatte sich ohnehin freigenommen, um ein paar Tage in frischer Luft und Natur zu verbringen. Die beiden Männer würden sich vertragen. Ihnen blieb keine Wahl. Und war dies erreicht, lösten sich alle anderen Probleme von selbst. Falls Klaus nicht wieder alles umschmiß... Wo blieb er nur, Herrgott?

Das Fenster wurde hell. Christa richtete sich auf. Das Scheinwerferlicht erlosch. Unten hörte sie Kieselknirschen, nun das Zuklappen einer Tür. Schritte. – Da war er: Hände in den Manteltaschen, schnaufend vom Treppenlaufen, überanstrengt, mieser Laune und voll Neuigkeiten.

»Ein Irrenhaus ist das! Ich weiß wirklich nicht mehr, wo mir der Kopf steht.«

»Ja?« sagte sie. »Was ist denn?«

»Stell dir vor: eine Patientin ist getürmt. Bei Nacht und Nebel. Einfach weg.«

»Welche denn?«

»Die mit der Handverletzung. Die Melldorf. Zuerst war der Junge weg, jetzt sie selber. Ein Affentheater – eine richtige Klamotte. Und die Tragödie sehe ich auch schon auf uns zukommen... Aber was soll ich denn machen?!«

»Schlafen, zum Beispiel.«

»Du bist gut. Du kannst schlafen. Aber ich? Im Augenblick spielt doch die ganze Welt verrückt.«

Auch das schluckte sie. »Na ja! Ist doch bald Samstag. Wir fahren zur Hütte.«

»Wie bitte?«

»Zur Hütte. Vielleicht bring' ich noch einen Besuch mit.«

Er hatte es überhört. Es interessierte ihn nicht. Die Frau, die mit der Unterarmverletzung aus der Klinik wegrannte – das war ihm wichtig.

Er riß sich den Mantel von den Schultern, ließ ihn auf den Boden fallen, knöpfte das Hemd auf. Dann kam er zu ihr, beugte sich über sie und legte seine Hand auf ihre Stirn.

Das überraschte Christa nun doch: »Klaus«, flüsterte sie, »was ist?«

»Nichts. Ich bin nur so froh, daß bei uns wenigstens alles in Ordnung ist. Wenn's uns beide nicht geben würde, was?«

Sie lächelte stumm ins Dunkel.

Er kauerte sich neben sie, streichelte ihren Arm, nahm ihre Hand und zog sie an die Lippen. »Weißt du, manchmal meine ich wirklich, ich schaff' das alles nicht mehr…«

»Oh, Klaus!« Sie streichelte sein Haar. Sie mochte ihn so sehr. In ihr war nichts als eine große, alles umfassende Wärme.

*

Die Visite war zu Ende. Der Schwarm der weißen Mäntel löste sich auf. Brinkmann winkte den anderen grüßend zu. Fünfzehn Uhr. In einer Stunde noch die Sitzung des Gesundheitsausschusses im Rathaus. Entschuldigen lassen konnte er sich nicht. Aber vielleicht würde er die Herren dazu bringen, sich etwas kürzer zu fassen.

Er ging den Korridor der Frauenstation zurück, als er den Ruf hörte: »Herr Professor!«

Er drehte sich um.

Da stand sie tatsächlich am Fenster und sah ihn an: die Hand im Gips, das Gesicht flehend, nicht hart und ablehnend, wie er es gewohnt war.

»Frau Melldorf? Ich weiß schon – aber ich habe sehr wenig Zeit.«

»Vor allem kann ich nicht offen reden.«

»Natürlich! Also, um was geht's? Nun, wo der Willi zurück ist…«

Er ahnte nichts Gutes. Wie konnte er auch? Daß sie in der letzten Nacht durchgebrannt war, gut: verstanden und vergessen… Eine Mutter, die ihren Jungen sucht und vor allem findet.

Doch am nächsten Morgen hatte sie ihm auch noch Heinz Pesch präsentiert, den prügelnden Untermieter und Freund, ein Riesenkaliber von Mann, treuherzige Augen und ein nach Rasierwasser duftendes und glattrasiertes, quadratisches Gesicht, im Schlepptau der flüchtigen Patientin Gertrud Melldorf. Ein Bild der Harmonie. Der liebenswerte Pesch, dem zwar mal die Hand ausrutscht, der aber dann auch soviel Vernunft und fürsorgliche Voraussicht aufbringt, die Verletzte wieder einzuliefern. Und dies noch höchstpersönlich!

»Also mit dem Willi wird's keine Schwierigkeiten mehr geben«, hatte Pesch versichert. »Bestimmt nicht, Herr Professor!«

»Keine Schwierigkeiten mehr...?« Brinkmann hatte seine Zweifel.

»Es wird wohl das beste sein, Frau Melldorf, Sie lassen sich jetzt stationär behandeln. Sonst kriegen Sie die verletzte Hand nämlich nie mehr hin.«

»Ja, Herr Professor«, hatte sie versichert. »Bestimmt!«

Und jetzt hielt sie ihn wieder auf mit dem Thema Pesch. »Sie haben ihn doch gesehen? Sagen Sie selbst: Sieht so ein Unmensch aus?«

»Wie die aussehen, das weiß ich nicht. Ich hab' nur gehört, man sieht's ihnen meist nicht an. – Wirklich, ich hab' es eilig.«

»Herr Professor, bitte, noch einen Moment. Schließlich, es geht wirklich...«

»Um was denn?«

Ihr Gesicht wurde gespannt und die Augen groß: »Um mein Lebensglück, wenn ich mal so sagen darf.«

Brinkmann nickte, suchte nach Worten, nach einer Antwort. Merkte sie denn nicht, daß auch er kein anderes Ziel vor Augen hatte? Doch wie sollte sie es begreifen?

»Ich ahne, was Sie von mir wollen, Frau Melldorf. Und um das gleich mal vorauszusagen: Ich habe meinen Bericht an das Sozialamt gegeben. Und da steht Ihre gestrige Aussage drin: Daß Pesch sie mißhandelt hat. Und nun, wenn mich nicht alles trügt, wollen Sie diese Aussage widerrufen? Ist es das?«

Sie atmete schwer. Ihre gesunde Hand strich über den Morgenrock, wollte die Schleife enger ziehen: »Ja. Genau. Das ist es.« Und nun ganz heftig und beschwörend. »Es war doch keine Absicht von ihm.« Schon wieder Tränen: Widerrufen, ja... nein... Das wäre doch gar nicht wichtig. Wichtig sei, daß Willi am Morgen sogar das Frühstück auf dem Tisch gefunden habe. Zubereitet von ihm, dem Pesch. »Tut das ein brutaler Mensch, Herr Professor?!«

»Er könnte es tun. Ein brutaler Mensch ist ja nicht immer brutal. Da gibt's Pausen, da gibt's Überlegungen, da gibt's menschliche Zwischenphasen. Und überhaupt...«

Der Piepser in Brinkmanns Tasche regte sich. Diesmal war er froh darum. Er nahm den Hörer des Wandapparats neben der Stationsküche. Die Meis meldete sich.

»Ihre Frau möchte Sie dringend sprechen. Es geht um das Wochenende. Ob sie alles vorbereiten könne?«

»Ich habe jetzt keine Zeit. Sagen Sie ihr das. – Nein, sagen Sie, sie soll mich zurückrufen. Oder nein, Meis, ich muß ja noch ins Rathaus!« Ach, zum Teufel noch mal, warum ließen sie ihn nicht in Ruhe?

Und da stand noch immer die Melldorf!

Er ging zu ihr und lächelte. »Ein brutaler Mensch, Frau Melldorf, kann wohl einem Jungen ein Frühstück zubereiten. Er kann auch Kaninchen streicheln und Vögel züchten. Und dann wieder zuschlagen. Sie müßten es doch am besten wissen.«

»Sicher. Aber ich reize ihn ja auch. Ich mache doch auch meine Fehler.«

Er hatte genug. Sinnlos war es, das Gespräch weiterzuführen. Sollte er ihr das bißchen Festigkeit, das sie noch besaß, endgültig erschüttern?

»Ich überleg mir das alles noch mal, Frau Melldorf. Und jetzt gehen Sie bitte zurück in Ihr Zimmer.«

*

Wenn man auf »Start« drückt, erscheint er am Horizont: Groß, schwarz und scheinbar unüberwindlich marschiert er über den Bildschirm auf dich zu. Er hat Laserkanonen. Vor denen muß man sich hüten. Doch wenn man clever ist und reaktionsschnell immer wieder Deckung sucht, hinter den Ruinen der ausgebrannten Stadt, die das Gerät in immer neuen Formen und Winkeln auf die Mattscheibe wirft, kann man es schaffen, dann ist DRAGON nicht nur besiegt, dann gibt's sogar einen Bonus, ein Freispiel.

Die drei roten Punkte zu treffen, die die Stellen markierten, an denen DRAGON verwundbar war, darauf kam's an.

»Jetzt!«

Da kam er wieder...

Willis Daumen ruhte auf dem Plastikknopf am Abzugsknüppel: »Go« stand darauf. – Zu früh, Achtung, beinahe hätte er dich erwischt. Deckung! Schon wieder schießt das Schwein. – Und wieder, wieder, wieder!

Komm doch! dachte Willi. Mach nur so weiter. DRAGON, ich schaff' dich!

Und machte selbst den Fehler, zu früh zu drükken Daneben... Und der Kerl kam immer näher, näher und näher.

Gestern hatte es geklappt. Ja, gestern, da stand er wie jetzt und schoß seine Lichtpfeile auf die drei roten Punkte, die anzeigten, wo DRAGON verletzbar war, und als die letzte Mark weg war, blieb ihm nichts anderes, als nach Hause zu fahren. Er schob das Rad in den Hauseingang, stieg die Treppe hoch, leise, langsam und wie immer die Ohren offen, ob Pesch die Glotze auf Vollton geschaltet hatte. Das tat Pesch nämlich, wenn er besoffen war. Manchmal war sein Grölen schon im Treppenhaus zu hören.

Diesmal aber schien es still.

So lange zumindest, wie Willi brauchte, um in die Wohnung zu kommen. Doch kaum daß er die

Windjacke ausgezogen und an die Garderobe gehängt hatte, da ging es los.

»Wenn ich etwas mehr hasse als zickige Weiber, dann sind das dämliche Scherben wie du!«

Pesch!

Sie waren im Schlafzimmer.

»Scherben, hörst du! Du bist doch nichts anderes als 'ne alte Scherbe! Willst wohl nicht glauben, was? Dann nimm's zur Kenntnis.«

»Hör doch, Heinz...« Mami konnte man kaum hören. Und sie heulte schon wieder.

»Au! Laß mich!«

»Laß mich, laß mich! Mehr fällt dir ja nicht ein. – Laß du mich.«

»Heinz! Bitte...«

»Immer dieselbe Scheiße! Heinz und bitte.«

So hatte es angefangen. So hatte es so viele Male angefangen. Ihr Flehen, ihr Gejammere, dann ihr »Heinz«, auch das kannte Willi. Und wußte schon, wie's weitergehen würde. Doch diesmal gab's eine neue Variante im Krach. Es ging um ihn. Anscheinend um ein Geschenk, irgendein Spiel, das sie ihm gekauft hatte.

»Laß das, Heinz! Das hat doch nicht viel gekostet. Das ist für Willi! Der hat doch übermorgen Geburtstag.«

»Dein Bettpisser und Geburtstag?! Für den schmeißt du die Kohlen raus! Aber wenn ich mal was von dir will, dann ist kein Geld im Haus.«

»Stimmt doch nicht.«

»Soll ich dir sagen, was stimmt? Daß du zweihundert Mark für diese Bude kriegst! Das stimmt.«

»Ja, Heinz. Bitte reg dich nicht auf.«

»So? Nicht aufregen? – Und nicht mal was zu fressen! Nur trockene Kartoffeln und Blumenkohl. Aber Geschenke! Geschenke für 'nen Bettpisser! Mensch, weißt du, dann sag ich dir...«

Er sagte es nicht. Pesch hatte seine eigene Sprache. Willi hörte das Klatschen. Der erste Schlag. Nun ein zweiter. Ihr dumpfes Wimmern, dann ihr Gebrüll. Sie versuchte sich zu wehren, wie immer, doch gegen einen Pesch, gegen den Zementfahrer Pesch, gegen DRAGON – wie sollte sie es schaffen?

Willi schluckte. Dann wollte er wegrennen. Die Tür war ja so nah. Er drückte sich in die Ecke. Er zog einen Mantel über den Kopf, und selbst durch den Stoff hörte er die Schläge, das Stöhnen, ihre Schreie...

Nein, er floh nicht, er blieb. Wie festgebannt, als würden die Schreie, die Brutalität, das Schlagen, als würde der Schmerz seiner Mutter ihn an die Wohnung binden.

Und dann dachte er es: Warte ab! Ich krieg' dich, o ja, ich krieg' dich!

Im Schlafzimmer war es still geworden. Nun kam die nächste Runde: Pesch, der Tränen in die Augen kriegte. Pesch, der sie streichelte, »mein Schatzi« nannte und »meine Maus«. Und dann nach heißem Wasser, Wundpflaster und Verbandmull rannte.

Diesmal kam er nicht.

Willi ging in die Küche. Zu suchen brauchte er nicht.

Er öffnete die Tischschublade, griff in das rechte Fach und hatte es in der Hand.

Das Pfadfindermesser hatte ihm sein Vater zum zwölften Geburtstag geschenkt. Das war nach der Scheidung... Pesch brauchte es manchmal, wenn er im Haus herumbastelte. Willi hatte das Messer nie mehr berührt.

Nun steckte es in seiner Windjacke verborgen. Dort blieb es. Die roten Punkte...

Schon sah Willi die beiden Wohnblöcke am Rande des Mühlenviertels. Er schwang sich aus dem Sattel und stellte das Rad gegen eine Mauer. Drüben, im dritten Stock brannte Licht. Auch im Schlafzimmer. Sicher lag Pesch auf dem Bett, die Bierflaschen daneben, und starrte in die Glotze – wenn er nicht wieder prügelte.

Willi setzte sich auf die Mauer und fühlte über die Kante: sandiger Zement. Er holte das Messer aus der Windjacke und schärfte mit langsamen, selbstvergessenen Bewegungen die Klinge.

Einen der roten Punkte würde er treffen. Er wußte, welchen.

Vielleicht gab es noch mehr solcher Punkte. Sicher war: der ganze Pesch bestand aus roten Punkten...

*

»Also nochmals! Und der Reihe nach, bitte.«

Der Anruf kam aus dem Mühlenviertel. In der Polizeizentrale Offingen kannte man solche Anrufe zur Genüge. Mal wurde eine Tür eingedonnert, mal gab es Einsätze zur Schlichtung »häuslicher Streitigkeiten«, dann wiederum krakeelte ein Besoffener oder eine Punk-Bande übte den Aufstand. »Die schaffen mich – verdammt«, dachte der Polizei-Obermeister Uwe Lehnhard, der an diesem Abend Dienst hatte. Wenn's mal ruhig ist wie jetzt, kommen sie! Die sorgen für Abwechslung.

Er nahm Kugelschreiber und Protokollbuch: »Wo ist das?«

»Herzogstraße 26.« Es war eine Jungenstimme. Zuerst hatte sie noch ganz ruhig geklungen. Nun konnte der Kerl kaum sprechen, so heftig ging sein Atem.

»Und es handelt sich um deine Mutter? Um Gertrud Melldorf? Stimmt das?«

»Ja.«

»Und was ist mit ihr?«

»Was mit ihr ist...« Nun war es keine Stimme mehr, nur noch ein Schluchzen.

»Beruhige dich mal. Red langsamer. Was ist mit deiner Mutter?«

»Völlig fertig ist die. Die kann nicht mehr. Der müßt ihr helfen! Und der andere...«

»Welcher andere?«

»Ihr müßt helfen...!« kam es zurück.

»Tun wir doch. Dafür sind wir da. Aber bei was?«

»Kommt bloß...«

Es knackte.

»Hör mal«, versuchte es Lehnhard nochmals. »Hör doch!«

Die Leitung blieb tot. – Meine Mutter ist völlig

fertig?… Ein Ehekrach vielleicht? Oder ein Kreislaufzusammenbruch? Hysterische Frauen, die mal durchdrehten, war man schließlich gewohnt. Wahrscheinlich war sie krank…

Polizeiobermeister Lehnhard tat das, was ihm die Dienstvorschrift für solche Fälle vorschrieb: Er gab die Meldung an die DRK-Leitstelle weiter, und nur Minuten später, lang ehe die Polizeistreife eintraf, fuhr der Krankenwagen mit den beiden DRK-Helfern vor dem Haus Herzogstraße 26 vor.

»Bleib du mal im Wagen.« Der ältere der beiden Männer drehte sich dem Fahrer zu, packte seinen Einsatzkoffer und stieg aus. »Ich seh mal nach. Was die da durchgegeben haben, war ja wieder das letzte! 'ner Frau, der's schlechtgeht? Na und? Mir geht's auch schlecht.«

Erwin Czernetzky kannte das Mühlenviertel und den großen, häßlichen Betonblock, den er nun betrat. Wer vom DRK-Dienst kannte ihn nicht? Und Czernetzky fuhr nun schon seit zehn Jahren seine Runden. Immer das gleiche: Gerümpel, Kisten, Fahrräder im Flur, die Hauswände mit Parolen verschmiert, die Briefkästen eingeschlagen, Geruch nach Moder und Kohl.

Czernetzky stieg die drei Treppen hoch. Er ließ sich Zeit. Melldorf? Er ging über die Galerie, die sich an der Westseite des Hauses entlangzog und zu den Wohnungseingängen führte.

Hier: Melldorf. – Er klopfte. Nichts. Die Klingel funktionierte nicht. Er drückte die Klinke und trat ein.

Und dann stellte Erwin Czernetzky seinen

Koffer ab, so, als wäre das Gewicht zu schwer. Er hatte viel gesehen in den letzten Jahren – aber dies: mein lieber Mann...

Das Linoleum des Flurs bedeckte eine einzige riesige Blutlache. Darin lag ein Mann. Die Knie waren angezogen, die Schenkel gespreizt, der Kopf zurückgebogen, weiß das Gesicht, der Mund ein dunkler Trichter, aus dem blasiger, roter Schaum trat, die Augen weit aufgerissen: das zu einer grausigen Sterbemaske erstarrte Schreckensbild eines Gesichts. Nur die Hand bewegte sich noch, so, als versuche sie die Stichwunden zu zählen, die der mächtige nackte Oberkörper aufwies.

Erwin Czernetzky rannte die Galerie entlang zum Fenster des Treppenhauses. Er riß die Flügel auf und brüllte: »Otto! Otto! Mach schnell! Und bring das Gerät mit.«

Es kostete Czernetzky Schwierigkeiten, in die Wohnung zurückzukehren.

»Hallo!« rief er. Keine Antwort. Aus der Küche drang ein Geräusch. Ein Schluchzen vielleicht? – Er stieß die Türe auf. Der Mann am Boden verdrehte die Augen, als versuche er, ihm nachzusehen, und hier in der Küche war eine Frau. Sie saß in der Ecke, sie hielt die Hände vor dem Gesicht. Czernetzky rannte zurück, kniete sich nieder, hatte Verbandszeug in der Hand, wartete, bis Otto mit der Infusion kam. Na, endlich! Gott sei Dank. Los, schließ es an! Wir müssen ihn auffüllen.«

»Ist doch zwecklos, Mensch. Ja, wie denn?«

Czernetzky sah ihn nur an.

Seine ewige, unerschütterliche Bierruhe in

jeder denkbaren Situation hatte Otto den Ehrentitel »Mann ohne Nerven« eingebracht. Nun schien der »Mann ohne Nerven« am Ende.

»Wo willst du denn 'ne Staukompresse anlegen? Laß doch…«

»Spinnst du? Der lebt noch.«

Der Notarzt hätte in einer solchen Situation die Vene mit dem Skalpell freigelegt. Doch wo war er? Es gab keinen Notarzt! Zum zweitenmal hatte Czernetzky den Puls des Schwerverletzten an der Halsschlagader zu ertasten versucht. Zuviel Blut war geflossen. Die Halsschlagader war nicht mehr zu finden.

»Sieh doch, der Bauch, Mensch…«, flüsterte Otto.

Bretthart und hochgewölbt! Nicht nur auf den Fußboden hatte sich Peschs Blut ergossen, in seinem Leib hatte es sich ausgebreitet, in den verletzten Eingeweiden, drückte gegen die Bauchwand, den Magen.

»Komm schon! Gib her.«

Daß er die Spitze der Kanüle einführen konnte, die den Plasmaschlauch mit dem Behälter verband, nannte Czernetzky später ein Wunder. Und als Wunder erschien es ihm auch, daß der Mann noch immer lebte, ja unter der Sauerstoffmaske noch nach Luft schnappte, als sie die Klinikrampe hochfuhren.

Unterwegs hatte Otto die Katastrophenmeldung durchgegeben. So wurden sie bereits erwartet. Czernetzky erkannte Udo Brinkmann; daneben stand ein zweiter Arzt, ein schmaler, kleiner Kerl mit vielen schwarzen Locken und einer großen Hornbrille. Czernetzky hatte ihn noch nie gesehen.

Sie rissen die Bahre heraus. Im Laufschritt schoben sie sie in die Aufnahme, Czernetzky, immer noch den Plasmabehälter in der Hand, rannte hinterher, bis die Bahre stoppte und der Mann mit der Brille die Decke zurückschlug und dann mit einem kurzen, zischenden Atemzug die Luft einzog.

»Stichverletzungen. Überall. Thorax, Bauch.«

Udo schloß hastig die Pulsmanschette an. So konnten sie die Herzfunktion auf dem Monitor beobachten.

»Schwester! Tampone!« rief Piero Rusca. Es waren die ersten Tage für den jungen Italiener in der Klinik. Nun das. Udo griff zum Skalpell und beugte sich über den blutbesudelten Körper.

»Ein Pneumothorax. Die Bauchwunden? Ich glaube, das ist aussichtslos, Piero.«

»Was heißt hier aussichtslos?« Die Stimme kam von der Tür. Der Alte stand dort.

Udo drehte sich um. Dann blickte er auf den Schirm des Gerätes. Sie hatten den Schlußton überhört. Doch da war die lange, schreckliche horizontale Gerade, die das Ende anzeigte.

»Willst du einen Toten aufschneiden, Vater?«

*

Piero Rusca zog ein Leinentuch über das entstellte Gesicht und den offenen Mund.

Sie sahen sich an. Brinkmann war der erste, der wieder sprach: »Wie alt ist Willi?«

»Vierzehn.«

Brinkmann nickte. Und Astrid, dachte er, die den jungen Metzger beinahe umgebracht hätte, war gerade zwanzig. »Schöne Zeiten sind das, was?«

Sie schwiegen. Brinkmann nahm das Telefon ab, um der Polizei die Nachricht durchzugeben, daß Heinz Pesch seinen Verletzungen erlegen sei. Der diensthabende Beamte wußte Bescheid: »Ich glaube, Herr Professor, wir werden Ihnen gleich auch noch die Frau Melldorf in die Klinik bringen. Die hat einen totalen Zusammenbruch.«

»Kann ich mir denken. Und was ist mit Willi?«

»Den haben wir hier bei uns.«

»Und was wird mit ihm geschehen?«

»Ja nun, das ist noch nicht raus. Das gibt natürlich eine Jugendgerichtsverhandlung. Aber Willi fällt ja nicht unter das Gesetz. Dazu ist er zu jung.«

»Also Heimeinweisung?«

»Was soll ich Ihnen dazu sagen, Herr Professor? Das kommt ganz auf das Gericht an.«

Ja, was sollte er dazu sagen?

Brinkmann legte auf. Und was willst du sagen? Seine Beine wurden schwach.

Er zog sich einen Stuhl heran und setzte sich darauf. Die anderen sahen ihn an. Er zuckte mit den Schultern...

*

Bläulicher Opalhauch in den Talsenken, Nebelschleier vor den dunklen Bändern der Wälder, die

Wiesenkuppen bereits abgeerntet und doch noch von Wärme getränkt; Bäume, beladen mit Obst. Die Straße führte in weichen Kurven darüber.

Es tat gut, so zu fahren, wegzustreben von der Klinik, den Wagen laufenzulassen, Claudia neben sich zu wissen, ja, es war schön in Claudias Nähe...

Das Wochenende. Nichts mehr sehen, nichts mehr hören. Den Tag würden sie in der Hütte verbringen, schmökern, lesen, sich lieben, Spaziergänge natürlich, selbst ein bißchen Arbeit hatte sich Udo eingesteckt, eine Alibiübung, denn daß er sich ernsthaft damit beschäftigen würde, schien ihm selbst unwahrscheinlich.

Ja, weg! Und dennoch: die Klinik läßt dich nicht los... Langsam geht's dir wie dem Alten. Auch der hatte seine Pläne wieder einmal umgestoßen. Diese schreckliche Pesch-Tragödie hatte ihm das Wochenende genommen. Ein kleiner Junge als Messerstecher! Er wollte sich für Willi einsetzen, jedenfalls in der Nähe bleiben, bis die Ermittlungen zu Ende waren. Als ob er damit etwas änderte. Man kann selbst das Übertreiben übertreiben.

»Mach doch nicht so ein Gesicht!«

Sie gab ihm einen kleinen Stups. Ihr Zeigefinger fuhr ihm spielerisch über die Nase und hakte sich irgendwo in seinen Haaren fest. »Komm, Udo! Denk mal an was anderes.«

»An was habe ich denn gedacht?«

»An was schon? An deinen blöden Klinikschuppen.«

»Nun sag mal! Das ist nicht gerade die Sprache, in der man mit einem Chirurgen verkehrt. Meine Geliebte ist der Beruf, klar?«

Sie lächelte noch immer. Aber diesmal riß sie so sehr an seinem Haar, daß er aufschrie. »He! Bist du verrückt?«

»Du! Deine Geliebte ist der Beruf? Dann fahr doch mit ihr zum Picknick.«

»Tu ich doch. Die Tasche ist voll Bücher.«

»So?« Jetzt griff sie auch noch ins Steuer.

»Rechts ran! Laß mich raus!«

Da lachte er. Es war gut, zu lachen. Und hatte sie nicht recht? Und ob sie recht hatte…

»Gut, du bist natürlich die Einzige.«

»Das will ich auch gehofft haben.«

Sie passierten den Kandel, fuhren eine Zeitlang hinter einem Holzlaster her, bogen in Sankt Peter ab nach Wagensteig, sahen vor sich schon die Weißtannenhöhe aufragen, in deren Schatten sich der Titisee verbarg, waren wieder still geworden, genossen dies alles, die weichen Kuppen, das Gestrüpp, das sich am sandigen Boden festklammerte, sich hochzog, übersahen die Schneisen, wollten auch nichts von Waldarbeitern wissen, die die von Krankheit befallenen Bäume sorgsam zerlegten. Ein Wagen schoß an ihnen vorüber, jemand winkte.

»Du, das war doch das Auto vom Ketterer?«

»Wer ist Ketterer?«

»Ein Arzt. Ein Praktiker. Der saß am Steuer. Und hast du die Fahne gesehen auf dem Dach?«

»Das war keine Fahne. Ein Transparent.«

»Was stand denn darauf?«

»Irgend so etwas wie eine Protestparole. Ich hab's nicht genau lesen können. Irgendwas Grünes. Irgendwas mit Wald.«

Er lächelte und nickte: »Das sieht dem ähnlich.«

»Den kenn' ich nicht. Aber da saß noch einer im Auto.«

»Wer denn?«

»Mischa. Der mit der Strubbelpeterfrisur. Ein lustiges Kerlchen.«

»Und ob! Weißt du, was er gestern...«

Udo kam nicht dazu, es ihr zu erklären. Die Abzweigung zum Jagdhaus erschien vor seinen Augen. Er drosselte die Geschwindigkeit, bog nach rechts ab, fuhr langsamer, denn der Weg war von den Fahrspuren der Schlepper aufgerissen. Gott sei Dank – hier hatten sie Schotter daraufgestreut.

»Na, gnädige Frau! Gleich sind wir zu Hause.«

»Nicht ganz so gleich.«

Udo trat auf die Bremse. Nie hatte sie ihn mit soviel Inbrunst fluchen gehört. Über dem Weg lag zwei Meter langes, geschältes Rundholz. Daneben häufte sich ein Gewirr frisch abgeschnittener Äste. Und dahinter sah man zwei Traktoren und eine Gruppe Waldarbeiter.

»Na, Mahlzeit! Das kann eine halbe Stunde dauern.« Er hielt den Wagen an und stieg aus. Gleich hinterm Hang lag das Haus. »Komm!« Hand in Hand, über raschelndes Laub und mächtige Wurzeln stiegen sie hoch. Harzgeruch umfing sie. Ein verspäteter Schmetterling zog um die verblühenden Königskerzen seine Kreise. »Ist doch schön hier? Reden wir mal über was Erfreuliches?«

»Angie!« sagte sie prompt.

»So erfreulich ist das nicht. Im Moment wenigstens.«

»Und warum?«

»Na, wer weiß. Die von der Hamburger Klinik wollen sich um Katharinas Wohnung kümmern. Und wenn sie die schnell kriegt – plumps, ist Angie weg. Und du womöglich auch...«

Sie schwieg und kaute an einem Grashalm.

»Umgekehrt«, er stand auf und sah auf sie herab, »umgekehrt, wie ich meine Frau so kenne, ist sie wählerisch. Eine Villa sollte es schon sein. Oder zumindest ein Penthouse an der Außenalster. Ach, Claudia, und dann...«

»Was dann?«

»Dann bist du auch weg!«

Sie schüttelte nur den Kopf. Er legte die Hand auf ihr Haar, da blickte sie hoch, und er sah ihr Lächeln und war sehr, sehr glücklich. So sehr, daß ihm das Blut ins Gesicht schlug und er fürchtete, sie könne es ihm ansehen. Er wandte sich ab, ging ein paar Meter, rutschte über ein Stück sandigen Boden, riß sich die Hand an einer Brombeerranke auf. Dies alles machte ihm nichts aus, er spürte es kaum: Sie bleibt! Und Angie vielleicht auch, und wenn wir Glück haben...

Den Gedanken dachte er nicht mehr zu Ende. Die Sonne schien, unten hörte man die Rufe der Männer, und hinter den Königskerzen war der Wald, dort oben aber schob sich das Dach der Hütte in den Himmel. Die nächsten drei Meter rannte er. Zunächst konnte er es nicht glauben, dann sah er es deutlich: Aus dem Kamin kam Rauch! Und als er nun oben stand und hinunterblicken konnte zur Einfahrt, sah er auch den Wagen: Ein weißer Audi. Und auf dem Balkon zwei Menschen. Ein Mann, eine Frau. Sie standen eng beieinander, die Hände auf die Holzbalustrade gestützt, und blickten ins Tal.

Er hielt den Atem an. Dann schüttelte er den Kopf, ging zurück und winkte: »Claudia!«

»Was ist denn?«

»Wir kommen leider zu spät. Aber ich konnte es ja nicht wissen. Du, die Hütte ist schon besetzt!«

»Und wer?«

Er verzog den Mund. Ein Grinsen sollte es werden. Vielleicht wurde es das auch. Aber seine Augen waren ratlos und bitter.

»Die verehrte Frau des Chefs. – Christa. Und irgendein Typ...«

»Na und?«

Er zuckte mit den Schultern. »Nichts na und. Ich weiß nicht, aber ich wollte mit dir allein sein. Und noch etwas weiß ich nicht: Ob die beiden das auch wollen...«

»Du spinnst doch.«

»Vielleicht. Na und? – Ich mach dir einen Vorschlag: Wir müssen ja sowieso noch warten. Drehen wir die Karre um und fahren zum Titisee. Dort nehmen wir einen schönen Kaffee und überlegen uns das alles. Und da wir diskrete Menschen sind, können wir ja anrufen. Gott sei Dank, diese Hütte ist 'ne Luxushütte! – nebst Badewanne und Telefon.«

Sie nickte. Sie ließ sich nichts anmerken.

Und warum auch? Der Tag war so schön..

*

»Ein so herrlicher Tag! Es ist wirklich schade, daß dein Mann ihn nicht mit uns erleben kann.«

Längst hatte Vollmers sich dazu entschlossen, das Beste aus allem zu machen. Und er bewies darin nicht nur Geschick und Umsicht, sondern auch die Redlichkeit des wahren Freundes. Sie mußte es anerkennen. Trotzdem, gegen sein ewiges »Wie schade, daß dein Mann nicht hier ist«, hatte sie noch kein Rezept gefunden.

Jetzt ging er ins Haus, kam mit Rucksack, Feldstecher und Kamera zurück und breitete vor ihr auf der Holzbalustrade die Wanderkarte aus.

»Hier rüber zum Rotkopf, das ist wohl der schönste Wanderweg. Und anstrengend ist er auch nicht.« So eifrig war er, wie ein Junge. Es rührte sie nicht nur, sie freute sich auf die nächsten zwei Stunden. Wie oft hatte Klaus davon gesprochen, mit ihr zum Rotkopf zu gehen – nun war es Vollmers. Was er wohl sagen würde, wenn sie ihm das erzählte?

Sie erreichten den Rotkopf kurz nach vier, setzten sich auf der kleinen Kuppe ins Gras und ruhten sich erst einmal aus. Eine Stunde waren sie gegangen. Vollmers bot ihr Drops an, doch sie hatte eine bessere Idee und schenkte ihm Tee ein. Er stand auf, ging zu einem Haselnußstrauch, schnitt sich einen Ast ab und verwandelte ihn mit geradezu professioneller Geschicklichkeit in kürzester Zeit in einen Wanderstock.

»Krieg' ich auch noch ein Monogramm?«

»Na, ich weiß nicht…« Er wurde rot.

»Was weißt du nicht?«

Er verzog das Gesicht. »Ob es dein Mann mag, daß ich dir Geschenke mache? Wir sollten da vielleicht vorsichtig vorgehen. In Raten.«

»Ja, Herbert.« Sie lächelte in sich hinein und bewunderte ihn dennoch. Er war ein verdammt netter Kerl, dieser Herbert Vollmers.

»Und jetzt?«

»Gehen wir rüber bis zu dem Hang. Von dort hat man den Blick auf den Titisee. Sollte man haben, laut Karte.«

Sie sah zum Himmel hoch. Der zeigte sich von seiner freundlichsten Seite. Vorhin hatte sie befürchtet, Regen käme auf; denn über dem dunklen Kamm des Hochfirst lagen verdächtig aussehende Wolken, doch nun: Sonnenschein, Herbstfarben! Dort die Senke, in der Krüppelholz wuchs. Weiter oben ein Hangabriß.

»Nun komm schon!«

»Mit meiner Monogrammkrücke?« lachte sie.

Er schüttelte den Kopf. »Ein Stab. Und er soll dich durch alle Mißgeschicke und Fährnisse führen.«

Der Satz war ihr ein bißchen komisch altväterlich erschienen. Das war er wohl auch. Später sollte sie sich an ihn erinnern…

Etwas widerstrebend machten sie sich an den Abstieg, erreichten den Talweg, überquerten eine kleine Brücke, unter der braun und schäumend ein Wildbach schoß. Ihre Beine schmerzten, und sie dachte daran, daß, wenn sie nun umkehrten, noch immer Zeit sein würde, Klaus anzurufen und ihn zu überreden, zur Hütte zu kommen, doch da war nun mal der Aussichtspunkt, von dem sich »alle Herrlichkeiten des Schwarzwalds« bewundern ließen. Sollte man darauf verzichten?

Nein. Wieso auch?

Er war stehengeblieben und fuhr nun herum: »Achtung!«

Zunächst begriff sie nicht. Dann folgte ihr Blick seinem Zeigefinger. Sie sah. Dort oben, wo der Humus sich gelöst und der Berg sein nacktes, sandiges Inneres zeigte, kam ein Stein: Wie ein verrücktgewordener schwarzer Punkt tanzte er in jähen, großen, unberechenbaren Sprüngen in die Tiefe. Vollmers' Gesicht hatte sich verzerrt. Er kam herangerannt, riß sie an der Hand. War er verrückt geworden? »Los! Rüber!« – Sie verstand noch immer nicht. Da stieß er sie in den Rücken, daß sie gegen die Böschung fiel, warf sich über sie.

Da erst begriff Christa.

Dieses fremde Knistern, das den Wald erfüllte? Plötzlich wurde es zu einem ohrenbetäubenden Donnern.

Nein!

Sie schloß die Augen, ihre Hände tasteten über den Bauch. Vollmers lag über ihr und hielt ihre Schulter umklammert. Mein Kind?! – Der einzige und letzte klare Gedanke, den Christa Brinkmann denken konnte, Vollmers' Hand, die eine Tannenwurzel umklammerte, der letzte Eindruck. Was folgte, blieb ungeordnet, zersplitterte in einem Chaos von Geräuschen, Todesfurcht, Qual und Schmerz.

Die Erde unter ihr zitterte. Dunkel war es, Vollmers' Körper lastete schwer. Sie versuchte zu atmen, hustete. Und dann traf etwas ihren Schädel und löschte Schmerzen und Angst…

*

»Vorsichtig die Steine wegräumen. – Das ist eine Frau.«

Das ist eine Frau…? Männerhände, die zugriffen. Arbeitergesichter, über die der Schweiß lief. Ein großer Mann, der schrie: »Los, Wenzel! Hau ab! Du hast das Motorrad. Fahr rüber ins Haus.«

»Mach ich.«

»Und hör mal: Wenn die Tür abgeschlossen ist, schlag das Fenster ein. Die haben Telefon. Ruf den Hubschrauber, hörst du? Den Hubschrauber sollen sie schicken!«

»Ja, Chef.«

Den Hubschrauber? Christa versuchte den Kopf zu drehen, zu überlegen, es gelang nicht. Der Schmerz ließ sie aufschreien.

Vollmers?! Der Hubschrauber?

*

»Du! Das ist ein Hubschrauber.«

Claudia hatte das Fenster heruntergekurbelt. Sie rollten die Kehren des Glottertals hinab, und als sie eine Gerade erreichten, war es wieder da: das dünne Pfeifen der Turbine, überlagert von dem peitschenden Knattern eines Rotors. Sie hängte sich weit aus dem Wagen. Sie deutete zum Himmel. Sie lachte, das Haar flatterte um ihr Gesicht. Ein Spaziergang zum See, anschließend Kaffee und Kuchen auf der Terrasse am See und ein langes Gespräch, wie nun alles weitergehen sollte – gelöst war sie und glücklich, und die Pleite mit der Hütte schien vergessen.

Udo fuhr langsamer.

Richtig: Da war er! Die Sonne blitzte auf der Glasverkleidung. Nun zog die Maschine eine leichte Rechtskurve und verschwand hinter der nächsten Waldkuppe.

»Der fliegt Offingen an.« Udo gab Gas.

»Was ist denn? Was machst du für ein Gesicht?«

»Ich mag Hubschrauber nicht. Nicht ums Verrecken! Vor allem die nicht, die Offingen anfliegen.«

»Du meinst...«

»Was soll ich denn sonst meinen? Da kommt ein Kunde. Und ein ziemlich dringender. Ich schau zu, daß ich nach Hause komme.«

*

Christas rechte Schulter und der Arm steckten im Stützverband, die Kopfwunde war genäht. Sedativa und Schmerzmittel arbeiteten gegen den Schock.

Vollmers jedoch...

Zunächst hatte es so ausgesehen, als wäre überhaupt nichts zu machen und jeder Versuch zum Scheitern verurteilt. Dies waren die ersten Minuten, als der nackte, von blauen Schwellungen verunstaltete, große Körper Vollmers' auf dem Tisch lag.

Siebzehn Uhr zwölf war an der Zeitanzeige abzulesen. Piero Rusca meldete die Werte: »Puls hundertfünfzig! Druck fällt.«

Nur drei Minuten später, um siebzehn Uhr fünfzehn: »Puls hundertsechzig. – Druck nicht mehr meßbar!«

Das einzige Mitglied des Notfallteams, das auf diese Katastrophennachricht mit professioneller Kühle reagierte, war Katharina Gessner: »Die Infusion läuft, Herr Rusca. Und präkardial ist der Herzschlag noch deutlich.« – Präkardial, vor dem Herzen bedeutete das. Und: »Der Kreislauf setzt wieder ein.«

Dies sagte sich auch Brinkmann, während um ihn die Geräusche der Operationsvorbereitung abliefen: das Klappern der Schalen und Instrumente, die halblauten Stimmen, die nur mit Mühe ihre Erregung zu dämpfen vermochten. Er mußte all seine Kraft aufbieten, um den Sturm von Fragen und Gefühlen einzudämmen und seine Aufmerksamkeit auf das zu richten, was ihn erwartete. Die Blutkonserven waren in den OP gebracht worden. Die Blutschnelluntersuchung hatte einen Hämatokritwert von dreißig Prozent erbracht. Hämoglobin neun Prozent. Schwerster akuter Blutverlust bei stumpfem Bauchtrauma! Medikamente, die die Blutstillung herbeiführen sollten, liefen bereits durch die Infusion.

Und hier am Leuchtschirm hingen nun die Röntgenaufnahmen, die in aller Eile angefertigt worden waren. Was brachten die ohne Kontrastmittel? – Was brachte das alles?

Vollmers und Christa!, dachte Brinkmann.

Am Rotkopf aufgefunden?

Ganz in der Nähe der Hütte...

Vollmers und Christa eng umschlungen unter einer Steinlawine!

Später, sagte er sich... Mach dich bloß nicht verrückt! Nicht schon wieder. Aber Gefühle lassen sich nicht abschalten. Du bist doch kein Übermensch... Himmelherrgott. Wenn jetzt nur einer da wäre, der die Nerven und das Können hätte, einen solchen Eingriff durchzuziehen, sich dem zu stellen, was noch kommen wird!

Warum ausgerechnet du?!

Brinkmann drehte sich um. Vier Augenpaare waren auf ihn gerichtet.

»Wir beginnen mit einer medialen, oberen Laparotomie...«

Schwester Ella, die Instrumenteuse, reichte ihm das Messer. Es war die Zehnerklinge, die Brinkmann für diese Arbeit häufig benützte. Diesmal schüttelte er den Kopf und zischte zornig: »Herrgott noch mal, Ella! Die Fünfzehner doch.«

Udo sah ihn an, und vom Kopfende begegnete

ihm aus graugrünen Augen der besorgte Blick Katharina Gessners. Mitgefühl stand darin, etwas wie ein Appell. Vielleicht bildete er sich das nur ein. Nein…? Sie dachten es doch alle am Tisch: Seht den armen Hund!, dachten sie. Kämpft um das Leben des Mannes, der ihm gerade noch Hörner aufgesetzt hat!

Die Klinge zog ihren Weg: Längsspaltung in Mittellinie, eine Durchtrennung der Nerven, größerer Gefäße und Muskeln wurde damit vermieden. Die Tupfer begannen zu arbeiten, die Rochardhaken griffen, und Brinkmann versuchte sich vorzustellen, was diesen Körper so zugerichtet hatte. Er kannte es doch. Ein Stein löst sich, braucht gar nicht groß zu sein, ein Tier, Hase oder Reh, konnte ihn losgetreten haben. Er beginnt zu rollen oder rutscht nur, lockert das Gefüge der anderen Steine, die um ihn lagern, ein zweiter Stein wirft sein Gewicht auf einen dritten, und nun kommt alles in Bewegung, bricht über den Hang, kommt wie ein Weltuntergang über ein Liebespaar, zwei Menschen, eine Frau, einen Mann, diesen Mann, der hier lag, der nichts mehr war, als ein betäubter, um sein Leben kämpfender Organismus…

Zwanzig Minuten arbeiteten sie nun. Und es war, als würde das Bild des blutigen Operationsdramas vor seinen Augen sich auflösen.

Brinkmann holte tief Atem, streckte sich durch und versuchte zu überlegen: die Bauchkontusion war die Gefahr! Sie hatte die Zerstörungen angerichtet. Die Milz war nicht zu retten. Sie mußte raus. Dann würde man weitersehen. Doch die

Mehrzahl der Quetschungen lagen im Rückenbereich. Daß die Wirbelsäule nichts abbekommen hatte, war ein schieres Wunder...

Hier aber: Die achte Rippe gebrochen. Blutgelee, wo man hinsah! Die Rippe hatte die Milzperforation angerichtet. Der freie Bauchraum? Als er nun unter dem Licht der Strahler sich öffnete, hielten sie den Atem an. Kein Wunder, daß das Sauggerät versagte! Ein See. Darin dunkle Koagulamassen. Zehn Minuten versuchten sie zu dritt, mit den Tupfern das Operationsfeld freizubekommen. Und es blutete immer noch.

»Wie steht's, Katharina?«

Sie nickte nur. Sie begriff ohne hinzusehen. »Ich hänge eine neue Konserve an.« Die sechste! Drei Liter Blut waren durchgeflossen. Herrgott, ein Herz hatte dieser Biologe! Für einen Wissenschaftler wirklich erstaunlich.

Nicht denken!

»Mach schon. Komm, Piero, ich brauche mehr Sicht. Und die Cardia-Darstellung hast du auch nicht fertig.«

»Porce cane!«

»Was heißt das?«

»Gar nichts«, sagte Piero Rusca und richtete den verzweifelten Blick zu Udo, der noch immer dabei war, den Milzstiel zu umnähen. Das Organ selbst – zerstückelt, weggeworfen. Der Mensch kann ohne Milz leben. Das Mark in den blutbildenden Knochen wird die Funktion, rote Blutkörperchen herzustellen, übernehmen.

Doch ohne Leber stirbt er...

»Volumen sinkt«, kam Katharinas Stimme.

»Maledizione!« Ein Stück blutiger Gaze hatte Ruscas Brillengläser verschmiert. Er braucht nicht einmal zu winken, Ella zog ihm die Brille bereits ab. Seine Augen wirkten ratlos, fast ängstlich, wie die eines Jungen.

»Das alles müßte schon ein wenig schneller gehen«, hörte Brinkmann sich sagen. Was nörgelte er herum? Verdammt: Er war auch schon besser, hatte ruhigere Hände gehabt!

»Ich werde nochmals erweitern müssen. Binden Sie hier ab.«

Er versuchte die Situation wieder aufzunehmen: Ohne Milz, ja – doch ohne Leber? Schlimm sah es aus. Der Anprall, der Druck, das Gewicht hatten das lebenswichtige Organ aufplatzen lassen wie eine Frucht.

Nun sahen sie es alle. Und sahen das Blut, das in großen Mengen aus aufgerissenen Gefäßen sikkerte. Er hörte sich sprechen, ruhig, sachlich, doch selbst seine Stimme war ihm fremd geworden. Wie auch nicht?

»Sie erkennen jetzt: Vor allem der rechte Leberlappen ist beschädigt. Wir haben hier eine zentrale Verletzung des Leberrandes. Und dann hier, Abriß an den Bänderansätzen. Außerdem an der Leberkapsel ein Hämatom. Bei einer so großen Verletzung...«

Brinkmanns Hände tasteten über die blutig schimmernde, tiefbraune Oberfläche des Organs: »Hier! – Hier blutet es aus der Tiefe des Risses! Bei einer solchen Verletzung ist eine Direktnaht sinnlos. Auch Ligaturen wären viel zu zeitraubend. Ich werde also eine Netztamponade einführen und dann mit großen, übergreifenden Nähten wieder verschließen.«

Sie nickten.

»So, noch einmal Tupfer. Danke.«

Er war jetzt ruhig. Die anderen blickten gebannt, doch nur für Sekunden. Soviel gab es zu tun.

»Verdammt noch mal!« Wieder schoß Blut hoch.

»Los, eine weiche Klemme. Die Leberduodenale, die das Organ versorgt, können wir blockieren. Auf, Udo, mach du das mal!«

Vier Hände in Vollmers' Leib.

Ob er sie geliebt hat? Wirklich geliebt ...?

Gedankenfetzen, die ihm durch den Kopf schossen...

Damals, in Freiburg? Das Warten in ihrem Zimmer. Damals in Freiburg...

Er nahm den Tampon, senkte die Stielform des Gewebes in die Wunde.

Geliebt. Von Herzen geliebt...

Schlug Vollmers' Herz?

»Frequenz?«

»Nicht sehr stabil«, kam Katharina Gessners Antwort. »Aber ich bring' das schon hin. Arbeiten Sie ruhig weiter.«

Sie drehte an den Griffen des Geräts, hatte kurz aufgeblickt. Er sah sie an. Er lächelte ihr zu...

So, die Tamponade saß.

»Dexonfaden. Nummer eins, Schwester, und die große Rundnadel, ja?«

Als ob er das sagen müßte. Trotzdem, das Sprechen tat gut. Es hinderte ihn, zu denken. Herrgott, und hier eine neue Verletzung, eine die er zuvor übersehen hatte. Nochmals Blut. Was hatten die Steine mit diesem armen Kerl angestellt?

»Das Messer.« Er brauchte mehr Platz, und so spaltete er den Längsschnitt nach rechts unterhalb des Rippenbogens entlang. Die Klinge hatte die Faszie erreicht, schnitt erneut. Rusca band ein größeres Gefäß mit Catgut ab.

Na, endlich! Er dachte es nur und hob kurz den Kopf. Von irgendwo kam ein Knall, ein fernes Wummern, wie eine Explosion. – Nun ein zweites Mal.

»Was war denn das?«

»Eine Sprengung, was sonst?«

»Was, am Sonntag?« sagte Brinkmann, ließ sich die Nase abtupfen und beugte sich wieder über Vollmers' Körper.

*

Es krachte.

Wer hatte das Ding geschmissen? Brigat natürlich. Der Volksschullehrer, der mit Feuerwerkskörpern um sich warf? Ein ganz neues Berufsbild gab dieser dicke, gemütliche Brigat ab.

Nun winkte er Ketterer zu: »Du, Doktor! Ich glaube, auf der Treppe rührt sich was. Die Typen vom Werkschutz kommen. Beeilung, Doktor!«

Richtig, Beeilung.

Sie waren zu siebt. Sie standen auf dem Flachdach der Grossmann-Hauptverwaltung. Mischa bückte sich und drückte Ketterer die rotlackierte Flüstertüte in die Hand. Jetzt strömten die Arbeiter aus der Werkshalle: Angehörige der Sonntagsschicht der Grossmann-Chemie. Sie hielten die Köpfe im Nacken, sie starrten hoch. Ein böiger Wind ließ das Transparent knattern, blies Ketterer Staub in die Augen. Das Transparent hatten sie zwischen Antenne und Kamin gespannt. Das Tännchen, das am Halteseil mitbaumelte, nahm sich ziemlich kläglich aus. Die riesigen Buchstaben aber, die Brigat und die Jungen seiner Klasse auf das Tuch gepinselt hatten, machten sich gut. Weithin, sicher bis zum Marktplatz, mußte es zu lesen sein: STERBEND GRÜSST DER WALD OFFINGEN UND SEINE INDUSTRIE!

»Komm schon, Doktor!« rief Mischa. Und auch Brigat winkte schon wieder. Ketterer machte ein paar Schritte, ein wenig sonderbar kam er sich schon vor, hier, direkt an der Dachkante, diesen ekelhaften Wind um die Nase. Er hob das Sprachrohr an den Mund und schaltete den Verstärker ein: »Ich bin Doktor Alfons Ketterer. Manche von euch werden mich wohl kennen...«

Keine Reaktion. Nicht einer, der die Hand hochnahm. Na, wie auch? Die hingen doch alle von Grossmann ab. »...weil ich oft zu euch gerufen werde. Zu euch, zu euren Familien, zu euren Frauen und Kindern. Zu Menschen, meinen Patienten, die krank geworden sind. Und was sind das für Fälle? Bronchialleiden! Krupp-Husten! Allergien! Ich habe meine Meldung längst an die zuständigen Stellen weitergegeben. Jeder Fall ist bei mir archiviert. Ihr aber, die ihr davon betroffen seid, müßt euch endlich mal darüber klarwerden: Die Verantwortung tragen die Kreise, die sich bis heute geweigert haben, die Emissionen der Grossmann-AG durch eine effiziente Filteranlage...«

Ketterer brach ab.

Die Tür des Dachaufstiegs war aufgeflogen.

Eine Gruppe von Männern stürmte heraus, die vorderen hielten Feuerwehräxte in den Fäusten. Angst konnten die ihm nicht machen. Die doch nicht. Sollten sie!

Alfons Ketterer wollte den Blechtrichter wieder hochnehmen, da scholl ihm vom Dach des Pförtnerhauses eine andere, noch stärkere Lautsprecherstimme entgegen: »Hier spricht die Werksleitung! Verlassen Sie sofort Dach und Firmengelände! Dies ist die letzte Aufforderung. Sie verstoßen mit Ihrer Besetzung gegen die Sicherheitsbestimmungen. Falls Sie sich weiter weigern, sind wir gezwungen, Gewalt anzuwenden.«

Die wandten sie bereits an. Ketterer hörte, wie Mischa aufschrie und in die Knie ging.

Und da waren sie!

Der Vorderste ein Quadratskopf in Uniform, die Hand streckte sich aus, die Pfote krallte sich in Ketterers Lederjacke.

Er wollte sich befreien.

Der andere stolperte, fiel hin, kam gleich wieder hoch. Da hatte Ketterer endgültig genug, er riß seine Flüstertüte hoch und schlug zu.

»Verbrecher! – Dreckschwein! – Au!«

Ein Schlag erwischte ihn an der Stirn. Der Schmerz stach in sein Gehirn. Dr. Alfons Ketterer ging zu Boden...

*

Brinkmann kannte die Erschöpfung in all ihren Graden und Formen – so am Ende hatte er sich selten gefühlt. Die Glieder wie Blei, Rücken und Trapezmuskel noch immer schmerzhaft verspannt, Schleier vor den Augen, ein dunkles Kreisen im Schädel, am schlimmsten noch, und dies war eine neue Erfahrung, ein Zittern tief in ihm, so, als sei jede seiner Nervenbahnen von Vibrationen erfaßt, die er nicht mehr zu steuern vermochte.

Alt wirst du, mein Lieber! Gib's zu. Das ist es.

Und verdammt alt hast du vorhin im OP auch ausgesehen. Udo hatte sich tapfer gehalten, die Nähte saßen einwandfrei, und auch dieser junge Piero Rusca machte sich. Er hatte Talent. Vor allem aber Katharina! Ohne ihre Ruhe und ihr Können wäre alles schon bei Beginn der Arbeit zu Ende gewesen.

»Klaus!«

Römer kam. Brinkmann hob kaum den Kopf, als er ihm zuwinkte und dann heransteuerte. Noch immer stand er an der Wand des kleinen Vorraums, der zur Operationsabteilung führte, kaum sich selbst und seiner Umwelt bewußt, die Gedanken bei dem, was geschehen war: Vollmers' blutleeres Gesicht. Die Wunden. Seine Mühe an einem Körper, der womöglich diese Nacht nicht überleben würde, und dann Christa...

Nicht weiterdenken! Wozu?

Vollmers und Christa. Christa und Vollmers? Die alte Geschichte, so oft in seiner Phantasie lebendig und belächelt. Und jetzt? Ausgerechnet hier wurde ihm die schreckliche Pointe geliefert.

»Na? Vorbei? Habt ihr's geschafft?«

Brinkmann kostete es Mühe, sich auf Römers Frage einzustellen.

»Was heißt geschafft? Du kennst das doch?«

»Aber er lebt.«

»O ja! Und wenn er das die nächsten vierundzwanzig Stunden weiter tut, können wir uns noch Chancen ausrechnen.«

»So schlimm?«

Brinkmann sah zur Tür. Sie klappte auf, die Flügel rasteten ein. Da war Marks, der die Rollbahre zog, und dahinter Katharina Gessner, aufrecht, federnd beinahe, so, als hätten die letzten vier Stunden nicht existiert, als sei sie nicht mit ihm durch dieselbe Hölle gegangen und hätte die ganze verfahrene Situation im letzten Augenblick noch einmal herumgerissen.

Jetzt war sie am Aufzug, blickte zurück, hob kurz die Hand. Er nickte ihr zu.

»Eine unglaubliche Frau«, sagte Römer, als habe er seine Gedanken erraten. »Wirklich wahr. Daß sie geht, das tut weh. Fachlich ist sie wirklich eine Eins.«

»Ja«, meinte Brinkmann erschöpft. »Und ein Wunder an Ausdauer und Kraft.«

Römer sah ihn an. »Das warst du auch.«

»Ich? Du bist ein schlechter Internist, Römer. Oder ein Lügner. Ich bin völlig kaputt.«

»Na, endlich.«

»Was endlich?«

»Auf so einen Satz habe ich schon lange gewartet. Keinen Urlaub, immer rumtoben! Was glaubst du denn, was du dir noch alles zumuten kannst? So jung bist du...«

»Laß das. Wie geht's meiner Frau?«

Er war froh, daß die Frage heraus war. Er fühlte sich erleichtert. Er fühlte sich auch wieder kräftiger. Und Römer lächelte.

»Na, die paar Beulen... Schlimmer ist aber der seelische Schock.«

Er schwieg.

»Hör mal, Brinkmann, wenn ich dir dazu noch etwas sagen darf...«

»Nein. Das ist meine Angelegenheit.«

Es kam heftiger, als er es beabsichtigte. Römer schien es ihm nicht zu verübeln. »Okay. Aber etwas sage ich trotzdem: Er hat sie geschützt, als die Steine runterkamen. Und was das heißt, kannst du dir vorstellen. Er hat sie mit seinem Körper geschützt. Diese Leute vom Rettungshubschrauber haben es mir erzählt.«

Brinkmann lächelte dünn. »Und was erwartest du?«

»Nichts.«

»Na gut, ich werde mich bei Gelegenheit dafür bedanken, Römer... Ist es das, was du willst?«

Die Situation war bedrückend geworden. Er

hatte falsch reagiert. Na gut. Wieder mal... Aber es stimmte doch! Wieviel Verständnis erwarteten sie von ihm? – Christa? Nun auch noch Römer...

Er hob kurz die Hand und ging zum Aufzug.

Als sich die Türen auseinanderschoben, sah sich Brinkmann einer Gruppe blutender, verschrammter, erregter Menschen gegenüber. Der erste war Ketterer. Die Jacke hing ihm in Fetzen von der Schulter. Er grinste mit dünnen, farblosen Lippen.

»Tag, Klaus.«

»Tag. Was ist denn mit dir los? Bist du unter die Räuber gefallen?«

Nun kam Mischa. Auch er mit blauem Auge, geschwollener Lippe und blutender Beule am Kopf. Dahinter ein Mann in einer Art Uniform, das Grossmann-Zeichen am Kragen. Und der war es, der zu zetern anfing: »Räuber? Banditen sind das da! Der da auch. Ganz gewöhnliche Banditen!«

»Herr Professor!« Mischa drängte sich an ihm vorbei. »Herr Professor, wir haben nur ein Transparent entrollt. Bei der Firma Grossmann. Wegen dem Waldsterben.«

»Entrollt?! Getreten und geprügelt haben die!«

Mischa wandte den Kopf. »Nun halten Sie mal die Klappe! Sie wissen ganz genau, wie friedlich wir waren.«

Brinkmann holte tief Luft und bemühte sich um Gelassenheit. – Auch das noch!

»Dir komme ich wohl nicht ganz gelegen?« sagte Ketterer.

»So kann man es nennen. Aber schließlich: du hast dich ohnehin im Stockwerk geirrt. Wo die Ambulanz ist, weißt du ja. – Mischa: Renz kann euch doch versorgen?«

»Aber sicher. Wir dachten nur, wir sollten mal mit Ihnen…«

»Sie sollen gar nichts, Mischa. Sie sollten nur Ihre Beule verbinden lassen. Gibt's sonst noch was?«

»Nein, Herr Professor.«

So sanken sie mit dem Aufzug wieder in die Tiefe. Brinkmann spürte seinen Puls hart und schnell an der Schläfe: Mit Christa reden? Nein, wieso auch? – Hinlegen und schlafen? Schlafen, dachte er, Augen zu und weg von allem…!

Einundzwanzig Uhr zweiunddreißig zeigte inzwischen die Uhr am Kontrollbord in der Intensivstation. Hier standen Udo Brinkmann und eine blasse, nun doch ziemlich nervöse Katharina Gessner. Sie beobachteten die grünen Kurven und Ziffern, die die graue Fläche des Bildschirms musterten. Es waren die Werte, die die Geräte am Körper des bewußtlosen Herbert Vollmers aufzeichneten und in die Zentrale der Station sandten.

»Ein schöner Mist«, seufzte Katharina. »Schlimm. Vor allem für deinen Vater.«

Udo schwieg.

Sie sah ihn an. »Sag mal, Christa und Vollmers? Glaubst du daran?«

»Nein.«

Sie legte den Kopf schräg. »Aber du weißt doch noch, die Gerüchte damals…«

»Gerüchte?«

Katharina nickte. Sie sah Vollmers' eingefallenes, schweißbedecktes Gesicht vor sich und nahm den Blick wieder hoch zum Schirm. Die Pulsfrequenz Vollmers' hatte sich gebessert. Für jemand, der eine solche Operation hinter sich gebracht hatte, lag sie noch im Bereich des Erträglichen. Auch die Gehirnströme wiesen keine Veränderung auf. Was ging sie das alles an? Was beschäftigten sie die Probleme der Familie Brinkmann? Nur der Alte – er tat ihr leid. Er hatte gelitten. Er hatte alles versucht und war doch nicht auf der Höhe seines Könnens gewesen.

»Soll ich dir was sagen? Um deinen Vater mache ich mir mehr Sorgen.«

Auch dazu schwieg Udo. Er hatte dasselbe gedacht, die ganze Zeit, doch was änderte das? Hauptsache, Vollmers kam durch.

»Kommt er durch? Was meinst du?«

»Frag mich was Einfacheres. Ja, ich glaube schon...« Etwas von ihrer alten Vertrautheit war zwischen ihnen erwacht, wurde so stark, daß er ihr die Hand auf die Schulter legte: »Ohne dich brauchten wir uns diese Frage gar nicht zu stellen, Katharina. Das hast du prima gemacht heute. Dein vorletzter Arbeitstag, und dann noch so was.«

Sie nickte. »Na ja, ich habe drei Wochen Urlaub, ehe ich in Hamburg beginne.« Ihre Lippen bewegten sich, als wollte sie noch etwas hinzusetzen, doch dann ging sie entschlossen zur Tür.

Udo folgte ihr. »Schwester Ina! Sie wissen: Bei der geringsten Veränderung sofort Alarm!«

Er bekam keine Reaktion. Der Satz war auch überflüssig. Draußen sah Katharina ihn an. Und dieses Mal war ein Lächeln auf ihrem Gesicht, ein wenig distanziert, aber doch voll Wärme.

»Was kuckst du so?«

»Nun, soll ich das nicht? Hör mal, eine Frage unter Kumpels und Kollegen: Claudia bleibt doch hier?«

Er nickte. »Es scheint so.«

»Und…«

»Was und?«

»Das wird doch was mit euch, stimmt's?«

Udo spürte keine Lust, sich in rettende Ausreden und kleine Lügen zu flüchten, schon gar nicht in dieser Situation. Lügen? Wieso noch? Dies war die Stunde der Wahrheit.

»Ja«, sagte er. »Das wird wohl was.«

Ihr Gesicht verriet keine Überraschung. Es blieb ruhig wie zuvor. Nun nickte sie sogar, ein Mensch, der für eine Annahme keiner Bestätigung bedarf, weil er die Entwicklung bereits vorausgesehen hatte. »Das ist schön. Warum auch nicht? Immerhin reduziert es meine Schuldgefühle.«

»Ja, hast du denn welche?«

»Das fragst du? Komm, Udo, du kennst mich doch? Dir gegenüber habe ich welche gehabt.«

»Na, dann streich sie.«

»Versprochen«, sagte Katharina und wirkte auf einmal sehr müde.

*

Man lebt sein Leben so gut es geht, hat seine Vorstellungen und Träume, manchmal sogar Ideale – und dann, ja, dann passiert etwas, das dich aus allem herausreißt, was bisher selbstverständlich war: du landest unversehens mit Spritzen vollgepumpt, den Kopf eingebunden, in einem Klinikzimmer. Landest? Was heißt landest? Wirst eingesperrt! Und das zusammen noch mit dem Mann, der dir zwei Rippenquetschungen, eine leichte Gehirnerschütterung und einen soliden Bluterguß am Oberschenkel beigebracht hat.

Und ausgerechnet der starrt dich noch an, als seist du selbst der Totschläger! Und was sagt er? »Ne!« sagt er. »Da schlafe ich noch lieber im Waschraum, als mit solchen Krawallproleten in einem Zimmer!«

»Aha! Ich bin also der Krawallprolet?« stöhnte Dr. Alfons Ketterer. »Absurd ist das, vollkommen verrückt!«

Dr. Ketterer hatte das Zimmer als erster betreten und hielt sich gleich vorsichtshalber am Waschbecken fest. Nun kam Kritz! Ein verschwollenes Auge, die Nase ein bißchen dick. Dr. Alfons Ketterer registrierte es mit Genugtuung. Es tat zwar gut, war aber wohl kaum in das Bild des Heilers und Praxisarztes einzufügen. Schön hast du da zugelangt. Prima!

»Andere Betten sind nicht frei, Herr Kritz«, gab die Oberschwester bekannt.

Die Hildegard wiederum kannte Ketterer von seinen Patientenbesuchen. Nicht zu spaßen war mit ihr. Haare auf den Zähnen! Stand da wie ein richtiger Wachtmeister und kommandierte, ein genußvolles Lächeln in den Augenwinkeln. Ketterer begriff. Schließlich: Machte das nicht die Polizei genauso? Nach einer Wirtshausprügelei steckten die auch die gesamte Truppe in die Gemeinschaftszelle.

Dieser Kritz vom Grossmann-Werkschutz schien sich damit nicht abzufinden: »Andere Betten? Ich brauch' kein Bett. Lieber schlaf' ich im Kohlenkeller, als mit ihm in einem Zimmer! Dem Kerl verdanke ich meine Verletzung. Doktor nennt sich so was!«

»Klar!« sagte Ketterer und blinzelte Hildegard zu. »Wie sonst? – Und meine Rippenquetschung? Und mein Knie? Wer hat dafür gesorgt?«

Dr. Alfons Ketterer schaffte den Weg hinüber zum Bett am Fenster. Dort setzte er sich erst mal hin: »Wann kommt denn der Brinkmann? Untersucht er mich nicht?«

»Der Brinkmann? Sie meinen wohl den Herrn Professor?!« Hildegards Augen blickten unfreundlich. »Der hat vier Stunden operiert.«

»So? Na gut. Operieren kann ich nicht, aber mich selbst versorgen, schaff' ich noch immer. Muß ich ja auch in diesem Fall. Morgen habe ich Hochbetrieb. Da ist das Wartezimmer gerammelt voll.«

Damit kam er nicht durch. Nicht bei Hildegard. Die brauchte nur zu kucken.

»So? Dann kann ich Ihnen sagen, was Sie tun werden.«

»Bitte!«

»Rufen Sie morgen früh Ihre Sprechstundenhilfe an und sagen Sie Bescheid. Ihre Vorstellung fällt aus, Herr Dr. Ketterer. Und noch was…«

Damit ließ sie Ketterer und wandte sich an Kritz: »Hier wird nicht rumgemotzt. Das gilt für Sie und gilt auch für den Doktor. Oder soll ich euch einen Polizisten ins Zimmer stellen, damit das ein Ende hat?«

Kritz machte den Mund auf. Nur einmal. Dann schloß er ihn rasch wieder.

Ketterer grinste.

»Na, also!« sagte Oberschwester Hildegard. »Wenn ihr nicht friedlich seid, fahre ich dazwischen. Ist das klar? Ich höre alles. Mein Zimmer ist gleich nebenan.«

*

So hatte es begonnen. Von einer sich aus gemeinsamer Not entwickelnden freundschaftlichen Beziehung konnte man nun wirklich nicht reden, dazu waren die beiden noch zu weit voneinander entfernt, zu sehr in ihren Vorstellungen verhaftet – aber immerhin, sie hatten sich den Krautsalat geteilt, weil die Küche eine Portion vergessen hatte, sogar einen Skat versuchten sie – »Karten soll man nicht verhungern lassen!« –, waren sich aber dann natürlich sofort in die Wolle geraten, hatten den Streit um den Grand mit Vieren bei einer Flasche Bier beruhigt und waren endlich zum Thema gekommen: Arbeitsplätze!

Alfons Ketterer wischte sich mit dem Handrücken den Bierschaum vom Mund: »Arbeitsplätze,

Arbeitsplätze! Als ob das was mit eurem Chemiegift zu tun hätte! Wenn du bei der Arbeitgebervereinigung Präsident wärst, Kritz, könnte ich das noch kapieren. Aber hier in Baden hat den Posten nun mal dein Chef, der Grossmann. Nur weil sie dir sein goldenes G an den Uniformkragen geklebt haben, brüllst du: Arbeitsplätze - Arbeitsplätze! Was anderes kannst nicht mal du runterbeten.«

Kritz blieb ganz ruhig. Fast überlegen wirkte er nun. Ein Akademiker, Doktor noch dazu! Und klettert mit Chaoten aufs Dach der Hauptverwaltung?! So einer muß ja spinnen! Sich da aufregen? Nein, cool wird Kritz bleiben, ganz sachlich. »Aluminiumverarbeitung«, sagte der Werkschutzbeamte Kritz, »so wenigstens, wie wir sie bei Grossmann betreiben, macht keine schädlichen Emissionen. Davon stirbt der Wald nicht. O nein, von uns nicht, Alfons! Weißt du, von was er stirbt? – Von den Autoabgasen!«

»Aha? Natürlich. Die Industrie ist unschuldig. Eine weiße Weste hat die. Superweiß.«

»Von den Autoabgasen«, wiederholte Kritz unbeirrt. »Wie ist das denn? Fährst du mit dem Fahrrad zu deinen Patienten? Ne, mit dem Auto fährst du! Du, du mußt ganz ruhig sein.«

Ketterer lehnte sich zurück und fixierte das runde, rote Gesicht mit dem kleinen Oberlippenbart. »O ja, vor allem, wenn ich dich ansehe. Und weißt du, warum ich ruhig bin? – Du weißt es: Deine Mutter wäre erstickt, mein lieber Kritz, wenn ich damals das Fahrrad statt meinem Auto genommen hätte. Dann wäre ich nämlich zu spät gekommen.

Und ihr, deiner Mutter, wäre der Knochen in der Luftröhre steckengeblieben.«

Das wiederum gab Kritz nun doch zu denken. »Mit Gewalt«, sagte er nun etwas zaghaft, »mit Gewalt geht es jedenfalls nicht.«

»Das mußt du mir sagen.«

»Ja, ich!« Kritz wurde wieder hitzig. »Wie ihr da rumgetobt habt!«

»Wir haben nicht rumgetobt, und wir haben auch keine Gewalt angewandt. Wir saßen ganz friedlich auf dem Dach. Und du weißt das ganz genau.«

»Aber ihr seid dort hocken geblieben. Trotz wiederholter Aufforderung.«

»Natürlich. Das wäre ja auch kontraproduktiv. Schließlich sollten möglichst viele, sollte ganz Offingen das Transparent sehen.«

»Weißt du, wie ich so was nenne?«

»Wie denn?«

»Gewaltsamer Widerstand. Ja, das ist gewaltsamer Widerstand und Chaosmache.«

Ketterer nickte nur, fast besorgt. »Und weißt du, was ich aus deiner Logik entnehme? Daß du 'nen Knall hast! Einen ausgewachsenen. Ja, hör mal: Was ist eigentlich mit dir los? Kuckst du beim Spazierengehen nicht mal in die Baumkronen? Merkst du nicht, was um dich vorgeht? Ist dir auch nicht aufgegangen, hast du nicht in der Zeitung gelesen, daß es in ein paar Jahren hier im Schwarzwald überhaupt keinen Baum mehr gibt?«

»Die werden trotzdem spazierengehen. Und im Winter skifahren.« Kritz war das herausgeschlüpft.

Er bereute bereits, denn Ketterers Hals blähte sich, sein Gesicht wurde purpurrot.

»Spazierengehen? Skifahren? – Von wegen Skifahren! Du hast keine Ahnung, Mann! 'nen Knacks haben und keinen Schimmer Verstand. Aber so seid ihr ja alle! Skifahren? – Was ihr da in die Luft blast, dein Grossmann und all die anderen, das heizt die Atmosphäre auf. Treibhauseffekt nennt man das. Aber so was kennst du ja nicht. Treibhauseffekt, sag' ich dir. Bevor das Jahr zweitausend kommt, haben wir hier Temperaturen, die im Schnitt zehn Grad höher liegen. Dann gibt es keinen Schnee mehr im Schwarzwald. Kein Skifahren und auch keine vernünftige Sonne. Nur noch Wüste und Gestank!«

»Jetzt hör doch auf.«

»Aufhören? Wenn du zwischen deinen Grossmann-Kaminen spazierst, dann riechst du ja nur Parfüm, nicht?«

»Bei uns jedenfalls ist keiner krank geworden. Nicht dadurch.«

»Ach ne? Was du nicht sagst!«

Von Krupp-Husten bei Kleinkindern wollte Alfons Ketterer beginnen, vom Ruhrgebiet und dem himmelschreienden Versagen korrupter Politiker. Doch er brachte dies alles nicht mehr an. Denn da stand plötzlich die Hildegard. Stand wohl schon länger, hatte die Hände über dem weißen Mantel gekreuzt und das Gesicht in besorgte Falten gelegt.

»Wenn ich mal stören dürfte…«

Ketterer verstummte.

»Und wenn der Herr Doktor die Freundlichkeit hätte, sich zu erheben, damit ich diesen Saustall, in den er sein Bett verwandelt hat, wieder einigermaßen in Ordnung bringe.«

Ketterer gehorchte schuldbewußt.

»Und wenn ich ferner die Herren bitten dürfte, die nächtliche Klinikruhe nicht durch ihr Geschrei zu stören.«

»Da muß man doch schreien«, sagte Dr. Ketterer, strebte mit schmerzverzogenem Gesicht und ungeschickten Schritten vom Bett weg, geriet wegen seiner versagenden Muskeln ins Taumeln und wurde von dem Werkschutzmann prompt festgehalten und gestützt.

Vielleicht war dies nur eine reflexartige Bewegung. Immerhin: sie entstammte einem Gefühl hilfsbereiter Kameradschaft. Und das war es, was Ketterer ärgerte.

»Du kannst ruhig wieder loslassen. Ich kipp' nicht so leicht um.«

»Aber danke könntest du auch sagen.«

»Danke.« Er wandte sich an Hildegard. »Schwester, wenn wir schon beim Bettenmachen sind: Wie ich von meinen Patienten weiß, werden sie bereits um fünf Uhr rausgeschmissen wegen dieser Bettenmacherei?«

»So ist es.« Hildegard blieb bei ihrer überirdischen Freundlichkeit.

»Und warum?«

»Warum? Weil sonst die Organisation nicht klappt, Herr Doktor. Dann käme das Personal nämlich überhaupt nicht mehr zurecht. Bei Ihnen muß man doch auch zwei Stunden im Wartezimmer sitzen, ehe man drankommt. Warum?«

Es war ein Gegenzug, dem Ketterer nichts entgegenzusetzen hatte. Doch. »Das kann ich Ihnen sagen, Schwester: Weil keiner mehr Landarzt werden will. Aber hier in der Klinik...«

Hildegard hatte sich gerade einen Aschenbecher geschnappt. Er war voll mit Kippen. Triumphierend hielt sie ihn in die grautrüben Rauchschwaden, die im Zimmer schwammen. »Hier in dieser Klinik kommen die Patienten dauernd auf Einfälle, die es verhindern, daß das Personal zeitgerecht fertig wird.«

Erbittert schüttete sie die Kippen und Aschenreste in einen Plastiksack. »Wie ist das denn bei Ihnen? Darf in Ihrem Wartezimmer geraucht werden?«

»Nein«, sagte Ketterer zögernd.

»Na, also! Dann seien Sie auch mal hierin ein Vorbild, Herr Doktor...«

*

Den Verband hatten sie Christa abgenommen. Nur ein kleines Pflaster am rechten Hinterkopf, der Stelle, an der sie der Stein getroffen hatte, war geblieben. Sie öffnete langsam die Lider. Sie sagte keinen Ton, doch Udo erkannte die Frage in ihren Augen. Er lächelte.

»Die Nacht ging prima. Auch das Atemvolumen bessert sich. Er hat eine Ochsennatur, dein Vollmers.«

Er hätte es nicht sagen sollen. Er wußte es sofort. Er bereute es. Ihre Augen blieben ruhig. Nur der Mund zuckte ein wenig.

»Udo, du kennst mich. Du glaubst diesen Unsinn?«

»Nein. Natürlich nicht. Wie ist das…« Er ging zu ihr, setzte sich auf den Hocker und strahlte sie an: »Du siehst prima aus. Alles klar?«

»Ja, ich glaube schon. Morgen will mich Römer noch einmal gründlich untersuchen, ehe er mich nach Hause schickt.«

»Na, also!«

Doch da war noch etwas, das sie beschäftigte, sehr beschäftigte; denn nun wischten die Hände unruhig über die Bettdecke. »Udo, was ist bloß mit Klaus? Er hat nicht ein einziges Mal reingesehen.«

»Doch. Da hast du geschlafen. Er ist noch nicht aufgetaucht. Er schläft, und das ist gut so.«

Sie nickte.

»Die letzten vierundzwanzig Stunden waren sehr strapaziös.«

Wieder dieses Nicken. Und dann: »Udo, laß uns doch mal darüber reden. Ich habe kein Verhältnis…« Das Sprechen fiel ihr schwer, aber nun wurde die Stimme kraftvoll und lebendig: »Udo, ich habe kein Verhältnis mit Vollmers. Nun will ich deine Meinung: Glaubt das denn dein Vater wirklich?«

Er erhob sich unbehaglich. »Woher soll ich wissen, was er glaubt?« Er tätschelte ihre Hand. »Das renkt sich doch alles wieder ein.«

Dazu sagte sie nichts, aber ein Lächeln der

Hoffnung erschien auf ihrem Gesicht. Er ging zur Tür. »Na, bis dann!«

Ihr Ruf erreichte ihn, bevor er das Zimmer verlassen hatte: »Du, Udo! – Tu mir einen Gefallen, willst du?«

»Jeden.«

»Hol Vollmers' Auto. Es steht oben am alten Gasthof. Weißt du dort, wo wir vor vierzehn Tagen mal waren.«

»Gasthof Krone?«

»Ja. Habt ihr seine Sachen? Bei ihnen muß der Schlüssel sein.«

»Gut. Ich fahre mit dem Taxi hin. Aber erst, wenn ich hier nicht mehr gebraucht werde.«

»Und Udo! Red mit Klaus. Ich meine, sag, was du für richtig findest. Aber wenn du deinen Vater siehst, versuche ihn zu beruhigen. Du kennst ihn doch, du kannst dir doch vorstellen, wie ihn so was mitnimmt?«

Das konnte Udo. Aber sein Versprechen war nicht zu erfüllen. Die richtige Situation, der richtige Augenblick, die richtige Stimmung für ein solches Gespräch sollte sich an diesem Tag nicht mehr ergeben. Vollmers' Wagen blieb oben bei der »Krone« stehen, denn gegen vier Uhr an diesem Nachmittag leuchteten am Patientenselektor des Kontrollbords der Intensivstation die Alarmlichter auf: Bett sechs. Vollmers. Ein Kollaps. Der Herzschlag wurde dünn und jagend, die Reaktionen, die in Vollmers' geschundenem, zerschnittenem Körper abliefen, konnten nicht abgeklärt werden. Auch Sauerstoff und Kreislaufmittel vermochten die

Situation des Patienten nicht zu stabilisieren. Römer versuchte es mit Massagen. Nun kam auch Brinkmann angestürzt. Er zögerte, beugte sich über den zuckenden, schwer kämpfenden Körper. Wo immer der Grund dieses Abfalls liegen mochte, Zeit hatten sie nicht. »Kalzium!« sagte er. »Geben wir ihm Kalzium. Das Vegetativum ist entgleist.«

Es war ein Schuß ins Dunkle. Doch er traf. Nach der Spritze begann Vollmers sich wieder zu erholen.

Sie sahen sich an. Brinkmann zuckte stumm mit den Schultern und verließ den Raum. Den nächsten Vormittag nahm er sich frei...

*

Vor einer etwas betreten, strafend blickenden Frau Michaelis lag Brinkmann nur mit der Schlafanzughose bekleidet im Liegestuhl auf seiner Terrasse, blätterte lustlos in den Tageszeitungen, warf sie weg, griff zu seinen Fachzeitschriften, fluchte einmal laut und vernehmlich, als er über »Neue Wege der Operationskorrektur bei Duodenalstenosen« las, die ein Hamburger Kollege entwickelt hatte, fluchte deshalb, weil er den seit Jahren als Sprüche klopfenden Dilettanten kannte, und ließ sich dabei noch nicht mal von dem Auftauchen Claudias beirren, die sich mit Töpfen grüner Farbe bewaffnet daran machte, die Läden des Geräteschuppens frisch zu streichen.

Schließlich warf er den Artikel in eine Ecke, verschränkte die Hände unter dem Hinterkopf und schloß die Augen.

Er öffnete sie erst wieder, als er das Brummen eines Motors und das Knirschen von Wagenrädern vernahm. Ein weißer Audi war in den Hof gefahren. Ein sehr schicker und sehr teurer weißer Audi. Udo schlug gerade die Wagentüre zu.

»Morgen!«

»Morgen«, sagte Brinkmann. »Was hast du denn da für 'ne Karre?«

»Das ist Vollmers' Wagen. Ich hab' ihn geholt.«

»Ach – ja?«

Er hatte sich erhoben. Die Sonne war weitergewandert. Er fröstelte und angelte mit der linken Hand nach seiner Schlafanzugjacke. Und da passenderweise gerade auch Frau Michaelis auf der Terrasse erschien, orderte er gleich noch ein Frühstück für Udo.

Udo kam hoch, entspannt und unbefangen wie meist.

»Ist Vollmers über den Berg?« Genauso entspannt und unbefangen klang die Frage.

»Wie soll ich das wissen? Bin ich der liebe Gott?«

»Oh, dann Verzeihung.«

Damit war die Diskussion erledigt. Wenigstens für einige Minuten. Beide sahen sie Frau Michaelis zu, die, verschlossen wie immer, mit spitzen Fingern den Frühstückstisch neu arrangierte. Nun kam auch noch Molli. Molli zog um das sonderbare Wesen, das Kätes Platz eingenommen hatte und sie aus der Küche scheuchte, ihr mit dem Teppichklopfer drohte, wenn sie es sich einmal im Sofa oder Sessel bequem machen wollte, einen vorsichtigen

Bogen. Aber Brinkmann gab es ja, und der strich gerade ein Honigbrötchen. Also setzte sich Molli auf ihren runden Hintern, nahm die Pfote hoch, zeigte ihr schönstes Männchen und hatte Erfolg. Brinkmann lächelte sie an. Etwas melancholisch allerdings, und melancholisch klangen auch seine Worte. »So ist das«, sagte Brinkmann: »Wer von Hunden Treue erwartet, wird nie enttäuscht.«

Udo glaubte sich verhört zu haben. Er sah den Hund an. Er sah, wie sein Vater ihn mit Honigbrötchen fütterte, ahnte, was sich hinter dieser still-sentimentalen Verbundenheit verbarg, und fing an zu hüsteln: »Falls das eine Anspielung gewesen sein sollte…«

Brinkmann sah hoch. »Wie bitte?«

»Du hast sehr gut verstanden. Und ich werde meinen Satz auch zu Ende bringen. Ich bin gezwungen, dir mitzuteilen, daß du auf dem Holzweg bist.«

»Zu gütig«, kam es knapp zurück. »Völlig überflüssig außerdem.«

Doch damit ließ sich Udo nicht aus der Fassung bringen.

»Darf ich dir jetzt mal was sagen? Und ohne, daß du mich unterbrichst?«

Brinkmann lehnte sich zurück.

Udo nahm all seinen Mut zusammen. »Du hast ganz außerordentlich anstrengende Tage hinter dir. Das weiß ich, das weiß jeder von uns. Käte ist tot. Diese schreckliche Geschichte mit Willi. Jetzt Vollmers in der Klinik. Und in welchem Zustand…«

»Weiter?«

»Gut. Wenn du etwas durchdrehst und von falschen Annahmen ausgehst, ist das kein Wunder. Das versteh' ich. Aber du darfst auch nicht unbelehrbar sein.«

»Du langweilst mich.«

»Das glaube ich nicht.« Udo räusperte sich, um Zeit für eine Strategie zu gewinnen, mit der er diesen eisigen Panzer von Ablehnung durchbrechen konnte. Er fand keine. Nichts fiel ihm ein, als ein verzweifeltes: »Himmelherrgott noch mal! Sie hat nichts mit ihm! Wirklich nichts. Ich kenne sie.«

»Hat sie dich geschickt?«

»Quatsch! Begreif' doch endlich: Die beiden waren miteinander spazieren. Was ist schon dabei? Sollten sie etwa nicht? Zwei Kollegen, die miteinander gearbeitet haben? Und sicher wäre Christa mit dir spazierengegangen, wenn du dir die Zeit genommen hättest. Viel lieber mit dir, als mit ihm.«

Schweigen. Die pure, in sich abgeschlossene Selbstversunkenheit. Udo hielt das nicht mehr aus. »Ja, in welcher Welt lebst du eigentlich? Willst du sie einschließen? Ist es denn für dich eine Sünde, wenn sie mit einem Kollegen eine Bergwanderung macht? Oder ein Skandal?«

»Es ist auf jeden Fall unfair.«

»Unfair finde ich, daß du dich nicht um sie kümmerst. Nicht einmal in ihrem Zimmer warst du.«

»Und du redest wie ein Pfarrer.« Brinkmanns Hand tastete über den Tisch auf der Suche nach seiner Pfeife und stieß dabei eine Tasse um. Er machte keine Anstalten, den Schaden wiedergutzumachen. »Gib deinen Beruf auf und werde Eheberater.«

»So gefällst du dir wohl?«

»Was?«

»Ich meine, so in der Pose: Edelmütiger Chefarzt rettet selbstlos den Geliebten seiner Frau und fügt sich in sein Schicksal?... Nur sein Hund hält ihm die Treue. So etwa, nicht?«

Brinkmann bekam schmale Augen: »Sag mal, bist du nicht mehr ganz beisammen?«

»Ich schon. Aber du? Was, außer gekränkter Eitelkeit, hast du zu bieten? Okay, du hast Vollmers wieder zusammengeflickt. Grandios.«

»Jetzt hör aber auf!«

»Nein, ich höre nicht auf. Nicht, bevor du begreifst, daß nicht nur Vollmers, daß vor allem Christa jetzt deine Hilfe braucht.«

Brinkmann holte tief Luft. Seine Hände umspannten den Sessel, und einen Augenblick dachte Udo daran, er würde aufstehen und davonrennen. Sein Gesicht hatte sich rot gefärbt. Na und? Sollte er ihm das ersparen? Er hatte es verdient.

»Das könnte doch sein, Vater«, sagte er. »Oder?«

Nun stand Brinkmann doch auf den Beinen. Er blickte sich um, entdeckte in der Ecke über einem Korbsessel seinen Morgenmantel, ging darauf zu, zog ihn über und verknotete mit fahrigen Händen den Gürtel.

»Kümmere du dich mal um Claudia. Und laß mich in Frieden.«

»Ich wollte doch nur...«

Es gab nichts zu erklären und nichts zu wollen. Brinkmann ging zur Treppe, winkte Molli, die ihm freudig nachsprang, und verschwand zwischen den Büschen.

Unten stand Claudia. Von ihrem Pinsel tropfte grüne Farbe. Ihr Gesicht wirkte verstört. »Was ist denn mit euch los?«

Udo lief zu ihr, nahm sie in den Arm und war wieder einmal sehr froh, daß sie um ihn war.

»Was hat er nur für ein Gesicht gemacht! Hat er was?«

»Natürlich hat er was. Kummer. Aber wie das so ist: Manchmal ist man in seinen eigenen Kummer verliebt. Jedenfalls will er sich ihn nicht wegnehmen lassen. Darin ist er eigen...«

*

Der Tod ist nichts, als eine andere Form des Seins.

Und wenn die Inder recht hätten?

Klaus Brinkmann dachte es, während er gemessenen Schrittes durch die Reihen der Gräber ging. Ein Klaus Brinkmann im dunkelblauen Regenmantel, den Gürtel festgezurrt, den Kragen hochgeschlagen. Neben ihm Molli, die manchmal das Bein hob, dann wieder ein paar Blumen durchsuchte, frisch aufgeworfene Erde beschnupperte und auch sonst nicht viel mit der Ewigkeit im Sinn zu haben schien.

Ganz anders Klaus Brinkmann: Was ihn hierher getrieben hatte – er wußte es nicht so recht. Nur eines wußte er mit Bestimmtheit: Der Frieden, der über diesem Platz lag, entsprach seiner Stimmung. Der Frieden, auch die Melancholie.

Engel gab es zu sehen und viele Kreuze. Kreuze aus Holz, Sandstein oder Eisen auf Grabplatten aus schwarzpoliertem Porphyr. Und viele Inschriften. Gemeißelte Namen, mit Gold vertieft, wieder welche als Bronzelettern, manchmal bereits nicht mehr zu entziffern, zerstört, verweht im Sturm der Zeit. Nichts hatte Bestand. Alles ist vergänglich. Der Buddhismus jedoch, Brinkmann wußte es aus den Büchern, die er gelesen hatte – warum nahm man sich nie Zeit, sich mit dem Wichtigsten zu beschäftigen? –, der Buddhismus sah gerade im Wandel die Erfüllung.

Er blieb stehen. Der Himmel riß auf. In der grauen Wolkendecke schwammen Lichtinseln. Er beobachtete sie und spürte sein Herz. Winzige, feine Stiche waren es. Stiche, die über die linke Seite zu wandern schienen. Intercostale Sensationen! Ein gestörtes Vegetativum, gewiß, vielleicht schon ein organischer Abfall...

Er ließ die Zigaretten stecken, wo sie waren. Du bist ja verrückt. Was rauchst du in letzter Zeit? Zwanzig, dreißig am Tag! Und das in deinem Alter...

Na und? dachte Brinkmann. Was soll's?

Er hatte sich nun doch gesetzt. Neben ihm schnüffelte, grub und kratzte Molli zwischen Begonien und Stiefmütterchen. Brinkmann ließ es geschehen, ja sah sogar zu. Für die Buddhisten ist die Welt, wie wir sie sehen, Illusion, unser Schicksal nichts als ein Wellenschlag auf dem Spiegel kosmischen Geschehens. Die Welt ist nicht wirklich. Aber sagten das nicht bereits die griechischen Philosophen? Die Welt – eine Täuschung, verkündete Platon. Muß sie ja sein. Bäume, Grabsteine, alles was du siehst, selbst Molli und dein eigener Körper, aus winzigen Atomen zusammengesetzt, einfachen Grundstoffen, die wiederum nichts mit Materie zu tun haben, sondern die Urenergie verkörpern. Alles im Wandel. Auch du... Und wenn du im Grab liegst, wirst du nach irgendeinem Prinzip, das Gott genannt wird, eine neue Form annehmen, wirst du wieder hervorgelockt, deine Moleküle und Atome werden sich die Gestalt einer Blume geben, eines...

»Molli! Laß das, verdammt noch mal!«

Ausgerechnet einen Erikastrauch mußte der verdammte Hund zwischen den Zähnen haben!

Brinkmann sah sich verstohlen um, in der Hoffnung, daß es niemand bemerkt hatte. Diese Hoffnung wurde enttäuscht. Man hatte bemerkt. Ihn. Und Molli...

Dort drüben, der Herr. Ein Herr in einer Lodenjacke, einen schwarzen Schal um den mageren Hals gebunden, ein mageres, faltiges Gesicht unter weißen Haaren. Der Mann nickte feierlich. Brinkmann nickte feierlich zurück. Dann stand er auf, denn er wußte: Konstantin Taubricht!

Sie gingen aufeinander zu. Sie gaben sich die Hand. Sie setzten sich auf die nächste Bank, und Brinkmann nahm nun Molli ganz kurz an die Leine.

»Ach ja, Herr Professor, so ist es nun mal...«

»Ja«, sagte Brinkmann und fühlte, gleichsam buddhistisch, dieselben Energieschwingungen zwischen sich und Taubricht fließen: »So ist es.«

»Es werden halt immer mehr.«

»Wie bitte?«

»Gräber.«

»Ach so? Ja, ja...«

Die blauen Augen sahen ihn an. Tränen waren nicht darin, im Gegenteil, sie schienen von einem geheimnisvollen Leuchten erfüllt zu sein. »Zuerst meine Eltern«, sagte Konstantin Taubricht, »und meine Schwester. Dann meine Frau. Und nun Käti...«

Darauf gab es keine Antwort. Nur ein Nicken.

»Aber man hat wenigstens ein Ziel, Herr Professor, so seltsam es klingen mag. Wenn man nicht mal mehr die Freunde auf dem Friedhof besuchen kann, ist man noch einsamer.«

Die hochgestimmte Gelassenheit, die von Brinkmann Besitz ergriffen hatte, drohte zu weichen. Ein Friedhof ist kein Platz für Chirurgen! Wirklich nicht. Zu viele Niederlagen, von Ziffern und Kreuzen bezeichnet.

Unabwendbare Niederlagen? – Vielleicht...

»Zur Bank«, sagte der alte Mann neben ihm, »gehe ich nicht mehr. Wissen Sie, die Bank hinter dem Mühlenviertel, da habe ich sie immer getroffen. Und da denke ich immer, sie kommt, sie muß ja noch einmal kommen...«

Käte! – Brinkmann spürte wieder die kleinen, ekelhaften Stiche. Er brachte keinen Ton hervor.

Doch Taubrichts Aufmerksamkeit wurde nun abgelenkt. Brinkman empfand es mit Erleichterung – abgelenkt von zwei schwarz uniformierten Friedhofsbeamten, die geradewegs auf sie zumarschierten. Der eine hielt eine Urne vor der Brust. Sie gingen vorbei, ohne ihnen einen Blick zu schenken, blieben jetzt stehen, gar nicht weit von dem dunklen Viereck lockeren Erdreichs entfernt, über dem auf einem frischen Holzkreuz der Name Käte Marek stand. Nun gaben sie die Urne in ein Loch im Boden, schütteten es wieder zu, nahmen die Mützen ab und gingen wieder weg.

Taubricht, der diesen Auftritt mit wachsender Unruhe verfolgt hatte, erhob sich und ging ihnen nach, kam wieder zurück.

»Es ist sonderbar, wissen Sie. Aber hier… Ich kann es nicht erklären: ich will einfach die Nachbarn kennen. Kätes Nachbarn. Die Nachbarn meiner Frau…«

»So?«

Buddhismus, Elementarströme hin oder her – Brinkmann bedauerte, auf den Friedhof gekommen zu sein. Was suchte er hier?

»Sagen Sie mal, Herr Taubricht, was macht denn das Bein?« Er stellte die Frage in einer Anwandlung von Verzweiflung. Er wollte das Thema nicht mehr haben.

»Oh, sehr gut. Ganz gut sogar, dank Ihrer Hilfe.«

»Nicht meiner«, wehrte Brinkmann ab. »Wirklich nicht meiner.«

»Wie bitte?« Taubricht hatte das Gesicht eines

Menschen, der nicht geneigt war, zuzuhören. Er blickte zu dem Urnenplatz hinüber. »Pesch hieß der. Ein gewisser Pesch...«

Nun nahm Brinkmann die Leine so kurz, daß er die arme Molli am Hals würgte.

»Kannten Sie den?« fragte Taubricht, der es bemerkte.

Brinkmann nickte. »O ja. Vorige Woche ist er bei mir in der Klinik gestorben.«

»Und kein Mensch kommt zur Beerdigung? Warum wohl?«

Brinkmann schwieg.

»Ob er das verdient hat?«

»Ich weiß es nicht, Herr Taubricht. Wie soll ich auch? Jeder von uns hat was verdient. Nur eines weiß ich: die wenigen Menschen, die mit ihm zu tun haben wollten, hat er allesamt grün und blau geschlagen. Bis er dann selber dran glauben mußte...«

»So?« sagte Taubricht trübsinnig. »Selber dran glauben mußte... Wir alle müssen es. Aber solche Leute? Ist das eine Welt heute, nicht?«

»Ja. Ist das eine Welt... Na dann«, Brinkmann erhob sich zögernd, »ich muß dann wieder. Wiedersehn, Herr Taubricht.«

»Wiedersehn.«

Brinkmann wollte gehen. Doch seit er Pesch dort drüben wußte, war das nicht mehr so einfach. Und eigentlich war Klaus Brinkmann auch gar nicht klar, was er nun tat, was ihn dazu trieb, sich eine Rose von einem fremden Grab zu pflücken, eine kleine, freundliche tiefrote Knospe. Er streichelte die Rose liebevoll, ehe er sie dann auf die Erde über Peschs Urne legte.

WER WEISS, OB ER'S VERDIENT HAT?

*

Der erste, den Klaus Brinkmann in der Klinik traf, war Römer. Mit wehendem Mantel kam er den Korridor heruntergesegelt. In der Höhe von Brinkmanns Bürotür blieb er stehen.

»Wolltest du zu mir?«

»Morgen«, sagte Römer und schüttelte den Kopf. »Ne...«

»Aber ist ganz gut, daß ich dich sehe«, sagte Brinkmann. »Ich wollte dich sowieso anrufen. Wie ist das denn: Meine Frau darf schon aufstehen?«

Römer runzelte ein wenig die Stirn, doch dann wurde das Gesicht wieder so glatt und freundlich wie stets. »Ich habe ihr ja nur erlaubt, den Patienten mal zu besuchen.«

Brinkmann nickte. Thema gestorben? Nein.

Er öffnete die Türe zu seinem Zimmer: »Komm doch mal mit rein, bitte.« Und dann drinnen, vor dem Bücherschrank, kämpfte er als erstes die Versuchung nieder, schon wieder nach einem Glimmstengel zu greifen. Und kämpfte auch mit den Gedanken, die sich in sein Bewußtsein drängten: »Erlaubt?... Klar!« Wie bei einer unscharfen Privat-Filmvorführung flimmerte die Szene vor ihm auf, die er gestern erlebt hatte: Intensivstation. Christa und Vollmers. Christa an Vollmers' Bett. Ein Vollmers, der bereits wieder soweit bei Bewußtsein war, daß er Fragen stellen konnte. Und was für Fragen!

»Und was hat er mir alles rausgeschnitten?«

ER – hatte Brinkmann gedacht.

Christa aber strich besänftigend über Vollmers' Hand: »Ich weiß nicht. Bleib bloß ruhig.« – Und Vollmers: »Es geht mir ganz gut. Ein bißchen versteh' ich ja auch davon.«

Brinkmann aber hatte still die Türe geschlossen und war gegangen. Daran dachte er jetzt bei Römers: Ich hab' ihr ja nur erlaubt, den Patienten mal zu besuchen!

Nun, zu verbieten war das wohl nicht.

Die übliche Verbindlichkeit war nun aus Römers Gesicht verschwunden, wie weggewischt. Ernst blickten die Augen, ernst und forschend. Und langsam, wichtig kamen die Worte.

»Ich habe es ihr deshalb erlaubt, damit sie sich bedanken kann.«

»Aha?« sagte Brinkmann.

»Ja, aha! Ich finde es nämlich angebracht. Man kann schließlich davon ausgehen, daß auch das Kind sein Leben Vollmers verdankt.«

Das erstaunte Brinkmann doch. »War denn auch ein Kind dabei, als die Lawine runterging?«

Römer stand von seinem Sessel auf, seine Augen wurden rund und ungläubig. Er sagte keinen Ton, er kuckte nur. Und er kuckte so, daß der Blick Brinkmann unangenehm wurde.

»Was ist denn mit dir? Was machst du denn für ein komisches Gesicht?«

»Ein Kind, sagst du?«

»Ja, in gewisser Weise war ein Kind dabei, als die Lawine runterging.«

Wieder dieser Blick. Und nun eine Pause, die sich ins Endlose dehnte. Dann aber Römer, ein Römer, der mit einer ganz ungläubigen, dringenden Stimme fragte: »Lieber Kollege! Willst du mir im Ernst sagen, daß du nicht weißt, daß deine Frau im dritten Monat schwanger ist?!«

Brinkmann hörte das, wie auch nicht? Römer hatte es beinahe hinausgebrüllt. Brinkmann hörte es und kapierte nicht. Besser: Er versuchte zu verstehen und schaffte es nicht.

»Das ist neu. Wirklich neu...«

Er murmelte es. Damit schienen seine Kräfte erschöpft.

Römer aber, der immer noch starrte, Römer höhnte: »Ihr redet wohl gar nicht miteinander über so was?«

Zuerst suchte Brinkmann die Zigarette. Dann den Cognac. Beides fand er nicht. So ließ er sich schließlich in seinen Sessel fallen, tief atmend, um das ekelhafte Hämmern zwischen seinen Rippen zu beruhigen, und sagte: »Ach, weißt du, war ja soviel los in letzter Zeit... Zuviel vielleicht. Auch bei uns... Aber das, das hätte sie mir ja nun doch sagen können. Hör mal, ist es auch wirklich...«

Römer nickte. »Es ist eine absolut stichhaltige Diagnose.«

Absolut stichhaltige Diagnose... Ein Kind, eine Diagnose? – Sein Kind...

SEIN KIND!

Es war, als fließe eine heiße Welle durch ihn,

ein Gefühl, das er noch nie gekannt, nie gespürt hatte, ein Gefühl, das in den Zehenspitzen begann, seinen ganzen Körper erfaßte und ihm die Brust groß und weit machte. Er konnte wieder atmen, o ja! Er sprang auf, ging um den Tisch auf Römer zu, legte ihm die Hand auf die Schulter: »Du! Und der Unfall? Sind da keine Schäden zu befürchten?«

Jetzt grinste Römer. »Nein. Nicht mehr. Gestern, der Schock, du kannst dir das ja vorstellen, da hatte ich schon meine Bedenken.«

»Und jetzt?«

»Nichts. Ihr geht's prima.«

Prima? Brinkmanns Arme fielen herab. Er starrte Römer an: »Sag mal, Römer...«

»Ja?«

»Sag' mal, hältst du es für denkbar, daß ich manchmal ein bißchen bescheuert bin?«

»Ja nun«, meinte der Chef der Inneren, »wenn du mir so kommst – glaubst du, so was läßt sich mit Gewißheit ausschließen?«

*

Ein Kind also? – Dein Kind!

Brinkmann rannte, immer an den lindgrünen Wänden der Inneren entlang, kam an die Treppe, nahm zwei Stufen auf einmal, scherte sich einen Teufel um Blicke und Köpfe, die sich drehten, um ein schüchternes oder entsetztes: »Aber, Herr Professor...«, betrachtete für einen einzigen, völlig unwirklichen Zeitbruchteil die Büste seines Vaters, einen bronzenen Porträtkopf, der mit streng gesträubtem Schnurrbart von seiner Konsole auf ihn niederblickte, dachte noch: Siehste! Großvater wärst du jetzt geworden! – und war endlich an den Flügeltüren zur Wöchnerinnenstation. Tief in ihm wirbelte der Puls. Luft bekam er auch nicht so recht, doch zum Teufel damit! Da waren wieder die Baby-Störche an der Wand und in bunte Morgenmäntel gehüllte Muttergestalten. Gleich drei davon versperrten ihm den Weg: »Guten Morgen, Herr Professor!«

Brinkmann starrte sie an, hob die Hand und rief: »Ich bekomme ein Kind!«

Fassungslose Augenpaare, drei Gesichter im Schock und Brinkmann, der unbekümmert weitertrompetete: »Glauben Sie wohl nicht, meine Damen? Aber warum sollen eigentlich nur Sie Babys kriegen? – Ich krieg' auch eines!«

Nun ging er etwas gesetzter. Außerdem, schweißüberströmt und keuchend besucht man keine Schwangere. Er spürte die Blicke der Frauen im Rücken, grinste in sich hinein und wiederholte seine magische Formel: ein Kind! ... Herrgott noch mal, wie hast du das geschafft, ein von allen guten Geistern verlassener Volltrottel wie du?

Dann war die Klinke gedrückt und die Türe offen. Dann sah er sie.

Der weiße Kopfverband ließ die Haare noch dunkler erscheinen, und in dem warmen Licht, das den Raum erfüllte, hatte es einen rötlichen Glanz. Die Augen waren groß und ruhig auf ihn gerichtet. Er rührte sich nicht. Die geballten Hände in die Taschen des Arztmantels gesteckt, blieb er stehen:

Christa! Seine Frau... so vertraut und in dieser Sekunde so fremd. Was machte sie nur für ein Gesicht? Doch kaum hatte er es gedacht, meldete sich in ihm der andere, neutral analysierende Brinkmann mit dem Vorwurf: Das fragst du? Ja, bist du noch bei Trost! Da hast du sie Tag um Tag mit ihrem Kind und ihren Problemen allein gelassen, und jetzt staunst du, daß sie nicht aus dem Bett springt und dir um den Hals fällt?

Sein Blick musterte die Bettdecke, so, als könne er eine Wölbung darunter erkennen.

»Na, Herr Professor?«

Brinkmann schluckte. Sie aber sah ihn noch immer an.

»Du bist im dritten Monat?« sagte er.

Sie hatte den rechten Arm auf einen Stapel Bücher und Zeitschriften gelegt. Nun hob sie ihn leicht, so, als wolle sie eine dumme Frage verscheuchen. Sie nickte nur.

»Das gibt's doch nicht...«

»Wieso nicht?«

Er kratzte seinen Schädel und wußte nun überhaupt nicht, was er mit ihr und mit diesen Augen anfangen sollte, die halb abwägend, halb liebevoll, vor allem äußerst beobachtend auf ihn gerichtet waren. Es half wohl nichts, er ging auf sie zu, seine Hände berührten ihre Schultern, sein Mund war so trocken, daß selbst das Schlucken ihm Mühe bereitete. »Zum Beispiel, daß du mir nichts davon gesagt hast.«

»Das war ja gar nicht möglich. Wann denn?«

»Wieso, wann denn?«

»Ach, Brinkmann, manchmal bist du wirklich zum Verzweifeln. Denk doch ein bißchen nach.«

Das tat er auch redlich. Ihm fiel nichts ein. Und noch immer war ihm, als sei sein Körper aus Holz, nicht einmal die Arme konnte er bewegen, so schwer waren sie, so steif, und statt ihr nun alles zu sagen, was nach außen drängte, suchte er wie ein Hilfsschüler nach Worten und Formulierungen. Was passiert eigentlich hier? Er dachte es in hilfloser Auflehnung.

»Du warst doch immer so engagiert. Und du hast ja auch 'ne Menge mitgemacht. Die schreckliche Sache mit Willi... Kätis Tod. Ich wollte es dir ja sagen, Klaus...«

»So? Du wolltest? – Das ist aber lieb.«

»Werd nicht schon wieder so verdammt ironisch. Du gabst mir keine Chance dazu. Wirklich nicht.«

Er nickte nur.

»Stimmt's?«

Er nickte wieder. Er schloß die Augen. Recht hatte sie, hundertprozentig recht.

»Und dann?«

»Dann kam der Unfall.«

Das riß ihn wieder hoch. Ja, der Unfall! Und beinahe hätte es auch noch das Kind erwischt. Er nahm ihre beiden Hände, bog die Gelenke so, daß er die Handflächen betrachten konnte, kämpfte eine Sekunde gegen die Versuchung, sie an sein Gesicht zu ziehen, es mit diesen Händen zu bedecken und die Welt auszuschalten, wie er es so oft in den Stunden seiner Niederlagen und Depressionen tat.

Ihr Blick hinderte ihn. Was sah sie ihn so an? Zum Teufel mit allem, was passiert war! War es seine Schuld? Hatte er sich nicht krummgelegt, geschuftet, das Beste gebracht, was in ihm steckte? Hatte er nicht Vollmers gerettet? Und nun mußte sie auch noch mit diesem Thema anfangen? Gewissen Äußerungen sei zu entnehmen gewesen, sagte sie, daß er den Verdacht gehabt hätte, sie gehe mit Vollmers fremd. Gewissen Äußerungen? Ja, Himmelherrgott, was sollte er denn sonst denken?!

Und außerdem, sagte sie, habe er sich ihr gegenüber völlig verändert: Nicht mehr ansprechbar sei er gewesen, durch nichts zu erreichen, kein Partner, nein, ein Mensch, der abends nach Hause kam, sich ins Bett schmiß, mit dem man nicht mehr diskutieren, reden konnte, ja, der sich sogar am Telefon verleugnen ließ.

Er schloß die Augen. Ihre Hand hielt er noch immer fest umklammert. Er versuchte tapfer, was geschehen war, aus ihrer Perspektive zu sehen. Aber schließlich: Sie kannte doch den Laden! Himmelherrgott, wußte sie denn nicht...

»Ja, Himmelherrgott!«

Himmel und Herrgott halfen nicht weiter.

»Ach, Mist!« sagte Klaus Brinkmann. »Hören wir auf. Komm!« Er nahm sie in die Arme, seine Wange an ihrer Wange, ihr Geruch, ihr Haar. Seine Christa! Und irgendwo unter dem blauen Mantel sein Kind...

»Au! – Kannst du nicht aufpassen?«

»Tschuldige! Deine Beule, natürlich... Aber da unten?«

»Da drinnen«, sagte sie.

»Klar. Doch da drinnen ist alles...?«

»In bester Ordnung«, sagte sie.

»Und du liebst mich?«

»Blöde Frage!«

Er löste sich von ihr, um in ihr Gesicht sehen zu können. »Wieso blöde Frage?« schrie er empört.

»Wieso? Weil das eine ist. Ich muß dich ja lieben. Mein Kind braucht schließlich einen Vater, oder?«

»Weißt du, was du bist?«

»Was denn?« Sie war wieder Christa mit dem kessen Lächeln und den beobachtenden Augen. »Was bin ich?«

»'ne Schwangere. Und schwangeren Frauen kann man nicht den Hintern versohlen.«

»Und was macht man mit wildgewordenen Klinikchefs?«

Sie sahen sich an. Sie fingen an zu lachen. Gemeinsam, wie auf Kommando.

*

»Freunde, Mitmenschen, Kollegen...« Brinkmann hob sein Glas und betrachtete den Inhalt mit gerunzelter Stirn und offensichtlicher Ablehnung. »Entbehrung ist das Los der Chirurgen! In zwanzig Minuten erwartet mich im OP-II ein Hüftgelenk. Und so trinken wir also statt edlem Glottertäler dieses scheußliche Diätgesöff. Wie soll man dabei über das Wort ›Abschied‹ philosophieren? Auch ohne Arbeit und Diätbier hätte ich keine große Freude daran. Abschied bedeutet fast immer Verlust. Daran müssen wir uns gewöhnen. Zuerst Schäfer – der gute, alte Schäfer, den wohl jeder von uns ins Herz geschlossen hatte. Nun, als Dozent in Heidelberg wird es ihm wohl bessergehen, als er es sich bei uns je erträumte. Nun unsere Katharina: Katharina die Stählerne, Katharina die Große, die Gessner halt…«

Schmunzeln am langen Tisch des Konferenzzimmers im Erdgeschoß, Schmunzeln und wissende Blicke. Sie pendelten von Katharina Gessner, die die Hände gefaltet hielt und Brinkmann lauschte, zu Udo, der mit undurchdringlichem Gesicht an seinem Füllfederhalter herumschraubte.

»Wie gesagt: Verlust – aber wenn Sie erlauben, in dieses Frustgefühl mischt sich auch eine Menge Stolz. Der Herr Kollege Schäfer als Dozent und unsere Katharina nun Chef-Anästhesistin in einer großen Hamburger Klinik – wenn das kein Beweis ist, daß in der Schwarzwald-Klinik Spitzenkräfte heranreifen, dann weiß ich wirklich nicht!«

Sie klatschten.

»Erheben wir also die Gläser, trinken wir mit Sprudelwasser, Orangensaft und Diätbier auf Katharinas Zukunft! Und auf uns. Wieso auch nicht? Wir alle haben's verdient.«

Da erhob sich Katharina Gessner doch, ging auf Brinkmann zu, und es geschah etwas, das keiner erwartet hätte: Katharina Gessner stellte ihr Glas ab, nahm Brinkmann das Diätbier vorsichtig aus der Hand, legte ihm beide Arme um die Schultern, zog ihn an sich und küßte ihn mit einer Inbrunst, die den anderen den Atem verschlug…

*

Sie bewegte sich im Schlaf.

Vorsichtig, ganz leise streifte Brinkmann die Bettdecke von sich, schwang die Beine über die Kante und blickte noch einmal zurück. Da lag sie nun, seine Schwangere, die Mutter, und glich mit den geschlossenen Augen, dem halb geöffneten Mund selbst einem Kind.

Er ging ins Ankleidezimmer und blickte auf die Uhr: Halb acht. Im Haus schien alles zu schlafen. Nein, unten im Bad rauschte das Wasser.

Er schlüpfte in seine Jeans, schob die nackten Füße in die Sandalen, zog sich ein Sweatshirt über den Kopf, bekämpfte entschlossen seine Schlaftrunkenheit, indem er den Kopf unter den Wasserhahn hielt.

Na also! Ging ja. Ordentlich und ohne weiteren Protest begann der Apparat hinter seiner Stirne zu arbeiten.

Brinkmann putzte sich die Zähne und begleitete sein Gurgelritual mit kollernden Tönen, die er für ein Lied hielt.

Dann war auch das geschafft.

Er öffnete die Tür und ging die Treppe hinab. Nicht bis zur Küche, gerade bis zum letzten Absatz – denn hier wurde ihm der Anblick eines weiteren verschlafenen Wesens zuteil: Claudia! So charmant-zerzaust und so jung in ihrem zerknitterten T-Shirt und dem winzigen Höschen, daß Brinkmann gar nicht anders konnte, als breit und anerkennend zu grinsen.

»Guten Morgen, Claudia!«

»O Gott!« Den Kopf hielt sie schief, ihr Blick mühte sich durch dunkle, wirre Locken.

»Was heißt denn o Gott?«

»Weiß nicht.« Sie hatte ihren Fluchtinstinkt gebannt. Sie rieb sich die Schläfen. »Ich habe das Gefühl, da drin ist Grütze.«

»Kenn' ich!« verkündete Brinkmann fröhlich. »Das Mittel, das da hilft, heißt Bewegung. Aber was treibst du dich so früh herum?«

»Ach, wir müssen doch zum Zug.«

Brinkmann runzelte die Stirn. Dann begriff er: Richtig! Katharina und Angie bestiegen heute den Hamburger Zug. Udo war wohl nicht zu beneiden. Und was Angie anging – besser gar nicht daran denken...

Seinen jähen Melancholieschub rang Brinkmann entschlossen nieder. Diesmal kam er mit der Kaffeemaschine ohne Katastrophe zurecht. Auch alles weitere lief wie geschmiert. Goldbraunes Brot schnellte aus dem Toaster, die Eier sahen unter ihren handgestrickten farbigen Wollhütchen so appetitlich lustig aus. Käte hatte sie gestrickt – ach, meine gute Käti –, Lampenlicht funkelte auf Porzellan und Gläsern, und stolz sagte sich Brinkmann: Was für ein ordentlicher Ehemann und Vater du doch bist! Da liegen sie nun oben in ihrem Bett, die Mutter und ihr Kind – du aber bereitest ihnen das Frühstück, sorgst für ihr Wohl, genau wie sich das gehört! So fügen sich die Dinge zusammen: Ein Baby, Fleisch gewordene Liebesfessel, untrennbar und unauflösbar, du wirst es begleiten, solange dein

Vorrat an Jahren hält. Lieber Gott, ich schwöre: Ich steck' das Rauchen auf! Und wenn ich es nicht schaffe, reduziere ich. Nicht mehr vierzig, nein, höchstens fünfzehn, sagen wir zehn, vielleicht sogar fünf... Jawohl, eine nach dem Frühstück, eine für den Vormittag, die dritte fürs Mittagessen, die vierte am Nachmittag, und am Abend dann die Pfeife.

So erfüllt war er von lauteren Gedanken und heiligen Schwüren, daß er nicht einmal merkte, daß die Michaelis die Küche betreten hatte. Sie räusperte sich.

»Unser Nordlicht Michaelis!« sagte er freudestrahlend.

Sein Überschwang brach sich an der steinernen Abwehr ihres Gesichtes. »Herr Professor, Sie wissen...«

»Was weiß ich?«

»Sie wissen, daß ich in einem gewissen Sinne – nun, wie soll ich das nennen...«

»Nennen Sie es.«

»Ja... festgelegt bin und mich von meiner Auffassung von Sitte, Anstand und Moral nicht lösen kann. Ich bin nun einmal christlich erzogen. Ein Fehler ist das schließlich nicht.«

»Bestimmt nicht«, nickte Brinkmann aufmunternd. »Und was verstößt hier gegen die christliche Sitte und Erziehung?«

»Die Dame.«

»Welche Dame?«

»Die Dame des jungen Herrn.«

Der »junge Herr«? Mein Gott, wie redet die

bloß daher? Aber da ist wohl nichts zu machen; eine Michaelis ändert man nicht so leicht.

»Und was ist mit der Dame des jungen Herrn?«

»Wie die rumrennt. Halbnackt! Nein, dreiviertelsnackt. Unten vollkommen entblößt. Und dazu noch in aller Öffentlichkeit.«

Brinkmann versuchte den Orangensaft. Hervorragend, dachte er. »Wo ist denn der Honig?«

»Wie bitte?«

»Liebste Frau Michaelis! Ich weiß nicht, ob Ihnen dies in Ihrer Sittenstrenge entgangen ist? Aber ich habe gerade den Frühstückstisch gedeckt. Pflaumen- und Erdbeermarmelade habe ich schon. Was fehlt, ist noch der Honig.«

Es war, als habe die Frage Laura Michaelis aus einer Art Trance erweckt. Sie blinzelte. Sie sah den Tisch. Sie schluckte, ihr Mund wurde sehr schmal, dünn war er, ein Strich.

»Schließlich ist das meine Arbeit, Herr Professor, nicht wahr?«

»Heute nicht«, verkündete Brinkmann mit fröhlicher Entschiedenheit. »Heute bin ich dran.«

Auch eine solche Situation vermochte Laura Michaelis' Strenge nicht zu lockern. Sie schien entschlossen, ihr Gefecht durchzuführen. Bis zum bitteren Ende.

»Herr Professor, ich habe noch keine Antwort erhalten. Aber ich darf Ihnen von vornherein schon sagen: Wenn diese Sitte hier einreißt, wenn man hier auf Treppe und im Haus einem nackten Frauenzimmer zu begegnen hat, dann werde ich mich gezwungen sehen...«

Sie schnappte nach Luft. Es blieb ihr nichts anderes. Brinkmann hatte sie in den Arm genommen. Laura Michaelis lag an seiner Brust. Sie spürte einen Kuß auf der Stirn und eine ganze Menge harter Stoppeln, sie hörte, während sie eine endlos lange Sekunde fürchtete, die Sinne würden ihr schwinden und sie müsse gleich den Verstand verlieren, wie ihr Arbeitgeber laut trompetete: »Michaelis! – Meine liebe Laura! Morgen ist es, ein neuer Tag beginnt. Die Vögel singen zwar nicht bei diesem Wetter, aber schließlich, ein bißchen Toleranz hilft immer. Auch Ihnen. Freuen wir uns doch am Leben! Seien wir ein wenig fröhlich. Außerdem, schauen Sie doch hin: Hab' ich nicht 'nen schönen Tisch gedeckt?«

*

Seien wir doch ein bißchen fröhlich...

Udo Brinkmann kämpfte mit einem ähnlichen Vorsatz, als er zwei Stunden später den Wagen auf dem Parkplatz des Offinger Bahnhofs zum Stehen brachte. Unbefangen bleiben, nahm er sich vor, lachen, nett sein, so, als sei dies alles ganz normal.

Einen ganzen Packen Spielzeug hatte er Angie schon gestern gekauft: Bilderbücher, ein Geschicklichkeitsspiel, in dem eine kleine Stahlkugel die unmöglichsten Kapriolen vollführte, Schokolade natürlich, Walkman, Mickymaus-Hefte, das alles in einer Plastiktüte verpackt. Schließlich, die Reise nach Hamburg dauerte zehn Stunden, am besten, du tust so, als würde sie nur mal um die Ecke nach

Freiburg oder Offenburg fahren und am Abend wieder zurückkehren.

Vornehmen läßt sich so etwas, ausmalen auch – als er aber mit Claudia im eisigen, feuchten Novemberwind aus dem Wagen stieg, war es um die Zuversicht geschehen.

Claudia blieb stehen: »Du! Hoffentlich schaff' ich das...«

»Wieso denn nicht?« Er gab sich munterer, als ihm zumute war: »Nun komm doch!«

»Muß das denn sein?«

Er sah sie nur an. »Klar muß es.«

Ihr Mund bewegte sich, als wolle sie etwas sagen. Dann ging sie sehr schnell dem Bahnhofseingang entgegen. Udo schloß ab und rannte hinterher. Im Schalterraum war Claudia nicht zu entdecken, auch keine Angie. Doch dann, draußen, auf dem grauen, schmutzigen Bahnsteig, vor einem grauen, dunstverhangenen Hintergrund, sah er sie alle: Katharina! Sie hielt Claudia im Arm wie eine alte Freundin. Und daneben, in ihrem pelzgefütterten blauroten Anorak, die kurzen Beinchen in Stiefeln und die großen Augen suchend ihm entgegengewandt: Angie!...

Sein Herz zog sich zusammen. Er begann zu rennen: »Angie! – Mensch, Angie!«

Es war Angie, die ihm alles leichtmachte.

»Bist wohl traurig?«

»Na ja...«

»Komm, sonst würdest du doch nicht so dumm kucken. Du bist doch richtig traurig, Udo.«

Er zog sie an sich, wie so oft, und wie so oft

fühlte er sich diesem ernsthaften, forschenden Kindergesicht ausgesetzt.

»Mußt du überhaupt nicht sein.«

»Da bin ich aber froh.«

»Nein, wirklich nicht. Ich hab' das alles besprochen mit Mami. Also, einmal kann ich immer an dich denken...«

»Klar. Und ich erst!«

»Ach, du vergißt's ja doch.«

»Nein. Wie denn?«

»Na gut. Also, ich kann immer an dich denken. Und wenn ich an dich denke, dann merkst du's doch? Das ist dann, wie wenn's Telefon klingelt.«

»Sicher«, sagte Udo, schluckte und konnte nichts dagegen tun, daß die ekelhafte Kälte Tränen in seine Augen trieb.

»Na also!« sagte Angie. »Und außerdem, Mami hat mir versprochen: Ich kann dich immer besuchen. Mindestens zweimal im Jahr.«

»Wirklich?«

»Ehrenwort.«

Er stand auf. Katharina kam zu ihm, hob die Arme und überraschte ihn mit einer unerwarteten, herzlichen Umarmung.

»Ach, Udo!«

Er nickte nur, den Hals wie zugeschnürt. Gott sei Dank ging alles sehr schnell.

»Bitte von der Bahnsteigkante zurücktreten«, dröhnte es über ihre Köpfe. »Es fährt ein der Schnellzug nach Freiburg, Baden-Baden, Rastatt, Karlsruhe...«

»Is' aber 'n doller Zug! Macht mir Spaß, weißt du. Ist schon doll, Zugfahren, nicht?«

»Ja!« schrie Udo gegen den Krach an. »Ist was ganz Tolles!«

»Und in den Speisewagen darf ich auch?«

»Aber sicher. Und jetzt bring' ich mal euer Gepäck rein, ja? Ich such' dir den schönsten Platz, den's gibt.«

Er fand ihn, einen Fensterplatz, wuchtete die Koffer auf die Gepäckablage, legte die Mickymaus-Hefte und Spiele auf das Polster und fuhr noch einmal mit der Hand darüber, so, als könne er den Sitz segnen.

Dann war er draußen. Angies Gesicht am Fenster, daneben Katharina, die Augen, die ihn grüßten, ihre Hand, die sich hob.

Ein Stück deines Lebens, dachte er. Ein kurzes und so wichtiges Stück... Der Zug rollte an. Er sah noch, wie Katharina versuchte, das Fenster zu öffnen, es nicht mehr schaffte. Gott sei Dank, es war ja auch so scheußlich kalt, und dann die Wagen, die vorüberglitten, fremde Menschen hinter verfließenden Scheiben, das Donnern, das sich in der Ferne verlor und nur ein leises, metallisches Singen zurückließ.

Sie sahen sich an.

Claudia hatte Tränen in den Augen. Das rührte ihn sehr, so sehr, daß er die eigenen vergaß.

»Soll ich dir etwas sagen?«

Sie blickte nur zu ihm hoch.

»Ich brauch jetzt was ganz Wichtiges.«

»Und das wäre?«

»Würstchen mit Senf. Die gibt's drüben am Erfrischungsstand. Mit viel, viel Senf...«

*

Die Hecktüren des Krankenwagens standen offen.

Der Begleitarzt prüfte die Gurte, die den Patienten festhielten, Christa und Brinkmann schoben die Köpfe ins Innere. Vollmers nickte ihnen zu. Das schmale Gesicht war klar und ruhig.

»Vielen Dank, ihr beiden! Und vielen Dank vor allem Ihnen, Brinkmann.«

Das wollte Brinkmann nun doch nicht so stehenlassen: »Geht mir genauso, Herr Vollmers. Was heißt hier Dank? Ich hab' zu danken. Ohne Sie bekäm' ich nicht 'ne Wöchnerin. – Stimmt's?«

Vollmers verzog den Mund. Er schwieg.

»Jedenfalls, Sie sind übern Berg. Und es ist ganz gut, daß Sie sich jetzt nach Freiburg verlegen lassen. Da bin ich völlig Ihrer Ansicht.«

»Und ihr werdet mich besuchen?«

»Klar.«

Die Türen klappten zu, der Wagen setzte sich in Bewegung. Sie sahen ihm nach, Schulter an Schulter, wie er die Kurve zur Einfahrt hinunterfuhr, vorsichtig den Schneeresten auswich, die sich gegen den Föhnsturm der letzten Nacht gehalten hatten. Dann gingen sie ins Haus zurück. Doch Christa blieb auf halbem Weg stehen: »Werden wir ihn wirklich besuchen?«

Er nickte. »Meinst du, ich versprech' einem Mann wie ihm etwas und halte es dann nicht?«

Einem Mann wie ihm? dachte sie und fühlte sich sehr gut, ja, glücklich dabei.

Brinkmann drehte den Kopf und schielte zum Himmel hoch: »Wenn nur aus dem Wetter endlich etwas werden würde!«

Es wurde nichts. Es war ein Winter, der sich nicht entschließen konnte, Winter zu sein: Nebel, dann wieder Regenstürme, vermischt mit feuchtem Schneetreiben, das die Kuppen des Waldes in prunkendes Waschmittelweiß hüllte; Straßen und Wege jedoch in feuchtem Matsch versinken ließ. Das schlimmste waren die jähen Wärmeeinbrüche. Brinkmann spürte sein Herz, manchmal so sehr, daß er keuchend stehenblieb. Noch härter aber trafen die wilden Temperaturumschwünge gefährdete Patienten. Es kam zu Kreislaufzusammenbrüchen, dramatischen Situationen bei der Arbeit im OP und zu Todesfällen. Piero Rusca zeigte sich den Anforderungen gewachsen und auf gewissen Gebieten, wie zum Beispiel der Gefäßversorgung, war er sogar Spitze. Den Verlust Schäfers konnten sie dennoch nicht ausgleichen, und auch die zweite Anästhesistin fehlte an allen Enden. Sicher, es gab das Angebot der frei praktizierenden Narkoseärzte – dieses Aufeinander-Eingespieltsein aber, dieses Mitschwingen und Verstehen in allen Situationen, wie er es bei Katharina Gessner gewohnt war, stellte sich nicht ein. Die Stellen waren ausgeschrieben. Brinkmann hatte seine Entscheidung bereits getroffen. Die »Neuen« jedoch waren nicht so ohne weiteres abrufbar. So betete er täglich darum, daß der Winter bald vorüber gehe…

Aber es gab Christa. Und das Kind! Abends, wenn er neben ihr lag, an sie geschmiegt, die flache Hand auf der warmen Wölbung ihres Leibes, fragte er sich, ob er soviel Glück verdient habe. »Kläuschen« hatte nicht nur sein Leben, er hatte auch die Situation im Haus verändert. Leise, beinahe unmerklich – und gründlich. An der Tatsache, daß das Kind ein Junge werden würde und damit natürlich den Namen Kläuschen bekäme, gab's für Brinkmann nichts zu rütteln. Wie auch? Auch die Mutter schien einverstanden: eine Christa, die still und versonnen vor sich hinlächelte und dazu noch mit Stricknadeln zu klappern begann. Zwei rechts, zwei links, zuerst machte sie das alleine, bald aber unter der Anleitung von Laura Michaelis, die Christa beibrachte – »Es soll ja ein bißchen schnucklig werden, Frau Doktor« –, wie man Babykleidung mit kunstvollen Bordüren und Schmuckornamenten noch reizvoller gestaltete.

Warum auch immer, Christa hatte entschieden: gestrickt wird in der Küche. Dort klapperte sie dann, während oben der Salon verwaiste.

So saßen sie bald alle einträchtig unter dem karierten Schirm der Küchenlampe.

»Ist ja eigentlich auch viel gemütlicher hier«, meinte Brinkmann aus dem Sessel in der Ecke. Laura Michaelis hatte ihn fürsorglich dort hingestellt. »Man kann wenigstens kontrollieren, was Sie da zusammenkochen!«

So plumpe Scherze pflegte Laura Michaelis nur mit einem Schulterzucken zu beantworten. Etwas anderes war sie vom Professor sowieso nicht gewöhnt. Viel wichtiger blieb: sie saßen alle bei ihr. Sogar Udo und Claudia. Und oben vom Holzbord blickten Kätes Puppen auf die Brinkmanns herab. Die Michaelis hatte sie aufgestellt.

»War wirklich 'ne schöne Idee, das mit den Puppen.« Selbst Brinkmann mußte es anerkennen. »Jedesmal, wenn ich da hochsehe, fühle ich mich wie von guten Geistern beschützt.«

Er lächelte freundliche Puppengesichter an: Zwei Schwarzwaldmädchen, eine noch nicht ganz fertig gekleidete Colombine, die beiden Clowns, die für Angie bestimmt waren und die sie vergessen hatte, und ein traurig blickender Harlekin.

»So was nenn' ich nun mal Tradition«, erwiderte Laura Michaelis kühl.

»Aha?« Brinkmann schien leicht verwirrt. »Und warum?«

»Unter Tradition verstehe ich«, fuhr Laura Michaelis mit Würde fort, »daß gute Eigenschaften mit ihrem Träger nicht zu Grabe getragen, sondern weitergereicht werden.«

»Ah, so?«

Kommentare unterblieben. – Im Hause Brinkmann hatte man sich arrangiert. Die Familie mit der Michaelis, die Michaelis mit der Familie, obwohl da doch Welten aufeinanderprallten. Laura Michaelis' Auffassung von Anstand und Sitte gegen die lässig-lasche Praxis von Udo und Claudia. Nun, seit neuestem zeigte die Haushälterin Geduld. Sie wußte: Lange würde das sowieso nicht weitergehen. Schließlich, die beiden hockten Abend um Abend am Tisch. Und was machten sie? Sie zeichneten Pläne. Hauspläne. Den Schuppen wollten sie zu einer Anliegerwohnung umbauen. Einmal stritten sie sich um die Einbauküche, dann wurde wieder vermessen oder es wurden Kataloge gewälzt. Nein, dachte sie, lange geht das nicht mehr, und ob verheiratet oder nicht – sie waren wenigstens aus dem Haus.

So wurde in einer Welt voll feuchter Kälte die Küche zur wärmenden Insel. Zukunftskonzepte wurden geschmiedet, Urlaubsprospekte herumgezeigt. Laura Michaelis aber breitete bisweilen ihre Heilkräuter auf dem Tisch aus und erklärte einer voll Andacht staunenden Brinkmann-Familie Funktion und Wirkungsweise der »Apotheke Gottes«.

*

Was brachte das ewige Schach schon anderes als Kopfschmerzen? Beim Skat fehlte ihnen der dritte Mann. Das einzige, was noch Spaß machte, waren die kleinen gefiederten Metallpfeile, die man gegen die Scheibe fliegen lassen konnte, und deren Spitze sich dann mit einem sanften, angenehmen kleinen PLOPP in gelbe oder schwarze Ringe bohrte. Falls man traf, versteht sich.

An allem war Hildegard schuld. Der Drachen hatte Kritz und Ketterer selbst diesen harmlosen Spaß verboten: »Ja, sind Sie eigentlich vollkommen wahnsinnig geworden?!« hatte die Oberschwester getobt. »Derart meine Wände zu ruinieren! Würden Sie das denn zu Hause auch machen? Was sagt da Ihre Frau?«

Gegen den Drachen war nun mal nicht anzukommen. Aber schließlich bekamen sie vom Hausmeister die Erlaubnis, ihre Scheibe an die Rückseite des Geräteschuppens im Garten aufzuhängen. Und da standen Kritz und Ketterer auch an einem sonnenhellen Herbsttag, kontrollierten argwöhnisch den vorgeschriebenen Zehnmeterabstand, feuerten sich an oder verhöhnten sich, wie es die Situation oder die Laune nun mal ergab, und fanden nach einer Stunde nicht nur das Spiel, sondern auch sich selbst durchaus erträglich: Zwei Männer in der Not. Kumpels, mit einem Wort.

Wieder bog Kritz sich zurück, der Arm schnellte vor, der Pfeil zog einen schwirrenden Halbbogen und blieb mit zitterndem Schaft hängen. Genau in der Elf.

»Siehst du, Junge, so wird das gespielt!«

»Was heißt, so wird das gespielt? Jetzt zeig ich dir mal, was 'ne Zwölf ist.«

Das hätte Ketterer ja auch gerne gezeigt. Nur wie? Dreimal bereits war ihm unter dem Hohngelächter von Kritz der Pfeil an den Brettern abgesprungen. Und einmal hatte er sogar die Spitze dabei abgeknickt. Diesmal aber... PLUMPF – KLATSCH! Das blöde Ding lag schon wieder am Boden, ohne die Scheibe auch nur berührt zu haben. Das pure Mitleid stand in Kritz' Gesicht.

»Na, hör mal!«

»Was willst du denn? Freu dich doch.« Ketterer ging auf ihn zu und legte ihm die Hand auf die Schulter: »Du bist nun mal der Bessere, Willi. Und ich der bessere Verlierer!«

Kritz sammelte schnaufend den Pfeil ein. Dann kam er zurück und starrte aus wasserblauen Augen: »Soll ich dir mal was sagen, Ketterer? Besser ein mieser Gewinner, als ein guter Verlierer. So ist's nun mal, das ist das Gesetz des Lebens.«

Ketterer sagte erst mal nichts. Dann suchte er sich einen Platz auf dem Steinmäuerchen. Aber das war naß.

»Weißt du, was das ist? Grossmann-Ideologie! Und typisch Kritz, daß du's nachbetest.«

Kritz riß die Augen auf, wie immer, wenn er verlegen war. Konnte ja auch sein, daß er den Satz bereits bereute. »Jetzt fang bloß nicht wieder damit an, daß der Schwarzwald zur Wüste wird, unsere Kinder verrecken, weil sie keine Luft kriegen, das Klima umkippt und die Bäume sterben – komm!«

»Ist wohl 'n Witz für dich?«

»Ach Quatsch! Aber wenn man daran denkt, wo kommt man denn da hin? Dann können wir uns doch gleich aufhängen?«

»Nicht aufhängen, ändern! Mir hängt es schon zum Hals raus, dir das zu predigen. Wegen dir würde ich mir ja keine Sorgen machen. Aber schließlich, hast du nicht drei Kinder? Und Enkel? Denkst du nie an die?«

»Ach, laß mich doch.«

»Nein, jetzt laß ich dich nicht.« Ketterer nahm ihn zum zweitenmal an der Schulter. Diesmal drückte er Kritz auf die Mauer. Breitbeinig blieb er vor ihm stehen: »Menschenskind! Jede Ratte, jede Maus, jedes Insekt, ach, was sag ich – jedes Bakterium kennt nur ein Gesetz: Das Leben seiner Nachkommenschaft zu schützen! Wir aber? Ausgelöscht, aus dem Gehirn operiert! Wir sind so in unsere fette, blöde Bequemlichkeit verliebt, daß wir blind in Kauf nehmen, daß unsere Kinder nie eine Chance bekommen.«

»Die kriegen die schon.«

»So? Das sagst du. Und wie? – Nein, der Mensch ist nicht nur die größte Bestie, er ist ein Betriebsunfall der Natur, Kritz. Das sag ich dir.«

Das verschlug Kritz vollends die Sprache. Er nickte vor sich hin, dann hob er den Kopf und sagte fast flehend: »Hör mal, Alfons, ich bin doch beim Werkschutz. Ist doch klar, daß ich das Werk schützen muß, wenn ich mich schützen will. In jeder Hinsicht. Soll ich denn drei Jahre vor der Pensionierung noch meinen Job verlieren? Da kennt die Firma keinen Spaß, wenn ich mich hier mit Umweltschutz starkmache oder mich solidarisiere.«

»Du solidarisierst dich mit deinem eigenen Untergang!«

Und wieder seufzte Kritz. »Ist dir eigentlich klar, daß ich ein Stück Wald von meinem Vater geerbt habe? Ja, der war Waldbauer. Ich weiß schon, was da los ist…«

Nun blieb Dr. Alfons Ketterer endgültig die Spucke weg. »Ach?« meinte er mühsam. »Und da drischst du auf uns ein, die wir deine eigenen Interessen vertreten?«

»Was soll ich denn machen?« Kritz hatte den Kopf gedreht. Ketterer folgte seinem Blick. Keine zehn Meter von ihnen entfernt stand einer der

Patienten. Den hatte Dr. Ketterer schon gesehen, auch im Gespräch mit Kritz: ein rundlicher, freundlicher, netter Herr, der die Hände in den Taschen seiner Lodenjoppe verstaut hatte. Sah aus wie ein Lehrer oder Förster auf Kururlaub. Aber die Augen waren aufmerksam.

Schon wollte Ketterer grüßen, doch da begann Kritz völlig unvermittelt auf ihn einzubrüllen: »Also, das kann ich dir sagen, Ketterer! Das weiß jedes Kind. Die Grossmann-AG ist führend in der Reduzierung der Schadstoffe! Und außerdem, willst du denn noch mehr Arbeitslose?«

»Ha?« Ketterer schnappte nach Luft.

»Ich frage dich, ob du noch mehr Arbeitslose willst?«

»Geh doch in die Psychiatrie! Laß dich von Irrenärzten untersuchen. Die werden dir schon einen Jagdschein…«

Das »ausstellen« brachte Ketterer nicht mehr über die Lippen. Kritz nämlich hatte ihn am Handgelenk gepackt und zerrte ihn vom Schuppen weg die Treppe hoch zur Bank. Dort blieb er stehen und flüsterte: »Tut mir leid, Ketterer… Was soll ich denn machen?«

»Was du machen sollst?«

»Der Typ dort unten, der mit der Lodenjacke, der ist doch Abteilungsleiter in unserer Firma. Aber eines sag ich dir: Du hättest mich gar nicht zu überzeugen brauchen. Was du da predigst, ist mir schon längst aufgegangen.«

»Ach nein?«

»Ach ja! Und soll ich dir noch mal was sagen?

Zu Hause habe ich auch eine Dart-Scheibe. Und wenn wir morgen aus dem Laden raus sind, gehen wir zu mir und ich zeig' dir die Tricks, und dann trinken wir ein paar Runden miteinander. Versprochen?«

Treuherziges Lächeln, treuherzige Augen und eine Hand, die nach der seinen suchte. Dr. Alfons Ketterer wurde schwach.

»Versprochen?«

»Versprochen«, echote Ketterer, ohne so recht zu wissen, was er da sagte.

*

Die Klinik! Was sonst? – Wann immer Klaus und Udo in der Küche am Tisch saßen, wurde über die Arbeit diskutiert: Operationspläne, Verwaltungskram, Sorgen, es ließ ihnen keine Ruhe. Und wenn Christa dann ihre erhitzten Köpfe betrachtete, registrierte sie mit einem beinahe gerührten Staunen, wie sehr sich Männer doch mit ihrem Beruf identifizieren. Sie leben durch das, was sie tun. Und wenn's mal nicht klappt, bricht die Welt für sie zusammen.

Frauen aber? Frauen sind so anders… Nie war sich Christa dieser banalen Tatsache so sehr bewußt, wie in diesen Tagen. Ihren Dienst versah sie wie immer, besser, so gut es eben ging – ihr war eine zweite, eine neue, eine andere Aufgabe gestellt, und wenn sie darüber nachdachte, wurde ihr manchmal richtig feierlich zumute. Nicht nur das Kind, auch Dankbarkeit wuchs in ihr, Dankbarkeit gegenüber der Tatsache des Lebens überhaupt, gegenüber seiner Kostbarkeit... Wenn man's genau betrachtet, überlegte sich Christa, was war sie eigentlich anderes als ein Mensch, der der Welt einen zweiten schenkte? So konnte man es doch sehen? – Falls man darauf bestand, das eigene Schicksal mit so viel Gefühlsseligkeit zu betrachten, wie sie es sich in letzter Zeit angewöhnt hatte. Und warum sollte sie nicht? Für sie stand fest: Wie die Welt auch immer aussehen mochte, sie würde sie bereichern!

Diese Erkenntnis hatte Christa auch Brinkmann mitgeteilt. Doch nur ein einziges Mal. Zunächst zuckte er zusammen, dann blickte er sie mit einer Mischung aus Ehrfurcht und Bewunderung an und schließlich trat ein begeistertes Leuchten in seine Augen, wie ein Gummiball schoß er aus seinem Küchensessel hoch, zog sie an sich, küßte sie, und nicht nur das, versuchte sie sogar hochzustemmen: »Wir zwei!« schrie Klaus Brinkmann. »O ja, wir zwei werden diese Welt bereichern!«

Bei soviel überbordendem Selbstbewußtsein beschloß Christa, in Zukunft ihren Mitteilungsdrang zu zügeln und sich statt dessen mit sich selbst zu beschäftigen. Ihre Brüste zum Beispiel, sie waren von einer Fülle, die sie in ihren wildesten Träumen nie vorausgesehen hätte. Doch nicht nur ihr Volumen, auch was sich darin tat, faszinierte sie. Sie wurden heiß, spannten sich, während »Kläuschen« in ihrem Leib seine Spiele trieb. Manchmal erhob sie sich mitten in der Nacht und stieg in die Küche. Es war ja nicht sie, »Kläuschen«

hatte die Schuld, wenn sie den Eisschrank öffnete, um die sonderbaren Gelüste zu befriedigen, die sie umtrieben: Orangenjoghurt. Dazu Mettwurst und Essiggurken... Na bitte, wenn »Kläuschen« das wollte! Er, der die Welt bereichern würde, sollte es haben...

*

Der Frühling benahm sich bedeutend vernünftiger als der Winter: Er kam mit Selbstbewußtsein und einer Farbenpracht, so atemberaubend schön und vielfältig, als stamme er aus einem der Hochglanzprospekte des Offinger Verkehrsvereins. Lustig rauschten nun die Bäche, über das mit Krokussen und Gänseblümchen gespickte Grün der Wiesen zogen die Kühe, rannten die Kälber und spielten die kleinen Wollknäuel der Lämmer, und an einem blaugläsernen Himmel zogen Wattewolken nach Süden.

Klar doch: Auch die Schwalben kehrten aus Ägypten zurück!

Mit ihnen Vanessa Bodenstedt.

Die Oberschwester entdeckte Vanessa Bodenstedt als erste. Hildegard stand im Stationszimmer. So, als habe sie etwas geahnt, strebte sie plötzlich dem Fenster zu, schlug ein Kreuz und stöhnte: »Herr und Heiland, steh' mir bei!«

Eine sich bekreuzigende Hildegard war neu für Brinkmann. Schließlich war sie evangelisch. Er wurde neugierig. So wurde auch er Zeuge. Er sah die große Jaguar-Limousine, deren Schlag gerade von einem kräftigen blonden Menschen aufgerissen wurde, sah die Dame im erdbeerfarbenen Complet, der der Blonde vorsichtig aus dem Wagen half, sah eine frischgelockte, rötliche Haarpracht und dann, als sich der arme Kerl dort unten an den Gepäckraum des Wagens machte: Koffer, Koffer, Koffer!

»Und die runden Dinger?« fragte Hildegard. »Was ist das denn? Bringt die Bodenstedt jetzt auch noch Vögel in die Klinik?«

»Das sind Hutschachteln, Hildegard«, belehrte Brinkmann sie milde.

»Hutschachteln? Zu was braucht denn die hier Hüte? Ja, was haben wir denn? Karneval?«

Bei dem Mann dort unten in hochgeschlossener, zur Wagenfarbe passender dunkelblauer Kleidung, konnte es sich nur um den Fahrer handeln. Er machte sich ans Schleppen.

»Jetzt hat sie noch zwei Koffer mehr als letztes Jahr«, kommentierte Hildegard. »Vielleicht denkt sie wirklich, wir machen hier noch 'ne Modeschau.«

»Dann könnten Sie doch die Ansage übernehmen«, stichelte Brinkmann. »Wie ist das, wollen Sie Frau Bodenstedt nicht begrüßen?«

»Ich? Bin ich Portier? Die denkt ja tatsächlich, das hier ist ein Hotel.«

»Warum denn nicht? Schließlich halten wir uns mit unserer ersten Klasse durchaus auf internationalem Preisniveau. Auch in Brenners Parkhotel in Baden-Baden kriegen Sie sicher keine billigeren Zimmer.«

»Na gut, Herr Professor! Aber sagen Sie mal: Was wird die machen, wenn sie mal wirklich krank wird?«

»Dann werden wir beide...«

Brinkmann kam nicht dazu, seine Vision zu Ende zu malen. Die Tür wurde aufgerissen. Und darin stand ein Verwaltungsdirektor mit offensichtlich erhöhtem Blutdruck. Selbst der Kragenknopf an Mühlmanns Hemd war geöffnet. »Frau Bodenstedt ist eingetroffen!« keuchte er. »Haben Sie es schon bemerkt?«

»Wir haben es bemerkt und bestaunt«, beschied ihn Brinkmann.

Und Hildegard, nun völlig entfesselt, trällerte: »Tatü-tata-tatü-tata! Warum, Herr Mühlmann, wird hier eigentlich kein roter Teppich ausgerollt?«

Brinkmann genoß es. Das war nun mal eine Hildegard nach seinem Geschmack.

Mühlmann jedoch schien tief betroffen: »Von einer Oberschwester hätte ich eigentlich mehr Verständnis erwartet. Oder ist Ihnen so wenig an der Auslastung unserer ersten Klasse gelegen?«

Die Oberschwester ließ sich nicht bändigen: »Machen Sie nicht so ein Gesicht, Herr Mühlmann. Freche Bemerkungen laufen natürlich nur hinter dem Rücken der hochverehrten gnädigen Frau. Ins Gesicht, da sind wir so was von freundlich, daß Ihnen schlecht werden wird... Und außerdem, verlassen Sie sich darauf...«

Der Rest der Worte wurde von den Geräuschen geschluckt, die durch die halbgeschlossene Tür ins Stationszimmer drangen. Stimmen. Füßescharren.

Dann ein entzückter Schrei: »Ach! Ich fühl' mich hier wie zu Hause!« Das war natürlich die Bodenstedt.

Brinkmann seufzte. Es war wohl besser, sich der Situation sofort zu stellen.

Er verließ das Zimmer.

Da kamen sie. Das gab's doch nicht! Voraus die Bodenstedt. Hinter ihr ein Geleitzug von Kofferschleppern, der Chauffeur natürlich, aber auch Lernschwestern und MTAs, beladen mit Koffern, Taschen, Mänteln, Tüten, Hutschachteln – alles umrahmt von einem Spalier verblüffter Patienten und staunender Pfleger.

Nun hatte sie ihn ausgemacht, riß die Arme hoch, lief ihm entgegen.

»Lieber Herr Professor! Was bin ich glücklich! – Ach ja! Und da ist auch noch die Oberschwester Hildegard, der gute Geist des Hauses!«

Hildegard nickte so strahlend, wie sie es zuvor angekündigt hatte. Was immer sie sagte, es ging unter im Begrüßungsausbruch. Sie freue sich ja so, versicherte Vanessa Bodenstedt, wieder einmal »richtig durchgecheckt« zu werden, und der Dr. Griesheim in Koblenz habe sie ja derartig enttäuscht, so sehr enttäuscht, daß sie sich sofort nach Bad Mergentheim begeben habe zu Professor Gündler. Ob man den kenne? Nein? – »Wissen Sie, was der mir sagte? Na, ich kann das nicht mehr genau wiedergeben, aber von einem gestörten Leib-Seele-Verhältnis redete er. So, als hätte ich nicht geschrien vor Migräneschmerzen. Gestörtes Leib-Seele-Verhältnis und psychosomatische Beschwerden... So ist es immer. Wenn die mal nicht weiterkönnen, dann haben sie's mit der Psychosomatik. Stimmt's, Herr Professor?«

»Ja nun...«, stammelte Brinkmann.

»Und hier mein Freund Mühlmann! Elegant wie immer! Sie sind der erste Verwaltungsdirektor mit Stil, dem ich in meinem Leben begegnet bin. Was sagen Sie dazu, Herr Mühlmann?«

»Ja nun«, murmelte auch Mühlmann und versuchte das Unheil mit dem Kragenknopf so unauffällig wie möglich zu reparieren.

»Es ist doch so, nicht wahr, ich bekomme mein altes Zimmer, Herr Mühlmann? So wie immer?«

»Aber selbstverständlich, gnädige Frau.«

»Wie reizend. Wirklich wundernett. – Ach, Sie werden es mir nicht glauben, Herr Professor: Den drei Wochen bei Ihnen sehe ich immer mit einer ganz großen Freude entgegen, ja mit Sehnsucht, denn wissen Sie, diese drei Wochen sind wirklich die schönsten des Jahres. Das kann weder Sankt Moritz noch Paris, da kann nicht einmal Nizza oder Los Angeles mithalten. Nein, die Wahrheit ist: In Offingen fühl' ich mich am wohlsten!«

Brinkmann räusperte sich. Er suchte nach Worten. Sie aber strahlte weiter und winkte dem Chauffeur: »Nun, dann komm, Hartmuth!«

Die Karawane zog den Gang entlang. Brinkmann sah ihr nach, noch immer die Schulter an die Tür gelehnt, und plötzlich war ihm, als sei die solide Türbrüstung aus Watte, ja, als gebe sie nach. Auch die Perspektive des Korridors begann sich aufzulösen.

Er atmete tief durch, zwei-, dreimal, spürte eine Hand, die ihn stützte, und sah in das besorgte Gesicht der Oberschwester.

»Ist was mit Ihnen, Herr Professor? Fühlen Sie sich nicht gut?«

»Nein, nein. Ach was…« Er versuchte sich zu kontrollieren. Er hatte immer wieder Schwierigkeiten mit dem Atmen. »Das war dieser verdammte Zirkus hier. Oder das Wetter.«

»Sie sehen aber blaß aus.«

»Na gut, mal blaß, mal rot! Ist doch normal in diesem Laden. Aber es geht wirklich…«

Es ging auch. Sein Puls schlug regelmäßig, die Extra-Systolen waren weg, er atmete wieder frei, konnte sogar lächeln, als ein aufgeregter Mischa, einen Fünfzigmarkschein in der Hand, den Gang entlangkam.

»Herr Professor, schauen Sie sich das an! 'nen Fünfziger! Fürs Koffertragen. Da kann man nur sagen: Liebe deinen Nächsten und trage seine Last!«

»Siehst du.« Brinkmann atmete noch immer mühsam. »Kannst du dir jetzt vorstellen, wie die Klinik von einem solchen Besuch profitiert?«

»Profitiert schon – So ein Herzchen! Was fehlt ihr eigentlich?«

»Da fragst du zuviel. In den vergangenen Jahren hat ihr noch nie was gefehlt, wenn sie hier war.«

Mischa verstummte. Der Mann in Dunkelblau kam zurück. Vornehm grüßend neigte er das Haupt. Brinkmann verneigte sich zurück.

»Und wer ist das?«

»Hartmuth. Ihr Butler und Chauffeur. Und wie sie mir sagte, hatte er vorher bei einem englischen Lord gedient. Wenn ich dir einen Tip geben kann, Mischa...«

»Was denn?«

»Kannst du dienern?«

»Sie meinen Bücklinge?«

»Gut, Bücklinge. Wenn du reinkommst in ihr Zimmer – so kurz aus der Hüfte nach vorne, kostet nicht viel, ist gute Wirbelsäulengymnastik und bringt was. Sie liebt das nun mal.«

»Aha? Soll sie kriegen, was sie liebt. Und vielleicht krieg' ich am Ende...« Er versuchte es und brachte die Verbeugung so schwungvoll, daß Hildegard in lautes Lachen ausbrach, was Mischa mit einem erneuten Diener quittierte. »Wenn sie vier Wochen da ist, bücklinge ich mir todsicher 'nen neuen Fernseher zusammen. Den brauchen wir nämlich, Herr Professor.«

*

»Kläuschen« hin oder her – wenn es ein Mädchen würde, das war Christa klar, würde sie es »Käti« nennen. Für Christa war das Kind bereits Wirklichkeit, nicht nur in ihrem Leib, auch in den Träumen lebendig. Dann stillte sie es, dann lag es an ihren Brüsten, die nach ihm verlangten, so sehr, daß die Warzen bei jeder Berührung winzige weiße Milchperlen absonderten.

Wie einzigartig, wundervoll, wie unfaßlich merkwürdig dies alles war. Manchmal, wenn Christa bei der Arbeit in der Klinik oder zu Hause so vor sich hinsann, sah sie sich als Teil eines Planes, dessen Sinn sie nicht zu erfassen vermochte, dem sie sich aber in einer Art kindlicher Gläubigkeit ergab. Warum sollte dieser Plan sie nicht leiten? Vielleicht lag hinter allem eine Absicht? Und behauptete nicht auch Klaus – der philosophierende, nicht der Sprüche klopfende, witzelnde Klaus –, daß, was wir »Zufall« nennen, gar nicht existiert? Vielleicht hat er recht? Vielleicht war es vorbestimmt, daß wir uns trafen? Vielleicht mußte dies alles so sein, um ein schon festgelegtes Ziel zu erreichen. Vielleicht waren wir nichts anderes als ausgewählte Chromosomenträger, die sich vereinigt hatten – nicht um irgendein Kind, sondern dieses Kind zu schaffen.

Nun spinnst du wirklich! rief sie sich zur Ordnung. Vor allem wirst du größenwahnsinnig – wenn schon, irgendwie war es schön und beruhigend, so zu denken.

»Na, lange kann's nicht mehr dauern, Frau Kollegin.« Der umsichtige, freundliche Mann mit den sanften Händen, der nette Dr. Bernhard in der Freiburger Straße, war wieder mal am Kontrollieren. Christas Augen verfolgten die Tal- und Höhenlinien, die der Monitorschreiber auf die sich abwickelnde Millimeterpapierrolle zeichnete. Nicht ihr Herz gab die Impulse, Kläuschens Herzschlag wurde gemessen. Alles okay. Einwandfreie Kopflage. Hervorragende Laborwerte. Der neue Brinkmann würde nach menschlicher Voraussicht keine Schwierigkeiten bekommen, wenn er sich anschickte, diese merkwürdige, erschreckende und doch so wunderschöne Welt zu betreten.

*

Bewegung war Vanessa Bodenstedts Lebenselement. Falls sie sich überhaupt irgendwo zu Hause fühlte, dann auf Reisen. Dies war nicht besonders erstaunlich. Sie versäumte auch nie, darauf hinzuweisen, daß es sich dabei um eine »frühkindliche Prägung« handle. Schließlich, entstammte sie nicht einer alten Diplomatenfamilie? Vielleicht trug sie die Unrast schon als Baby im Blut? Die fünfzig Jahre Erfahrung, die Vanessa Bodenstedt inzwischen aufweisen konnte – sie war in Genf während einer Völkerbundskonferenz geboren –, hatten ihr beigebracht, den Aufenthalt in ständig wechselnden Häusern so zu gestalten, daß ihr nie etwas fehlte. Zahlreiche Koffer sorgten dafür. Hartmuth und Lucie, die Zofe in ihrem Düsseldorfer Haus, waren darauf getrimmt, die gewaltige Gepäcklawine, die Vanessa Bodenstedt begleitete, vorbereitend in Ordnung zu halten.

Heute lag der flache Krokokoffer, der Vanessa Bodenstedts Schminkutensilien enthielt, auf dem Plumeau des Krankenzimmers. Er barg in der Innenseite des Deckels einen Spiegel. Darin betrachtete sie sich nun, halb skeptisch, halb wohlwollend, wie meist, wenn sie sich mit sich selbst konfrontierte. Die weiche Quaste des Pinselchens gab dem braunen Goldgrund des Jochbeins noch einen Hauch von Grün, der nach Vanessas Vorstellung so hübsch mit dem Grünton ihrer Augen harmonierte. Nun die Wimpern... Auch das ging heute morgen einfacher als sonst. Sie konnte zufrieden sein. Und sie war es.

Sie richtete sich ein wenig auf, ordnete das Spitzendekolleté ihres pfirsichfarbenen Seidennachthemds, und zwar so, daß es nicht allzu provokativ, aber immer noch sehr weiblich wirkte, und drückte die Klingel.

Eine Pause trat ein. Sie dauerte länger, als Vanessa Bodenstedt es hinzunehmen gewillt war. Vollends aber verlor sie die Fassung, als sie erkannte, wer da eintrat: die Schwester Hildegard!

»Ich habe zweimal geläutet.«

»Ja, und?«

»Zweimal«, so erklärte Vanessa Bodenstedt mit Fassung, »zweimal bedeutet Professor Brinkmann. Wissen Sie das nicht mehr vom letzten Jahr?«

»Doch, doch. Nur, der ist dummerweise verhindert. Nachdem er Viertel vor acht, um halb zehn und zwölf Uhr achtundzwanzig schon bei Ihnen war, hat er sich die Freiheit genommen, einen Nierenstein zu entfernen.«

Vanessa Bodenstedt schluckte. Hinter Hildegards kleinen, goldgefaßten Brillengläsern blitzten dunkle Augen. Sie fühlte sich dem kühlen, musternden Blick der Oberschwester geradezu ausgesetzt. Ja, was glaubte die eigentlich? Und was sagte sie da noch?

»Soll er die Operation nun abbrechen?«, sagte Oberschwester Hildegard, »oder können Sie noch eine Weile warten?«

Das trieb Vanessa Bodenstedt nun doch die Röte ins kunstvoll gepuderte Gesicht. »Reden Sie mit mir gefälligst nicht wie mit einem Kind. Natürlich kann ich warten. Obwohl...«

»Obwohl was?«

»Ich habe da ein sehr unangenehmes Zucken in der Leistengegend.«

Hildegard räumte Blumen zur Seite, ordnete drei Bücher Kante an Kante auf dem Tisch und meinte: »Nun, ich kann Ihnen ja den jungen Dr. Brinkmann schicken.«

»Nein, nein. Das nicht! Diese jungen Ärzte sind mir wirklich zu unerfahren. Aber wie ist das denn, Schwester Hildegard: Liegt schon das Ergebnis der Blutuntersuchung vor?«

»Ja, das liegt vor.«

»Und?«

»Ausgezeichnet. Frau Bodenstedt, mit diesem Cholesterinspiegel können Sie glatt hundertdreißig Jahre alt werden. Ich meine«, setzte sie süffisant hinzu, »falls Sie Wert darauf legen.«

Vanessa Bodenstedt überhörte es. Sie wunderte sich: »Wirklich merkwürdig. Dabei meinte Professor Brinkmann noch gestern, wenn ich etwas an der Leber hätte, müsse sich dies auch im Blutbild niederschlagen.«

»Eben!« sagte Hildegard. »Aber Sie werden schon was anderes finden.«

»Wie bitte?«

Hildegard pflanzte sich vor dem Bett auf, faltete fromm die Hände über der Schürze und bedachte Vanessa Bodenstedt mit einem langen, sondierenden, aber auch gütigen Blick: »Vielleicht nicht Sie, Frau Bodenstedt, aber dann doch die Ärzte. Die müssen ja auch was davon haben. Meinen Sie nicht?«

»Was müssen die?«

»Aus Spaß legt sich doch keiner in eine Klinik, oder? Also: Was hielten Sie von einem kleinen Spaziergang an der frischen Luft? Kann ja nicht mehr lange dauern, bis der Herr Professor mit dem Operieren fertig ist.«

Frische Luft lehnte Vanessa Bodenstedt entschieden ab. Sie schüttelte den Kopf. »Ich glaube, Sie haben noch immer nicht verstanden, Schwester. Ich fühle mich wirklich wie zerschlagen. Ich befinde mich, nun, nennen wir es mal in einem ausgesprochen bettlägrigen Zustand.«

»Na gut, nennen wir es so«, nickte Schwester Hildegard. »Ich aber muß mich jetzt leider um meine Arbeit kümmern. Sie entschuldigen schon... Also, wenn Sie erlauben, bis später.«

Arroganz, Hypochondrie oder nur Dummheit? Hildegard machte sich so ihre Gedanken. Und als sie am OP-Trakt vorbeikam, war sie richtiggehend froh, Brinkmann anzutreffen, der gerade ziemlich erschöpft, aber doch offensichtlich guter Laune von seiner Arbeit kam.

Hildegard ließ noch die Bahre passieren, auf der der Frischoperierte vorbeigefahren wurde, dann blockierte sie dem Chef den Weg. »Nun aber schnell, Herr Professor!«

»Wie bitte?«

»Die Dame ist sehr beunruhigt.«

Die Dame? So wie Hildegard das brachte, kam nur eine einzige Patientin im Haus in Frage.

»Was ist mit der Bodenstedt schon wieder?«

»Sie hat sich über ihren ausgezeichneten Cholesterinspiegel entsetzt. Jetzt möchte sie unbedingt ein kleines Leberleiden dazu haben. Tun Sie ihr doch den Gefallen.«

Brinkmann blinkerte unlustig mit den Augen. »Ja, ja, mal sehen, was sich da machen läßt.«

»Sie erwartet Sie jedenfalls dringend.«

»Na gut, wenn's sein muß...«

Walter Renz und Udo grinsten. Nun kam auch noch Piero Rusca, der hatte ja noch nicht das Vergnügen gehabt. Klaus Brinkmann jedenfalls war die Laune wieder mal verdorben. Dabei hatte die Operation vorzüglich geklappt. Und nun mußte Udo auch noch mit Grundsätzlichem beginnen, mußte fragen, ob die Behandlung »eines Phänomens«, wie ihn der Fall Bodenstedt nun mal darstelle, im Grunde medizinisch zu rechtfertigen sei?

»Phänomen ist gut«, knurrte Brinkmann. »Und was heißt hier rechtfertigen?«

»Der Bodenstedt geht's doch prima. Mal ganz ehrlich: Die Klinik kassiert da in drei Wochen ein Vermögen an Unterbringung, Diagnostik und Therapie, dabei weiß hier jeder, daß der Tante gar nichts fehlt.«

Brinkmann seufzte: »Ja, so kann man die Frage schon stellen. Das habe ich auch getan. Dann habe ich die Antwort gefunden: Wieso denn nicht, wenn sie es so will? Sich des Patienten Willen zu beugen, mein oberstes Gebot.«

Die anderen grinsten.

»Was habt ihr denn? Ein jährlicher Check-up gehört zur Vorsorge. Und wenn dazu noch ein Gesunder unbedingt krank sein will, ist das denn nicht schon wieder eine Krankheit?«

»Gut. Aber für Psychologen.«

»Das habe ich ihr auch schon gesagt.«

»Ja, merkst du denn noch immer nicht...?«

»Was soll ich merken?«

»Daß sie in erster Linie in dich verknallt ist. Oder gehört das auch zur Psychologie?«

»Vermutlich. Sie betet nun mal ältere Ärzte an und keinen jungen Sprinter wie euch. Auch wenn ihr Chirurgen seid. Denn ein Chirurg soll es bei ihr schon sein.«

Er spürte, wie ihm der Schweiß auf die Stirn trat, und dachte voll Wehmut an ein Bier und sein Essen. Die Schwäche kam wieder. Er begegnete dem besorgten Blick Udos und versuchte sein Lächeln beizubehalten.

»Na, dann werde ich mich auf den Weg machen. Geht ihr schon mal voraus in die Kantine.«

*

Die Präliminarien waren vorüber: seine Fragen, ihr Lächeln, Konversationsgeklingel, eine zitternde, parfümduftende Hand, die sich auf seinen Unterarm legte, ein tiefer, seelenvoller Blick. Nun hatte sie die Bettdecke zurückgeschlagen, entblößte ein paar noch immer beachtliche Beine und deutete mit einem spitzen, kardinalrotlackierten Fingernagel auf die Leistengegend: »Hier zieht's immer so, Herr Professor. Was kann ich denn nur machen? Es zieht seit gestern mittag.«

Brinkmann brauchte einen Stuhl. »Gnädige Frau, ich bin nur der Chirurg. Selbst für eine prophylaktische Diagnose wäre der Internist, also Dr. Römer, zuständig.«

»Aber, Professor, Sie wissen doch... Ich kann nun mal jungen Ärzten kein Vertrauen schenken. Ich bin vaterfixiert, was immer Sie auch darunter verstehen mögen. Aber bei jungen Ärzten, auch bei Ärzten wie Dr. Römer, liegt meine Schamschwelle zu hoch. Schon ein anzüglicher Blick kann mich verlegen machen.«

»Ist aber alles in Ordnung bei Ihnen«, wiederholte Brinkmann geduldig.

»Sie meinen also auch, daß mein Leiden psychosomatischer Natur sein könnte?«

»Richtig. Das meine ich.«

»Ich komme Ihnen wohl ein bißchen verrückt vor?«

»Ja nun – das sagen Sie. Und das ist ein bißchen weitgegriffen.«

»Wissen Sie, kürzlich traf ich mal einen englischen Schriftsteller beim Golf. Wirklich ein faszinierender Mann. Und soll ich Ihnen sagen, was der mir sagte? Der sagte, ich könnte soviel essen, ohne dick zu werden, weil ich mich damit selbst bestrafen wolle.«

»Für was denn?«

»Ja nun, dafür, daß ich im Leben nie Sorgen

haben durfte, daß ich von Kindheit an behütet war, daß sich bei mir immer alles so glatt abwikkelte...«

Ihre Stimme zitterte.

»Ich wünschte, ich könnte in mich was hineinstopfen«, meinte Brinkmann kläglich. »Um sieben habe ich gefrühstückt. Seither nur operiert. Und jetzt ist es halb drei.«

Sie setzte sich auf. Gott sei Dank, seine Hand hatte sie inzwischen losgelassen. Ihre Augen flehten: »Sie müssen sofort etwas essen. Aber wissen Sie, wenn ich daran denke: Hunger haben, es muß etwas Köstliches sein! Aber das ist wohl nur dann möglich, wenn man ständig beschäftigt ist – ich meine, daß man das Essen vergißt.«

Brinkmann stand auf. »Na ja, wahrscheinlich haben Sie recht. Ich sage Ihnen dann, wie's mir geschmeckt hat. Auf Wiedersehen.«

So ließ sie ihn nicht gehen. An der Tür erreichte ihn ihr Schmerzensruf. Und als er sich noch einmal umdrehte, war ihre Hand in die kunstvolle Hochfrisur verkrallt.

»Was ist denn?«

»Manchmal ist es unerträglich. Jetzt! ... Diese Migräneattacken kommen wie aus heiterem Himmel. – Aber gehen Sie ruhig essen. Nur, sagen Sie mir vorher: Sind es wirklich so schlimme Durchblutungsstörungen, oder liegt womöglich ein Tumor vor?«

»Ja nun, ich glaube, ich kann Ihnen mit beidem nicht dienen.«

Die Hand fiel herab, und zum erstenmal

lächelte sie. Und da fand er sie beinahe rührend, es war ein so schüchternes, fast kindliches Lächeln.

»Ich bin wohl ein sehr schwieriger Fall?« fragte die schüchtern lächelnde Vanessa Bodenstedt.

»Ja«, erwiderte Brinkmann mit Überzeugung und zog die Tür hinter sich zu.

*

Rührei und Schinken! Ein appetitlicher, duftender kleiner Berg häufte sich auf dem Teller, den die Meis ins Chefzimmer trug. Klaus Brinkmann betrachtete ihn mit gerunzelten Brauen.

»Ich hab' doch gesagt, ich will's nicht so fett! Haben Sie das der Küche nicht gemeldet? Das bekommt mir nicht.«

»Dann halten Sie sich eben an die Tomaten.« Es war selten genug, daß die Meis die Kühnheit besaß, gegen den Chef aufzumucken. Aber schließlich, alles hatte seine Grenzen – kriegt er nun das Kind oder die Frau Doktor?

»Tomaten haben kaum Kalorien«, sagte sie kühl und erbarmungslos. »Ein Gürkchen ist schließlich auch dabei.«

»Meis! Bist du wahnsinnig geworden? Vier Tomatenscheiben bietest du mir an? Nach einem Operationsvormittag?!«

Seine anklagende Grimasse erstarrte. Die Tür war aufgerissen worden, die Tür zum Flur. Darin stand Oberschwester Hildegard, hektische rote Kreise auf den Wangen, und ein Busen, der erregt gegen weißgestärkte Baumwolle wogte.

»Ihre Frau!« rief sie. »Ihre Frau, Herr Professor!«

Brinkmann wurde schneeweiß. »Was ist mit ihr?«

»Sie ist da! Im Haus. Die Wehen haben eingesetzt. Sie liegt schon im Kreißsaal.«

»Im Kreißsaal?« murmelte Brinkmann, als habe er dieses Wort noch nie vernommen. Die Adern an seiner Stirne schwollen an. »Warum hat mir niemand etwas davon gesagt?«

»Weil das keiner konnte, Herr Professor. Sie kam plötzlich angeprescht. Im Taxi.«

Er war draußen, stürmte los. So schnell hatte Klaus Brinkmann den Weg zum Lift noch nie geschafft. Doch wie es in solchen Situationen ist; das verdammte Ding schaukelte irgendwo im Haus herum, die Türen blieben verschlossen. Am liebsten hätte er gegen die Türe getrommelt. Er wurde der erstaunten Gesichter wohl gewahr, doch was gingen ihn die anderen an? Was scherte ihn die Klinik? Dann hatte sie also das Fruchtwasser zu Hause verloren? Dann würde es womöglich Komplikationen...!

Er ließ die Lifttüren verschlossen wie sie waren, rannte die Treppe hinunter, stolperte, hielt sich gerade noch am Geländer fest, stieß die Tür zum Westflügel auf, rannte weiter, hatte endlich den Vorraum erreicht und wurde dort von dem jungen Hoffmann, einem der Assistenten der Gynäkologie, abgefangen.

»Ach, da ist er ja, der Vater!«

»Hör mal, Hoffmann, wie redest du mit deinem Chef?«

»Ich rede mit 'nem Vater, Professor! Und ich kenne die Zustände, in denen sich Väter hier befinden.«

»Ist sie…«

»Es ist alles in bester Ordnung. Sie freut sich auf Ihren Besuch. Wenn ich bitten darf…«

Wenn ich bitten darf? Er dachte es halb betäubt. Ja, wo sind wir hier eigentlich? – Und dann stand er im Kreißsaal, sah sie auf dem Tisch, sah abgewinkelte Beine, grüne Tücher. Gerres, der Gynäkologe, der sich gerade über sie beugte, die Hebamme, zwei Schwestern und noch ein zweiter Gynäkologe – das war doch…, ja, das war Dr. Bernhard, nicht einmal er hatte sich die Zeugenschaft dieses Augenblickes nehmen lassen. Und was Brinkmann am meisten beeindruckte: Statt einer Hölle von Pein vernahm er leise Witze, freundliche Bemerkungen und nachsichtiges Lächeln.

»Hallo, Mutter!« stieß er hervor. »Da wären wir ja jetzt.«

»Und ob!« sagte sie. »Und gleich hast du auch dein Kläuschen.«

Selbst jetzt, als die Wehe anhob und ihre Stimme erstickte, brachte sie es fertig zu lächeln.

*

»Noch ein Patient, ein letzter«, hatte Doris, die Sprechstundenhilfe, gesagt. Um vierzehn Uhr würde Dr. Alfons Ketterer zu seiner Besuchsrunde aufbrechen. Aber da kam Doris allein zurück.

»Was ist denn? Sind wir fertig?«

»Nein, da ist noch der Herr Rankowsky. Ich hab's Ihnen doch gesagt.«

»Und was ist mit ihm?«

Ihr Gesicht war unruhig. »Weiß auch nicht. Einen Schweißausbruch hat er. Und aufstehen kann er auch nicht.«

»Na schön...«

Alfons Ketterer ging hinüber ins Wartezimmer.

In der hintersten Ecke, neben dem Gummibaum, kauerte ein magerer Mann mit grauem dünnem Haar. Das Gesicht war nicht zu erkennen. Er hatte sich nach vorn gebeugt. Die Arme hingen zwischen den Knien. Ketterer sah ihn sich an. Dann drehte er sich um. »Ein Kissen, Doris!« rief er. »Los! Hol's aus dem Behandlungszimmer. Und eine Schaumgummiauflage.« Hastig stellte er die drei Stühle neben dem Patienten zusammen. »So, und jetzt die Füße hoch. Legen Sie sich so hin, ja. Geht's jetzt besser?«

Ein dumpfes Stöhnen war die einzige Antwort. Und dann hörte er: »Das ist ja kaum auszuhalten...«

Ketterer knöpfte den Hosenbund auf, fühlte die harte Muskelspannung, den vorgewölbten Magen, griff nach dem Puls, lauschte dem dünnen Jagen, sah in das eingestürzte, schweißüberströmte Gesicht. »Wie sind Sie denn hierhergekommen?«

»Mit dem Fahrrad.«

»Mit dem Fahrrad? Das gibt's doch nicht.

Schon immer was mit dem Magen gehabt, Herr Rankowsky?«

»Ziemlich oft.«

»Und wo waren Sie in Behandlung?«

»In Westhoven. Bei Köln… Ich bin doch erst seit vier Wochen hier. – Au! Gemein ist das. Das tut so weh…«

»Ruhig liegenbleiben. Und reden brauchen Sie auch nicht. Nur eines noch: Wann haben Sie zuletzt was gegessen?«

»Vor – vor zwei Stunden.«

Auch das noch!

Dr. Alfons Ketterer rannte zurück in seine Ordination, riß den Hörer von der Gabel und drückte die Nummer der Klinik. »Hier Ketterer. Ja, geben Sie mir die Notaufnahme!«

Es knackte. Es dauerte endlos. Ketterer fluchte. Schließlich eine Männerstimme: »Notaufnahme. Brinkmann.«

Das ist der Junge, dachte Ketterer. Na, wenn schon. »Hier Ketterer! Hör mal, Brinkmann, es eilt! Erstens schickt ihr sofort einen Rettungswagen zu mir in die Praxis. Zweitens, bereitet euch auf eine Magenoperation vor. Der Mann befindet sich in einem schweren Schockzustand. Und er ist nicht nüchtern, er hat gefrühstückt!«

»Okay, okay!« Das klang ganz ruhig. Gute Nerven hatte er, der Junge. Ketterer hörte ihn die Frage stellen: »Wie ist das, ist der Rettungswagen da?« Dann war er wieder am Apparat: »Wir sind in spätestens zehn Minuten da, Herr Kollege.«

Ketterer legte erleichtert auf. Im Grunde doch

ein Glück, daß es die Klinik gibt, dachte er. Jetzt haben die den Schwarzen Peter. Und beneiden tu ich sie nicht darum...

*

Wolters hantierte schon an seinem Gerät, als Udo noch bei der Waschung war. Gerade fuhren sie auch den Patienten herein. Er trocknete sich ab, ging durch die Schleuse und ließ sich von zwei Springerinnen in den Mantel helfen. Walter Renz hatte frei, Piero war bei der Patientenvorbereitung. Nun drehte Wolters Udo den Kopf zu, da waren die netten Wolters-Augen, die immer so freundlich aufmunternd blickten. Diesmal stand Ernst darin und eine Kühle, die Udo irritierte.

»Hast du schon mal als erster Operateur einen Magendurchbruch mit Bauchfellentzündung gehabt, Udo?«

»Nein. Wieso?«

»Dann wird das jetzt deine Premiere, mein Junge. Oder willst du den Alten rufen?«

»Du weißt doch ganz genau, der ist bei der Entbindung.«

»Richtig. Das weiß ich ganz genau. Aber Christa schafft's auch ohne ihn. Bei dem hier allerdings...«

Er ließ den Satz unbeendet. Und Udo wußte, daß er recht hatte.

*

Die Abstände verringerten sich. Die erste Preßwehe war am Abklingen und damit auch dieses Gefühl, hinauf in den Himmel geschleudert zu werden.

»Ruhig atmen. Das ist das Entscheidende: die Atmung! Das weißt du doch?«

Klaus natürlich! Der Schweiß stand ihr auf der Stirn. Als ob sie nicht wochenlang trainiert hätte, als ob er es gerade erfinden würde.

Sie drehte ihm den Kopf zu. Irgendwo auf einem der Tische klingelte das Telefon. Die Hebamme kam, flüsterte ihm irgendwas ins Ohr, sie sah, wie er nickte, sich umdrehte und zum Hörer griff.

»Verdammter Mist!«

Es war ihm einfach entwischt. Dies war wirklich nicht die Sekunde zu fluchen: Die Geburt seines zweiten Sohnes stand schließlich bevor. Doch der erste Sohn schien leider mit seiner Arbeit nicht zurechtzukommen.

»Ein Magendurchbruch, Vater, Lebensgefahr...«

»Was heißt Lebensgefahr? Ein Magendurchbruch, das ist doch wohl zu schaffen?«

»Sicher ist das zu schaffen. Aber weder Piero noch ich haben es schon mal alleine gemacht.«

Brinkmann nickte. Hatte ja recht, der Udo: Lebensgefahr! Die Weichen waren gestellt, es gab keine Flucht, es gab nur die eine Entscheidung.

Er ging zurück zum Bett. Er legte die Hand auf ihre Stirn. Er fühlte, wie sie nach seinem Gelenk griff, hob ihre Hand hoch und küßte sie. »Du, Kleines... Du darfst mir nicht böse sein, aber ich muß für ein paar Minuten weg. Wir haben eine Magenperforation.«

Sie nickte nur.

Er aber sah auf sie herab, konnte sich noch immer nicht von diesem Anblick lösen. Endlich, der erste Schritt, eine halbe Drehung, dort war die Tür, er wollte sie erreichen, doch da hörte er noch einmal ihre Stimme: »Klaus!«

»Ja?«

»Vergiß nicht, mir geht's prima.«

»Ja, das weiß ich doch. Aber warum sagst du das?«

»Warum? Ob du es dir vorstellen kannst oder nicht...«

Wieder verzog sich das Gesicht, die Worte aber kamen klar und ruhig: »Ich komm' ohne dich zurecht. Aber der andere, der mit dem Magendurchbruch, wohl nicht.«

Das war natürlich genau der falsche Satz.

»Schließlich muß jeder Chirurg mal verantwortlich einen Magendurchbruch operieren.«

Und sie, obwohl die Wehe bereits wieder wie mit Klammern nach ihr griff, lächelte noch immer: »Irgendwann einmal, ja. Aber muß ja nicht heute sein. Und wenn das Kind inzwischen kommen sollte, Klaus, ich sag ihm einen schönen Gruß von dir...«

*

Brinkmann versuchte zu verdrängen, was ihn beschäftigte: die Trennung von Christa, das Bild, das sich noch immer in seinem Bewußtsein hielt. Christa auf dem Tisch. Ihr schmerzverspanntes Gesicht. Das Lächeln. Es hatte keinen Bestand, keine Gültigkeit. Jetzt nicht.

Durchgebrochener Ulcus, ohne Zweifel. Und so wie es um den Patienten stand, noch die Komplikation einer Peritonitis, einer Bauchfellentzündung.

Vom Kopfende betete Wolters die Litanei der Vorbehandlung durch. Man konnte nur hoffen, daß auf die starken Antibiotika, die durch die Infusion flossen, kein Allergieschock folgte. Doch wie es aussah, schien der Körper sie zu vertragen. Ein Vabanquespiel. Was blieb schon übrig? Der Mann hatte ohnehin wenig Chance und zu einem langwierigen selektiven Abtesten, das die Gefahren an Allergiereaktionen ausschloß, war nicht mehr die Zeit.

Was alles noch schwieriger machte, war die offensichtliche Blutung. Und die Tatsache, daß der Mann zuvor gegessen hatte.

»Eine selektive Vagotomie wird hier nicht mehr möglich sein. Ich operiere trunkal.«

Das war das einzige, was das Team von Brinkmann bei dieser Operation hörte, und es bedeutete, daß die Nervenbahnen, die den Magen versorgten, durchtrennt, die zerstörten Magenwände entfernt und somit die Blutung geblockt wurde. Nun sprach Brinkmann nichts mehr. Die Instrumente verrichteten ihre Arbeit, schon war die obere mediane Laparatomie durchgeführt, der Eingriffsschnitt geschaffen und die Faszie durchtrennt. Blutende

Gefäße wurden abgeklemmt, und der Blick wurde frei auf die Aufgabe, die sie erwartete.

Brinkmann hielt inne und hob den Kopf. Ein merkwürdiges Erlebnis wurde ihm zuteil. Der helle Gesichtsstreifen, den Udos Operationsmaske freigab, schien sich wie ein Gummiband in die Breite zu ziehen. Zur selben Zeit spürte er ein fließendes Prickeln, das von den Beinen aufstieg und seine Muskeln zu lähmen drohte.

»Die große Magensonde«, hörte er jemand sagen.

Brinkmann stieß einen heiseren kurzen Laut aus, der wie »weitermachen« klang. Das dachte er auch, dachte: Nicht darauf achten! Tief Luft holen. Es geht schon...

Und es ging wieder. Auch wenn ihm der Schweiß über den Rücken lief und seine Knie zitterten.

Niemand hatte etwas bemerkt. Udo fügte sich in den vorgeschriebenen Ablauf der Handgriffe. Ein feuchtes, heißes Tuch drängte sich in den blutigen Operationsbereich. Hier nun der Magen, der Corpus aufgeschwollen. Ein Vorderwand-Ulcus, ganz zweifellos. Doch ehe sie weitermachen konnten, mußten Gefäße gelöst, der Vagusstamm herauspräpariert und durchtrennt werden.

Brinkmann ließ sich die Schere geben. In der Sekunde, als er das Metall zwischen Daumen und Zeigefinger spürte, war ihm, als schieße eine heiße Welle von den Schultern bis in die Fingerspitzen. Dann kam der Stich, ein Schmerz, so unerträglich, daß es ihm den Mund aufriß, zu groß jedoch, als daß er noch einen Laut hervorbringen konnte. Nichts war in ihm als Auflösung und Angst, eine riesige Angst, die wie mit Keulen auf ihn niederbrach, ehe sie ihn verschlang.

Später würde es viele Versionen des Geschehens geben. Jeder im Raum hatte sein eigenes Bild vor Augen, jeder den eigenen Schock zu bewältigen.

In dieser Sekunde jedoch standen sie alle wie gelähmt, Teilnehmer des gleichen Dramas, unfähig, aus der Rolle zu schlüpfen, die ihnen auferlegt war. In dieser Sekunde hatten sie die Instrumente in der Hand, war Udo mit dem Abbinden eines blutenden Gefäßes beschäftigt, Rusca hielt einen Haken, Wolters wiederum saß viel zu entfernt, um zu begreifen. Nur Ella, die Operationsschwester, reagierte. Sie reagierte schnell. Mit einer Kraft, die einer so zierlichen Frau nicht zuzutrauen war, griff sie unter Brinkmanns Schultern, ehe der schwere Körper auf den Boden schlagen konnte. Und langsam, sanft ließ sie ihn auf die Kacheln gleiten, beugte sich über ihn, riß die Haube von dem fahlblassen Gesicht.

»Das ist ein Infarkt!«

Wolters sprach es aus. Seine Stimme zitterte ein wenig, doch die vier Worte standen sachlich, hart und unumstößlich wie ein Urteil in der sie alle lähmenden Stille.

Udo ließ die Ligatur unbeendet. Er setzte eine stumpfe Klemme, rannte vom Operationstisch weg zum Telefon und griff mit dem blutverschmierten Handschuh nach dem Hörer: »Geben Sie mir Römer! Sofort! Los! – Was? Sie können ihn nicht finden? Hören Sie, sind Sie verrückt geworden?! Sie werden ihn finden, und zwar sofort! Er soll in den OP kommen. Hören Sie: In den OP! Wir haben – nein, der Chef hat einen Infarkt!«

Er drehte sich um.

Er sah Wolters neben seinem Vater knien, sah, wie die Sauerstoffmaske in seiner Hand sich über das Gesicht senkte...

*

Die Schmerzen waren wie rote Schleier, die auf sie zuflogen, sich verdichteten, sie zu ersticken drohten. Mit dem Atem im Rhythmus der Wehen bleiben! All die Techniken, die Christa erlernt hatte, vermochten den Schmerz nicht zu bändigen. Sie war ja so froh, daß sie überhaupt noch atmen konnte.

Doch dann ebbte die Welle ab und etwas anderes stellte sich ein, eine liebevolle, unglaubliche Vertrautheit mit diesem von Qualen und Schweiß eingehüllten Körper, der der ihre war. Sie versuchte an Klaus zu denken, an sein ratloses Gesicht, den Blick, der sie gesucht hatte, an diesen armen, ewig überforderten Klaus Brinkmann, der sich doch so gerne freuen wollte, und dem die Arbeit selbst diese Freude verboten hatte.

Klaus!

Sie schlug die Zähne aufeinander, schloß die Augen und wußte: Dieses Mal – jetzt!

Sie hörte Dr. Gerres murmeln, einen Namen, den Namen eines schmerzlindernden Mittels. Eine natürliche Geburt wollte sie, doch wer hielt das schon durch? Ihre Beine verkrampften sich – so sehr, daß sie nicht einmal den Einstich spürte. Doch dann floß der Strom der Linderung durch jeden Muskel, jede Nervenfaser, jede Zelle. Sie konnte lächeln. Sie wußte nicht, ob sie lächelte, weil der Schmerz verschwand oder weil es vorüber schien – Da, was machten sie, die beiden Männerköpfe dort unten, so unendlich weit weg von ihr? Nun griffen behutsame Hände zu...

Die Hebamme lief herbei, hielt etwas hoch – ein Bündel, etwas Naßglänzendes, Rötliches, so real, so überirdisch wirklich, daß sich ihr Herz zusammenzog: Mein Kind!

Ein Babyschrei! Ein langgezogenes Krähen.

Sie schloß die Augen...

*

Inzidieren des Triangulare sinistrum hepatis – das war der nächste Schritt. Die Erfahrungsbilder früherer Operationen waren zwar präsent, aber schließlich: Es gab ein halbes Dutzend Magenoperationstechniken, und die Entscheidung, welche zu wählen sei, stellte sich allein nach der Lage.

Der linke Leberlappen mußte weiter abgedrängt werden, soviel stand fest.

»Los schon, Piero! – Du brauchst schon ein wenig mehr Kraft dazu.«

Piero Rusca reagierte mit einer Kopfbewegung. Was ihn und Renz in diesen sich langsam dahinquälenden Minuten immer wieder beeindruckte, war die Bestimmtheit, mit der Udo seine Arbeit fortführte. Zum ersten Mal! Und ohne die

Aufsicht, die Hilfe eines erfahrenen Operateurs. Herrgott noch mal, wie schaffte er das?

»So, das Peritoneum etwas zurückziehen. – Funktioniert ja!«

Es funktionierte. Udo war an der Präparation des vorderen Nervenstranges. Am angespannten Organ fühlte er ihn wie ein Kabelbündel.

»Zwei spitze.« Ella reichte ihm die Klemmen. Die Zeit verstrich im eintönigen Hacken des Herz-Monitors. Zweimal hatte der schon verrücktgespielt, Kreislaufkrise.

Aus den Augenwinkeln beobachte Udo, wie eine der Springerinnen vom Telefon kam und ein paar Worte zu Ella sagte. Die erste Operationsschwester nickte. Dann wandte sie den Kopf und in ihren Augen stand ein Lächeln.

»Was ist denn?« sagte er ungeduldig.

»Du hast ein Brüderchen, Udo.«

»Was?!«

»Einen Bruder. Drei Kilo.«

Die Klemmen saßen. Er würde einen Zentimeter des Vagusstammes herausnehmen, die Nervenstümpfe abbinden und dann an den hinteren Magenstumpf herangehen müssen. Sicht gab's da nicht. Da war alles nur Fingerspitzengefühl. Dann noch die Taurolinspülung! – Ein Bruder... Na und? Damit konnte er sich später beschäftigen. Hauptsache, daß der Papi des Bruders überlebte, Hauptsache, daß Vater durchkam! Herrgott noch mal: Nicht denken! Bloß nicht. Weitermachen!

»Hat sich Römer gemeldet?« sagte er, und die Frage kam laut und hoch.

Wolters schüttelte den Kopf.

»Verdammt noch mal, wir müssen doch wissen, was mit ihm los ist!«

»Das werden wir schon. Udo, der schafft das doch.«

Er muß!, betete Udo. Was sollen wir denn ohne ihn? – Und dann, überwältigt von Gefühlen, die ihn heraushoben aus der Arbeit und gleichzeitig mit einer Frömmigkeit erfüllten, die ihn beinahe erschreckte, dachte er: Hilf uns! Hilf uns nur dieses Mal... nein, hilf uns auch dieses Mal wieder... Hörst du mich? Ich ruf' dich! Siehst du uns in unserem Elend?! Auch wenn wir manchmal versagen, wir strengen uns doch an... Siehst du das? – Also, hilf!

*

Er kämpfte.

Doch die Strömung war so stark. Er konnte schwimmen, wieso bewegten sich dann die Arme nicht? Oder taten sie das doch? – Ja, aber wenn er zu wild um sich schlug, das hatte er erfahren, spülten die Wellen über seinen Kopf, dann bekam er keine Luft mehr, konnte sich nicht halten, dann war es vorbei, endgültig vorbei...

Wieder! – Gegen das dröhnende Hämmern, gegen den Schmerz, gegen die grauen Wasserkämme, die auf ihn zurollten, ja, wieder – und durch...

Die Insel war so nah. Schwarz war sie und flach und lang. Eine Insel, die einer Mauer glich, man konnte es nicht unterscheiden, Menschen gab es dort, viele Menschen, unbeweglich stehende Säulen, über deren Köpfe in flachen, wilden Schwüngen die Möwen schossen.

Käte stand dort. Sein Vater. Elena…

Er spürte dieses Würgen, es zeigte ihm an, daß er keine Luft mehr bekam. Und gleichzeitig sagte er: Ich kann es! Ich kann es wirklich. Viel zu oft habe ich aufgegeben. Diesmal nicht. Denn wenn ich es nicht schaffe, wird noch viel Schlimmeres geschehen… Ja, dann war alles zu Ende! Die Welt konnte zerbrechen, sich aus ihren Fugen lösen, ihre innersten Strukturen preisgeben, und der Himmel würde über die Trümmer stürzen.

Du mußt es verhindern… Du mußt es ihnen sagen… Soviel hängt davon ab. So viele warten auf dich. Alte, Junge, Kranke, Gesunde, Kinder – ja, Kinder!

Du mußt!

»Wir brauchen die Maske nicht mehr«, hörte er eine Stimme. »Wir geben den Sauerstoff jetzt durch die Nasensonde. Und dann müssen wir noch mal die Procainamidgaben heraufsetzen.«

Procainamid? – Was für ein Wort? War es das, was alles ändern würde? War es die Formel? Was war es nur?

»Klaus! Hörst du mich?« sagte die Stimme.

Klaus? – Wer war Klaus…?

»Klaus, bleib ganz ruhig. Du wirst sehen, das geht alles gut.«

Ja, das wußte er nun auch: Es geht alles gut! Es mußte gutgehen. – Nur, ruhig bleiben? Wie sollte er das?

*

Wie es durchsickerte, wer es weiterverbreitet hatte, niemand wußte es, doch die Nachricht lief von Stockwerk zu Stockwerk, von Zimmer zu Zimmer, und sie zog eine Spur von Betäubung und ungläubiger Furcht hinter sich her: Der Chef im OP zusammengebrochen? Ein Infarkt?!

Viele hatten Tränen in den Augen, andere versuchten sich selbst zu beruhigen: »Ja nun, bei dem Streß… Er hat sich übernommen. Und 'nen Kollaps hat schließlich jeder mal. Aber ein Infarkt? Bei Brinkmann? Ausgeschlossen…«

Es war kurz nach vier. Dr. Römer verließ für einige Minuten die Intensivstation. Was er tun konnte, war getan. Seine beiden Assistenten würden bei Brinkmann bleiben. Es war Zeit, Udo aufzusuchen.

Er fand ihn in der Bibliothek, noch immer in OP-Sandalen und grünem Hemd – ein anderer Udo, als er ihn bisher kannte, das ewige Jungengesicht blaß und von Falten gezeichnet, Schatten um die Augen, ein Udo Brinkmann, der in wenigen Stunden um Jahre älter geworden schien.

Renz war bei ihm. Beide sahen Römer an. Udo schob sich aus seinem Stuhl hoch. In den Gesichtern stand die Frage, doch es fiel kein einziges Wort.

Römer versuchte es mit dem beruhigend-hoffnungsverheißenden Ausdruck, der in der Klinik zu einer Art Markenzeichen geworden war. Diesmal scheiterte er. Er zog hilflos die Schultern hoch:

»Na ja, laßt uns nicht drumrumreden. Ein Myocard-Infarkt.«

»Das wissen wir schon. Das haben wir auch gemerkt. Aber was für einer? Schwer?«

»Ziemlich.« Römer sah zum Fenster und dann sagte er: »Ja, schwer... Ein Hauptast, ganz offensichtlich. Aber ruhiggestellt ist er. Auch die anderen Funktionen sind normal. Und sobald ich mit der Heparin-Langzeitbehandlung beginnen kann, kommt er wieder...«

Renz und Udo warfen sich Blicke zu. Hoffentlich! Daß die Gerinnungsmittel so schnell wirken würden, war das nicht Zweckoptimismus?

»Herrgott noch mal!« Mit Römers Fassung war es endgültig vorbei. »Das Hahnebüchene ist doch: Jeder hat's ihm gesagt! Und was macht er? Statt mal auf die Bremse zu treten, dreht er voll auf. Dieser Unersetzbarkeitswahn, diese fixe Idee, alles selbst machen zu müssen!«

Udos Hals spannte sich. »Reden Sie doch keinen Mist, Herr Dr. Römer! Und was heißt hier Wahn? Ist es seine Schuld, daß wir unterbesetzt sind? Er hat doch alles getan, um neue Leute herzukriegen. Ist das seine Schuld, daß jeder mit jedem Dreck zu ihm rennt? Ist es seine Schuld, daß man ihn für alles beansprucht? Und noch was, Herr Römer: Er hatte doch gar keine andere Wahl. Er mußte wieder und immer wieder auf die Matte. Und warum? Sie wissen das doch genausogut wie wir.«

Römer schwieg. Er zog sich die Hand über die Stirn und es sah aus, als wolle er seine Augen verbergen.

»Warum?!« Wieder die anklagende helle Stimme des jungen Brinkmann. »Weil es hier keinen Operateur von seiner Kompetenz gibt! Ich hab's doch gerade wieder gemerkt. Und da kommen Sie mir damit, daß er sich für unersetzlich hält.«

»Ich weiß doch, Udo...«

»Anscheinend haben Sie es vergessen. Er ist unersetzlich, Römer. Er ist es wirklich...«

Römer sah Renz an, der genauso verzweifelt, genauso zerschlagen am Fenster stand.

»Was ist denn aus eurem Patienten geworden? Eine Magenperforation, nicht wahr?«

Renz nickte. »Woher wissen Sie das?«

»Er hat es mir gesagt, am Anfang noch, in einem seiner lichten Momente. Er hatte sich Sorgen gemacht.«

»So, er hat sich Sorgen gemacht?« wiederholte Udo dumpf. »Zu Recht hat er sich die gemacht.«

»Den kriegen wir hin«, ließ sich Renz hören. »Wie das abgelaufen ist, weiß ich immer noch nicht so recht, aber Udo war gut. Sehr gut warst du, Udo. Der hat Chancen.«

»Mich interessiert nur eines«, antwortete Udo: »Ob mein Vater eine Chance hat?«

Römer hatte sein Lächeln wiedergefunden und anscheinend auch seine Zuversicht. Er ging zu Udo und blieb vor ihm stehen: »Glaub mir, Udo, er hat eine Chance. Und eine sehr gute sogar. Daß keine Endokardie hinzukommt, dafür garantiere ich. Und gemessen an der Schwere des Infarkts, kann man seinen Zustand durchaus als befriedigend ansehen.«

Udo nickte. Er würde, wollte das alles glauben, er glaubte es ja auch, in einem heftigen Auflehnen gegen etwas, das auch jetzt so unvorstellbar blieb, wie in der ersten Sekunde, als es über sie hereinbrach.

»Ich gehe mich umziehen. Herr Römer, tun Sie mir einen Gefallen: Begleiten Sie mich zu Christa. Sie muß es erfahren.«

»Natürlich«, sagte Römer. Seinem Gesicht war abzulesen, wie schwer es ihn ankam…

*

Das Baby hatten sie ihr wieder weggenommen. Irgendwo hinter den Wänden lag es nun auf einem Tisch, würde gepudert, gewickelt, gesalbt werden. Sie sah es vor sich, so präzise, als stehe sie vor der großen Glasscheibe, betrachte die Wickeltische und die flinken Säuglingsschwestern, als rieche sie Puderduft, als sähe sie unter den anderen strampelnden winzigen Wesen den kleinen Kerl mit dem roten Köpfchen und den dunklen Haaren, der ihr gehörte. Kläuschen! dachte sie. Na also, da hat er's gekriegt.

Wo der große Klaus nur blieb? So lange konnte die Operation doch gar nicht dauern? Selbst ein schwieriger Eingriff wie ein Magendurchbruch müßte längst erledigt sein. Da hatte er die ganze Zeit ein derartiges Theater gemacht – und jetzt?

Die Klinke bewegte sich, die Tür ging auf.

Es war nicht Klaus, es war Udo. Und dahinter Römer. Fragen brauchte sie nicht, es genügte, ihre

Gesichter zu sehen, um zu wissen: Irgendwas stimmte nicht. Irgendwas war geschehen.

»Na? Wo ist mein Bruder?«

Udo setzte sich auf das Bett und suchte ihre Hand.

Sie entzog sie ihm und richtete sich auf: »Wo ist Klaus, Udo? – Was ist los?«

Er wich ihrem Blick aus und ließ den Kopf hängen. Er seufzte.

Nun stand auch Römer bei ihr: »Sie werden eine Weile warten müssen«, hörte sie ihn sagen.

Eine Weile warten? Sie war wie gelähmt. Eine Weile warten... Was wollten sie, was sollte das denn heißen?

Und dann kam es.

»Vater...«, murmelte Udo, »dein Mann, er hat einen Infarkt erlitten. Während der Operation...«

So still war es im Zimmer, daß die Stimmen draußen zu ihr hereinklangen.

Udo. Römer... Drüben auf dem Tisch die Babyflasche, Pampers, Puderdosen. Und da sagten die hier, Klaus habe...

Das Wort INFARKT ließ sich nicht umdeuten. Es war kein Mißverständnis. Das Wort drohte sie zu erdrücken. Ein Infarkt während der Operation? Während sie das Kind bekam... Wer hatte sich so etwas ausgedacht? Das gab es doch nicht! Ein schrecklicher, ein geschmackloser Witz war es...

Ihr Gesicht wurde starr, und ihre Stimme war ganz sachlich: »Ein Infarkt...? Und wie? Schlimm? Hoffnungslos?«

Udo schüttelte heftig den Kopf. »Nein, nein. Er

ist nicht leicht, aber um Gottes willen nicht hoffnungslos.«

»Herr Römer!«

»Sie kennen das doch, Frau Kollegin. Nach allen Umständen geht es ihm passabel. Und jetzt müssen wir eben abwarten, wie die Behandlung anschlägt. Wenn wir erst den Leukozytentest hinter uns haben, sehen wir genauer.«

Sehen wir genauer... Sie kennen das doch...

Sie nickte. Richtig, sie war Ärztin. Sie versuchte sich ins Bewußtsein zu rufen, was sie an Kenntnissen besaß. Es gelang nur mühsam. Was würde Klaus' Schicksal entscheiden? Die Größe des durch den Verschluß geschädigten Herzwandanteils zum Beispiel. Die Möglichkeit einer Ausbreitung der Thrombose auf andere Äste der Kranzgefäße. Rhythmusstörungen. Doch die hatten sie auf der Intensivstation sicher unter Kontrolle. Ein Gerinnsel an der Herzinnenwand vielleicht?

Nicht denken! Warum auch? Warten...

Was blieb schon anderes: Warten, beten vielleicht – wenn es half? Es mußte helfen, ihr Gebet mit dem Lebensfunken, den ein anderer, ein noch winziger, in sich ruhender, kleiner Körper barg.

Christa hielt die Augen geschlossen. Sie wollte sich Klaus' Gesicht vorstellen. Es gelang ihr nur schwer...

*

Die Gerinnungsauflöser begannen am dritten Tag nach dem Infarkt Wirkung zu zeigen. Auch die

Blutgasanalyse bestätigte es. Die Todesgefahr war gebannt. Zumindest das war erreicht. Es kam darauf an, wie stark Klaus Brinkmanns Widerstandskräfte waren, wie rasch es ihm gelang, das zerstörte Zellgewebe seiner Herzwand abzubauen, die Gifte fortzuschwemmen und sie durch neues Gewebe zu ersetzen.

Da lag er nun, angeschlossen an Kabel und Infusionsschläuche, ein Körper, der Teil der großen Überwachungs- und Erhaltungsmaschine geworden war, die die Intensivstation darstellte, und die starken Beruhigungsmittel verhinderten, daß er sich seiner Situation bewußt wurde.

Einmal, am Abend des zweiten Tages, als Christa und Römer an seinem Bett standen und auf das blasse, schweißbedeckte Gesicht niederblickten, hatte Brinkmann die Augen geöffnet: Große, seltsam leuchtende, wie von Lichtschleiern überhauchte Augen.

Sein Mund bewegte sich, er sprach Worte, die sie nicht verstand. Dann kam ein einziger Satz, und der war leise, klar und an sie gerichtet, obwohl es ihr nicht gelingen wollte, seinen Sinn zu entziffern.

»Du mußt nach den Rosen sehen, mein Engel. Er hat sie nämlich immer so sehr gemocht...«

Rosen? dachte sie später. Im Garten haben wir keine mehr, nachdem sie im letzten Jahr alle die Pilzkrankheit befallen hatte. Und er? Wer hat sie so geliebt?

Rosen... Sie versuchte, sich in seine Welt hineinzufühlen. Er dachte an Rosen, an andere Menschen. Wußte er etwas von dem Kind? Wann endlich würde sie es ihm sagen können?

*

Es war nicht zu umgehen: Um die Erste-Klasse-Patientin Bodenstedt hatte Udo sich trotz aller Zeitnot zu kümmern, mehr noch, in der Pflichtenskala, die er mit Mühlmann besprochen hatte, stand ihre Betreuung ganz oben.

Udo holte noch einmal tief Luft, nahm all seinen Mut zusammen und drückte die Klinke. Da lag sie, die Augen zur Tür gerichtet, den Oberkörper gegen drei Kissen gelehnt, im Gesicht den hoheitsvollen Mißmut einer Kaiserin, der man den Hofstaat genommen hat.

»Guten Morgen!« Udo brachte es so munter, wie es ihm möglich war.

»Sie?« sagte die Bodenstedt.

»Wie bitte?«

»Ich bin ein wenig erstaunt. Ich habe den Herrn Professor erwartet. Was heißt erwartet – ich warte. Seit drei Tagen.«

Die Art, wie sie das »seit drei Tagen« aussprach, kam einem Verdammungsurteil gleich. Und es galt nicht ihm allein, sondern offensichtlich der ganzen Klinik.

»Das tut mir leid. Aber mein Vater kann Sie nicht besuchen, Frau Bodenstedt.«

»Man hat mir gesagt, er sei krank.«

»Da sind Sie richtig informiert.« Wenn es Ärger mit Patienten gab, pflegte Udo streng die

Brauen querzuziehen, manchmal sogar mit Erfolg – doch weder sein Blick noch die Brauen vermochten bei Vanessa Bodenstedt auch nur das geringste auszurichten.

»Na gut, krank bin ich schließlich auch. Und er ist mein Arzt.«

»Wenn Sie mit ihm sprechen wollen, müssen Sie sich schon auf die Intensivstation begeben.«

»Wie bitte? Auf der Intensiv...?«

»Richtig. Er erholt sich von den Folgen eines Herzinfarkts. Und das dauert. Er ist äußerst erschöpft.«

»Er hat... ich meine, er... selbst hat...?«

»Ja, er selbst.«

»Einen Herzinfarkt?«

Wie sollte er davor verschont bleiben? Udo dachte es erbittert, bei solchen Patienten – wobei er gleichzeitig noch immer versuchte, etwas wie Haltung zu bewahren. Der Blick hinaus in den frühlingshellen Garten unterstützte ihn dabei. Er ersparte ihm zumindest das Melodrama, das diese Charakterdarstellerin im Bett gerade vorspielte.

»O Gott! Ein Klaus Brinkmann... ein Mann – wie ein Fels! Das ist doch gar nicht möglich... Ja, warum hat man mir das nicht sofort mitgeteilt?«

Udo fand, daß er seine Aufgabe erfüllt hatte. Er wollte nur noch eins: das Zimmer verlassen. Raus! Sich zumindest nicht dem Anblick der Krokodilstränen einer Bodenstedt aussetzen zu müssen.

»Frau Bodenstedt, vielleicht haben Sie es nicht erfahren, weil wir nicht mehr wissen, wo uns der

Kopf steht. Wir haben alle Hände voll zu tun. Auch jetzt. Ich darf mich deshalb…«

»Bitte! Bleiben Sie.«

»Frau Bodenstedt, wenn Sie Konversation betreiben wollen, bin ich die falsche Adresse. Sie haben doch einen Angestellten. Wieso rufen Sie nicht Ihren Butler?«

»Wie bitte?«

»Soll ich es Ihnen wirklich wiederholen? Es gibt genügend Leute, die sich mit Ihnen unterhalten können. Ich jedoch muß auf die Station.«

»Und Sie wollen ein Sohn von Herrn Brinkmann sein? Ihr Vater hat Delikatesse. Er hat Herzensbildung. – Sie reden von Konversation und sind auch noch Arzt? Hat Ihnen denn keiner Ihrer Ausbilder sagen können, welchen entscheidenden Heilungsfaktor der Kontakt zwischen Arzt und Patient bei der Therapie darstellt?«

Udo wußte nicht, ob er brüllen oder lachen sollte. Verblüfft blieb er stehen. Jedenfalls, sie hatte es wieder geschafft. Sie beachtete ihn auch nicht weiter, sie zog die Bettdecke weg und machte Anstalten, sich zu erheben. Dabei verzog sie das Gesicht, als erleide sie unendliche Schmerzen. Er rührte sich nicht. Er blieb wie er war, die Hände in den Taschen, in der Mitte des Zimmers aufgepflanzt. Und Vanessa Bodenstedt wiederum kam dieser Haltung insofern entgegen, als sie ihn einfach nicht mehr wahrzunehmen schien und folgerichtig behandelte wie ein Möbelstück.

»Ja, wo ist denn mein Geld? Die Handtasche? Ich muß doch jemand wegschicken…«

Sie war nun am Schrank, öffnete ihn und holte irgendwas Ledernes heraus, ließ eine Geldbörse schnappen.

»Was kostet denn so was?«

Überwältigt verharrte Udo in dumpfem Schweigen.

»Fünfzig, nein, hundert – ist ja ganz egal. Berge von Blumen muß er haben!«

Sie drückte die Klingel an ihrem Nachttisch. Das Ruflicht über der Zimmertür flammte zwar auf, jedoch meldete sich niemand.

»Was ist das bloß für eine Organisation...?« Nun hatte sie ihn wieder entdeckt: »Herr Doktor! Skandalös, wirklich. Da kommt ja keiner.«

»Ein Glück«, meinte Udo trocken. »Ich hätte es nämlich verboten.«

»Was wollen Sie mir verbieten?«

»Na das!« Er deutete auf die Geldscheine in ihrer Hand. »Daß Sie auf die Idee kommen, unser Personal in der Gegend herumzuscheuchen, um Blumen einzukaufen.«

Sie schluckte. Ihr Gesicht verfärbte sich, ganz blaß wurde Vanessa Bodenstedt, und Udo Brinkmann genoß es.

»Wo bin ich eigentlich hier?« Sie sandte ihm einen langen, klagenden Blick.

»In einer Klinik.«

»Ja, verlangen Sie deshalb etwa, daß ich mich anziehe und die Blumen selbst einkaufe?«

»Ich verlange überhaupt nichts, aber es wäre eine gute Idee, Frau Bodenstedt. Dann kämen Sie nämlich einmal mit frischer Luft in Berührung.

Und das kann ich vom therapeutischen Standpunkt aus nur befürworten. Nur leider, Sie werden Ihr Geld für etwas anderes verwenden müssen. Auf der Intensivstation ist nämlich das Aufstellen von Blumensträußen verboten.«

Er nickte ihr zu und ging. Nie hatte er soviel verzweifelte Ratlosigkeit im Gesicht eines Menschen gesehen. Und so knallte er auch nicht die Türe hinter sich zu, sondern schloß sie ganz sanft.

Es war einige Stunden später, als Udo erneut den Flur der Privatstation betrat. Er hatte den Katheter bei einem der Frischoperierten zu kontrollieren. Dem Durcheinander, das sich seit dem Ausfall seines Vaters ausbreitete, war nur noch im Laufschritt beizukommen.

Aber dann blieb er doch stehen. Weit stand die Tür zu Vanessa Bodenstedts Terrassenzimmer offen. Er blickte hinein. Ein leeres Bett, geöffnete Schranktüren, unzählige Kleiderbügel – und ein Mensch.

Mühlmann…

»Was ist denn hier los?«

Mühlmann hob die Schultern. Er wandte ihm ganz langsam den Kopf zu. »Das hätte ich Sie gerne gefragt«, sagte er mit Grabesstimme.

»Mich? Wieso?«

»Wieso? Meinen Sie das etwa im Ernst? – Sie ist weg. Abgereist!«

»Na, Gott sei Dank.«

Mühlmanns Hals blähte sich, doch er sagte nichts. Er nahm die Brille ab und schickte sich tatsächlich an, sie mit seiner Krawatte zu putzen. –

Muß ganz schön durcheinander sein, dachte Udo, und erinnerte sich voll schlechten Gewissens der »Bodenstedt-Richtlinien«, die ihm sein Vater gegeben hatte.

»Hat sie wenigstens bezahlt?«

»Aber hören Sie mal? Die bezahlt doch nicht. Die bezahlt nie. Die Schecks kommen von der Bodenstedtschen Güterverwaltung.«

»Na also!«

»Was heißt hier, na also?« begann jetzt Mühlmann zu brüllen. »Sie haben uns das alles eingebrockt! Sie, ja, Sie allein! Sie haben einen unserer zahlungskräftigsten Patienten aus dem Haus geschmissen!«

»Jetzt mal halblang. Und was heißt Patientin? Das war die doch nie.«

»Das ist ganz egal. Sie kommt nie wieder.«

Udo dachte an den Mann, der auf ihn wartete. Er dachte an den Katheter. Was er noch suchte, war ein einigermaßen plausibler Abgang. Die ganze Sache machte ihm keine Freude, gewiß nicht, aber sollte er sie bedauern?

»Herr Mühlmann! Das ist natürlich alles totaler Unsinn. Ich habe ihr lediglich gesagt, daß ich es begrüßen würde, wenn sie sich ein wenig an der frischen Luft bewegte. Aber ich hab' die Frau doch nicht hinausgeschmissen. Wie kommen Sie bloß darauf?«

»Wie ich darauf komme? Weil ich die Beweise dafür habe.« Mühlmann schwenkte ein Blatt Papier. Und Udo, der langsam selbst daran war, die Nerven zu verlieren, riß es ihm aus der Hand.

Rosafarbenes Bütten. Nur wenige Zeilen. Die wiederum mit grüner Tinte geschrieben.

»Herr Brinkmann!« las Udo. »Nach dem Auftritt von zuvor, der mir nicht nur Ihr mangelndes Feingefühl, sondern eine Brutalität bewies, die ich nur mit schweren Erziehungsfehlern zu entschuldigen vermag, habe ich es vorgezogen, mich dennoch an Ihren Ratschlag zu halten: Ich werde mein Geld ausgeben! Nicht im langweiligen Schwarzwald, wo ich mich Ihren Mißhandlungen ausgesetzt sehe – nein, in meinem Haus an der Côte d'Azur. Ich hoffe, dies wird Ihnen eine Lehre sein. – Vanessa Bodenstedt.«

Langsam, so vorsichtig, als halte er eine mit Nitroglyzerin gefüllte Glasflasche, legte Udo das Blatt auf den Sekretär.

»Was wollen Sie, Herr Mühlmann?« grinste er dünn. »Vom therapeutischen Standpunkt ist das doch nur zu begrüßen. Vielleicht habe ich die Frau geheilt? Sie kann mir dankbar sein.«

»Dankbar!« Mühlmann schüttelte den Kopf, als habe er einen Schlag erhalten. Seine Lippen murmelten Worte. Was es war, bekam Udo nicht mehr mit. Er war längst weiter. Er hatte es eilig – sehr, sehr eilig…

*

In der eigenen Klinik Patient – eine neue Erfahrung!

Soweit Brinkmann sich erinnern konnte, auch die einzige dieser Art.

Sie mißfiel ihm gründlich. Umgekehrt war er objektiv genug, um sich zu sagen, daß dieses Erlebnis auch Früchte trug. Man erfuhr so viel Neues. Eine ganze Liste trug er bereits im Kopf. Unter Punkt eins, »Unangenehmes«, das frömmelnde Getue um den Chef. Nicht einmal während der Zeit, als er noch oben auf der Intensivstation lag und über sich, sein Schicksal, über Tod und Vergänglichkeit des Lebens nachdachte, konnte er daran etwas ändern. Bei den Schwestern wollte er sich dabei nicht aufhalten. Ihnen konnte er keinen Vorwurf machen. Die hatten nun mal Angst, einen Fehler zu bauen, das war von der Klinikhierarchie so eingebleut worden. Aber wenn selbst ein Römer alle paar Minuten den Kopf reinsteckte, statt sich um seine anderen Patienten zu kümmern, kam man schon ins Nachdenken.

Das lag nun hinter ihm.

Manchmal hatte er den Eindruck, als habe ihm jemand eine neue Brille verpaßt. Klarer, genauer sah er nun. Eine Menge würde es zu bereden geben. Nicht nur das Verhalten der Ärzte bei Visiten, wenn sie ans Bett des Oberkommandierenden traten, nein, es begann schon bei Tagesanbruch morgens um fünf, bei diesen unsinnigen Weckappellen, pflanzte sich fort mit einem ganzen Reigen absurder Hausvorschriften, vom Reinemachen bis zu den Zwangsmärschen der Klinikinsassen durch Labor, Diagnostik und Therapie. Eine Konferenz würde er einberufen, nicht nur mit der Verwaltung und den Schwestern sprechen, nein, mit dem Beirat.

Noch hielt Brinkmann mit all diesen Dingen

hinter dem Berg. Warum sollte er den Verein schon jetzt erschrecken? Außerdem, Kritik entsprach nicht der milden, distanzierten Lebenseinsicht, die von ihm Besitz ergriffen hatte.

»Siehst du, Römer«, sagte Brinkmann, als der mal wieder mit Gefolge zur Tür hereinsegelte, »jetzt hab' ich das Rauchen aufgegeben!«

»Aha? Und das soll mich beeindrucken?«

Römers gerunzelte Stirn. Der kühle Kuß der Stethoskop-Membrane an seinen Rippen. Das übliche.

»Macht sich, macht sich...«, murmelte Römer.

Ja, das war das große Wunder. Er, der große Medizin-Guru, der Ratschläge immer nur an andere weitergab, statt sich selbst an sie zu halten, hatte seinen Körper mißhandelt, statt zu schonen. Und doch schien er eine einzigartige Qualität zu besitzen: er konnte verzeihen! Vielleicht, so dachte Brinkmann, ist das der robuste Kern meiner bäuerlichen Vorfahren? Zumindest hatte dieser Organismus ungeahnte Reserven, die er an die Front schikken konnte, die kämpften, reparierten, flickten, aufbauten. Seinen Herzmuskel spürte er nicht mehr, die Arrhythmien waren verflogen, ruhig und brav schlug sein mißhandeltes Herz. Brinkmann war ihm dankbar dafür. Wie auch nicht? Sie hatten sich schließlich geeinigt. Nach der Chance, die ihm sein geprügeltes Herz noch einmal geben wollte, waren sie Freunde, ja, Geschwister geworden. Er würde es nicht mehr quälen; das Herz wiederum, sein großer Bruder Herz, versprach ihm, seinerseits das Möglichste zu tun. Das Resultat dieses Vertrages: Die Angst, die sie wohl gegenseitig voreinander gehabt hatten, war verschwunden.

Er übte sich in seinen neuen Atemtechniken, holte tief Luft, ließ den Sauerstoff durch alle Gefäße rieseln und strahlte Römer an: »Heute mach' ich meinen ersten Spaziergang, mein Lieber! Heute geht's in den Garten.«

Römer riß entsetzt die Arme hoch: »Und ich dachte, du bist vernünftig geworden? Das behauptest du doch wenigstens?«

»Die Vernunft sagt mir: Lazarus, steh auf, nimm dein Bett und wandle. Lieber Römer! Wer hat denn gesagt, ich werde in acht Tagen entlassen? Du doch, oder? Und was glaubst du, was ich dann mache?«

»Glauben kann ich mir bei dir nicht leisten. Kontrollieren werde ich. Ich werde überwachen, daß du auf deiner Terrasse hockst, liest und dich entspannst.«

»Entspannter als ich kann sich kein Mensch fühlen.«

Dies schien Römer zu gefallen.

»Ich gönn' dir deinen Streß«, setzte Brinkmann hinzu. »Kontrollier mal schön, wenn's Spaß macht! Aber weißt du, ich weiß jetzt, wo's langgeht. Ich hab' so viel gelernt auf deiner Intensivstation.«

»Das ist ja wohl eher deine... Und was ein Mensch wie du dort lernen könnte, ist mir nicht ganz klar.«

»Weil du ein schlechter Menschenkenner bist, Römer. Bei einem Internisten halte ich das für höchst bedenklich. Wenn man irgendwo was lernen kann, dann nur an solchen Orten. Auf einer Intensivstation, jawohl. Vielleicht auch auf einem untergehenden Schlachtschiff. Oder auf einer Saharaexpedition, wenn die Wasserkanister leer sind. Oder...«

Brinkmann suchte nach weiteren Beispielen, es gab so viele. Wie konnte er sich ihm verständlich machen? Warum auch? Nicht jetzt. Noch war nicht die Zeit dazu.

Außerdem, gab es nicht handgreiflichere, dringende, ja, dramatische Probleme? »Was ist denn mit dem Neuen, Römer? Hat er sich gemeldet?«

»Ja. Gestern abend. Nachdem wir zwei Telegramme geschickt haben.«

»Und?«

»Das gleiche wie das letzte Mal. So hopplahopp könne er doch nicht abspringen. Und außerdem hättest du ihm eine Entscheidungszeit von acht Wochen gegeben, um Schäfers Nachfolge anzutreten. Er würde ja schon kommen, aber er hätte nun mal seinen Urlaub in der Provence gebucht.«

In der Provence!

Trotz ihres Stillhalteabkommens, ein bißchen begann der große Muskel in seinem Brustkorb nun doch zu rumoren. Brinkmann versuchte nachzudenken. Er schloß die Augen, um sich Römers besorgtem Gesicht zu entziehen. Es half nicht viel. Dieser Dr. Klein – hatte der Mann nicht einen ganz seriösen Eindruck gemacht?

Als Chirurg hatte er gute Kliniken und eine große Operationserfahrung aufzuweisen. Außerdem war er jung, und wie es schien, begeisterungsfähig. Und jetzt? Eine Urlaubsfahrt! Wenn hier alles drunter und drüber ging und er beinahe krepiert wäre...

»Na ja, wenn der Mann den Job so sieht, Römer, müssen wir uns halt nach einem anderen umsehen.«

Römer nickte erleichtert und lächelte wieder. »Das habe ich mir auch gedacht. Ich hab' schon herumtelefoniert. Wir kriegen schon einen. So lange müssen wir halt noch weiterwursteln. Einer kann's ja...«

»Udo?«

»Ja. Und nicht nur was Improvisation, nein, auch was Können angeht. Der akute Magen, die Perforation, wie er das hinkriegte! Selbst Ketterer rennt nur noch rum und singt Udos Loblied. Der Mann ist bald wiederhergestellt.«

*

Er hatte wohl recht. Brinkmann richtete den Blick zum Fenster. Der Frühling! Dieser unglaubliche Zusammenklang von Heiterkeit, Farben und Formen. Unser Garten, dachte er zärtlich. Und eine Sonne, die mit den Schatten spielte. Patienten, die dort den Hang hochgingen, sich unterhielten, auf den Bänken saßen, herüberblickten – all dieses immense Vertrauen, das sie schenkten...

Wieso sich von düsteren Vorstellungen unterdrücken lassen. Einen Augenblick war es ihm gewesen, als habe sich eine Last auf ihn gesenkt und in die Kissen zurückgedrückt. Nun aber? Römer hatte ja recht: Sie würden durchkommen! Sie hatten genug Kollegen in der Gegend. Vielleicht waren keine Genies darunter, aber sie waren ordentliche Handwerker. Alles war nur eine Frage umsichtiger Organisation und Planung. In der Zwischenzeit aber...

»In der Zwischenzeit, Römer, wird Udo wohl hier den Kommissarischen spielen müssen.«

»Das tut er auch. Und eines Tages...«

»Eines noch ziemlich fernen Tages, Römer. Machen wir uns nichts vor, in der Chirurgie fallen die Könner nicht vom Himmel. Da gibt's nur eines: arbeiten, hinfassen, Praxis und wieder Praxis. Nicht wahr?«

Römer schwieg. Was hatte er sich gedacht? Hatte er mit Udo gesprochen? Wenn schon... »Weißt du, Römer, jetzt kommt gleich mein zweiter Sohn.«

»Kommt? – Wird getragen!« Das sagte Römer knapp und ohne sein gewohntes Lächeln.

»Na und? Eines Tages kann er laufen. So wie Udo, der Chirurg. Aber als ich da oben lag, an deinen Kabeln...«

»Meinen?« Römers Augenbrauen rutschten empört in die Höhe.

»Als ich da oben lag«, fuhr Brinkmann unbeirrt fort, »weißt du, was mir da ganz klar wurde?«

»Was denn?«

»Daß ich unsterblich bin.«

»Wie bitte?«

Kreisrund war Römers Mund, den Kiefer hatte er herunterklappen lassen. Er starrte. Brinkmann konnte sich die Alarmmeldungen vorstellen, die sich hinter seiner Stirn jagten: Typische Verwirrtheit, vielleicht als Folge einer Tachykardie. Vielleicht auch toxische Nebenwirkungen? Ein neues Krisenzeichen in jedem Fall!

Er lachte. »Hast du nicht auch Kinder? Kuck mal raus.«

Sein Blick folgte der Richtung, die Brinkmanns Zeigefinger wies. Er deutete auf Udo. Mit nach vorne hängenden Schultern, die Hände in den Taschen des Mantels und in seinem typischen staksigen Schritt ging er gerade, begleitet von Marks, den Hang hoch, um vielleicht ein wenig Luft zu schöpfen.

»Was wollen wir Ärzte gegen den Tod, Römer? Trotz des ganzen... Feldgeschreis und der schönen Bilderbuchheftchen von Pharmazie und Forschung; wir sind ja erst am Anfang. Und wir werden es wohl immer bleiben. Gott sei Dank! Unsere Kinder, die machen uns unsterblich. Das genetische Material, die paar DNS-Strukturen, die uns in ihnen weiterleben lassen, bis auch sie sich auflösen, verwehen in der großen Einheit...«

Römers Mund klappte wieder zu. Er zog die Nase hoch und sah so komisch aus, daß Brinkmann tröstend seine Hand tätschelte.

»Hab' ich dir einen Schock versetzt, Lieber? Hab' keine Angst, aber ein paar Dinge lernt man selbst oben bei dir, in der Intensivstation. Meinst du nicht?«

»Sicher, sicher.«

»Na also! Und jetzt wäre es mir recht, wenn du dich mal zu meiner Dame begeben würdest. Sage ihr, ich erwarte ihren Besuch.«

Er lächelte. Römer ging, begleitet von verstörten Adjutanten.

»Und noch was, Römer«, rief er ihm gutgelaunt nach. »Sag der Dame, sie soll meinem Kläuschen gefälligst die Nase putzen, ehe sie ihn mir an die Brust legt!«

*

In der Nacht hatte es geregnet.

Christa hatte zunächst Bedenken, doch Brinkmann überredete sie und so gingen sie trotzdem. Er parkte den Wagen an der Aussichtsplatte beim Wasserwerk und öffnete die Tür. Molli war als erste draußen. Die Wiesen waren feucht, der Wald verschwand im Dunst, und er dachte voll Sorge, was Mollis Pfoten bei ihrer Rückkehr mit den Ledersitzen seines Wagens anrichten würden.

Es war nicht wichtig. Nichts war wichtig. Nur, daß sie nebeneinander den Hang hochstiegen, Schritt um Schritt, daß er seine Beine, seine Füße, den Boden unter seinen Sohlen spürte, und wie diese Sohlen in die feuchte Erde eindrangen und es dann einen kleinen Widerstand gab, wenn er den nächsten Fuß vorsetzte.

Es war anstrengend. Römer hätte keine Freude daran gehabt. Und auch Christa machte ihr besorgtes Gesicht. Er liebte sie dafür. Und wie er sie liebte! Die Arme... Und während er so auf seinen Atem lauschte, überlegte sich Brinkmann, wie Christa nun alles in ihrem Gedächtnis abhakte, was sie während des Studiums über Genesung und Rehabilitation von Infarktgeschädigten gelernt hatte.

»Du solltest langsamer gehen, Klaus, und dich nicht anstrengen!«

»Tu ich doch. Ich geh' ganz langsam.«

Er ging nicht langsam, er ging nicht schnell, er behielt den Rhythmus bei, den er gefunden hatte, er war sich des leisen Schlagens seines Pulses bewußt und des Auf und Ab des Zwerchfells, das seinen Atem mitsteuerte. Er war in Harmonie, mit sich, seinem Körper, dieser Welt, mit dem Wald dort, der nun langsam aus den Schleiern herausdrängte, den Wolken, mit den Vögeln, die über ihren Köpfen schwebten, mit Molli, die dort oben kläffend einen Kreis zog, sich eine Sekunde hinwarf, mit hochgerichteten Wackelohren ungeduldig herunterstarrte und dann beschloß, ein schnelleres Tempo anzuzeigen.

Da kam sie schon angeschossen.

»Spinnst du, Molli?« Christa, die Verteidigerin seines Lebens, seine Drachentöterin, die Familien-Mami schrie. »Du schmeißt ihn ja um!«

Das tat Molli natürlich nicht. Brinkmann fühlte sich sehr wohl auf seinen Beinen.

Kläffend rannte Molli erneut irgendwelchen imaginären Katzen, Kaninchen oder Feldmäusen hinterher.

Irgendwann mußte es gesagt werden. Warum nicht jetzt? Jede Stunde war gut genug.

»Christa! Was meinst du? Soll ich weitermachen?«

Sie hatte die Frage erwartet, er wußte es sofort. Sie gab keine Antwort, und wieder tat sie ihm leid. Wie konnte er sie auch damit belasten, auf seine Zweifel eine Antwort zu finden, die ihm selbst schwerfiel? Hatte er Zweifel?

»Es gibt Wichtigeres als eine Klinik zu führen«, setzte er hinzu.

»Sicher.«

»Und außerdem, mein Ziel habe ich erreicht. Ehrgeiz kenn' ich nicht. Und es gibt dich. Es gibt Udo. Es gibt den Kleinen. Ist das nicht genug? Was will ich noch?«

Sie blickte auf ihre Schuhspitzen, dann legte sie den Kopf in den Nacken und sah dem Bussard nach, der hoch über der Kuppe seine Kreise zog, immer höher in den blauen Himmel steigend.

»Einen Tisch im OP.«

Es kam ruhig und sehr kühl, und Brinkmann wußte: Sie hat ja recht. Was er nicht wußte, das war, wie er sich an diesem Tisch ausnehmen würde – in Zukunft.

Doch was bedeutete das schon?

Er sah über das wogende Land, über Hänge, Täler, Schneisen, Bergkämme. Dort unten lag die Stadt. Er wandte den Blick von den Dächern und suchte die Klinik. Sie war hinter den Bäumen verborgen. Nichts von ihr zu sehen, so, als existiere sie nicht.

Er würde wieder gesund werden, es stand für ihn fest. Er würde ein anderer Mensch sein. Auch dies. Er hatte etwas sehr Wichtiges gelernt: Von Träumen Abstand zu nehmen und sich seiner eigenen Wirklichkeit zu stellen. Ob dazu der Tisch im OP gehörte? Er wußte es nicht…

»Sie werden alle sagen, daß sie auf mich nicht verzichten können, Christa.«

Sie schwieg zunächst. Dann sagte sie: »Udo braucht dich wirklich.«

»Und ich dich!« Er nahm ihre Hand und dachte: Man sagt so etwas ganz schnell, leicht, zu oft, und er spürte mit schmerzlichem Staunen, wieviel Wahrheit darin lag…